CB034964

MAIS DE 100 HISTÓRIAS MARAVILHOSAS

MARINA COLASANTI

MAIS DE 100 HISTÓRIAS MARAVILHOSAS

Ilustrações da autora

global
editora

1ª Edição, Global Editora, São Paulo 2015
4ª Reimpressão, 2024

Jefferson L. Alves – diretor editorial
Dulce S. Seabra – edição
Flávio Samuel – gerente de produção
Sandra Regina Fernandes – revisão
Marina Colasanti – ilustrações
Eduardo Okuno – projeto gráfico

CIP-BRASIL. CATALOGAÇÃO NA PUBLICAÇÃO
SINDICATO NACIONAL DOS EDITORES DE LIVROS, RJ

C65m

Colasanti, Marina, 1937-
Mais de 100 histórias maravilhosas / texto e ilustrações
Marina Colasanti. – 1. ed. – São Paulo : Global, 2015.
il.

ISBN 978-85-260-2164-8

1. Conto infantojuvenil brasileiro. I. Título.

14-18863 CDD: 028.5
CDU: 087.5

Obra atualizada conforme o
NOVO ACORDO ORTOGRÁFICO DA LÍNGUA PORTUGUESA

Global Editora e Distribuidora Ltda.
Rua Pirapitingui, 111 – Liberdade
CEP 01508-020 – São Paulo – SP
Tel.: (11) 3277-7999
e-mail: global@globaleditora.com.br

grupoeditorialglobal.com.br
blog.grupoeditorialglobal.com.br
/globaleditora
/globaleditora
@globaleditora
/globaleditora
@globaleditora
@globaleditora

Nº de Catálogo: **3725**

MARINA
COLASANTI
MAIS DE 100
HISTÓRIAS
MARAVILHOSAS

Sumário

Uma ideia toda azul

Doze reis e a moça no labirinto do vento

23 histórias de um viajante

Como uma carta de amor

Quando a primavera chegar

Uma ideia toda azul

O ÚLTIMO REI

Todos os dias Kublai-Khan, último rei da dinastia Mogul, subia no alto da muralha da sua fortaleza para encontrar-se com o vento.

O vento vinha de longe e tinha o mundo todo para contar.

Kublai-Khan nunca tinha saído da sua fortaleza, não conhecia o mundo. Ouvia as palavras do vento e aprendia.

– A Terra é redonda e fácil, disse o vento. Ando sempre em frente, e passo pelo lugar de onde saí. Dei tantas voltas na Terra, que ela está enovelada no meu sopro.

Kublai-Khan achou bonito ir e voltar sem nunca se perder.

Um dia o vento chegou mais frio, vindo das montanhas.

– Fui pentear a neve, gelou o vento ao pé do ouvido do rei. A neve é pesada e macia. Debaixo do seu silêncio as sementes se aprontam para a primavera. Só flores brancas furam a neve. Só passos brancos marcam a neve. Na neve mora o Rei do Sono.

Kublai-Khan teve desejo de neve. Então prendeu fios de prata na Lua e a empinou contra o vento. Do alto, espelho do frio, a Lua trouxe a neve para Kublai-Khan. E um sono tranquilo.

Todos os dias o vento contava seus caminhos no alto da muralha.

Todos os dias os longos cabelos do rei deitavam-se no vento e recolhiam seus sons, como uma harpa.

O vento contou o deserto.

– O deserto, disse com língua quente, é lento como o trigal. E como o trigal me obedece. Ele também se curva debaixo da minha mão. Mas seus grãos não são doces como os do trigo. São de areia. E com areia não se faz o pão. As gotas do deserto chamam-se tâmaras.

Kublai-Khan quis suar com a doçura das tâmaras. Então prendeu fios de ouro nos raios do Sol e o empinou contra o vento. Do alto, o calor derramou-se no reino de Kublai-Khan amadurecendo os frutos. E o rei bebeu o suco nas mãos em concha.

No alto da muralha gasta de sempre receber o vento, o mundo punha-se aos pés do rei.

E no tempo chegou o dia em que o vento beijou de sal a boca de Kublai-Khan trazendo-lhe o mar.

– O mar é maior que o deserto e mais profundo que a neve, cantou o vento. O mar é verde como os campos, mas seu capim cresce nas profundezas e ninguém vê o gado que nele pasta. O mar chama os homens e canta. Sua voz tem nome de sereia.

Ouviu Kublai-Khan o chamado da sereia na voz do vento?

Ninguém sabe.

Dizem os pastores da planície que o viram prender cordas de linho nas pontas da grande pipa de seda. Depois ergueu a pipa contra o vento e, abandonando com os pés o alto da muralha da sua fortaleza, deixou-se levar pela corda branca, último rei Mogul, longe no céu, lá onde ele se tinge de mar.

ALÉM DO BASTIDOR

Começou com linha verde. Não sabia o que bordar, mas tinha certeza do verde, verde brilhante.

Capim. Foi isso que apareceu depois dos primeiros pontos. Um capim alto, com as pontas dobradas como se olhasse para alguma coisa.

Olha para as flores, pensou ela, e escolheu uma meada vermelha.

Assim, aos poucos, sem risco, um jardim foi aparecendo no bastidor. Obedecia às suas mãos, obedecia ao seu próprio jeito, e surgia como se no orvalho da noite se fizesse a brotação.

Toda manhã a menina corria para o bastidor, olhava, sorria, e acrescentava mais um pássaro, uma abelha, um grilo escondido atrás de uma haste.

O sol brilhava no bordado da menina.

E era tão lindo o jardim, que ela começou a gostar dele mais do que de qualquer outra coisa.

Foi no dia da árvore. A árvore estava pronta, parecia não faltar nada. Mas a menina sabia que tinha chegado a hora de acrescentar os frutos. Bordou uma fruta roxa, brilhante, como ela mesma nunca tinha visto. E outra, e outra, até a árvore ficar carregada, até a árvore ficar rica, e sua boca se encher do desejo daquela fruta nunca provada.

A menina não soube como aconteceu. Quando viu, já estava a cavalo do galho mais alto da árvore, catando as frutas e limpando o caldo que lhe escorria da boca.

Na certa tinha sido pela linha, pensou na hora de voltar para casa. Olhou, a última fruta ainda não estava pronta, tocou no ponto que acabava em fio. E lá estava ela, de volta na sua casa.

Agora que já tinha aprendido o caminho, todo dia a menina descia para o bordado. Escolhia primeiro aquilo que gostaria de ver, uma borboleta, um louva-deus. Bordava com cuidado, depois descia pela linha para as costas do inseto, e voava com ele, e pousava nas flores, e ria e brincava e deitava na grama.

O bordado já estava quase pronto. Pouco pano se via entre os fios coloridos. Breve, estaria terminado.

Faltava uma garça, pensou ela. E escolheu uma meada branca matizada de rosa. Teceu seus pontos com cuidado, sabendo, enquanto lançava a agulha, como seriam macias as penas e doce o bico. Depois desceu ao encontro da nova amiga.

Foi assim, de pé ao lado da garça, acariciando-lhe o pescoço, que a irmã mais velha a viu ao debruçar-se sobre o bastidor. Era só o que não estava bordado. E o risco era tão bonito, que a irmã pegou a agulha, a cesta de linhas, e começou a bordar.

Bordou os cabelos, e o vento não mexeu mais neles. Bordou a saia, e as pregas se fixaram. Bordou as mãos, para sempre paradas no pescoço da garça. Quis bordar os pés mas estavam escondidos pela grama. Quis bordar o rosto mas estava escondido pela sombra. Então bordou a fita dos cabelos, arrematou o ponto, e com muito cuidado cortou a linha.

POR DUAS ASAS DE VELUDO

A princesa pegou a rede, o vidro, a caixinha dos alfinetes, e saiu para caçar. Sempre atrás de borboletas, não se contentava com as que já tinha, caixas e caixas de vidro em todos os aposentos do palácio. Queria outras. Queria mais. Queria todas.

Nem adiantava procurar nos jardins. Depois de tanta caça, de tanto alfinete nas costas, as borboletas sabiam que aquele não era lugar para elas e até mesmo as lagartas arrastavam para longe suas curvas preguiçosas em busca de um canto mais seguro para virarem borboletas. Talvez nos campos, quando a colheita estivesse madura. Mas era outono. Talvez no bosque.

Para o bosque foi a princesa. Durante toda a manhã procurou. Viu duas asas coloridas mexendo entre as folhas, lançou a rede, recolheu apenas a flor que o vento agitava. Pensou ter achado uma borboleta escura pousada num tronco, era folha levada por formiga. Depois mais nada. Pássaros, abelhas, salamandras passeavam tranquilos, remexiam-se ao sol. Mas borboleta nenhuma. Como se avisadas da sua presença, esperassem escondidas nas beiras do escuro.

Era quase noite quando a viu, imensa borboleta negra voando lenta no azul que se apagava. Correu querendo acompanhá-la. Tropeçou numa pedra, perdeu-se entre os arbustos. O céu limpo, onde estava a borboleta? Pensou tê-la visto numa direção. Foi para lá. Mas tudo era quieto, só a água se encrespava na superfície do lago.

À noite, no palácio, só falou dela. Queria a borboleta. Se a tivesse, prometeu, deixaria de caçar. Escolheu no quarto o melhor lugar: acima da cabeceira, de asas abertas sobre a cama.

Sonhou com a borboleta. Viajava deitada nas suas costas e as asas de veludo a afagavam no bater do voo.

Ao amanhecer armou-se de arco e flecha e saiu para o bosque. Esperou deitada, imóvel no mesmo lugar da véspera. A manhã passou. A tarde passou. A noite soprou seu vento. E no vento da noite veio a borboleta preta.

Desta vez não a perderia. Sem tirá-la do olhar, sem errar o passo, a princesa avançou entre as árvores, chegou à beira do lago. E a viu descer abrindo as grandes asas num último esforço, para pousar sem mergulho, não borboleta, mas cisne, nobre cisne negro.

Estremece a água do lago. A princesa arma o arco, retesa a corda, crava a seta de ouro no peito do cisne.

Mas é do peito dela que o sangue espirra. E filete, e jorro, banhando a roupa, desfazendo a seda por onde passa, transforma seu corpo em penas, negras penas de veludo.

O dia adormece. No lago dois cisnes negros deslizam lado a lado. Brilha esquecido o arco de ouro.

UM ESPINHO DE MARFIM

Amanhecia o sol e lá estava o unicórnio pastando no jardim da princesa. Por entre flores olhava a janela do quarto onde ela vinha cumprimentar o dia. Depois esperava vê-la no balcão, e quando o pezinho pequeno pisava no primeiro degrau da escadaria descendo ao jardim, fugia o unicórnio para o escuro da floresta.

Um dia, indo o rei de manhã cedo visitar a filha em seus aposentos, viu o unicórnio na moita de lírios.

Quero esse animal para mim. E imediatamente ordenou a caçada.

Durante dias o rei e seus cavaleiros caçaram o unicórnio nas florestas e nas campinas. Galopavam os cavalos, corriam os cães, e, quando todos estavam certos de tê-lo encurralado, perdiam sua pista, confundiam-se no rastro.

Durante noites o rei e seus cavaleiros acamparam ao redor das fogueiras ouvindo no escuro o relincho cristalino do unicórnio.

Um dia, mais nada. Nenhuma pegada, nenhum sinal da sua presença. E silêncio nas noites.

Desapontado, o rei ordenou a volta ao castelo.

E logo ao chegar foi ao quarto da filha contar o acontecido. A princesa, penalizada com a derrota do pai, prometeu que dentro de três luas lhe daria o unicórnio de presente.

Durante três noites trançou com os fios de seus cabelos uma rede de ouro. De manhã vigiava a moita de lírios do jardim. E no nascer do quarto dia, quando o sol encheu com a primeira luz os cálices brancos, ela lançou a rede aprisionando o unicórnio.

Preso nas malhas de ouro, olhava o unicórnio aquela que mais amava, agora sua dona, e que dele nada sabia.

A princesa aproximou-se. Que animal era aquele de olhos tão mansos retido pela artimanha de suas tranças? Veludo do pelo, lacre dos cascos, e desabrochando no meio da testa, espinho e marfim, o chifre único que apontava ao céu.

Doce língua de unicórnio lambeu a mão que o retinha. A princesa estremeceu, afrouxou os laços da rede, o unicórnio ergueu-se nas patas finas.

Quanto tempo demorou a princesa para conhecer o unicórnio? Quantos dias foram precisos para amá-lo?

Na maré das horas banhavam-se de orvalho, corriam com as borboletas, cavalgavam abraçados. Ou apenas conversavam em silêncio de amor, ela na grama, ele deitado a seus pés, esquecidos do prazo.

As três luas porém já se esgotavam. Na noite antes da data marcada o rei foi ao quarto da filha lembrar-lhe a promessa. Desconfiado, olhou nos cantos, farejou o ar. Mas o unicórnio que comia lírios tinha cheiro de flor, e escondido entre os vestidos da princesa confundia-se com os veludos, confundia-se com os perfumes.

– Amanhã é o dia. Quero sua palavra cumprida – disse o rei. – Virei buscar o unicórnio ao cair do sol.

Saído o rei, as lágrimas da princesa deslizaram no pelo do unicórnio. Era preciso obedecer ao pai, era preciso manter a promessa. Salvar o amor era preciso.

Sem saber o que fazer, a princesa pegou o alaúde, e a noite inteira cantou sua tristeza. A lua apagou-se. O sol mais uma vez encheu de luz as corolas. E como no primeiro dia em que se haviam encontrado a princesa aproximou-se do unicórnio. E como no segundo dia olhou-o procurando o fundo dos seus olhos. E como no terceiro dia segurou-lhe a cabeça com as mãos. E nesse último dia aproximou a cabeça do seu peito, com suave força, com força de amor empurrando, cravando o espinho de marfim no coração, enfim florido.

Quando o rei veio em cobrança de promessa, foi isso que o sol morrente lhe entregou, a rosa de sangue e um feixe de lírios.

UMA IDEIA TODA AZUL

Um dia o Rei teve uma ideia.

Era a primeira da vida toda, e tão maravilhado ficou com aquela ideia azul, que não quis saber de contar aos ministros. Desceu com ela para o jardim, correu com ela nos gramados, brincou com ela de esconder entre outros pensamentos, encontrando-a sempre com igual alegria, linda ideia dele toda azul.

Brincaram até o Rei adormecer encostado numa árvore.

Foi acordar tateando a coroa e procurando a ideia, para perceber o perigo. Sozinha no seu sono, solta e tão bonita, a ideia poderia ter chamado a atenção de alguém. Bastaria esse alguém pegá-la e levar. É tão fácil roubar uma ideia. Quem jamais saberia que já tinha dono?

Com a ideia escondida debaixo do manto, o Rei voltou para o castelo. Esperou a noite. Quando todos os olhos se fecharam, saiu dos seus aposentos, atravessou salões, desceu escadas, subiu degraus, até chegar ao Corredor das Salas do Tempo.

Portas fechadas, e o silêncio.

Que sala escolher?

Diante de cada porta o Rei parava, pensava, e seguia adiante. Até chegar à Sala do Sono.

Abriu. Na sala acolchoada os pés do Rei afundavam até o tornozelo, o olhar se embaraçava em gazes, cortinas e véus pendurados como teias. Sala de quase escuro, sempre igual. O Rei deitou a ideia adormecida na cama de marfim, baixou o cortinado, saiu e trancou a porta.

A chave prendeu no pescoço em grossa corrente. E nunca mais mexeu nela.

O tempo correu seus anos. Ideias o Rei não teve mais, nem sentiu falta, tão ocupado estava em governar. Envelhecia sem perceber, diante dos educados espelhos reais que mentiam a verdade. Apenas, sentia-se mais triste e mais só, sem que nunca mais tivesse tido vontade de brincar nos jardins.

Só os ministros viam a velhice do Rei. Quando a cabeça ficou toda branca, disseram-lhe que já podia descansar, e o libertaram do manto.

Posta a coroa sobre a almofada, o Rei logo levou a mão à corrente.

– Ninguém mais se ocupa de mim – dizia atravessando salões e descendo escadas a caminho das Salas do Tempo –, ninguém mais me olha. Agora posso buscar minha linda ideia e guardá-la só para mim.

Abriu a porta, levantou o cortinado.

Na cama de marfim, a ideia dormia azul como naquele dia.

Como naquele dia, jovem, tão jovem, uma ideia menina. E linda. Mas o Rei não era mais o Rei daquele dia. Entre ele e a ideia estava todo o tempo passado lá fora, o tempo todo parado na Sala do Sono. Seus olhos não viam na ideia a mesma graça. Brincar não queria, nem rir. Que fazer com ela? Nunca mais saberiam estar juntos como naquele dia.

Sentado na beira da cama o Rei chorou suas duas últimas lágrimas, as que tinha guardado para a maior tristeza.

Depois baixou o cortinado, e deixando a ideia adormecida, fechou para sempre a porta.

ENTRE AS FOLHAS DO VERDE O

Na primeira corça que disparou, errou.
E na segunda corça acertou.
E beijou.
E a terceira fugiu no
coração de um jovem.
Ela está entre as folhas do verde O.

Canção popular da Idade Média

O príncipe acordou contente. Era dia de caçada. Os cachorros latiam no pátio do castelo. Vestiu o colete de couro, calçou as botas. Os cavalos batiam os cascos debaixo da janela. Apanhou as luvas e desceu.

Lá embaixo parecia uma festa. Os arreios e os pelos dos animais brilhavam ao sol. Brilhavam os dentes abertos em risadas, as armas, as trompas que deram o sinal de partida.

Na floresta também ouviram a trompa e o alarido. Todos souberam que eles vinham. E cada um se escondeu como pôde.

Só a moça não se escondeu. Acordou com o som da tropa, e estava debruçada no regato quando os caçadores chegaram.

Foi assim que o príncipe a viu. Metade mulher, metade corça, bebendo no regato. A mulher tão linda. A corça tão ágil. A mulher ele queria amar, a corça ele queria matar. Se chegasse perto será que ela fugia? Mexeu num galho, ela levantou a cabeça ouvindo. Então o príncipe botou a flecha no arco, retesou a corda, atirou bem na pata direita. E quando a corça-mulher dobrou os joelhos tentando arrancar a flecha, ele correu e a segurou, chamando homens e cães.

Levaram a corça para o castelo. Veio o médico, trataram do ferimento. Puseram a corça num quarto de porta trancada.

Todos os dias o príncipe ia visitá-la. Só ele tinha a chave. E cada vez se apaixonava mais. Mas corça-mulher só falava a língua da floresta e o príncipe só sabia ouvir a língua do palácio.

Então ficavam horas se olhando calados, com tanta coisa para dizer.

Ele queria dizer que a amava tanto, que queria casar com ela e tê-la para sempre no castelo, que a cobriria de roupas e joias, que chamaria o melhor feiticeiro do reino para fazê-la virar toda mulher.

Ela queria dizer que o amava tanto, que queria casar com ele e levá-lo para a floresta, que lhe ensinaria a gostar dos pássaros e das flores e que pediria à Rainha das Corças para dar-lhe quatro patas ágeis e um belo pelo castanho.

Mas o príncipe tinha a chave da porta. E ela não tinha o segredo da palavra.

Todos os dias se encontravam. Agora se seguravam as mãos. E no dia em que a primeira lágrima rolou dos olhos dela, o príncipe pensou ter entendido e mandou chamar o feiticeiro.

Quando a corça acordou, já não era mais corça. Duas pernas só e compridas, um corpo branco. Tentou levantar, não conseguiu. O príncipe lhe deu a mão. Vieram as costureiras e a cobriram de roupas. Vieram os joalheiros e a cobriram de joias. Vieram os mestres de dança para ensinar-lhe a andar. Só não tinha a palavra. E o desejo de ser mulher.

Sete dias ela levou para aprender sete passos. E na manhã do oitavo dia, quando acordou e viu a porta aberta, juntou sete passos e mais sete, atravessou o corredor, desceu a escada, cruzou o pátio e correu para a floresta à procura da sua Rainha.

O sol ainda brilhava quando a corça saiu da floresta, só corça, não mais mulher. E se pôs a pastar sob as janelas do palácio.

FIO APÓS FIO

Todas as tardes, na torre mais alta do castelo de vidro, Nemésia e Gloxínia bordavam.

Longo era o manto de seda branca que as duas fadas floresciam e que uma haveria de usar.

Mas Gloxínia, nunca satisfeita com seu trabalho, desmanchava ao fim de cada dia o que tinha feito, para recomeçar no dia seguinte.

Nemésia, gestos seguros, desenhava flores e folhas de um jardim em que todas as pétalas eram irmãs, e a cada dia arrematava o ponto mais adiante.

Feriam-se os dedos de Gloxínia de tanto desmanchar. Sujava-se o pano. Os dedos de Nemésia, tranquilos, brotavam o manto branco.

Faz e desmancha, na cesta de Gloxínia esgotava-se a linha. E ao pegar a última meada, a fada percebeu que não havia avançado um raminho sequer. Caberia à irmã acabar o manto e ficar com ele, sem que ela a nada tivesse direito por seus esforços.

De nada adiantava agora procurar a perfeição. Abandonando por um instante a tentativa de suas pétalas, Gloxínia aproveitou o último fio para bordar sobre a seda, letra por letra, a palavra mágica. Nemésia ainda teve tempo de terminar o ponto e libertar mais uma rosa. Depois transformou-se em aranha.

Gloxínia teria agora tanta linha quanto precisasse.

Paciente, Nemésia fiou o primeiro fio. Que na agulha de Gloxínia revelou-se perfeito, permitindo um bordado certo sem precisar a irmã recorrer à tesoura. Pela primeira vez Gloxínia seguiu sem desmanchar.

Encantou-se com o trabalho. Já não dormia. Colhia o fio da teia mais próxima e logo mergulhava a agulha cantando na cadência dos pontos obedientes. Fio após fio esqueceu-se da irmã. Havia linha, o bordado enriquecia, e Gloxínia trabalhava feliz no passar dos anos.

Chegou o dia do último ponto. Gloxínia acabou uma pétala, arrematou um espinho, e percebeu num sorriso que nada mais havia para bordar: a primavera desabrochava no manto e a seda desaparecia debaixo das ramagens.

Guardada a agulha, Gloxínia levantou-se. Usaria o manto, surpreenderia enfim a corte. Prendeu as fitas largas no pescoço, ajeitou a cauda e virou-se para a porta.

Mas onde estava a porta?

Ao redor de Gloxínia, as teias de Nemésia. Teia encostada em outra teia, que Gloxínia rasgava sem chegar a lugar algum, somente a outras e mais teias.

Onde estava a corte?

Ao redor da corte, ao redor das salas, ao redor do castelo e dos jardins, lá fora fiava e tecia a paciente Nemésia, esquecida da corte, esquecida da irmã para sempre prisioneira do seu casulo de prata.

A PRIMEIRA SÓ

Era linda, era filha, era única. Filha de rei. Mas de que adiantava ser princesa se não tinha com quem brincar?

Sozinha no palácio chorava e chorava. Não queria saber de bonecas, não queria saber de brinquedos. Queria uma amiga para gostar.

De noite o rei ouvia os soluços da filha. De que adianta a coroa se a filha da gente chora à noite? Decidiu acabar com tanta tristeza. Chamou o vidraceiro, chamou o moldureiro. E em segredo mandou fazer o maior espelho do reino. E em silêncio mandou colocar o espelho ao pé da cama da filha que dormia.

Quando a princesa acordou, já não estava sozinha. Uma menina linda e única olhava surpresa para ela, os cabelos ainda desfeitos do sono. Rápido saltaram as duas da cama. Rápido chegaram perto e ficaram se encontrando. Uma sorriu e deu bom-dia. A outra deu bom-dia sorrindo.

– Engraçado – pensou uma –, a outra é canhota.

E riram as duas.

Riram muito depois. Felizes juntas, felizes iguais. A brincadeira de uma era a graça da outra. O salto de uma era o pulo da outra. E quando uma estava cansada, a outra dormia.

O rei, encantado com tanta alegria, mandou fazer brinquedos novos, que entregou à filha numa cesta. Bichos, bonecas, casinhas, e uma bola de ouro. A bola no fundo da cesta. Porém tão brilhante, que foi o primeiro brinquedo que escolheram.

Rolaram com ela no tapete, lançaram na cama, atiraram para o alto. Mas quando a princesa resolveu jogá-la nas mãos da amiga, a bola estilhaçou jogo e amizade.

Uma moldura vazia, cacos de espelho no chão.

A tristeza pesou nos olhos da única filha do rei. Abaixou a cabeça para chorar. A lágrima inchou, já ia cair, quando a princesa viu o rosto que tanto amava. Não um só rosto de amiga, mas tantos rostos de tantas amigas. Não na lágrima que logo caiu, mas nos cacos todos que cobriam o chão.

– Engraçado, são canhotas – pensou.

E riram.

Riram por algum tempo depois. Era diferente brincar com tantas amigas. Agora podia escolher. Um dia escolheu uma, e logo se cansou. No dia seguinte preferiu outra, e esqueceu dela em seguida. Depois outra e mais outra, até achar que todas eram poucas. Então pegou uma, jogou contra a parede e fez duas. Cansou das duas, pisou com o sapato e fez quatro. Não achou mais graça nas quatro, quebrou com martelo e fez oito. Irritou-se com as oito, partiu com uma pedra e fez doze.

Mas duas eram menores do que uma, quatro menores do que duas, oito menores do que quatro, doze menores do que oito.

Menores, cada vez menores.

Tão menores que não cabiam mais em si, pedaços de amigas com as quais não se podia brincar. Um olho, um sorriso, um lado de nariz. Depois, nem isso, pó brilhante de amigas espalhado pelo chão.

Sozinha outra vez a filha do rei.

Chorava? Nem sei.

Não queria saber das bonecas, não queria saber dos brinquedos.

Saiu do palácio e foi correr no jardim para cansar a tristeza.

Correu, correu, e a tristeza continuava com ela. Correu pelo bosque, correu pelo prado. Parou à beira do lago.

No reflexo da água a amiga esperava por ela.

Mas a princesa não queria mais uma única amiga, queria tantas, queria todas, aquelas que tinha tido e as novas que encontraria. Soprou na água. A amiga encrespou-se mas continuou sendo uma. Atirou-lhe uma pedra. A amiga abriu-se em círculos, mas continuou sendo uma.

Então a linda filha do rei atirou-se na água de braços abertos, estilhaçando o espelho em tantos cacos, tantas amigas que foram afundando com ela, sumindo nas pequenas ondas com que o lago arrumava sua superfície.

SETE ANOS E MAIS SETE

Era uma vez um rei que tinha uma filha. Não tinha duas, tinha uma, e como só tinha essa gostava dela mais do que de qualquer outra.

A princesa também gostava muito do pai, mais do que de qualquer outro, até o dia em que chegou o príncipe. Aí ela gostou do príncipe mais do que de qualquer outro.

O pai, que não tinha outra para gostar, achou logo que o príncipe não servia. Mandou investigar e descobriu que o rapaz não tinha acabado os estudos, não tinha posição, e o reino dele era pobre. Era bonzinho, disseram, mas enfim, não era nenhum marido ideal para uma filha de quem o pai gosta mais do que de qualquer outra.

O rei então chamou a fada, madrinha da princesa. Pensaram, pensaram, e chegaram à conclusão de que o jeito melhor era botar a moça para dormir. Quem sabe, no sono sonhava com outro e se esquecia dele.

Dito e feito, deram uma bebida mágica para a jovem, que adormeceu na hora sem nem dizer boa-noite.

Deitaram a moça numa cama enorme, num quarto enorme, dentro de outro quarto enorme, aonde se chegava por um corredor enorme. Sete portas enormes escondiam a entrada pequena do enorme corredor. Cavaram sete fossos ao redor do castelo. Plantaram sete trepadeiras nos sete cantos do castelo. E puseram sete guardas.

O príncipe, ao saber que sua bela dormia por obra de magia, e que pensavam assim afastá-la dele, não teve dúvidas. Mandou construir um castelo com sete fossos e sete plantas. Deitou-se numa cama enorme, num quarto enorme, aonde se chegava por um corredor enorme disfarçado por sete enormes portas e começou a dormir.

Sete anos se passaram e mais sete. As plantas cresceram ao redor. Os guardas desapareceram debaixo das plantas. As aranhas teceram cortinados de prata ao redor das camas, nas salas enormes, nos enormes corredores. E os príncipes dormiram nos seus casulos.

Mas a princesa não sonhou com ninguém a não ser com o príncipe. De manhã sonhava que o via debaixo da sua janela tocando alaúde. De tarde sonhava que sentavam na varanda e que ele brincava com o falcão e com os cães enquanto ela bordava no bastidor. E de noite sonhava que a Lua ia alta e que as aranhas teciam sobre o seu sono.

E o príncipe não sonhou com ninguém a não ser com a princesa. De manhã sonhava que via seus cabelos na janela, e que tocava alaúde para ela. De tarde sonhava que sentavam na varanda, e que ela bordava enquanto ele brincava com os cães e com o falcão. E de noite sonhava que a Lua ia alta e que as aranhas teciam.

Até o dia em que ambos sonharam que era chegada a hora de casar, e sonharam com um casamento cheio de festa e de música e de danças. E sonharam que tiveram muitos filhos e que foram muito felizes para o resto da vida.

AS NOTÍCIAS E O MEL

Um dia o rei ficou surdo. Não como uma porta, mas como uma janela de dois batentes. Ouvia tudo do lado esquerdo, do direito não ouvia nada.

A situação era incômoda. Só atendia aos Ministros que sentavam de um lado do trono. Aos outros, nem respondia. E até mesmo de manhã, se o galo cantasse do lado errado, Sua Majestade não acordava e passava o dia inteiro dormindo.

Foi quando mandou chamar o gnomo da floresta, e o gnomo, obediente, apareceu na corte. Veio voando com suas asinhas, tão pequeno que, embora todos estivessem avisados da sua chegada, quase o confundiram com um inseto qualquer.

Chegou e logo se entendeu com o rei, estabelecendo um trato. Ficaria morando no ouvido direito e repetiria para dentro, bem alto, tudo o que ouvisse lá fora. Tendo asas, e desejando, poderia aproveitar seu parentesco com as abelhas para fabricar, no ouvido real, alguma cera e um pouco de mel.

O trato funcionou às mil maravilhas. Tudo o que o gnomo ouvia, repetia em voz bem alta nas cavernas da orelha, e o eco e a voz do gnomo chegavam até o rei, que passou a entender como antigamente, de lado a lado.

Correu o tempo. Rei e gnomo, assim tão vizinhos, foram ficando cada dia mais íntimos. Já um sabia tudo do outro, e era com prazer que o gnomo gritava, e era com prazer que o rei ouvia o zumbidinho das asas atarefadas no fabrico da cera e do mel. Uma certa doçura começou a espalhar-se do ouvido real para a cabeça, e o rei foi ficando aos poucos mais bondoso. Um certo carinho foi se espalhando da caverna real para o gnomo, e ele foi ficando aos poucos mais bondoso.

Foi essa a causa da primeira mentira.

O Primeiro-ministro deu uma má notícia no ouvido esquerdo, e o gnomo, não querendo entristecer o rei, transmitiu uma boa notícia no ouvido direito.

Foi essa a primeira vez que o rei ouviu duas notícias ao mesmo tempo.

Foi essa a primeira vez que o rei escolheu a notícia melhor.

Houve outras depois.

Sempre que alguma coisa ruim era dita ao rei, o gnomo a transformava em alguma coisa boa. E sempre que o rei ouvia duas notícias escolhia a melhor delas.

Aos poucos o rei foi deixando de prestar atenção naquilo que lhe chegava do lado esquerdo. E até mesmo de manhã, se o galo cantasse desse lado e o gnomo não repetisse o canto do galo, Sua Majestade esquecia-se de ouvir e continuava dormindo tranquilo até ser despertado pelo chamado do amigo.

De um lado o mel escorria. Do outro chegavam as preocupações, as tristezas, e todos os ventos maus pareciam soprar à esquerda da sua cabeça.

Mas o rei tinha provado o mel e a doçura era agora mais importante do que qualquer notícia. Entregou o trono e a coroa para o Primeiro-ministro. Depois chamou o gnomo para junto da boca e murmurou-lhe baixinho a ordem.

Obediente, o gnomo voou para o lado esquerdo e, aproveitando seu parentesco com as abelhas, fabricou algum mel, e abundante cera, com que tapou para sempre o ouvido do rei.

Doze reis e a moça no labirinto do vento

A MOÇA TECELÃ

Acordava ainda no escuro, como se ouvisse o sol chegando atrás das beiradas da noite. E logo sentava-se ao tear.

Linha clara, para começar o dia. Delicado traço cor da luz, que ela ia passando entre os fios estendidos, enquanto lá fora a claridade da manhã desenhava o horizonte.

Depois lãs mais vivas, quentes lãs iam tecendo hora a hora, em longo tapete que nunca acabava.

Se era forte demais o sol, e no jardim pendiam as pétalas, a moça colocava na lançadeira grossos fios cinzentos do algodão mais felpudo. Em breve, na penumbra trazida pelas nuvens, escolhia um fio de prata, que em pontos longos rebordava sobre o tecido. Leve, a chuva vinha cumprimentá-la à janela.

Mas se durante muitos dias o vento e o frio brigavam com as folhas e espantavam os pássaros, bastava a moça tecer com seus belos fios dourados para que o sol voltasse a acalmar a natureza.

Assim, jogando a lançadeira de um lado para outro e batendo os grandes pentes do tear para frente e para trás, a moça passava os seus dias.

Nada lhe faltava. Na hora da fome tecia um lindo peixe, com cuidado de escamas. E eis que o peixe estava na mesa, pronto para ser comido. Se sede vinha, suave era a lã cor de leite que entremeava o tapete. E à noite, depois de lançar seu fio de escuridão, dormia tranquila.

Tecer era tudo o que fazia. Tecer era tudo o que queria fazer.

Mas tecendo e tecendo, ela própria trouxe o tempo em que se sentiu sozinha, e pela primeira vez pensou como seria bom ter um marido ao lado.

Não esperou o dia seguinte. Com capricho de quem tenta uma coisa nunca conhecida, começou a entremear no tapete as lãs e as cores que lhe dariam companhia. E aos poucos seu desejo foi aparecendo, chapéu emplumado, rosto barbado, corpo aprumado, sapato engraxado. Estava

justamente acabando de entremear o último fio da ponta dos sapatos, quando bateram à porta.

Nem precisou abrir. O moço meteu a mão na maçaneta, tirou o chapéu de pluma, e foi entrando na sua vida.

Aquela noite, deitada contra o ombro dele, a moça pensou nos lindos filhos que teceria para aumentar ainda mais a sua felicidade.

E feliz foi, durante algum tempo. Mas se o homem tinha pensado em filhos, logo os esqueceu. Porque, descoberto o poder do tear, em nada mais pensou a não ser nas coisas todas que ele poderia lhe dar.

– Uma casa melhor é necessária – disse para a mulher. E parecia justo, agora que eram dois. Exigiu que escolhesse as mais belas lãs cor de tijolo, fios verdes para os batentes, e pressa para a casa acontecer.

Mas pronta a casa, já não lhe pareceu suficiente. – Para que ter casa, se podemos ter palácio? – perguntou. Sem querer resposta, imediatamente ordenou que fosse de pedra com arremates em prata.

Dias e dias, semanas e meses trabalhou a moça tecendo tetos e portas, e pátios e escadas, e salas e poços. A neve caía lá fora, e ela não tinha tempo para chamar o sol. A noite chegava, e ela não tinha tempo para arrematar o dia. Tecia e entristecia, enquanto sem parar batiam os pentes acompanhando o ritmo da lançadeira.

Afinal o palácio ficou pronto. E entre tantos cômodos, o marido escolheu para ela e seu tear o mais alto quarto da mais alta torre.

– É para que ninguém saiba do tapete – disse. E antes de trancar a porta à chave, advertiu: – Faltam as estrebarias. E não se esqueça dos cavalos!

Sem descanso tecia a mulher os caprichos do marido, enchendo o palácio de luxos, os cofres de moedas, as salas de criados. Tecer era tudo o que fazia. Tecer era tudo o que queria fazer.

E tecendo, ela própria trouxe o tempo em que sua tristeza lhe pareceu maior que o palácio com todos os seus tesouros. E pela primeira vez pensou como seria bom estar sozinha de novo.

Só esperou anoitecer. Levantou-se enquanto o marido dormia sonhando com novas exigências. E descalça, para não fazer barulho, subiu a longa escada da torre, sentou-se ao tear.

Desta vez não precisou escolher linha nenhuma. Segurou a lançadeira ao contrário, e, jogando-a veloz de um lado para o outro, começou a desfazer seu tecido. Desteceu os cavalos, as carruagens, as estrebarias, os jardins. Depois desteceu os criados e o palácio e todas as maravilhas que continha. E novamente se viu na sua casa pequena e sorriu para o jardim além da janela.

A noite acabava quando o marido, estranhando a cama dura, acordou e, espantado, olhou em volta. Não teve tempo de se levantar. Ela já desfazia o desenho escuro dos sapatos, e ele viu seus pés desaparecendo, sumindo as pernas. Rápido, o nada subiu-lhe pelo corpo, tomou o peito aprumado, o emplumado chapéu.

Então, como se ouvisse a chegada do sol, a moça escolheu uma linha clara. E foi passando-a devagar entre os fios, delicado traço de luz, que a manhã repetiu na linha do horizonte.

ENTRE LEÃO E UNICÓRNIO

No meio da noite de núpcias, o rei acordou tocado pela sede. Já ia se levantar, quando, junto à cama, do lado da sua recém-esposa, viu deitado um leão.

– Na certa – pensou o rei mais surpreso do que assustado – estou tendo um pesadelo.

E mudando de posição para interromper o sonho mau, deitou a real cabeça sobre o real travesseiro. Em seguida, adormeceu.

De fato, na manhã seguinte, o leão havia desaparecido sem deixar cheiro ou rastro. E o rei logo esqueceu de tê-lo visto.

Esquecido ficaria, se dali a algum tempo, acordando à noite entre um suspiro e um ronco, não deparasse com ele no mesmo lugar, fulvo e vigilante. Dessa vez, custou mais a adormecer.

Quando a rainha despertou, o rei contou-lhe do estranho visitante noturno que já por duas vezes se apresentara em seu quarto.

– Oh! Senhor meu marido – disse-lhe esta constrangida –, não ousei revelar antes do casamento, mas desde sempre esse leão me acompanha. Mora na porta do meu sono, e não deixa ninguém entrar ou sair. Por isso não tenho sonhos, e minhas noites são escuras e ocas como um poço.

Penalizado, o rei perguntou o que poderia fazer para livrá-la de tão cruel carcereiro.

– Quando o leão aparecer – respondeu ela –, pegue a espada e corte-lhe as patas.

Naquela mesma noite, antes de deitar, o rei botou ao lado da cama sua espada mais afiada. E assim que abriu os olhos na semi-escuridão, zac! Decepou as patas da fera de um só golpe. Depois, mais sossegado, retomou o sono.

Durante algum tempo dormiu todas as noites até de manhã, sem sobressaltos. Mas numa madrugada quente em que os edredons de pluma pareciam pesar sobre seu corpo, acordando todo suado viu que o quarto real estava invadido por dezenas de beija-flores e que um enxame de abelhas se agrupava na cabeceira. Depressa cobriu a cabeça com o lençol, e debaixo daquela espécie de mortalha atravessou as horas que ainda o separavam do nascer do dia. Só ao perceber o primeiro espreguiçar-se da rainha, emergiu de dentro da cama, contando-lhe da bicharada.

– É que dormindo ao seu lado, meu caro esposo, cada vez mais doces e mais floridos se fazem meus sonhos – explicou ela, sorrindo com ternura.

E ele, desvanecido com tanto amor, pousou-lhe um beijo na testa.

Muitos meses se foram, tranquilos.

Porém uma noite, tendo jantado mais do que devia à mesa do banquete, o rei acordou em meio ao silêncio. Levantou-se disposto a tomar um pouco de ar no balcão, quando, caracoleando sobre o mármore real do aposento, viu aproximar-se um unicórnio azul.

Não ousou tocar animal tão inexistente. Não ousou voltar para a cama. Perplexo, saiu para o terraço, fechou rapidamente as portas envidraçadas, e encolhido num canto esperou que a manhã lhe permitisse interpelar a rainha.

– É a montada da minha imaginação – escusou-se ela. – Leva meus sonhos lá onde eu não tenho acesso. Galopa a noite inteira sem que eu lhe tenha controle.

Tão bonito pareceu aquilo ao rei, que na noite seguinte, quer por desejo, quer por acaso, no momento em que a mulher adormeceu, ele acordou. Lá estava o unicórnio com seu chifre de cristal, batendo de leve os cascos, pronto para a partida. Desta vez o rei não temeu. Levou-lhe a mão ao pescoço, alisou o suave azul do pêlo, e de um salto montou.

Unicórnios de sonho não relincham. Aquele levantou a cabeça, sacudiu a crina, e como se pisasse nos caminhos do vento, partiu a galope.

Galoparam a noite toda. Mas antes que o sol nascesse, quando a escuridão apenas começava a derreter-se no horizonte, os cascos mais uma vez pousaram no mármore. E a real cabeça deitou-se no travesseiro.

– Sonhei que vossa majestade fugia com a montada da minha imaginação – disse a rainha ao esposo, de manhã. – Mas estou bem contente de vê-lo agora aqui ao meu lado – acrescentou numa reverência.

O rei, porém, mal conseguia esperar pelo fim do dia. Tão rica e vasta havia sido a viagem, que só desejava montar novamente naquele dorso, e, azul no ar azul, descobrir novos rumos. Pela primeira vez as tarefas da coroa lhe pareceram pesadas, e tediosa a corte. Da rainha, só desejava que, rápido, adormecesse.

Dessa forma, noite após noite, partiu o rei nas costas do unicórnio, para só retornar ao amanhecer.

E a cada noite, mais diferente ficou.

Já não queria guerrear, nem dançar nos salões. Já não se interessava por caçadas ou tesouros. Trancado sozinho na sala do trono durante horas, pensava e pensava, galopando na lembrança, livre como o unicórnio.

Ressentia-se porém a rainha com aquela ausência. Doente, quase, de tanta desatenção, mandou por fim chamar a mais fiel de suas damas de companhia. E em grande segredo deu-lhe as ordens: deveria esconder-se debaixo da cama real, cuidando para não ser vista. E ali esperar pelo sono da rainha. Tão logo esta adormecesse, veria surgir um leão sem patas. Que não temesse. Pegasse as patas que jaziam decepadas à sua frente, e, com um fio de seda, as costurasse no lugar.

Tendo obtido da moça a promessa de que tudo faria conforme o explicado, deitou-se a rainha logo ao escurecer, pretextando grande cansaço. No que foi imediatamente acompanhada pelo rei.

Custava porém o sono a chegar. Virava-se e revirava-se o casal real sobre o colchão, enquanto embaixo a dama de companhia esperava. E de tanto esperar, o sono acabou chegando primeiro para ela que, sem perceber, adormeceu.

Acordou noite alta; quando há muito o unicórnio tinha vindo buscar o seu ginete. Assustada, não querendo faltar com a promessa e ouvindo o ressonar da rainha, rastejou para fora da cama. Lá estava o leão, deitado e imóvel. Lá estavam as patas à sua frente. Rapidamente pegou a agulha enfiada com o longo fio de seda, e em pontos bem firmes costurou uma pata. Depois a outra.

Leões de sonho não rugem. Aquele levantou a cabeça, sacudiu a juba e firme sobre as patas retomou a sua tarefa de guardião. Nenhum sonho mais sairia das noites da rainha. Nenhum entraria. Nem mesmo aquele em que um unicórnio azul galopava e galopava, levando no dorso um rei para sempre errante.

A MULHER RAMADA

Verde-claro, verde-escuro, canteiro de flores, arbusto entalhado, e de novo verde-claro, verde-escuro, imenso lençol do gramado; lá longe o palácio. Assim o jardineiro via o mundo, toda vez que levantava a cabeça do trabalho.

E via carruagens chegando, silhuetas de damas arrastando os mantos nas aleias, cavaleiros partindo para a caça.

Mas a ele, no canto mais afastado do jardim, que a seus cuidados cabia, ninguém via. Plantando, podando, cuidando do chão, confundia-se quase com suas plantas, mimetizava-se com as estações. E se às vezes, distraído, murmurava sozinho alguma coisa, sua voz não se entrelaçava à música distante que vinha dos salões, mas se deixava ficar por entre as folhas, sem que ninguém a viesse colher.

Já se fazia grande e frondosa a primeira árvore que havia plantado naquele jardim, quando uma dor de solidão começou a enraizar-se no seu peito. E passados dias, e passados meses, só não passando a dor, disse o jardineiro a si mesmo que já era tempo de ter uma companheira.

No dia seguinte, trazidas num saco duas belas mudas, o homem escolheu o lugar, ajoelhou-se, cavou cuidadoso a primeira cova, mediu um palmo, cavou a segunda, e com gestos sábios de amor enterrou as raízes. Ao redor afundou um pouco a terra, para que a água de chuva e rega mantivesse sempre molhados os pés de rosa.

Foi preciso esperar. Mas ele, que há tanto esperava, não tinha pressa. E quando os primeiros, tênues galhos despontaram, carinhosamente os podou, dispondo-se a esperar novamente, até que outra brotação se fizesse mais forte.

Durante meses trabalhou conduzindo os ramos de forma a preencher o desenho que só ele sabia, podando os espigões teimosos que escapavam à harmonia exigida. E aos poucos, entre suas mãos, o arbusto foi tomando feitio, fazendo surgir dos pés plantados no gramado duas lindas pernas, depois o ventre, os seios, os gentis braços da mulher que seria sua. Por último, cuidado maior, a cabeça, levemente inclinada para o lado.

O jardineiro ainda deu os últimos retoques com a ponta da tesoura. Ajeitou o cabelo, arredondou a curva de um joelho. Depois, afastando-se para olhar, murmurou encantado:

– Bom dia, Rosamulher.

Agora, levantando a cabeça do trabalho, não procurava mais a distância. Voltava-se para ela, sorria, contava o longo silêncio da sua vida. E quando o vento batia no jardim, agitando os braços verdes, movendo a cintura, ele todo se sentia vergar de amor, como se o vento o agitasse por dentro.

Acabou o verão, fez-se inverno. A neve envolveu com seu mármore a mulher ramada. Sem plantas para cuidar, agora que todas descansavam, ainda assim o jardineiro ia todos os dias visitá-la. Viu a neve fazer-se gelo. Viu o gelo desfazer-se em gotas. E um dia em que o sol parecia mais morno do que de costume, viu de repente, na ponta dos dedos engalhados, surgir a primeira brotação da primavera.

Em pouco, o jardim vestiu o cetim das folhas novas. Em cada tronco, em cada haste, em cada pedúnculo, a seiva empurrou para fora pétalas e pistilos. E mesmo no escuro da terra os bulbos acordaram, espreguiçando-se em pequenas pontas verdes.

Mas enquanto todos os arbustos se enfeitavam de flores, nem uma só gota de vermelho brilhava no corpo da roseira. Nua, obedecia ao esforço do seu jardineiro que, temendo viesse a floração romper tanta beleza, cortava rente todos os botões.

De tanto contrariar a primavera, adoeceu porém o jardineiro. E ardendo de amor e febre na cama, inutilmente chamou por sua amada.

Muitos dias se passaram antes que pudesse voltar ao jardim. Quando afinal conseguiu se levantar para procurá-la, percebeu de longe a marca da sua ausência. Embaralhando-se aos cabelos, desfazendo a curva da testa, uma rosa embabadava suas pétalas entre os olhos da mulher. E já outra no seio despontava.

Parado diante dela, ele olhava e olhava. Perdida estava a perfeição do rosto, perdida a expressão do olhar. Mas do seu amor nada se perdia. Florida, pareceu-lhe ainda mais linda. Nunca Rosamulher fora tão rosa. E seu coração de jardineiro soube que nunca mais teria coragem de podá-la. Nem mesmo para mantê-la presa em seu desenho.

Então docemente a abraçou descansando a cabeça no seu ombro. E esperou.

E sentindo sua espera a mulher-rosa começou a brotar, lançando galhos, abrindo folhas, envolvendo-o em botões, casulo de flores e perfumes.

Ao longe, raras damas surpreenderam-se com o súbito esplendor da roseira. Um cavaleiro reteve seu cavalo. Por um instante pararam, atraídos. Depois voltaram a cabeça e a atenção, retomando seus caminhos. Sem perceber debaixo das flores o estreito abraço dos amantes.

NO COLO DO VERDE VALE

Cansado. Assim sentia-se o Tempo.

– Muito mais que velho, muito além de antigo. Isto eu sou – pensava andando para frente, ele não conhecia outra direção.

Vasculhando o passado que trazia às costas, não encontrava o dia em que tinha começado a caminhar. Já procurara muito. Agora até duvidava que existisse esse dia, que ele, como tudo o mais, tivesse um começo. Há tanto andava, que não sabia quanto, e bem podia há outro tanto estar andando.

Lá longe, porém, na juventude – se é que alguma vez tinha sido jovem – lembrava-se de caminhar com alegria, os passos, ou a alma, leves. Ah! Sim, tinha sido bom. Naquela época, certo de que o mundo inteiro era arrastado por ele, como numa imensa rede, enchia-se de orgulho e poder.

– Eu piso com o pé direito – dizia afundando bem o calcanhar – e trago a primavera. Piso com o esquerdo – lá ia o outro pé marcando a terra – e vem chegando o verão. Cada passada minha faz uma flor, um fruto, uma semente.

Ria vendo girar as pás do moinho de vento.

– Coisinha de nada – dizia-lhe –, basta o vento acabar, e você morre. Eu não, eu sou meu próprio vento. Sou eu que comando a ordem de tudo, que faço a hora do sol, e marco a noite da lua. Eu que empurro este mundo todo para frente.

Essa tinha sido a sua razão para andar. Mas agora, tantas luas acumuladas no seu rastro, tantas frutas desfeitas no chão, já não lhes via a graça. Pois nada havia à sua frente que não conhecesse.

Só uma coisa não conhecia. Parar.

Foi pensar na palavra, e estremecer de susto. Nunca antes essa ideia tinha estado com ele. Pela primeira vez desde a alegria, percebeu que tropeçara em algo novo.

Parar, seria possível?

– Mas se eu parar – pensou – os filhos não se acabam no ventre das mães, os passarinhos nos ninhos não aprendem a voar.

E continuou andando.

Mas a ideia seguiu caminho com ele, mais tentadora a cada passo. E o Tempo começou a olhar o mundo com outros olhos, procurando em todo lugar a sedução que o faria cometer tão grande audácia.

Olhou a cachoeira. Imaginou-se ali, os pés metidos na água fria, ouvindo para sempre o canto transparente.

– Mas se eu parar, para a água – pensou num susto –, a canção emudece. Não terei mais o que ouvir, nem onde molhar os pés. E triste, tocou as pernas para frente, uma depois da outra, como sempre.

Olhou a floresta. Pensou o bom que seria deitar naquele musgo rasgado de sol. E já se via quase lagarto, quando lembrou que as árvores parariam de crescer, as folhas parariam de se mexer, o sol pararia de brilhar. E levantando os joelhos com cansaço e tédio, foi adiante.

Chegou ao deserto. – Enfim, um lindo mundo parado! – exclamou. Mas da crista das dunas o vento soprou areia em seus olhos, e ele percebeu que nem ali poderia ficar. E foi ao mar, e viu as ondas. E passou pelo lago, e viu os peixes. Tudo se movia. Tudo, pensou, estava preso à rede que trazia nas costas.

Até chegar ao vale. Liso, lindo, lento vale.

Águas se perseguiam entre lago e regatos, espigas balançavam a cabeça jogando grãos ao vento, flores se voltavam para o sol. Ali também, no mesmo movimento, nada estava parado.

– Pois eu estarei! – exclamou súbito o Tempo, reconhecendo naquela paz todo o seu desejo.

E aos poucos, suspiroso, temendo a própria coragem, espraiou-se no vale, estendeu-se longo como ele mesmo não sabia ser. E pela primeira vez descansou.

Céu acima, doce grama embaixo, ainda esperava porém o desastre, o enorme desabar da ordem. E alisava o pelo daquele chão, finas hastes e talos, para levá-lo na memória das mãos quando fosse preciso levantar-se e recomeçar a marchar para sempre, em castigo por aquele momento de fraqueza.

Silêncio no vale.

– Acabou-se – pensou, esmagado de culpa –, tudo parou. – A luz do sol pareceu escurecer.

– É o fim – e entrefechou os olhos.

Mas chegou um mugido de longe, estremeceu um coelho no mato, uma folha caiu. Para surpresa do Tempo, movia-se o mundo.

– Não sou eu, então, que carrego isso tudo? – perguntou-se intrigado, sentando. E debruçado para olhar de perto o mundo pequeno que nunca tivera tempo para olhar, viu o grilo saltar vergando fios de grama, viu o escaravelho marcar sua passagem rolando a bola de esterco, a serpente escorrer em curvas, cada um no seu ritmo, avançando, tecendo a rede de que ele acreditava segurar as pontas. E ali, inclinado sobre a vida, descobriu aquilo que nunca suspeitara. Não era ele, com seus passos, que ordenava tudo, que comandava o salto do grilo, o vento na espiga, as pás do moinho. Mas eram eles, grilo e espiga, cada um deles que, com seus pequenos movimentos, faziam os passos do Tempo.

Então abriu as mãos, soltou a carga que acreditava carregar, deitou a cabeça.

Serena, a nuvem se afasta. O sol volta a desenhar sombras.

No colo do verde vale, dorme afinal o Tempo, enquanto filhotes amadurecem nos ovos.

UMA CONCHA À BEIRA-MAR

— Presentes mais ricos ninguém nunca teve – disseram todos que haviam sido convidados para o aniversário do filho do rei.

E acabada a festa, enquanto os músicos cansados guardavam seus instrumentos e o sol já bisbilhotava em frestas nos salões, prepararam-se para voltar a suas casas.

Porém, sozinho enfim no seu quarto, rodeado de tantas preciosidades semelhantes, o príncipe percebeu que uma única coisa chamava seu prazer. Era a concha rosa, búzio entreaberto, oferecido pelo rei de um país distante.

– No meu reino – dissera ele – nada é mais precioso que o mar. E mar lhe trago. Não a esmeralda de suas águas frias. Mas a voz com que as ondas se embalam e as espumas se chamam. Quando quiser ouvi-la, basta encostar a concha do mar na concha do ouvido, e o som passará de uma a outra, inundando de ventos sua cabeça.

Curioso, o príncipe pegou a concha e pôs-se à escuta. Um leve canto soprado vinha lá de dentro, brisa, alísio, aragem, zéfiro resvalando pelo caracol da fenda. Contava profundezas e correntes, cantava de peixes, algas e tritões. Nada do que o príncipe conhecia era parecido com aquele canto e com suas histórias. Nada era mais bonito. Durante horas ouviu. Depois, cansado ainda da festa, botou a concha junto à cama, e adormeceu.

Na manhã seguinte, esticando o braço e trazendo a concha ao ouvido para começar o dia entre ondas, caiu-lhe no rosto um respingo. Sentou-se surpreso, passou a mão na pele, sim, estava molhada.

Então lentamente virou a concha, e um filete claro escorreu pela fenda, fino e breve, colhido em poça na palma da mão. Poça que provou, e que a ponta da língua confirmou salgada, de salgado mar.

Mais precioso ainda pareceu-lhe o presente. Ao contrário do que dissera o rei distante, trazia-lhe água. Não verde como esmeralda, nem funda.

Mas um dedal de oceano suficiente para molhar os lábios ou borrifar a testa, diminuindo a distância que o separava do mundo cantado pela voz.

Algum tempo se passou. Cada vez mais o príncipe se desinteressava das diversões do palácio. Cada vez mais se apegava à concha, entregue durante horas às cristas amarulhadas de suas histórias. E todas as manhãs, como se não pudesse começar o dia sem ela, virava na mão a água e a aproximava do rosto, aspirando cheiro de arrecife.

Foi portanto de manhã, logo ao amanhecer, que a trança aconteceu. Uma longa trança loura, que para seu absoluto espanto o príncipe viu escorrer pela fenda no fluxo do filete, e lá ficar, pendurada e gotejante, balançando de leve. Rápido, antes que fosse recolhida por sua misteriosa dona, agarrou-a na ponta dos dedos e com firme delicadeza começou a puxar.

Um gemido, um nada de resistência, um breve soluço. De dentro da concha, debatendo-se entre luzir de escamas e rosada pele, aos poucos foi surgindo uma sereia.

Era pequena, não maior do que um palmo, mas linda como tudo o que cantava. Tão linda que, ao vê-la, o príncipe logo entendeu sua paixão pelo mar, e mais bonito ainda lhe pareceu o que não conhecia.

Imediatamente deu ordens para que se instalasse a sereia com todo o conforto. Minúsculos pentes para seus longos cabelos foram providenciados. E um aquário de cristal.

Mas nada parecia fazê-la feliz. A pobrezinha chorava, chorava. E vendo o filete de lágrimas que corria no seu rosto, o príncipe reconheceu nele outro filete, oceano de dedal com que todos os dias borrifava a manhã. Não havia mar nenhum. A água que ele derramava na mão, esvaziando a concha, eram lágrimas da sereia, que logo com seu pranto a tornava a encher. Aquela que havia sido a sua alegria, nada mais era do que a tristeza dela. E por tê-la feito sofrer, ainda mais a amou.

De nada adiantava porém todo o seu carinho. De nada adiantavam os minúsculos móveis e o passar do tempo. Só o mar ela queria. Só o mar podia fazê-la sorrir.

Então disse o príncipe a seu pai: – Mandei selar meu cavalo. Vou partir em longa viagem. – E colocada a sereia de volta na concha, guardada a concha numa sacola de couro que pendurou no pescoço, partiu para o país salgado daquele rei distante.

Durante dias cavalgaram na planície. À noite, junto ao fogo, o príncipe desamarrava os cordões da sacola, tirava a concha, e como antigamente a sereia cantava para ele. Durante dias avançaram nas trilhas da montanha. Quando o vento soprava violento e era preciso parar, o príncipe apeava numa gruta, e com a voz da sereia junto a si abafava o uivo da tempestade. Longamente andaram e andaram atravessando o planalto, enquanto o canto se fazia mais harmonioso a cada avanço.

Até chegar por fim aquele dia em que, do alto de um penhasco, o príncipe viu a seus pés o vasto e fundo azul que só conhecia nos olhos da amada. Esporeou o cavalo, fez-se à beira. E ansioso abriu a sacola para libertar a sereia e colher seu primeiro sorriso. Mas a emoção prendeu-lhe os dedos entre cordões, a concha resvalou, rolou, escapuliu, e sem que pudesse retê-la a viu cair, cair do alto do penhasco, mancha rosa cada vez menor em direção ao mar.

De joelhos, debruçado sobre o abismo, o príncipe chamou. Era a voz dela ou o vento que lhe respondia? Era a maré ou o canto? Lá embaixo a água escondia em espumas sua transparência.

Desceu agarrando-se às rochas, apoiando os pés nas saliências, assustando as gaivotas nos seus ninhos. Desceu esfolando os dedos e chegou à areia. Então viu que na orla do mar, arrastando suas rendas, a branca anágua das ondas trazia e levava tantas conchas rosadas, tantas conchas como aquela que escondia seu bem-querer.

Pegou a primeira, procurou em vão sua voz, levando-a ao ouvido. Pegou a segunda, a terceira. A praia era grande, não se via o fim. E ele foi andando, recolhendo as conchas uma por uma, enquanto nas marcas dos seus pés a água vinha se deitar em poça e depositar outras conchas.

Talvez ele ande até hoje. O certo é que quem encostar uma concha ao ouvido ouvirá apenas um marulhar distante, encobrindo para sempre a voz perdida da sereia.

ONDE OS OCEANOS SE ENCONTRAM

Onde todos os oceanos se encontram, aflora uma ilha pequena. Ali, desde sempre, viviam Lânia e Lisíope, ninfas irmãs a serviço do mar. Que no manso regaço da praia vinha depositar seus afogados.

Cabia a Lânia, a mais forte, tirá-los da arrebentação. Cabia a Lisíope, a mais delicada, lavá-los com água doce de fonte, envolvê-los nos lençóis de linho que ambas haviam tecido. Cabia a ambas devolvê-los ao mar para sempre.

E na tarefa que nunca se esgotava, passavam as irmãs seus dias de poucas palavras.

Foi num desses dias que Lânia, vendo um corpo emborcado aproximar-se flutuando, entrou nas ondas para buscá-lo, e agarrando-o pelos cabelos o trouxe até a areia. Já estava quase chamando Lisíope, quando, ao virá-lo de rosto para cima, percebeu ser um homem jovem e lindo. Tão lindo como nunca havia visto antes. Tão lindo, que preferiu ela própria buscar água para lavar aquele sal, ela própria, com seu pente de concha, desembaraçar aqueles cachos.

Porém, ao envolvê-lo no lençol ocultando-lhe corpo e rosto, tão grande foi seu sofrimento que, num susto, descobriu-se enamorada.

Não, ela não devolveria aquele moço, pensou com fúria de decisão. E rápida, antes que Lisíope chegasse, correu para uma língua de pedra que estreita e cortante avançava mar adentro.

– Morte! – chamou em voz alta chegando na ponta. – Morte! Venha me ajudar.

Não demorou muito, e sem ruído a Morte saiu de dentro d’água.

– Morte – disse Lânia em ânsia –, desde sempre aceito tudo o que você me traz, e trabalho sem nada pedir. Mas hoje, em troca de tantos

que lhe devolvi, peço que seja generosa, e me dê o único que meu coração escolheu.

Tocada por tamanha paixão, concordou a Morte, instruindo Lânia: na maré vazante deveria colocar o corpo do moço sobre a areia, com a cabeça voltada para o mar. Quando a maré subisse, tocando seus cabelos com a primeira espuma, ele voltaria à vida.

Assim fez Lânia. E assim aconteceu que o moço abriu os olhos e o sorriso.

Mas em vez de sorrir só para ela que o amava tanto, desde logo sorriu mais para Lisíope, e só para Lisíope parecia ter olhos.

De nada adiantavam as insistências de Lânia, as desculpas com que tentava afastá-lo da irmã. De nada adiantava enfeitar-se, cantar mais alto do que as ondas. Quanto mais exigia, menos conseguia. Quanto mais o buscava para si, mais à outra ele pertencia.

Então um dia, antes do amanhecer, ajoelhada sobre a ponta da pedra, Lânia chamou novamente:

– Morte! Morte! Venha me atender.

E quando a Silenciosa chegou, em pranto e raiva pediu-lhe que atendesse só o último de seus pedidos. Levasse a irmã. E mais nada quereria.

Seduzida por tamanho ódio, concordou a Morte. E instruiu: deveria deitar a irmã sobre a areia lisa da maré vazante, com os pés voltados para o mar. Quando, subindo a água, o primeiro beijo de sal a aflorasse, Ela a levaria.

E assim foi que Lânia esperou uma noite de luar, quente e perfumada, e chegando perto de Lisíope lhe disse:

– Está tão linda a noite, minha irmã, que preparei tua cama junto à brisa, lá onde a areia da praia é mais fina e mais lisa.

E conduzindo-a até o lugar onde já havia posto seu travesseiro, ajudou-a a deitar-se, cobriu-a com o linho do lençol.

Em seguida, sorrateira, esgueirou-se até uma árvore que crescia na beira da praia, e subiu até o primeiro galho, escondendo-se entre as folhas. De olhos bem abertos, esperaria para ver cumprir-se a promessa.

Mas a noite era longa, na brisa vinha cheiro de jasmim, o mar apenas murmurava. E aos poucos, agarrada ao tronco, Lânia adormeceu.

Dorme Lânia na árvore, dorme Lisíope perto d'água, quando um raio de luar vem despertar o moço que dorme, quase a chamá-lo lá fora com todo o seu encanto. E ele se levanta e sai. E estonteado de perfumes caminha, vagueia lentamente pela ilha, até chegar à praia, e parar junto a Lisíope. No sono, o rosto dela parece fazer-se ainda mais doce, boca entreaberta num sorriso.

Sem ousar despertá-la, o jovem se deita ao seu lado. Depois, bem devagar, estende a mão, até tocar a mão delicada que emerge do lençol.

Sobe o amor no seu peito. Na noite, a maré sobe.

Já era dia quando Lânia, empoleirada no galho, despertou. Luz nos olhos, procurou na claridade. Viu o travesseiro abandonado. Viu o lençol flutuando ao longe. Da irmã, nenhum vestígio.

– A Morte fez o combinado – pensou, descendo para correr ao encontro do moço.

Mas não correu muito. Diante de seus passos, estampada na areia, deparou com a forma de dois corpos deitados lado a lado. A maré já havia apagado os pés, breve chegaria à cintura. Mas na areia molhada a marca das mãos se mantinha unida, como se à espera das ondas que subiam.

UM DESEJO E DOIS IRMÃOS

Dois príncipes, um louro e um moreno. Irmãos, mas os olhos de um azuis, e os do outro verdes. E tão diferentes nos gostos e nos sorrisos, que ninguém os diria filhos do mesmo pai, rei que igualmente os amava.

Uma coisa porém tinham em comum: cada um deles queria ser o outro. Nos jogos, nas poses, diante do espelho, tudo o que um queria era aquilo que o outro tinha. E de alma sempre cravada nesse desejo insatisfeito, esqueciam-se de olhar para si, de serem felizes.

Sofria o pai com o sofrimento dos filhos. Querendo ajudá-los, pensou um dia que melhor seria dividir o reino, para que não viessem a lutar depois da sua morte. De tudo o que tinha, deu o céu para seu filho louro, que governasse junto ao sol brilhante como seus cabelos. E entregou-lhe pelas rédeas um cavalo alado. Ao moreno coube o verde mar, reflexo dos seus olhos. E um cavalo-marinho.

O primeiro filho montou na garupa lisa, entre as asas brancas. O segundo filho firmou-se nas costas ásperas do hipocampo. A cada um, seu reino. Mas as pernas que roçavam em plumas esporearam o cavalo para baixo, em direção às cristas das ondas. E os joelhos que apertavam os flancos molhados ordenaram que subisse, junto à tona.

Do ar, o príncipe das nuvens olhou através do seu reflexo, procurando a figura do irmão nas profundezas.

Da água, o jovem senhor das vagas quebrou com seu olhar a lâmina da superfície procurando a silhueta do irmão.

O de cima sentiu calor, e desejou ter o mar para si, certo de que nada o faria mais feliz do que mergulhar no seu frescor.

O de baixo sentiu frio, e quis possuir o céu, certo de que nada o faria mais feliz do que voar na sua mornança.

Então emergiu o focinho do cavalo-marinho e molharam-se as patas do cavalo alado. Soprando entre as mãos em concha os dois irmãos lançaram seu desafio. Alinhariam os cavalos na beira da areia e partiriam para a linha do horizonte. Quem chegasse primeiro ficaria com o reino do outro.

– A corrida será longa – pensou o primeiro. E fez uma carruagem de nuvens que atrelou ao seu cavalo.

– Demoraremos a chegar – pensou o segundo. E prendeu com algas uma carruagem de espumas nas costas do hipocampo.

Partiram juntos. Silêncio na água. No ar, relinchos e voltear de plumas. Longe, a linha de chegada dividindo os dois reinos.

Os raios do sol passavam pela carruagem de nuvens e desciam até a carruagem de espumas. Durante todo o dia acompanharam a corrida. Depois brilhou a lua, a leve sombra de um cobriu o outro de noite mais profunda. E quando o sol outra vez trouxe sua luz, surpreendeu-se de ver o cavalo alado exatamente acima do cavalo marinho. Tão acima como se, desde a partida, não tivessem saído do lugar.

Galopava o tempo, veloz como os irmãos. Mas a linha do horizonte continuava igualmente distante. O sol chegava até ela. A lua chegava até ela. Até os albatrozes pareciam alcançá-la no seu voo. Só os dois irmãos não conseguiam se aproximar.

De tanto correr já se esgarçavam as nuvens da carruagem alada, e a espuma da carruagem marinha desfazia-se em ondas. Mas os dois irmãos não desistiam, porque nessa segunda coisa também eram iguais, no desejo de vencer.

Até que a linha do horizonte teve pena. E devagar, sem deixar-se perceber, foi chegando perto.

A linha chegou perto. E chegou perto.

Baixou seu voo o cavalo alado, quase tocando o reflexo. Aflorou o cavalo-marinho entre marolas. As plumas, espumas se tocaram. Céu e mar cada vez mais próximos confundiram seus azuis, igualaram suas transparências. E as asas brancas do cavalo alado, pesadas de sal, entregaram-se à água, a crina branca roçando já o pescoço do hipocampo. Desfez-se a carruagem de nuvens na crista da última onda. Onda que inchou, rolou, envolvendo os irmãos num mesmo abraço, jogando um corpo contra o outro, juntando para sempre aquilo que era tão separado.

Desliza a onda sobre a areia, depositando o vencedor. Na branca praia do horizonte, onde tudo se encontra, avança agora um único príncipe, dono do céu e do mar. De olhos e cabelos castanhos, feliz enfim.

DE SUAVE CANTO

As garças chegaram no outono. Por que vinham as garças às portas do frio, elas que sempre anunciavam o fim da primavera? Na aldeia todos se perguntavam.

Não pareciam diferentes. Como nos anos anteriores pousaram na beira do pântano desabrochando asas sobre as longas pernas. Como nos anos anteriores abriram penas ao vento, e voaram silenciosas acompanhando sua imagem sobre a água.

Apenas, à diferença dos outros anos, não fizeram seus ninhos entre os caniços da margem. Ninguém as viu marcando territórios, levando gravetos no bico. Por que não se preparavam para o momento dos ovos? Todos na aldeia se perguntavam.

De volta do pântano um caçador trouxe a notícia espionada. Aquele ano estava reservado para o nascimento da filha da Rainha das Garças. E disse ter visto centenas de garças que, fazendo barreira com o próprio corpo, protegiam a Rainha do vento frio.

Muitas garças morreram naquele inverno quando o pântano gelou. Brancas sobre a neve branca, ninguém quis contá-las. Mas o bando ainda era numeroso quando a primavera chegou, tingindo de rosa a ponta de suas asas.

Teria nascido a Princesa? De boca em boca, todos na aldeia se perguntavam.

Até o cantar.

Começou ao entardecer, durou a noite toda. E quando amanheceu sem que ninguém tivesse podido dormir, o canto continuava.

Vinha do pântano. Canto de pássaro, canto de moça, suavíssimo canto que nada interrompia.

– Vou ver do que se trata – disse o primeiro homem da aldeia. E foi.

O canto continuava sem que ele tivesse voltado.

– Vou ver o que aconteceu – disse o segundo homem da aldeia. E foi.

Ouvia-se o canto, mas do homem nem sinal.

– Vou buscar os outros dois – disse o terceiro homem da aldeia. E foi.

Ninguém fechava mais as janelas para não barrar o canto. E o homem não vinha.

– Vou acabar com essa história – disse valente o quarto homem da aldeia. E foi.

Mas nada interrompeu o som que a todos seduzia. Nem voltou o homem.

Por fim, Taim.

Era o mais moço, era o mais bonito. A mãe não queria deixá-lo ir. A irmã não queria que ele fosse. Mas o canto chamava, e ele não podia ficar.

Então a irmã lhe deu uma corda de seda. A mãe lhe deu uma faca de prata. E ele foi.

Muitas horas caminhou na direção traçada pelo canto. Até sentir lama sob os pés e saber que estava perto. Adiante estendia-se o pântano. E da margem Taim viu que uma árvore crescia na água escura, e que no mais alto dos galhos, rodeada de garças, uma linda jovem cantava e cantava.

Em vão, já levado por paixão, Taim tentou responder àquele canto sem palavras. Nenhum som semelhante saía da sua garganta. E vendo-a distante, além da lama, temeu nunca poder alcançá-la.

A noite inteira sem dormir, pensou nas coisas de amor que lhe diria se falasse a mesma língua, e procurou na memória alguma voz parecida com a sua.

Ao amanhecer já sabia. Aproximou-se do salgueiro que afundava raízes na água, escolheu um ramo do alto, outro junto ao chão. E em laçadas firmes estendeu a corda de seda de cima a baixo, várias vezes, até tecer uma enorme harpa.

A brisa da manhã vinha da planície. Colhida nas cordas suspirou, gemeu, tentou fugir. Mas as mãos de Taim estavam lá para retê-la, tangendo a seda, canto de pássaros, canto de moço.

Ouvindo a resposta de amor, uma a uma as garças abriram asas e se foram, deixando a moça sozinha.

Mas à beira do pântano Taim sabia que não podia entrar na lama para buscá-la, e afundar como haviam feito os outros. Então desembainhou a faca de prata, cortou dois galhos retos, e no meio de cada um abriu um entalhe.

Na aldeia calou-se o canto.

– Por que se cala? – Todos se perguntaram.

Porque plantados os pés nos entalhes, pernalta como uma garça, Taim avançou no lodo, de sorriso aberto para a Princesa à sua espera.

No céu da aldeia uma garça, duas garças, nuvens de garças encobrem o sol. Desliza o bando branco para longe. – Será que elas voltam? – Na aldeia todos se perguntam.

O ROSTO ATRÁS DO ROSTO

Vencedor de tantas guerras, o Guerreiro das Tendas de Feltro apossou-se um dia daquele reino, e abandonada a vida nômade decidiu para sempre habitar o castelo agora seu. Sem que porém ninguém lhe tivesse visto o rosto, coberto desde os campos de batalha por escura máscara de aço.

– Tirará junto com a armadura – disseram os súditos. – Quando não houver mais inimigos e todo perigo tiver passado.

Mas passado o perigo passou com ele o tempo, e já ninguém se perguntava que rosto respiraria por trás da máscara. Nem mesmo depois de despida a armadura e penduradas as armas.

Entretanto, desejando casar, o Guerreiro enviou seus embaixadores a países vizinhos, que levassem sua proposta e trouxessem princesas interessadas em governar com ele aquele reino.

De palanquim, de carruagem, a dorso de camelo e no alto de elefantes, muitas vieram. Uma a uma subiram as escadarias do castelo, e na sala do trono foram apresentadas a seu pretendente. Mas uma a uma, assustadas com a máscara de aço, fugiram pelas escadarias e, como tinham vindo, voltaram a seus países.

Já desesperava o Guerreiro, quando a mais delicada das jovens chegou montada num urso pardo, apeou frente ao primeiro degrau, e entrando na sala do trono serenamente lhe sorriu.

– Se você me amar – disse o Guerreiro por trás da máscara –, tudo lhe darei. Menos uma coisa. Nunca peça para ver meu rosto.

– Não preciso do seu rosto, se tiver seu coração – respondeu a moça.

E felizes, em meio a muita festa, se casaram.

Contudo, passado um ano, entristecia a Rainha diante daquela fisionomia trancada, lisa superfície em que nada se lia, nem riso ou pranto. Acabando por implorar ao marido que a tirasse, deixando-se ver.

– Porque te amo, faço o que me pedes – disse o Guerreiro. Mas tirada a máscara de aço, viu a Rainha com espanto que por baixo dessa não havia um rosto, senão outra máscara, de bronze, por trás da qual ouviu o Guerreiro murmurar: – Se teu amor por mim ainda existe, nunca mais faça pedido como este.

Durante um tempo ela não fez. Parecendo até que se conformava em acariciar a fria pele de metal.

Passado mais um ano, porém, começou a Rainha a definhar em silêncio, incapazes os médicos de encontrar remédio para tanta melancolia. E perguntando afinal o Guerreiro o que poderia fazê-la feliz, recebeu a resposta que mais temia, súplica que se desfizesse da máscara, dando seu rosto a conhecer.

– Acima de tudo está meu amor por ti – disse o Guerreiro. Mas os dedos que desprenderam as fivelas de bronze não revelaram olhos, boca, nariz. Ao desespero da Rainha entregaram somente duas fendas escuras entalhadas no vermelho da máscara de laca, onde o fino traço de um pincel desenhara lábios sem sorriso.

– Se de verdade amas minha vida – soluçou a voz abafada –, não queiras nunca mais saber meu rosto.

Não, ela não queria. Durante um ano esforçou-se para amar o brilho de sangue com que luzia a máscara do marido. Durante um ano forçou-se a crer que esse era o seu destino, e sempre o seria.

Durante um ano. O tempo da sua resistência.

Então uma noite decidiu. Acesa uma vela, avançou em direção ao sono do Guerreiro. Pedir, nunca mais. Tiraria a máscara de leve, e a poria no lugar, guardando consigo o segredo. Bastava-lhe saber.

Leves dedos pousam na laca seu branco toque. As fendas dos olhos velam inúteis, incapazes de ver a luz que se aproxima, o cordão que se solta. Debruça-se a Rainha. Súbito, seu grito rasga o sono do Guerreiro. E ela ferida de espanto cambaleia, deixa cair a vela sobre as sedas da cama, e foge, foge por portas e corredores, desce louca as escadas, ouvindo atrás de si o cantar do fogo que se espalha.

Arde o castelo. No jardim os súditos percebem o Guerreiro chegando à janela entre luzir de chamas. E presos no seu pasmo veem a máscara ceder ao calor, desfazer-se aos poucos a laca em gotas de fogo. Sem que nada apareça em seu lugar, rosto nenhum. Só um escuro vazio contornado de cabelos, que a labareda incendeia num abraço.

UMA PONTE ENTRE DOIS REINOS

No dia em que a menina nasceu, a mãe mandou afiar a tesoura.

– Cabelo comprido dá muito trabalho – disse.

E na primeira noite de lua nova, um a um, cortou-lhe todos os cachos.

A partir de então, sempre que a noite trancava a lua em sua boca escura, a mãe tosquiava o tanto que havia crescido. Nem adiantava o choro da menina pedindo tranças.

– É para dar força – resmungava a mãe entre fechar de lâminas.

Passados os anos, porém, percebeu que cada vez mais difícil se fazia sua tarefa. Cega a tesoura, lutava duramente para podar a brotação das mechas. Comprou tesoura maior, mais resistente. Que logo perdeu o corte e a resistência. Em vão tentou faca, facão, machado. Nada mais parecia capaz de cortar aqueles fios brilhantes como aço.

E noite chegou em que, negro o céu, os cabelos da moça puderam enfim crescer livremente. E crescer. E crescer. Batendo nos ombros. Descendo pelas costas. Passando da cintura. Tocando o chão. E no chão se arrastando como manto.

Só ela podia tirar fios de seus cabelos. Escolhia um bem bonito, com os dedos seguia seu caminho até a raiz. E delicadamente o colhia, como a uma flor. Mas a cada fio colhido emanava da cabeça uma gota de sangue, vermelho brilhante que ia rolando pelos cabelos, enrijecendo-se em transparências, até chegar no chão, precioso rubi.

Vendo a riqueza cair a seus pés, a velha não se cansava de pedir fios e mais fios.

Chorosa, falava que a roupa lavada fugia ao vento, sujava-se sem ter onde secar. E a filha, compreensiva, escolhia o mais forte dos fios, para estendê-lo em varal, prendendo as brancas asas dos lençóis.

Lamentosa, reclamava da velhice: tão surda estava que já não ouvia o canto da cotovia ao amanhecer. Talvez, se a tivesse mais perto... E a filha, compassiva, descobria o mais flexível dos fios para trançá-lo em viveiro e aprisionar o pássaro da manhã.

Queixosa, afirmava que, sem ter onde crescer, a glicínia na certa morreria. E a filha, concessiva, extraía o mais comprido dos fios, e com ele armava a pérgula em que a glicínia deitaria suas flores.

Fio após fio, rolavam os rubis, que a velha rapidamente escondia em seus bolsos. Fio após fio, espalhava-se a fama daqueles cabelos, que pessoas vinham de longe para admirar. Fio após fio, a fala da moça única acabou chegando ao palácio, onde o rei, há muito desejoso de estender uma ponte até o reino vizinho, pediu que a trouxessem até ele.

– Pode ir – disse a mãe à filha quando os mensageiros reais chegaram à sua casa –, mas não tire um único fio longe de mim.

E estando afinal a moça parada diante do trono, extasiou-se a corte com a cachoeira de cabelos que ondulava ao menor movimento, escorrendo atrás dela pelas salas. Extasiou-se ainda mais o rei, logo pedindo alguns fios para unir os dois penhascos sobre o rio.

– Amanhã vos darei – respondeu ela numa mesura.

De volta ao seu quarto, colheu sem hesitar o primeiro fio, que emendou no segundo, que no terceiro emendou. E pela porta foi empurrando aquele cabelo mais que corda, aquele fio mais que cabo, serpente atravessando a soleira, seguindo pela rua, cruzando a praça, passando por fontes e jardins, até chegar ao portão do palácio.

Nada antes havia sido visto de tão resistente. Nada antes havia sido obtido de tão longo. E naquele mesmo dia tiveram início os trabalhos da ponte.

Nos bolsos da velha, mais três rubis haviam ido se juntar ao tesouro já acumulado.

Passado algum tempo, e estando pronta a ponte, novamente o rei mandou chamar a jovem. Iriam até o penhasco, atravessar pela primeira vez para o outro reino.

– Pode ir – disse a mãe quando os mensageiros reais chegaram à sua casa –, mas só se for atrás de mim.

E empavonada saiu rumo ao palácio, seguida pela filha.

Em festa reuniu-se a corte. Que rodeada pelo povo, entre cantos e danças chegou finalmente ao penhasco, e de lá, agitando braços e estandartes, saudou a corte vizinha, do outro lado.

Já o rei avançava para dar os primeiros passos sobre a ponte, quando a velha se adiantou roubando-lhe o caminho.

– Serei eu a primeira, mãe dessa filha tão preciosa!

E sem esperar, seguiu sobre o vazio.

Mas seus passos são duros para a ponte tão delgada que balança ao vento, e pesam demais os rubis amontoados nos bolsos. Súbito, o pé resvala, pende o corpo, a mão sem força não encontra apoio, e, perdida toda a altivez, a velha despenca em direção ao rio, enquanto no escuro da roupa as pedras de sangue tilintam umas contra as outras.

Debruça-se a corte na beira do penhasco. Debruça-se a corte vizinha que espera do outro lado. Lá embaixo nada aparece. Na garganta escarpada a água corre verde, profunda, sem espumas.

Acima respira o vento da tarde roçando as costas nos fios estendidos. Breve será noite. Então o rei oferece sua mão. E apoiando-se nela de leve a moça avança pela ponte, unindo os dois reinos, sob aplausos das cortes.

À PROCURA DE UM REFLEXO

De repente, uma manhã, procurando-se no espelho para tecer tranças, não se encontrou. A luz de prata, cega, nada lhe devolvia. Nem traços, nem sombra, nem reflexos. Inútil passar um pano no espelho. Inútil passar as mãos no rosto. Por mais que sentisse a pele sob os dedos, ali estava ela como se não estivesse, presente o rosto, ausente o que do rosto conhecia.

– Imagem minha – murmurou aflita –, onde está você?

E se tivesse ficado esquecida no lago, onde ainda no dia anterior estivera se olhando? Em susto, correu pelos jardins, temendo pelo rosto abandonado, flutuando entre nenúfares.

– Lago, lago, que fez você com a imagem que ontem deitei na tua água? – perguntou. E duas lágrimas quebraram a lisura da margem.

– Como quer que eu saiba, se tantos vêm se procurar em mim? – respondeu o lago desdenhoso. – Talvez tenha sido levada pelo córrego, com outras miudezas – acrescentou. E com a fidalguia de quem ajeita um manto, ondeou a superfície bordada de reflexos.

Impossível para a moça encontrar sua imagem na espuma que o córrego batia de pedra em pedra. Impossível aceitar que estivesse despedaçada. Mais fácil acreditar que havia descido a corrente.

Descalçou os sapatos e, com os tornozelos trançados em tantos nós de água, seguiu pelo córrego. Em cada remanso, em cada refluxo, em cada redemoinho procurou rosto ou rasto. Sem que porém nada lhe dissesse, esteve aqui. Juntos atravessaram um campo, rodearam em curvas as primeiras árvores da floresta, descansaram na clareira. Juntos entraram na caverna.

Nem bem percebeu que entrava, tão grande a boca, tão verde o musgo que a cobria. Andou ainda um pouco lá dentro, hesitante entre tantos rumos. Mas logo fez-se frio. E a escuridão ao redor. Gotas pingavam do alto, gemendo nas poças em que o córrego parecia desfazer-se. O medo, entre rochas, bateu asas. Por onde tinha vindo? Olhou em volta, procurou atrás de si. Tudo era tão semelhante que não conseguia reconhecer os caminhos. Só lá adiante, além dos arcos formados pela pedra, viu brilhar a claridade.

– Talvez por ali – pensou reconfortada.

Porém, superado o primeiro arco, e o segundo, chegando enfim à luz, a moça achou-se frente a um imenso salão de gruta onde centenas de espelhos cobriam as paredes, centenas de velas brilhavam acesas. E diante de cada espelho, sobre pedestais, repousavam bacias de prata.

Atraída por aquele estranho lugar, desceu dois degraus, caminhou até o primeiro pedestal, e já se levantava na ponta dos pés para olhar dentro da bacia, quando:

– Com que então veio me visitar! – ricocheteou estrídula uma voz, batendo de espelho em espelho.

Um susto, um salto. Só nesse momento a moça percebeu a Dama dos Espelhos, tão bela e cintilante que entre brilhos se confundia. Por um instante temendo aquela estranha senhora, desculpou-se, não sabia que ali morasse alguém, não pretendia...

– Mas eu gosto da sua visita – cortou a Dama com estranho sorriso. – Há tanto vivo aqui sozinha sem que ninguém venha me ver... Acho mesmo que você deve ficar!

E levantando a mão com um gesto de corisco, apontou para a entrada da gruta. Sem ruído, um espelho desceu barrando o caminho.

– E agora, jovem curiosa – ordenou a voz cortante –, olhe bem aquilo que tanto queria ver.

Assustada, debruça-se a moça sobre a bacia. Para descobri-la cheia de água, clara poça em que um rosto de mulher flutua. Não o seu. Pálido rosto sem tranças, que não a olha, encerrado no círculo de prata.

– De quem é este rosto, senhora? – pergunta a moça tentando controlar o visgo do espanto.

– É meu! – rompe em farpas a risada da Dama.

Súbito uma das velas se apaga. No espelho atrás dela, um rosto de mulher aparece e se inclina, oferecendo ao pente seus cabelos. Não ri mais a Dama. Exata, avança para o espelho, e quase sem tocá-lo colhe nos dedos as beiras da imagem, lentamente desprendendo-a do vidro. Por um instante, estremece no ar aquele rosto, logo pousado sobre a água, onde nunca mais penteará cabelos.

– Então foi isso que aconteceu com o meu reflexo! – em ânsia, a moça corre de bacia em bacia, chamando o próprio nome, procurando. E em cada quieto olho-d'água se defronta com uma nova imagem, sem que nenhuma seja aquela que mais deseja.

Até que:

– Ali! – comanda a Dama, indicando.

Debruçada afinal sobre si mesma, traço a traço, irmã gêmea, a moça se reencontra. Mas por que não brilham de alegria os olhos que ela vê e não parecem vê-la? Por que não lhe devolve o sorriso a boca tão séria?

Ergue-se a moça, sem que o rosto na água lhe siga o movimento. Flutuam as tranças louras, como algas. E nada altera a expressão prisioneira.

– Por favor, senhora, devolva meu reflexo.

– Impossível! – lacera o grito da Dama.

E mais calma:

– Nenhum reflexo jamais saiu daqui.

Depois, no longo silêncio que se faz:

– Antes que a noite acabe, você compreenderá por quê.

A noite? Já é noite, então? Trancada na gruta entre velas acesas, a moça não sabe do tempo. Sabe apenas que não quer afastar-se de si mesma, deixar seu rosto sozinho na água fria. E ali, junto dele, sem ousar acariciá-lo com medo de romper-lhe os traços, deixa as horas passarem em silêncio.

Longe, num canto sombrio, a Dama parece ocultar-se, enquanto o tempo se gasta com a cera.

Cochila quase a moça, quando de repente a Dama se move, saindo lá do canto. Mas entre luz e sombra outro é o seu porte. Encurvados os ombros, a cabeça pende, e mechas brancas escapam sob a coroa.

Trêmula, arquejante, a Dama anda entre espelhos e pedestais. Diante de cada bacia para quase poupando forças, olha, e segue. Nenhuma a detém longamente. Até que um reflexo parece atraí-la mais que os outros. E ela rodeia a prata com as mãos, num último esforço a levanta acima da cabeça, despejando lentamente a água sobre seu rosto.

Rosto que a moça boquiaberta vê transformar-se aos poucos, fazer-se jovem, dono das feições que antes boiavam em silêncio.

Ri a Dama, triunfante: – Um reflexo é de quem sabe tomá-lo! – desafia.

Sobe a raiva na garganta da moça, arrastando o medo: – Tome o meu então! – responde em fúria e gesto. E agarrando a bacia onde seu rosto boia, a lança contra o espelho.

A água salta. Estilhaça-se a luz. Estronda a gruta, enquanto dos cristais a prata se espatifa. O ar estala, extingue toda a chama. Esverdinhando o rosto, as mãos engatinhando o peito, a Dama estremece, se escarna, se esvai. Um grito se estrangula. E estroçada no chão ela estertora.

De repente, silêncio e escuridão. Gotas pingam do alto. Um morcego esvoeja.

Assustada, a moça foge sobre cacos e poças, tropeça, se levanta, corre, pisando leve enfim o doce musgo.

Lá fora, na claridade da manhã que apenas se anuncia, o córrego mantém o antigo trote, água fresca e cantante que parece chamá-la. E a moça se aproxima, se ajoelha, estende o queixo, boca entreaberta para matar a sede. Mas no manso fluir da margem outra boca a recebe. Boca idêntica à sua, que no claro reflexo do seu rosto de volta lhe sorri.

DOZE REIS E A MOÇA NO LABIRINTO DO VENTO

Trezentas e sessenta e cinco quinas bem aparadas tem o labirinto de fícus no meio do jardim.

– Para que o labirinto, meu pai? – perguntou a filha.

– Para domar o vento – responde o pai –, que em cada quina se gasta, abranda o sopro, e sai afinal, leve brisa, sem estragar as flores.

Doze nichos de azulejos azuis têm no fundo do jardim. E em cada nicho um rei barbudo, de mármore.

– Para que os reis, meu pai?

– Para casar contigo, minha filha, quando chegar a hora.

De olhos fixos sempre abertos, olham diante de si os reis barbudos. E frente ao seu olhar passa a filha e repassa, crescendo no jardim. E passa o tempo que eles não sabem contar.

Até que um dia, já moça, diz a filha bem alto:

– Este ano, meu pai, sem falta vou casar.

Não olha para os reis. Mas é para eles que fala, porque o ano é novo e a hora chegou.

Hora do primeiro rei que, desfeita a rigidez do mármore, desce do nicho em ferralhar de couraça. Brilha o aço do peito, cintila o cetro, enquanto ele avança e, majestoso, pede a filha do pai em casamento.

Mas não é o pai que responde.

– Caso com aquele que souber me alcançar – grita a moça, correndo para o labirinto.

Lento e tardo, sentindo ainda no corpo o peso de estátua, vai o rei atrás dela. Mas seus pés calçados de ferro não conseguem acompanhar os passos ágeis que conhecem o caminho. Por mais que a procure, só o vento parece esperá-lo nos cantos, abocanhando-lhe as pernas, esfriando aos poucos a couraça. E enquanto ele vai e volta sobre suas próprias pegadas, perdido entre quinas iguais e falsos corredores, o frio sobe no seu corpo, toma a pele e a carne, congela o sangue, devolvendo ao mármore o que do mármore havia sido tomado. Até paralisá-lo na antiga posição, estátua novamente.

Do outro lado do labirinto, a moça sai sozinha.

Um mês se passa na calma do jardim. À espera de que o chamado venha tirá-lo da sua imobilidade, olha o segundo rei para a moça, enamorado.

– Este ano, meu pai, na certa vou casar – diz ela enfim.

E o rei desce do nicho disposto a conquistá-la. Traz um galgo preso na coleira. E a vontade de amar solta no peito.

– Caso com aquele que seguir meu rastro – desafia a moça em voz alta, diante do labirinto.

Livre da coleira vai o cão, mais rápido que o dono. Mas tantos anos de mármore empedraram seu faro, e o focinho no chão só fareja cascalho. Em vão atiça o rei seus sentidos, em vão tenta ele próprio adivinhar perfumes que nunca pôde sentir. Não há perfumes no vento que os acompanha e precede. Só o frio. E envoltos no frio perdem rastro e esperança, perdem aos poucos as forças. Até deixarem-se tomar no seu abraço, rígidos e brancos, estátuas entre o verde.

Lá fora, sozinha, sorri a moça.

Passado um mês, ao terceiro cabe a sorte. Mas sorte não é, porque o vento a leva, deixando-o, como aos outros dois, prisioneiro do labirinto.

E o outono traz a vez de outro rei, e de outro depois dele, e de outro ainda. Cada qual cheio de certeza abandonando o mármore do nicho. Para encontrá-lo adiante, além das folhas.

Seis meses se foram. E seis reis. No ar frio do inverno avança o sétimo, valente, arco e flechas ao ombro.

– Caso com aquele que cortar meu caminho – atira-lhe a moça sem pressa, à entrada do labirinto.

Entre as paredes de fícus, o rei retesa o arco, firma a flecha na corda, firma o olho na mira, a mão bem firme. E parte a flecha rumo ao rumo da moça. Mas não é ao rumo que chega. Tomada pelo vento, estremece, desfaz a perfeição do voo, e vai perder-se, inútil, entre galhos.

De nada adianta a pontaria do rei. A cada nova tentativa o vento sopra mais forte, lançando as flechas longe do seu destino, impedindo-as de acertar o alvo. Gastas todas as oportunidades, vazia a aljava, o arqueiro sabe que também se perderá.

E vem o rei seguinte. E aquele do seu lado. E do décimo rei faz-se a hora.

Sobre a mão enluvada traz pousado um falcão, a cabeça fechada no capuz.

– Caso com aquele que caçar a minha fuga – provoca a moça enquanto foge para o labirinto. Rápido, o rei tira o capuz, soltando o falcão que, como os da sua espécie, sobe em círculos para descer do alto sobre a presa. Mas o céu é luminoso demais para quem sempre viveu na escuridão. E o falcão esquece a presa e o instinto, afastando-se no azul.

Abandonado no labirinto, o rei não tem mais como sair.

O ano está prestes a acabar. Só dois reis faltam agora. E dois meses.

Desce o primeiro dos dois. O outro espera. E quando a beleza da moça torna a passar, sozinha, ele sabe que chegou a sua vez.

Último rei de bela barba avança, espada na mão.

– Com o homem que desvendar meu labirinto, só com esse eu casarei – diz ela procurando-lhe o olhar. E devagar some entre muros verdes.

Mas o rei não a segue, não procura seu caminho. Com toda a força que séculos de mármore lhe puseram nas mãos, desembainha a espada, levanta a lâmina acima da cabeça, e zapt!, abre um talho nas folhas, e novamente zapt!, corta e desbasta, e zapt! zapt! zapt!, esgalha, abate, arranca os pés de fícus.

Uiva o vento escapando pelos rasgos, fugindo a cada golpe. Sob a lâmina, trezentas e sessenta e cinco quinas se desfazem. Até que não há mais labirinto, só folhas espalhadas. E a moça. Que livre, no gramado, lhe sorri.

PALAVRAS ALADAS

Silêncio era a coisa de que aquele rei mais gostava. E de que, a cada dia, mais parecia gostar. Qualquer ruído, dizia, era faca em seus ouvidos.

Por isso, muito jovem ainda, mandou construir altíssimos muros ao redor do castelo. E logo, não satisfeito, ordenou que por cima dos muros, e por cima das torres, por cima dos telhados e dos jardins, passasse imensa redoma de vidro.

Agora sim, nenhum som entrava no castelo. O mundo podia gritar lá fora, que dentro nada se ouviria. E mesmo a tempestade fez-se muda, sem que rolar de trovão ou correr de vento perturbassem a serenidade das sedas.

– Ouçam que preciosidade – dizia o rei. E toda a corte se calava ouvindo embevecidamente coisa alguma.

Mas se os sons não podiam entrar, verdade é que também não podiam sair. Qualquer palavra dita, qualquer espirro, soluço, canto, ficava vagando prisioneiro do castelo, sem que lhe fossem de valia fresta de janela ou porta esquecida aberta. Pois se ainda era possível escapar às paredes, nada os libertava da redoma.

Aos poucos, tempo passando sem que ninguém lhe ouvisse os passos, palavras foram se acumulando pelos cantos, frases serpentearam na superfície dos móveis, interjeições salpicaram as tapeçarias, um miado de gato arranhou os corredores.

E tudo teria continuado assim, se um dia, no exato momento em que sua majestade recebia um embaixador estrangeiro, não atravessasse a sala do trono uma frase desgarrada. Frase de cozinheiro que, sobrepondo-se aos elogios reais, mandou o embaixador depenar, bem depressa, uma galinha.

Mais do que os ouvidos, a frase feriu o orgulho do rei. Furioso, deu ordens para que todos os sons usados fossem recolhidos, e para sempre trancados no mais profundo calabouço.

Durante dias os cortesãos empenharam-se naquele novo esporte que os levava a sacudir cortinas e a rastejar sob os móveis. A audição certeira abatia exclamações em pleno voo, algemava rimas, desentocava cochichos. Uma condessa encheu um cesto com um cento de acentos. Um marquês de monóculo fez montinhos de monossílabos. E houve até quem garantisse ter apanhado entre os dedos o delicado não de uma donzela. Enfim, divertiram-se tanto, tão entusiasmados ficaram com a tarefa, que acabaram por instituir a Temporada Anual de Caça à Palavra.

De temporada em temporada, esvaziava-se o castelo de seus sons, enchia-se o calabouço de conversas. A tal ponto que momento chegou em que ali não cabia mais sequer o quase silêncio de uma vírgula. E o Mordomo Real viu-se obrigado a transferir secretamente parte dos sons para aposentos esquecidos do primeiro andar.

Foi portanto por acaso que o rei passou frente a um desses cômodos. E passando ouviu um murmúrio, rasgo de conversa. Pronto a reclamar, já a mão pousava na maçaneta, quando o calor daquela voz o reteve. E inclinado à fechadura para melhor ouvir, o rei colheu as lavas, palavras, com que um jovem, de joelhos talvez, derramava sua paixão aos pés da amada.

A lembrança daquelas palavras pareceu voltar ao rei de muito longe, atravessando o tempo, ardendo novamente no peito. E em cada uma ele reconheceu com surpresa sua própria voz, sua jovem paixão. Era sua aquela conversa de amor há tantos anos trancada. Fio da longa meada do passado, vinha agora envolvê-lo, religá-lo a si mesmo, exigindo sair de calabouços.

– Que se abram as portas! – gritou comovido, pela primeira vez gostando do seu grito, ele que sempre havia falado tão baixo. E escancarou os batentes à sua frente.

– Que se abram as portas! – correu o grito da sala ao salão, da escada ao jardim, muro acima, até esbarrar na cúpula de vidro, e voltar, batendo no queixo majestoso.

– Que se derrube a redoma! – lançou então o rei com todo o poder de seus pulmões. – Que se abatam os muros!

E desta vez vai o grito por entre o estilhaçar, subindo, planando, pássaro-grito que no azul se afasta, trazendo atrás de si em revoada frases, cantigas, epístolas, ditados, sonetos, epopeias, discursos e recados, e ao longe – maritacas – um bando de risadas. Sons que no espaço se espalham levando ao mundo a vida do castelo, e que, aos poucos, em liberdade se vão.

A mão na massa

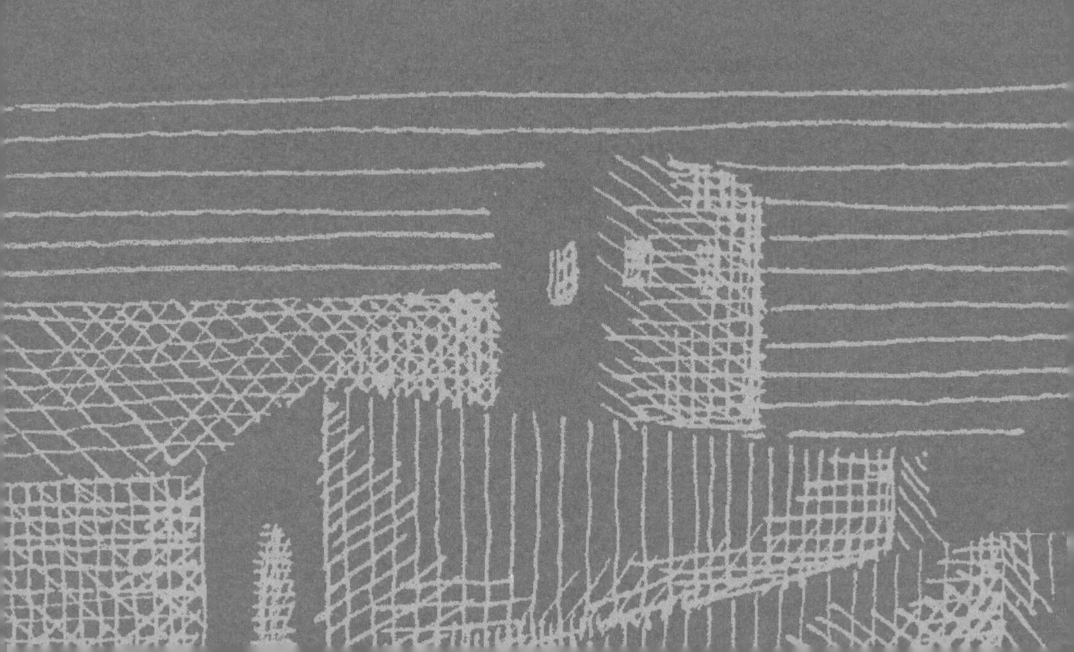

Delícia nem percebeu quando perdeu a mão. De tanto amassar, esticar, afofar a massa de bolos, tortas, pães e biscoitos, sua pele já cheirava a açúcar, sua carne era macia como manteiga, e ela toda, suave e branca, confundia-se com cremes e confeitos. Assim, não se deu conta de ter esquecido a mão dentro da massa de um pão de nozes. E cobrindo-o com um pano, saiu da cozinha. Só mais tarde, ao pegar na cômoda seu anel para enfiá-lo no dedo, deparou-se com aquela ausência. Sacudiu o braço. Procurou dentro da manga, no bolso, entre as pregas do avental. E nada.

Oh, meu Deus! Que tonta fora. Olhou pelo chão, ao redor. Então lembrou-se do pão. Ainda bem que estava apenas levedando, pensou com alívio, não tinha ido para o forno.

Desceu as escadas turbilhonando saias, entrou pela cozinha adentro e, num só gesto, levantou o pano. O cheiro do fermento entrou-lhe no nariz como um pólen. Mas quando mergulhou a mão no pão, por mais que vasculhasse, nenhuma outra mão veio encontrá-la, seus dedos ficaram remexendo a massa inutilmente.

Por fim, desistiu. Ainda tentou consolar-se dizendo para si mesma que afinal era apenas a mão esquerda, a menos esperta das duas. Mas, por mais que se esforçasse, não conseguiu afastar a tristeza. E ali, sentada no banquinho da cozinha, deixou cair duas lágrimas tão grandes, que foram se encaixar no pão de nozes como dois ovinhos de codorna.

Chorava Delícia, sem saber que enquanto isso sua mão só não ria porque não tinha boca. Lá ia ela ondejando ao passo do Primeiro Camareiro Real, escondida debaixo de um guardanapo de linho imaculado, ao lado de uma rosca açucarada, na travessa de ouro que o Camareiro levava. Lá ia ela, fujona, depois de ter saído da massa do pão, de ter-se esgueirado

entre os doces destinados ao palácio, de ter-se confundido com as roscas e ter-se metido debaixo do guardanapo. Lá ia ela, aventureira, ao longo dos corredores, rumo aos aposentos do Rei.

Até que as portas reais se abriram e o grande Mordomo fez um sinal com o seu bastão, o Primeiro Camareiro aproximou-se de Sua Majestade, o Segundo Camareiro baixou a travessa à altura do real nariz, o Terceiro Camareiro levantou o guardanapo de linho. E Sua Majestade deparou-se com uma mão oferecendo-lhe uma rosca.

Por um instante, um instante só, pensou tratar-se de um novo tipo de guloseima. Afinal, a mão era tão rósea e delicada que bem poderia ter sido feita de marzipã. Porém, ao mover esta os dedos em gentil gesto, percebeu o Rei seu engano. E, para apagar aquele, cometeu outro. Se a mão não era comestível, pensou imediatamente, era na certa um novo brinquedo, presente que algum artesão ou ministro do reino lhe enviava.

Pegou-a, segurando de leve. Morna, fofinha, pareceu-lhe logo agradável. Aproximou-a do rosto, para olhá-la melhor. E ela, esperta, enredou os dedos nos cachos da barba, ensaiando uma espécie de cafuné no queixo real.

– Ha! Que gracinha! Malandrota! – exclamava este entre risinhos, contorcendo-se em cócegas – Quieta. Ha! Ha! Quietinha – e tentando um tom mais sério: – Pare com isso! Olhe o respeito!

Levantou a própria mão para desvencilhar aqueles dedos dos fios de barba. E sentiu que os matreiros se prendiam aos seus, com doce determinação.

– Assim, bonitinha – aprovou, trazendo-a para o colo, enquanto a afagava delicado. E dirigindo-se em tom imponente aos criados e pajens que olhavam a cena boquiabertos: – Muito engenhoso este artefato. Deveras engenhosíssimo. Minha magnanimidade faz com que o considere digno de Minha Majestade.

Tendo-se assim manifestado, concluiu que a mão lhe pertencia de direito, sendo supérflua qualquer pergunta ou indagação. E decidido a não mais separar-se dela, naquela mesma manhã convocou os ministros para nomeá-la oficialmente Terceira Mão Real.

Tudo mudou para a mão que havia sido de Delícia, a doceira. Em vez de farinha, o pó de arroz que as aias lhe passavam depois do banho. Em vez de manteiga, os perfumados óleos. E manicures para tratar de suas unhas. E joalheiros para providenciar-lhe os anéis. Dormia em travesseiros de rendas na mesinha de cabeceira de Sua Majestade, repousava em almofadas de veludo sobre a escrivaninha real. E passeava de mãos dadas com o Rei, ou nos seus bolsos, ou presa à lapela do real casaco, ou até mesmo, em momentos travessos, empoleirada entre as plumas do chapéu.

Trabalho, nem pensar. Dedicava-se agora somente a tarefas delicadas. Coçava o cocoruto do monarca, ajudava-o a dedilhar o cravo, virava-lhe as páginas dos livros, acariciava-lhe os cabelos para ajudá-lo a dormir, fazia-lhe massagens nas costas. Houve um dia em que foi requisitada para tirar-lhe um cisco do olho. E até mesmo uma tarde em que, para indignação da corte, coube-lhe segurar o cetro. Mas era sempre ela que pulava rápida para cobrir a boca quando o Rei bocejava, ou avançava, já segurando o lenço, para remediar os reais espirros.

Sentia-se importante e respeitada. Sabia-se única. Afinal, entre todas aquelas damas ricamente vestidas, aqueles cavalheiros empertigados, não havia ninguém capaz de ostentar uma terceira mão. E quando, levada pelo Grande Pajem, atravessava os salões tamborilando com jeito enfarado a almofada de veludo carmesim, sentia cravados sobre ela os olhares invejosos da corte.

Mas, se o Rei podia gabar-se de ter uma terceira mão, era à custa de Delícia que, tinha ficado só com uma. E se a mão, deslumbrada com os favores palacianos, parecia esquecer sua antiga proprietária, o mesmo não acontecia com esta.

Tendo chorado suas duas lagrimonas, Delícia percebeu que a primeira onda de tristeza havia desaguado nelas. E sentindo-se um tantinho menos infeliz, aproveitou para pensar melhor.

Quem sabe a mão, vendo-se esquecida dentro da massa escura, não havia saído à procura da dona? Quem sabe não estava por perto? Nas escadas, talvez.

Levantou-se. Olhou debaixo da mesa, do banquinho. Depois subiu as escadas examinando os degraus, um por um. Vasculhou atrás da porta, nos cantos do quarto, meteu a cara por baixo da cama. E nada. A mão não estava em lugar nenhum. Aos poucos, junto com a conclusão, uma raivazinha compacta começou a levedar-lhe no peito.

Alguém havia roubado sua mão! Era isso o que tinha acontecido. Com certeza! (A ideia de que sua querida a tivesse abandonado de espontânea vontade sequer lhe passou pela cabeça.) Alguém, entrando na cozinha e encontrando a sua mão, a havia roubado para obrigá-la a fazer deliciosos

bolos, as maravilhosas tortas, os inigualáveis biscoitos que tão bem fazia para sua dona.

Só de pensar na pobrezinha sendo metida a força num saco, sem que de nada adiantasse arranhar ou remexer-se, sentiu subir novamente a maré das lágrimas.

Mas não era de lágrimas que sua mão estava precisando, disse para si mesma com súbita determinação. Estivesse onde estivesse, na certa precisava de ajuda. E quem poderia ajudá-la melhor do que ela?

Será que sabendo do sofrimento de Delícia sua mão teria ficado penalizada? É provável que sim. Porém pouco pensava nela, ocupada que estava em superar as dificuldades que surgiam em sua nova vida.

Pois, com o avançar dos dias, percebia que nem tudo era fácil como lhe parecera de início. E, embora continuasse considerando-se única, não se sentia mais tão importante.

Acontecia que as duas mãos do Rei, passada a surpresa com a novidade, e vendo que ele continuava a cumular a Terceira de atenções, haviam-se tomado de ciúmes. Agora, a hostilizavam sempre que possível. Ora a mão esquerda, aproveitando enquanto Sua Majestade assinava um decreto com a direita, a empurrava para fora da mesa. Ora a direita a beliscava. Ora lhe davam petelecos. Ora tentavam espetá-la com o garfo ou bater-lhe com o pente. Haviam até tentado afogá-la durante as reais abluções.

Mas não se limitavam às violências físicas. Elas, que durante tantos anos haviam sido molengas e preguiçosas, de repente mostravam-se atentas aos mínimos desejos do Rei, prontas a atendê-lo com a maior rapidez, antes que a intrusa tivesse tempo de intervir. Assim, deixavam-lhe poucas oportunidades de mostrar-se útil e carinhosa, e a obrigavam a passar a maior parte do dia esquecida em sua almofada.

Não bastante isso, a mão direita valia-se de seu talento inegavelmente maior para humilhá-la. Era sempre ela a convocada para escrever, fazer os gestos mais imponentes diante da corte, para estender-se às damas. Era ela que puxava a espada e apunha nas cartas o sinete. Ela que recebia embaixadores e governantes. Ela que apontava. E se é verdade que a Terceira e a esquerda podiam levar à real boca os bons bocados, é verdade também que só a direita tinha o privilégio de erguer, quantas vezes fosse, a taça de vinho.

Azar tivera a Terceira em cair nas graças de um rei que não era canhoto. Mas, agora a coisa estava feita, e só lhe restava conformar-se com seu cada vez mais reduzido papel de coadjuvante.

Não sabia a mão que, apesar de secundária, para Delícia era tão desejável quanto a direita. Pois, de que vale uma mão só, quando o que se faz necessita do trabalho harmonioso de ambas? Delícia podia espalhar a farinha sobre a mesa, apenas com a mão direita. Mas não podia separar a gema da clara ao partir um ovo. Podia preparar a massa, mas não podia trançá-la para fazer tranças açucaradas. E não podia bater palmas de contentamento quando suas belas tortas saíam do forno. Nem tinha uma para lavar a outra quando à tardinha, deixava a cozinha.

Sim, amava a mão esquerda tanto quanto a direita. E atrás dela saiu, embora sem saber onde procurá-la.

Começou pelos vizinhos. Entrava na casa de um, perguntava se por acaso não teriam visto sua mão em algum canto, se ela não teria ido bater ali por descuido. Enfrentava os olhares surpresos. Recebia as negativas. E ia perguntar na casa ao lado.

Logo esgotou seu quarteirão. Depois, seu bairro. Sem que da mão houvesse notícia.

Decidiu então ampliar a busca. Já que não achava sinais da mão, procuraria sinais da sua obra. E passou a frequentar festas de casamento, festas de aniversário, piqueniques e batizados, certa de que, se uma torta ou bolo confeccionados por sua mão aparecesse, ela a reconheceria. Porém, por mais que olhasse e provasse, por mais que mergulhasse a colher nos cremes e o garfo nos glacês, não conseguiu identificar nada que sequer de longe lhe parecesse familiar.

Em breve, esgotou sua paciência para festas e sua capacidade de comer doces. Sem que da mão houvesse sinal.

Decidiu então ampliar ainda mais sua busca. Postando-se todos os dias às portas da cidade, perguntava aos caçadores que voltavam se por acaso não teriam visto sua mão perdida no bosque, indagava dos viajantes que chegavam se por acaso não teriam encontrado sua mão em alguma estrada ou fronteira. E todos lhe respondiam que não.

Tanta era a sua ânsia, que até a um soldado que regressava da guerra fez pergunta parecida, e ele lhe disse que não sabia. Talvez, no campo de batalha, entre tantos corpos caídos... Mas depois olhou a mão direita dela, tão rósea e delicada, e disse que não, certamente não, mão como aquela não havia nenhuma lá onde estivera.

Assim Delícia amorosamente procurava, sem nunca esmorecer, dizendo a si mesma que, onde quer que estivesse, a mão sentiria igual saudade dela, e que haveria de chegar o dia em que estariam novamente juntas.

Aos poucos, de fato, a mão começava a se perguntar se tinha feito realmente um bom negócio, trocando de dono.

Sua posição de regra-três tornava-se a cada dia mais incômoda. E já não tinha tanta certeza de que ser a Terceira Mão oficial do Rei fosse melhor do que ser a mão bem-amada da doceira.

À noite, deitada em seu travesseiro rendado sobre a mesinha de cabeceira, ficava olhando para as outras duas, as privilegiadas, que dormiam sobre a cama – como ela havia feito no passado –, ou metiam-se debaixo das cobertas quando fazia frio. Chegou a tentar juntar-se a elas uma noite de inverno. Mas as megeras, logo despertas, a receberam aos tapas, quase acordando Sua Majestade, e obrigando-a a rastejar de volta para seu travesseiro gelado.

A rejeição daquelas que deveriam tê-la acolhido como irmã agravava um problema que começava a acinzentar seus dias. Entendiava-se.

Sim, fazer cafuné na cabeça mais importante do reino tinha lá sua graça. Mas era raro e pouco, para uma mão acostumada a trabalhar o dia inteiro. Assim como era pouco segurar as cartas para o Rei quando jogava baralho, ou empunhar as rédeas quando andava a cavalo. E, se era verdade que se divertia fazendo-lhe cócegas para pô-lo a rir quando estivesse triste, era verdade também que a brincadeira durava só alguns minutos.

No resto do tempo, no longo tempo em que o Rei estava por demais empenhado nas suas atividades de governante para ocupar-se dela, ou nas vezes todas em que as outras duas lhe tomavam a frente, nada mais lhe restava a fazer senão alisar o veludo da almofada, ou rodar infindavelmente com o polegar os lindos anéis que lhe adornavam os dedos.

Foi num desses dias em que alisava o veludo que, pela primeira vez, a mão teve saudade de uma outra maciez. Lembrou-se de como era bom sentir a maciez espessa e funda de uma massa de pão, de como ela se opunha mas cedia ao seu toque, deixando-se trabalhar, tornando-se mais e mais lisa, até confundir-se com a sua pele.

E a partir do momento em que a saudade apareceu, deixou de ser saudade para tornar-se um desejo fundo. Do qual não conseguiu mais se livrar.

Há tempos Delícia não fazia pão. Desde que sua mão a havia deixado, as aranhas até se permitiram tecer discretas teias na masseira, e o gato dormia no forno. Ela comia pão feito pelos outros, quando comia. E doces, nunca mais. Em casa, ficava apenas o tempo de dormir. O resto, passava na rua, procurando, perguntando, olhando.

Estava justamente acabando de acordar, na manhã em que ouviu uma leve batida na porta. Jogou um xale nos ombros, desceu rápida, abriu. Mas, não viu ninguém, e já ia fechar, quando alguma coisa puxou-lhe a barra da camisola. Dando um passo para trás, olhou para baixo. Ali, na pedra da soleira, rosada e fofa, eis que estava sua mão.

Todo seu corpo pareceu transbordar, quase entornando o coração de tanta alegria. Abaixou-se, estendeu para ela a mão direita. E bastou um gesto, quase carícia, para que a mão reencontrasse o seu lugar.

Surpreenderam-se os vizinhos, naquela manhã, ouvindo o cantar da doceira. Mas logo o perfume de açúcar e caramelo encheu o ar, e pouco depois o cheiro de amoras assadas saiu pela janela e foi chamá-los, dizer-lhes que as tortas estavam prontas, esperando por eles.

Cantava Delícia na cozinha, desesperava-se o Rei no palácio.

Onde estava a Terceira? Onde tinha se metido? Estaria escondida? Seria mais uma brincadeira daquela danadinha? Que o Grande Mordomo procurasse! Que procurassem os Camareiros, os pajens, os ministros!

Em breve, toda a corte procurava. As damas sacudiam reposteiros, lançavam ao alto os lençóis, vasculhavam cômodas. Os cavaleiros rastejavam nas estrebarias, equilibravam-se nos telhados. Os cozinheiros espiavam nos fornos, as lavadeiras nos tanques. Até no poço procuraram, e no laguinho de nenúfares, com medo de que se tivesse afogado.

Em meio à confusão geral, só as mãos do Rei não procuravam, esfregando-se uma na outra com um gesto que parecia de aflição, mas era de secreta alegria.

Da Terceira, nem sinal.

Então, enquanto lá longe, na sua cozinha, Delícia empastava e cantava, o Rei no palácio começou a gritar. Quem havia roubado sua mão? A morte, o machado, o carrasco para o ladrão! Que a guarda saísse toda, e só voltasse depois de achar o ignóbil. E trazendo a Terceira.

Armados de lanças e escudo, saíram os guardas. Como formigas, espalharam-se pelas ruas. E em cada porta batiam com o cabo da lança. Que abrissem! Que abrissem, em nome do Rei!

De casa em casa. De bairro em bairro. Examinando tudo, revistando as pessoas. Até que chegaram à casa de Delícia, que, alheia ao trabalho, preparava um tabuleiro de biscoitos.

Pam! Pam! Pam! Por ordem de Sua Majestade! Estremeceu a porta, Delícia veio abrir. Os guardas não lhe viram as mãos que, enfarinhadas, limpava no avental. Sentiram os perfumes, porém, e atraídos encaminharam-se para a cozinha. Mas quando, cortada a torta, Delícia começava a servi-los, um raio de sol bateu na sua mão esquerda, fazendo cintilar os anéis.

Saltaram os guardas reconhecendo as joias do Rei. E, a torta caída no chão, lá se foi Delícia, levada como criminosa entre escudos e lanças.

Assim, pela segunda vez, a mão entrou no palácio. Novamente atravessou os longos corredores. Novamente abriram-se para ela os batentes dos aposentos reais. Novamente o Grande Mordomo fez um gesto com o bastão para que se aproximasse de Sua Majestade. Só que desta vez ela trazia a reboque Delícia. E o Rei estava furioso.

Já de longe vociferava. Com que então trouxeram a gatuna! Venha cá! E, mal podendo esperar, cadê a minha mão?

Parada afinal diante de tão tonitroante realeza, Delícia não conseguia entender o que queriam dela, por que havia sido trazida até ali. Só entendia que estava no palácio, frente a frente com o Rei. E isso a deixava tão intimidada que, sorrindo de admiração, levantou as mãos para cobrir a boca.

Não completou o gesto. A meio caminho, o Rei viu os anéis, reteve a mão esquerda. E deu um grito de alegria. Era ela, sim, era ela, tão fofa e rosada, sua querida Terceira, enfim, reencontrada!

Tanto era o seu contentamento que, contrariando o decoro majestático, já ia beijá-la diante de guardas e mordomos, quando pareceu dar-se conta de que aquela doce mão estava presa a um doce braço. E olhando com nova atenção, viu que o doce braço ligava-se a um ombro roliço. E

que este era a continuação de um colo de pomba, de onde em curva suave despontava um pescoço macio. E que sobre esse pescoço, ah! sobre esse pescoço um rosto encantador, emoldurado de cachos, o olhava sorrindo.

A corte boquiaberta olhava seu Rei. Que boquiaberto olhava Delícia.

Silêncio nos aposentos reais. Silêncio entre os dois.

O Grande Mordomo com seu bastão, os guardas com suas lanças, os cortesãos com seus mantos e, no pátio, o carrasco com seu machado, todos esperavam a decisão do Monarca, todos se preparavam para ouvir suas ordens.

Mas quando finalmente o Rei abriu os lábios, não foi ordem o que se ouviu.

Quase num sussurro, com voz tão delicada como ninguém nunca tinha lhe ouvido, pediu a mão de Delícia. Não para ficar sobre o travesseiro de rendas na mesinha de cabeceira. Mas para ficar a seu lado, na cama e no trono. Pois não pedia sua mão apenas. Pedia a mão e o resto. Pedia Delícia em casamento.

Assim foi que a doce mão da doceira entrou pela terceira vez no palácio. E, desta vez, para ficar.

Entre a espada e a rosa

A DAMA DO LEQUE

Era uma dama de quimono que vivia na superfície pregueada de um leque de papel. Não vivia sozinha. Pousada atrás dela, uma garça cravava a longa perna de coral na água de um lago. Enquanto no canto esquerdo, outra garça voava.

Sem chuva ou neve que viessem alterar a paisagem, sem frutos que substituíssem as flores do pessegueiro, a dama e suas garças pareciam paradas no tempo. Mas paradas não estavam. O tempo passava no leque, embora a seu modo. Pois cada vez que seu dono, um velho mandarim, o fechava num estalo seco, fazia-se noite entre as dobraduras. A dama então dormia. Dormiam as garças. E até os nenúfares do lago pareciam repousar suas pétalas sobre a água. Somente o vulcão, ao fundo, continuava soltando um fio de fumaça.

Bastava, porém, que o mandarim abrisse outra vez o leque, para que todos despertassem. As pequenas ondas do lago brilhavam como se algum vento lhes chegasse das montanhas. Voava a garça sem sair do lugar. A dama de longos cabelos tocava o instrumento que tinha sobre os joelhos, tangendo as cordas com dedos pálidos.

Que calorento era aquele mandarim! A todo momento, rraac! abria o leque, abrindo com ele os olhos da dama e das suas garças.

E que nervoso! Mal se havia abanado, já fechava o leque novamente, empunhando-o como se fosse um cetro e trancando na escuridão suas personagens.

Abre e acorda, fecha e dorme, a vida no leque era feita de rápidas noites e brevíssimos dias. Sem que sobrasse tempo para o tédio.

E assim teria sido por muitos anos, se o mandarim, tomado de amor por sua mais nova concubina e desejando cobri-la de agrados, não lhe tivesse dado o leque de presente.

Bem outros modos tinha a concubina. Tudo nela era vagar. Nem a atormentava o calor. Do leque, mais que a brisa, agradava-lhe o gesto vagaroso com que o movia, acariciando o ar e o colo. Quase não o fechava. Por cima dele lançava olhares oblíquos. Atrás dele murmurava segredos aos ouvidos das outras concubinas, escondia sorrisos e muxoxos. E muitas vezes, repousando a mão sobre a mesa ou o regaço, esquecia-se de fechá-lo.

Com ela, os dias tornaram-se longos, às vezes longuíssimos para a dama de quimono. Tocava seu instrumento, olhava as aladas companheiras, e assim se distraía. Porém, as garças, sem nada para fazer, sem poder pescar, trançar ninho ou acasalar-se, começaram a achar o céu de papel cada vez mais limitado, a amplidão além dele cada vez mais tentadora.

E chegou um dia em que a garça do canto esquerdo, aquela que desde sempre mantinha as asas abertas, agitou-as de leve, depois com mais vigor, e adejando enfim livre, voou para fora do leque.

Durante aquele dia e nos que se seguiram, a dama esperou por ela, tocando sua doce música. Mas a garça não voltou. E o canto esquerdo do leque continuou vazio, sem que sequer uma marca desbotada lembrasse a antiga presença.

Mais tempo se foi, lentamente. Sozinha, agora, a garça do lago não tinha mais razão para continuar ali, com a perna mergulhada na água. E numa tarde quente em que a concubina se abanava com preguiça, a garça esticou enfim a outra perna, ondulou o pescoço, desdobrando as asas que desde sempre haviam permanecido fechadas. Como uma corola tocada pelo vento, estremeceram as penas brancas. E a garça abriu seu voo, abandonando o leque.

Sem um gesto, a dama viu partir a última amiga. Não chorou, porque lágrimas não são permitidas em leques de papel. Mas as mãos pálidas pararam de tanger as cordas. E o instrumento sobre o seu colo emudeceu.

Muitos e muitos anos de silêncio passaram depois disso. Muitas e muitas pessoas possuíram o leque.

Até que um dia, vasculhando na barraca de um antiquário de feira, um jovem artista o viu, aberto entre as quinquilharias. E sua atenção foi atraída pela antiga delicadeza da dama de quimono. Faltava alguma coisa, talvez, no desenho da paisagem, o papel estava maltratado. Mas eram tão leves as mãos sobre o instrumento, tão elegantes as pregas do quimono, que lhe pareceu um lindo presente para dar à sua amada.

Em casa, limpas as varetas, consertado o papel com pouca cola, o artista sentiu o desejo de acrescentar alguma coisa ao presente, enriquecê-lo com seu amor e seu talento. Pegou a caixa das tintas, debruçou-se sobre o leque, e com cuidado, aproveitando o espaço vazio no lado esquerdo, pintou uma garça colhida em pleno voo, asas abertas. Porém, ocupado todo aquele canto, algo ficava faltando do outro lado, mais próximo da dama. Mergulhou o pincel na tinta branca, tocou de leve a ponta em cor-de-rosa. E logo outra garça surgiu, asas fechadas, a perna de coral metida na água do lago.

Sim, agora tinha um leque digno da sua amada.

E havia ficado tão lindo, que ela não quis guardá-lo fechado na gaveta. Cuidando de não ferir o papel, prendeu-o aberto na parede diante da sua cama.

Aquela noite, ainda o olhou com encantamento antes de dormir. Depois apagou a luz e fechou os olhos.

Dorme a dona do leque, dorme a casa. Mas na superfície de papel um vulcão fumega, enquanto uma dama de quimono toca para suas garças a suavíssima música de um instrumento de cordas.

O REINO POR UM CAVALO

Era lustroso, esguio, mais branco que um lençol ao sol. E bem mais precioso. Era o cavalo do Rei. Precioso não apenas por sua beleza, mas porque só se alimentava de moedas de ouro.

Na estrebaria do palácio, palafreneiros atarefavam-se constantemente ao seu redor em delicados tratos. Escovavam-lhe o pelo imaculado, trançavam-lhe a crina, enceravam-lhe os cascos, desembaraçavam-lhe a longa cauda. A um canto, músicos especialmente escolhidos para distraí-lo revezavam-se tocando alaúde.

E uma vez por dia realizava-se a cerimônia da alimentação. Ao som de trombetas e precedidos pelo Grão-Curador dos Bens Reais, pajens adentravam na estrebaria carregando cestos cheios de moedas de ouro. Ao bater de palmas do Palafreneiro-Mor, aproximavam-se um a um da manjedoura, despejando a carga cintilante, que em poucos momentos desaparecia entre os dentes amarelados do cavalo.

A bem da verdade, logo que o cavalo fora presenteado ao Rei, o Grão-Curador se dera, durante algum tempo, o trabalho de voltar discretamente à cocheira algumas horas após as refeições. Armado de uma vareta e cuidando de não perder sua nobre postura, vasculhava a bosta fumegante, para certificar-se de que nenhuma moeda havia sido devolvida pelos cavalares intestinos. Logo, porém, percebera a inutilidade do gesto. O ouro que entrava não saía. Todo ele consumido no escuro mistério do ventre, garantia talvez o cintilar do pelo, o brilho dos olhos e, quem sabe, até o amarelado dos dentes.

Fundos eram os cofres do Rei. Um cesto de moedas a menos não fazia diferença. Nem dez. Entretanto, um cesto hoje, um cesto amanhã, durante semanas e meses cheios de hojes e amanhãs, começaram a se fazer sentir. E chegou o dia em que, tendo esgotado todos os outros recursos, o

Grão-Curador se viu obrigado a avisar Sua Majestade de que, para satisfazer o apetite do cavalo, breve seria necessário vender a coroa.

– A coroa nunca! – exclamou o Rei levando as mãos à cabeça.

E, sem hesitar, ordenou a instituição de uma nova taxa, o Imposto do Cavalo, a ser pago diariamente por todos os súditos.

Com a contribuição do povo, encheu-se durante algum tempo a manjedoura. Mas assim como havia acontecido com os cofres reais, também os pequenos cofres domésticos, os pés-de-meia, os fundos de colchão e os porquinhos de louça pouco a pouco se esvaziaram.

E o dia chegou em que não havia no reino uma única moeda.

– Que fazer? – perguntou o Rei ao Ministro que se encontrava junto ao trono.

O Ministro olhou interrogativamente para o outro Ministro que estava ao seu lado, que por sua vez olhou para o Ministro cujo manto roçava no seu, que olhou para o Ministro que estava mais próximo. Que finalmente olhou para o Curador. Que, não tendo ninguém por perto a quem olhar, viu-se obrigado a responder.

– E se tentássemos fazê-la funcionar ao contrário? – arriscou.

– Ao contrário???!!!!!! – repetiram todos em coro, sem entender.

Mas não querendo demonstrar sua ignorância, o Rei deu ordens para que se procedesse à operação.

Sob as ordens do Curador, amarrou-se à cauda do cavalo uma corda comprida, cuja ponta foi metida pelo seu traseiro adentro e empurrada com gentil firmeza, até que começasse a fazer-lhe cócegas na garganta. E assim que o pobrezinho abriu a boca para livrar-se do incômodo, mãos sôfregas mergulharam lá dentro e agarraram a ponta da corda que despontava.

Os palafreneiros, os músicos e o Grão-Curador em pessoa começaram a puxar. Puxa que puxa, eis que, devagar, bem devagar, o cavalo foi virado pelo avesso.

E ali estava agora um cavalo que, sendo ele mesmo, era o contrário que tinha sido.

Faltava testar os resultados. Pajens trouxeram cestos cheios de bosta, que despejaram, um a um, na manjedoura. O cavalo aproximou-se, farejou. E, sob o olhar ansioso do Rei, foi esvaziando aos poucos a manjedoura, tragando seu conteúdo entre os dentes amarelos.

Naquela tarde, ninguém arredou pé das cavalariças. Escondida atrás das costas, o Grão-Curador segurava uma vareta. Mas não foi necessária. Quando, afinal, a cauda do cavalo ergueu-se de leve, foi para deixar jorrar sobre a palha uma cascata tilintante de moedas de ouro.

Assim, todos os dias, o tilintar do ouro passou a ecoar nas arcadas da estrebaria. As moedas jorravam e eram passadas rapidamente da palha para os cofres reais. Que aos poucos se encheram, incharam, transbordaram.

Tantas eram as moedas que o Rei decidiu afinal revogar o Imposto do Cavalo. E, a partir daquele momento, também os pequenos cofres domésticos, os pés-de-meia, os fundos de colchão e os porquinhos de louça começaram a receber suas moedas, a encher, inchar e transbordar.

A abundância e o sorriso espalharam-se no reino.

Mas apesar de tanta alegria, o Rei não parecia feliz. Andava pensativo pelos corredores e era visto, às vezes, descendo para as estrebarias, onde se demorava em silêncio, sem sorrir. Aquele, matutava o Rei enquanto as moedas jorravam, já não era mais seu lindo cavalo. Estava feio, quase asqueroso. O pelo branco, agora por dentro, não se via. Por fora, só a pele vermelha, gosmenta. Não era nenhum cavalo de que um Rei pudesse se orgulhar, nenhuma nobre montada para desfilar em dias de parada ou procissão.

E os cofres já estavam pra lá de cheios.

Então um dia, após receber a visita de um embaixador estrangeiro, o Rei desceu às cavalariças esvoaçando o manto pelas escadas, alegre como há muito não se via. Tinha um sorriso nos lábios e ordens para serem executadas. Com rápida determinação, antes que o Grão-Curador ouvisse, mandou que se matasse o cavalo. E que a cocheira fosse imediatamente lavada e perfumada para receber um lindo cavalo novo que ele acabara de ganhar.

Foi assim que as cavalariças reais, cheirando a alfazema, receberam o raro alazão vindo de terras distantes. Raro não apenas pela beleza e o nobre porte, mas porque só se alimentava de pedras preciosas.

ENTRE A ESPADA E A ROSA

Qual é a hora de casar, senão aquela em que o coração diz "quero"? A hora que o pai escolhe. Isso descobriu a Princesa na tarde em que o Rei mandou chamá-la e, sem rodeios, lhe disse que, tendo decidido fazer aliança com o povo das fronteiras do norte, prometera dá-la em casamento ao seu chefe. Se era velho e feio, que importância tinha, frente aos soldados que traria para o reino, às ovelhas que poria nos pastos e às moedas que despejaria nos cofres? Estivesse pronta, pois breve o noivo viria buscá-la.

De volta ao quarto, a Princesa chorou mais lágrimas do que acreditava ter para chorar. Embolada na cama, aos soluços, implorou ao seu corpo, à sua mente, que lhe fizessem achar uma solução para escapar da decisão do pai. Afinal, esgotada, adormeceu.

E na noite sua mente ordenou, e no escuro seu corpo fiou. E ao acordar de manhã, os olhos ainda ardendo de tanto chorar, a Princesa percebeu que algo estranho se passava. Com quanto medo correu ao espelho! Com quanto espanto viu cachos ruivos rodeando-lhe o queixo! Não podia acreditar, mas era verdade. Em seu rosto, uma barba havia crescido.

Passou os dedos lentamente entre os fios sedosos. E já estendia a mão procurando a tesoura, quando afinal compreendeu. Aquela era a sua resposta. Podia vir o noivo buscá-la. Podia vir com seus soldados, suas ovelhas e suas moedas. Mas quando a visse, não mais a quereria. Nem ele nem qualquer outro escolhido pelo Rei.

Salva a filha, perdia-se porém a aliança do pai, que tomado de horror e fúria diante da jovem barbada, e alegando a vergonha que cairia sobre seu reino diante de tal estranheza, ordenou-lhe abandonar o palácio imediatamente.

A Princesa fez uma trouxa pequena com suas joias, escolheu um vestido de veludo cor de sangue. E, sem despedidas, atravessou a ponte levadiça, passando para o outro lado do fosso. Atrás ficava tudo o que havia sido seu, adiante estava aquilo que não conhecia.

Na primeira aldeia aonde chegou, depois de muito caminhar, ofereceu-se de casa em casa para fazer serviços de mulher. Porém ninguém quis aceitá-la porque, com aquela barba, parecia-lhes evidente que era homem.

Na segunda aldeia, esperando ter mais sorte, ofereceu-se para fazer serviços de homem. E novamente ninguém quis aceitá-la porque, com aquele corpo, tinham certeza de que era mulher.

Cansada, mas ainda esperançosa, ao ver de longe as casas da terceira aldeia, a Princesa pediu uma faca emprestada a um pastor e raspou a barba. Porém, antes mesmo de chegar, a barba havia crescido outra vez, mais cacheada, brilhante e rubra que antes.

Então, sem mais nada pedir, a Princesa vendeu suas joias a um armeiro, em troca de uma couraça, uma espada e um elmo. E tirando do dedo o anel que havia sido de sua mãe, vendeu-o a um mercador, em troca de um cavalo.

Agora, debaixo da couraça, ninguém veria seu corpo, debaixo do elmo, ninguém veria sua barba. Montada a cavalo, espada em punho, não mais seria homem nem mulher. Seria guerreiro.

E guerreiro valente tornou-se, à medida que servia aos Senhores dos castelos e aprendia a manejar as armas. Em breve, não havia quem a superasse nos torneios nem a vencesse nas batalhas. A fama da sua coragem espalhava-se por toda parte e a precedia. Já não precisava apresentar-se, diante dos muros de cidades e castelos, já ninguém recusava seus serviços. A couraça falava mais que o nome.

Pouco se demorava em cada lugar. Lutava cumprindo seu trato e seu dever, batia-se com lealdade pelo Senhor. Porém suas vitórias atraíam os olhares da corte, e cedo os murmúrios começavam a percorrer os corredores. Quem era aquele cavaleiro, ousado e gentil, que nunca tirava os trajes de batalha? Por que não participava das festas nem cantava para as damas? Quando as perguntas se faziam em voz alta, ela sabia que era chegada a hora de partir. E ao amanhecer montava seu cavalo, deixava o castelo, sem romper o mistério com que havia chegado.

Somente sozinha, cavalgando no campo, ousava levantar a viseira para que o vento lhe refrescasse o rosto, acariciando os cachos rubros. Mas tornava a baixá-la tão logo via tremular na distância as bandeiras de algum torreão.

Assim, de castelo em castelo, havia chegado àquele, governado por um jovem Rei. E fazia algum tempo que ali estava.

Desde o dia em que a vira, parada diante do grande portão, cabeça erguida, oferecendo sua espada, ele havia demonstrado preferi-la aos outros guerreiros. Era a seu lado que a queria nas batalhas, era a ela que chamava para os exercícios na sala de armas, era ela sua companhia preferida, seu melhor conselheiro. Com o tempo, mais de uma vez, um havia salvado a vida do outro. E parecia natural, como o fluir dos dias, que suas vidas transcorressem juntas.

Companheiro nas lutas e nas caçadas, inquietava-se, porém, o Rei vendo que seu amigo mais fiel jamais tirava o elmo. E mais ainda inquietava-se ao sentir crescer dentro de si um sentimento novo, diferente de todos, devoção mais funda por aquele amigo do que a que um homem sente por um homem.

Pois não podia saber que à noite, trancado o quarto, a Princesa encostava seu escudo na parede, vestia o vestido de veludo vermelho, soltava os cabelos e, diante do seu reflexo no metal polido, suspirava longamente pensando nele.

Muitos dias se passaram em que, tentando fugir do que sentia, o Rei evitava vê-la. E outros tantos em que, percebendo que isso não a afastava da sua lembrança, mandava chamá-la, para arrepender-se em seguida e pedir-lhe que se fosse.

Por fim, como nada disso acalmasse seu tormento, ordenou que viesse ter com ele. E com voz áspera lhe disse que há muito tempo tolerava ter a seu lado um cavaleiro de rosto sempre encoberto. Mas que não podia mais confiar em alguém que se escondia atrás do ferro. Tirasse o elmo, mostrasse o rosto. Ou teria cinco dias para deixar o castelo.

Sem resposta ou gesto, a Princesa deixou o salão, refugiando-se no seu quarto. Nunca o Rei poderia amá-la, com sua barba ruiva. Nem mais a quereria como guerreiro, com seu corpo de mulher. Chorou todas as lágrimas que ainda tinha para chorar. Dobrada sobre si mesma, aos soluços, implorou ao seu corpo que a libertasse, suplicou à sua mente que lhe desse uma solução. Afinal, esgotada, adormeceu.

E na noite sua mente ordenou, e no escuro seu corpo brotou. E ao acordar de manhã, com os olhos inchados de tanto chorar, a Princesa percebeu que algo estranho se passava. Não ousou levar as mãos ao rosto. Com medo, quanto medo! aproximou-se do escudo polido, procurou seu reflexo. E com espanto, quanto espanto! viu que, sim, a barba havia desaparecido. Mas em seu lugar, rubras como os cachos, rosas lhe rodeavam o queixo.

Naquele dia não ousou sair do quarto para não ser denunciada pelo perfume, tão intenso, que ela própria sentia-se embriagar de primavera. E perguntava-se de que adiantava ter trocado a barba por flores, quando, olhando no escudo com atenção, pareceu-lhe que algumas rosas perdiam o viço vermelho, fazendo-se mais escuras que o vinho. De fato, ao amanhecer, havia pétalas no seu travesseiro.

Uma após a outra, as rosas murcharam, despetalando-se lentamente, sem que nenhum botão viesse substituir as flores que se iam. Aos poucos, a rósea pele aparecia. Até que não houve mais flor alguma. Só um delicado rosto de mulher.

Era chegado o quinto dia. A Princesa soltou os cabelos, trajou seu vestido cor de sangue. E arrastando a cauda de veludo, desceu as escadarias que a levariam até o Rei, enquanto um perfume de rosas se espalhava no castelo.

CINCO CIPRESTES, VEZES DOIS

Não era um homem rico. Nem era um homem pobre. Era um homem, apenas. E este homem teve um sonho.

Sonhou que um pássaro pousava em sua janela e lhe dizia:

"Há um tesouro esperando por você na cidade dos cinco ciprestes". Mas, quando o homem abriu a boca para perguntar que cidade era essa, espantou o pássaro e o sonho. E despertou.

Durante dias indagou de quantos encontrava se sabiam alguma coisa a respeito de uma cidade com cinco ciprestes, sem que ninguém tivesse o que lhe responder. Então, como se ainda ouvisse a fala clara do pássaro, vendeu seus poucos bens, botou o dinheiro numa sacola de couro que pendurou no pescoço e, montando no seu cavalo, partiu.

Escolheu a direção do sol poente, dizendo para si que, enquanto andasse junto com o Sol, os dias durariam mais, e ele teria mais tempo para procurar. E junto com o Sol subiu montanhas, atravessou planícies, varou lagos e rios.

Da cidade, nem sinal.

Mas ele tinha sonhado com o pássaro, e continuou a procurar. E eis que um dia, quando o sol começava a acariciar-lhe as costas, viu lá longe, erguendo-se como torres na bruma do horizonte, as negras silhuetas de cinco ciprestes.

Sob o puxão involuntário das rédeas, o cavalo estremeceu. Porém, logo esporeado, pôs-se a galopar. E galoparam, galoparam, galoparam.

Espumava o cavalo, suava o homem, quando afinal chegaram à primeira casa. E estando o homem tão cansado, já no final do dia, pareceu-lhe melhor beber a água daquele poço, deitar-se à sombra daquela árvore, para só no dia seguinte, descansado, procurar o tesouro que lhe pertencia.

E assim fez. Adormecendo em seguida.

Dormiu tão profundamente que não despertou quando um outro cavaleiro chegou, apeou e aproximou-se dele. Tão profundamente que nem sentiu quando este tocou na bolsa de couro que trazia ao pescoço, ainda cheia de dinheiro. E adormecido assim, como poderia perceber que se tratava de temível bandido?

Nada percebeu. Nem sequer quando o outro puxou da espada e, segurando-a por um instante no alto, com as duas mãos baixou-a súbito, decepando-lhe a cabeça.

Quase sorrindo, o salteador abriu a bolsa, contou o dinheiro. Depois, deixando aos cães o corpo ensanguentado, agarrou a cabeça pelos cabelos e atirou-a no poço.

E no poço a cabeça foi afundando lentamente. Até chegar ao fundo. Onde os olhos abertos já não podiam ver o cofre apodrecido, de cujas frestas joias e moedas escapavam, perdendo-se na escuridão esverdeada.

Mas um conto é apenas um conto,
que eu conto, reconto
e transformo em outro conto.

Não era um homem rico. Nem era um homem pobre. Era apenas um homem. E este homem teve um sonho.

Sonhou que um pássaro pousava na sua janela e lhe dizia:

"Há um tesouro esperando por você na cidade dos cinco ciprestes." Mas quando o homem abriu a boca para perguntar onde ficava essa cidade, espantou o pássaro. E o sonho levantou voo.

Inutilmente perguntou a todos quantos conhecia se podiam lhe dar notícias da misteriosa cidade. Ninguém tinha ouvido falar dela, e o máximo que faziam era sacudir a cabeça e dar de ombros. Assim, percebendo que se continuasse onde estava jamais chegaria aonde tinha que ir, vendeu sua casa e sua horta, vendeu as roupas que não levava no corpo e, tendo colocado o dinheiro em uma sacola de couro, pendurou-a no pescoço e partiu.

Escolheu a direção do sol nascente, dizendo para si que ver o Sol surgir todas as manhãs seria como ver a fortuna que também estava surgindo para ele. E juntamente com o Sol, levantou-se dia após dia, percorrendo planícies, subindo montanhas, atravessando lagos e rios.

Sem que da cidade houvesse sinal.

Mas o pássaro havia falado em seu sonho. E ele continuou a procurar. E eis que uma manhã, quando o sol lhe tocava o rosto com dedos ainda mornos, viu recortar-se no horizonte silhuetas negras e altas como torres, severas silhuetas de ciprestes. Mal podia olhá-las, mergulhadas na luz ofuscante que pairava ao longe como uma névoa. Ainda assim seu coração pareceu lançar-se para elas, e o cavalo estremeceu sob o puxão involuntário das rédeas.

Galoparam e galoparam e galoparam.

O cavalo espumava, o cabelo do homem grudava na testa, quando afinal chegaram mais perto da cidade almejada. O Sol agora já estava quase se pondo e, na luz gasta do fim do dia, o homem viu que os ciprestes não eram cinco, como havia pensado, mas apenas quatro.

– Ainda não é esta – disse desapontado, como se alguém pudesse ouvi-lo.

E, esporeando o cavalo, afastou-se.

Não podia saber que na noite anterior uma tempestade havia desabado sobre a cidade. Nem que um raio, certeiro, abatera o quinto cipreste.

NO RUMO DA ESTRELA

Já não havia nenhuma razão para continuarem vivendo na ilha. Morto o pai, assim decidiram os sete irmãos.

Logo, centenas de aves esvoejaram em círculos e gritos, tocadas de seus ninhos pelo machado que estremecia os troncos. Centenas de coelhos se esconderam nas tocas, fugindo das armadilhas em que outros coelhos se debatiam.

E um longo barco foi surgindo na praia, o esqueleto de madeira deitado sobre a areia, costelas para cima, aos poucos recoberto pelos couros de coelho que os irmãos emendavam.

– Esperaremos a lua cheia – disse o mais velho dos sete, depois que os remos foram lixados. Mas, faltando ainda completar-se o tempo, cuidaram os outros de embarcar as poucas coisas que levariam. Água nos jarros, frutas nos cestos, carnes e peixes em camas de sal.

Tudo estava pronto quando, na escura costura da noite com o mar, uma enorme lua começou a brotar e, aos poucos, achatada sob o peso do céu, foi subindo, cada vez mais clara.

– Você, que é o menor e o mais leve, ficará no leme – disse o mais velho dos irmãos ao mais moço, enquanto empurravam o barco para a água. E, apontando no céu uma estrela tão clara quanto a Lua, mandou que nela cravasse a proa, sem nunca abandoná-la com os olhos.

– Só assim chegaremos a terra firme – acrescentou.

Vencidas as primeiras marolas, varada a arrebentação, vai o barco sobre o líquido espelho. Plaf, plaf, mergulham os remos dos seis irmãos, encrespando o brilho sem parti-lo. E o sétimo atrás, em silêncio.

Vai o barco, sempre em frente. Não há trilhas no mar. O reto caminho desenhado pela mão que segura o leme só aparece na esteira, depois que o barco passa. E logo se apaga.

Mas de olhos postos na estrela, o rapaz sabe aonde vai.

De dia, quando o sol queima e a luz ofusca, os irmãos dormem deitados no fundo do barco. De noite remam. Uma, duas, muitas noites.

Noite a noite, roçando no céu, a Lua gasta sua curva, se afina. Quanto menor a Lua, mais intensa brilha a estrela para o moço.

Mais intensa e mais bonita. Mais bonita e mais olhada. Mais olhada e mais amada.

Nos olhos dele, só ela se reflete. Na noite dele, só ela se ilumina.

Vai o barco aonde ela chama. Outra noite. E mais noites.

– Tão distante de mim! – suspira o moço, confundindo seu lamento com o beijo da água contra o casco. – Tão difícil de alcançar!

Inutilmente procura na escuridão caminhos que o levem à estrela, tenta varar com a proa a rota secreta do céu, romper a linha que no horizonte os separa.

Gastou-se de todo a Lua. Agora, só a estrela cintila.

Plaf, plaf, mergulham os remos dos seis irmãos. Mas nessa noite mais negra que as outras, um sopro vem gemendo sobre a água. É o vento. O mar, cansado de ser plano como um campo, incha-se em dunas e morros, ergue as costas, estica os dedos brancos de espuma.

Foge o barco, ou é levado? Remam os irmãos, ou agarram-se aos remos? O barco salta, gira, corcoveia, para no alto de uma onda, despenca, e novamente se empina. As madeiras rangem, a tempestade relincha.

Os olhos do moço, ardidos de sal, perderam a estrela. Sem rumo, ele a procura entre as nuvens, no céu tão revolto quanto o mar. E já não sabe o que é acima ou abaixo.

Rompe-se a noite. Um raio salta. O moço cobre os olhos com a mão. Mas, quando a abaixa, lá está de novo sua alegria, clara e limpa estrela brilhando numa garganta de céu.

O arcabouço do barco geme na subida. Como árvore imensa, a onda abre sua copa. Mais e mais sobem os irmãos no seu ninho de couro, até chegarem ao alto, onde a espuma brilha, quase nuvem. Nunca o moço esteve tão perto da amada. Nunca lhe pareceu tão bonita como agora. Pela primeira vez, a mão esquece o leme. Ele se levanta, quase a alcançando, braços estendidos, tornozelos enlaçados de mar. E tem a impressão de que ela se debruça, levando-o além da escuridão, além do vento, além da tempestade.

Perdido o timoneiro, para sempre navegam os irmãos sem possibilidade de chegar. Longe está a terra firme. Longe, lá longe, as estrelas.

NO CASTELO QUE SE VAI

No seu castelo de ar morava o Rei do Nada. Não tinha paredes aquele castelo, não tinha telhado. Mas assim, transparente, era belo e delicado como nenhum outro.

E porque o Rei nada possuía, nem mesmo um mínimo pedacinho de terra, a qualquer sopro de vento lá se ia o castelo com toda a sua corte, etérea arquitetura flutuando no azul. Pousava quando amainava o vento. Ora era visto num pico escarpado, ora surgia à beira do mar ou assentava-se na planície. Nada o prendia a lugar algum. E o mundo inteiro era seu reino.

Agora, depois de uma tempestade que o sacudira, levando-o por cima das montanhas, repousava o castelo entre as flores de um vale. Damas saíam a passear colorindo os gramados com seus longos trajes, leves como suspiros, cavaleiros disputavam torneios de imaginação, enquanto as crianças na corte inventavam jogos com maçãs recém-colhidas dos galhos.

Já muitos dias desse viver gentil se haviam passado.

Não longe do vale, porém, exercia seu poder um rei temível. Ráiç era chamado. E ao pronunciar seu nome todos baixavam olhar e voz. Feroz, tomara muitos reinos à força. Guerreiro, vencera todas as guerras. A ferro e fogo ampliava cada vez mais seus domínios, suas riquezas e o número de seus súditos, pois, acordado ou dormindo, sonhava tornar-se um dia Rei de Tudo.

Bastou, portanto, que os espiões lhe trouxessem notícia da existência de um novo castelo, para que seus olhos se acendessem de cobiça.

– Que meus embaixadores partam imediatamente para lá, levando uma declaração de guerra! – ordenou.

E foram os embaixadores em suas suntuosas vestes de veludo. E em suas vestes apenas um pouco amarrotadas regressaram, quando já Rei Ráiç se preparava para a batalha.

A declaração de guerra não havia sido aceita, explicaram cabisbaixos.

Nunca Rei Ráiç fora tão insultado, nunca encontrara monarca tão arredio. Mas disposto a fazer a guerra, quer o outro quisesse, quer não, partiu assim mesmo à testa do exército.

Chegaram no vale ao amanhecer. Os cavalos resfolegavam pisoteando as flores, tiniam escudos e couraças, as armas brilhavam desembainhadas. E quando o Rei do Nada surgiu na porta do seu diáfano castelo acompanhado de alguns membros da corte, adiantou-se Rei Ráiç, sem apear.

– Soube que desejais fazer-me guerra – disse o Rei do Nada. – Humildemente pergunto o porquê desse desejo.

– Porque tudo o que posso ver me pertence. E meu é também muito do que o olhar não alcança – respondeu Rei Ráiç, do alto do seu cavalo. – Porém, entre tudo o que conquistei, existem agora este palácio e esta corte que não são meus. E é necessário que eu os possua.

– Mas isto tudo que estais vendo – disse o pequeno Rei abrindo os braços – é Nada. Só o Nada me pertence.

– Pois então é esse Nada que eu quero!

Discretamente, tentando esconder a boca atrás do cetro transparente, riu o Rei do Nada. E, como se contagiados pelas palavras do Grande Ráiç, riram as damas e os cavaleiros. A princípio abaixando o queixo para disfarçar, depois abertamente, sem controle, riu a delicada corte diante do exército que esperava. Riram a Rainha e o cozinheiro, os pajens e as crianças, riu, pela primeira vez mais que todos, o Bobo da corte.

E o sopro daquelas bocas abertas, o eco daquelas risadas todas fizeram ondejar os aéreos cortinados, moveram aos poucos os inexistentes torreões, as ausentes paredes. Como um navio que levanta suas velas, o castelo inteiro começou a flutuar, docemente partindo para novas distâncias.

Debaixo das patas dos cavalos, o gramado já se fazia lama. O exército embainhou as espadas, recolheu as lanças. Impotente, Rei Ráiç viu afastar-se a vitória. Por causa daquele Nada, daquele castelo impalpável que se ia no regaço do vento, nunca mais seria Rei de Tudo. Perdido estava para sempre seu sonho.

Em fúria, esporeou o cavalo, partindo a galope. Ao longe, leves como tilintar de pingentes, ouviam-se ainda as risadas da corte.

UMA VOZ ENTRE OS ARBUSTOS

Eram tão poucos naquela trupe de saltimbancos que, quando a jovem atriz desistiu, para casar com um comerciante, não tiveram outra para botar no seu lugar.

E querendo, assim mesmo, realizar a encenação, costuraram uma enorme boneca de pano, moldaram para ela o mais lindo rosto de cera e, depois de completá-la com a peruca e os trajes que haviam sido da atriz, a puseram delicadamente sentada num canto da cena.

À noite, acesas as velas, começado o espetáculo, que bela pareceu! Tão bela que, apesar de nada dizer e nada fazer, o público não teve olhos para mais ninguém.

Havia, nesse público, um grupo de nobres cavaleiros que, estando a passar pela praça na exata hora em que o espetáculo acontecia, haviam--se detido para assistir. E é provável que, voltando ao palácio, contassem a todos do seu encantamento por aquela moça de rara beleza e doce silêncio, pois já no dia seguinte o Rei, que havia muito procurava uma dócil esposa, dava ordens para que se aprontasse uma carruagem, e um pajem levando seu pedido fosse buscar aquela que, a partir de agora, queria para noiva.

Foi a carruagem, saltou o pajem diante das tendas dos saltimbancos. Que depois de ouvirem a leitura do pergaminho real, entreolharam-se assustados. Quem teria coragem de contrariar desejo tão poderoso e mandar dizer ao Rei que a bela moça era apenas uma boneca? Melhor deixar que descobrisse por si mesmo.

Arrumaram a boneca, escovaram seus cachos e, com a mesma graça com que a haviam colocado na cena, a puseram sentada sobre os coxins da carruagem. O chicote estalou, a carruagem partiu deixando no ar uma nuvem de poeira.

A tarde estava quente, o palácio era distante e, galopa, galopa, sacode,

sacode, o cocheiro, tomado de grande sede, parou numa estalagem. O pajem ainda chegou-se à janela da carruagem para perguntar à donzela – que acreditava estar levando – se desejava tomar alguma coisa. Mas, não recebendo resposta, atribuiu o silêncio ao mais puro recato e, achando melhor não insistir, deixou-a sozinha, indo beber com o cocheiro.

Beberam uma boa caneca de cerveja. Beberam outra. Lá fora, o sol batia na carruagem. E no calor abafado, o belo rosto de cera começou a amolecer. Alongou-se o nariz, arriaram as bochechas, caíram os cantos da boca. Até a testa cedeu.

Assim foi que, quando a carruagem afinal chegou ao palácio e o Rei em pessoa, cheio de sorrisos, abriu a porta para receber sua futura esposa, não deparou com a linda moça que esperava, mas com uma mulher feiosa, nariguda e emburrada.

Nem sequer a cumprimentou. Irritado, bateu a porta e, dizendo ao pajem que não lhe haviam trazido a moça encomendada, mas sua irmã mais feia, ordenou que a levassem de volta e trouxessem a que havia escolhido.

Novamente a carruagem partiu, novamente o pajem transmitiu a ordem do Rei aos saltimbancos. Que, sem entender o que havia acontecido, recolheram a boneca e pediram uma noite de tempo para preparar condignamente a noiva de Sua Majestade.

Gasta a noite para recompor o lindo rosto de cera, recolocaram a boneca sobre os coxins, o chicote estalou, a poeira encobriu a carruagem que partia.

Galopa, galopa, sacode, sacode, novamente o cocheiro foi tomado de grande sede e, ao passar diante da estalagem, decidiu parar para refrescar a garganta. Pela segunda vez, o pajem perguntou à donzela se desejava refrescar-se e, como da primeira, não tendo obtido resposta, deixou-a sozinha e foi beber com o cocheiro.

Beberam uma caneca de cerveja. Beberam outra. Lá fora o sol batia sobre a carruagem, o rosto de cera amolecia e escorria no calor abafado. Mas tão grande era a sede, tão boa a cerveja, que os dois resolveram tomar mais uma caneca e, já que estavam bebendo, aproveitaram para comer um naco de presunto.

Com isso, demoraram mais do que pretendiam. E, ao se darem conta do atraso, subiram na boleia rapidamente e retomaram a viagem sem nem

sequer olhar para o estado da passageira. Tivessem olhado, teriam tido a mesma visão assustadora que teve o Rei ao abrir a porta, cheio de mesuras. Derreada sobre os coxins, não estava a moça, mas uma velha de rosto todo enrugado, em que as sobrancelhas desciam por cima dos olhos, os olhos sumiam debaixo das pálpebras, e o nariz pendurava-se quase até o queixo.

A fúria do Rei pareceu não ter limites. Não chegava terem-lhe trazido a irmã, eis que agora lhe traziam a avó! Bando de asnos! Que fossem imediatamente reparar o erro! E, se prezavam suas cabeças, não voltassem sem cumprir o mandado!

Os saltimbancos nem queriam acreditar quando viram a carruagem parar diante de suas tendas. Mais difícil ainda foi acreditar no estado da linda boneca de cera. Mas não havia como negar. Mais uma vez pediram uma noite de tempo. Mais uma vez recompuseram o rosto! E a boneca foi docemente sentada nos coxins.

Estalou o chicote. Galopa, galopa, sacode, sacode, aquela poeira na garganta foi dando uma sede medonha. Quando a tabuleta da estalagem apareceu numa curva da estrada, o cocheiro não teve dúvida, estava na hora de parar.

Dessa vez, porém, enquanto bebiam e se gabavam com os outros viajantes de estarem levando a noiva do Rei, foram ouvidos pela linda filha do estalajadeiro. Que, tomada de curiosidade, esgueirou-se até a carruagem e, primeiro a distância, depois cada vez mais perto, espiou para dentro, tentando ver aquela que seria Rainha.

A jovem era bem mais esperta que o pajem, porque lhe bastou olhar a boneca para perceber o engodo que ali estava. E, engodo por engodo, teve uma ideia audaciosa. Sem ser vista, arrastou a boneca para trás de um estábulo, trocou suas roupas pelas dela, cobriu com a peruca de cachos seus próprios cabelos e, rápida, sentou-se sobre os coxins.

Foi a conta. Já os dois estafermos saíam da estalagem, e logo as patas dos cavalos levantavam a poeira, levando a carruagem rumo ao palácio.

Quanta alegria, dessa vez, na recepção do Rei. Sim, os nobres cavaleiros haviam dito a verdade. Ali estava a mais bela das jovens. A mais delicada. A mais silenciosa. Ali estava a esposa que tanto buscara.

De fato, a jovem estalajadeira desempenhava com perfeição seu papel. Lenta e gentil nos gestos, só abria a boca de vez em quando para sorrir, sem pronunciar uma única palavra. No mais, meneava a cabeça, cobria os lábios com os dedos, parecendo apenas um pouco mais viva que a boneca.

E a corte, encantada com moça tão discreta, começou os preparativos para a grande festa das bodas.

Tanto silêncio, entretanto, pesava à natureza alegre da estalajadeira que, muda nos jantares e calada nas recepções, transformava-se em boquirrota assim que entrava nos seus aposentos. A bem da verdade, era onde passava a maior parte do seu tempo, como convinha a uma noiva. E para que nenhum conforto lhe faltasse, seu futuro esposo havia-lhe destinado salas e quartos que davam para um pequeno jardim, fechado por altos muros. Ali a moça conversava sozinha ou contava para as flores e os pássaros aquilo que lhe ia na alma.

Aconteceu que uma manhã, passando junto ao muro que por fora nem se distinguia, coberto que estava de heras e arbustos, o Rei ouviu um trecho de sua conversa com um esquilo. Que era com um esquilo, ele não tinha como saber. Mas logo soube que aquela voz lhe transmitia um doce bem-estar. Sendo a mais agradável de quantas jamais tinha ouvido.

Foi em busca dessa doçura que o Rei voltou ao mesmo lugar no dia seguinte, e em muitos dos que vieram depois.

A princípio interessava-se somente pelo som. Porém, com o passar do tempo, começou a reparar nas palavras, surpreendendo-se com a beleza e o acerto daqueles discursos que pareciam brotar por entre as árvores.

Sentava-se de manhã perto do muro. Sentava-se à tarde ao lado da noiva. E à medida que se encantava pela voz desconhecida, começava a parecer-lhe enfadonha aquela que o havia conquistado pelo silêncio.

Quase sem sentir, começou a dirigir-lhe perguntas, a empurrá-la para alguma conversa. Mas ela, pensando tratar-se de uma armadilha para testar sua capacidade de calar, abstinha-se de responder ou, se o fazia, era apenas com um brevíssimo sim, ou um rápido não.

Irritava-se o Rei com tanta determinação. Irritava-se a moça com tanta insistência. E à noite, no quarto, ensopava o travesseiro de lágrimas, perguntando-se como podia estar tão infeliz se era noiva do Rei.

Enquanto isso, aproximava-se o dia das bodas.

Todos agora só trabalhavam para aprontar a festa. Os marceneiros martelavam e serravam, armando os tablados das danças, as costureiras não tinham tempo para largar as agulhas, os floristas entrelaçavam grinaldas. E logo os cozinheiros começaram a matar os leitões, a esquartejar as caças, a assar, ferver, enfeitar as enormes travessas. Até que tudo ficou pronto, e amanheceu o dia tão esperado.

Os sinos repicaram, soaram as trombetas. A noiva com seus longos véus, o noivo com seu grande manto deixaram seus aposentos, cada um acompanhado de seu séquito. Deveriam encontrar-se somente na catedral. Mas quis a sorte que antes de sair do palácio deparassem um com o outro em meio a um corredor.

Estancou o Rei por um instante, pensando na voz que lhe habitava o coração. Estancou a moça por um instante, pensando no longo silêncio que a esperava. E já ia o Rei retomar o passo, quando percebeu que a moça avançava na sua direção e, para sua extrema surpresa, a viu abrir a boca e falar.

Pouco importava que ela dissesse que não queria casar com ele, que não aguentava mais, que estava cansada de fingir, que precisava falar e ser ouvida. Pouco importava que as lágrimas lhe enchessem os olhos e que os cortesãos ouvissem, parados de espanto. Só importava o som daquela voz, enfim reconhecida, voz tão doce aos seus ouvidos, e que ele sabia capaz de bem outras palavras.

Na rua, a multidão que há tempo esperava viu finalmente um fremir de plumas avançando sob a grande porta do palácio, um estremecer de estandartes. As mães levantaram os filhos pequenos para que pudessem olhar, os homens tiraram os chapéus para agitá-los ao alto. E sob os vivas do povo os noivos saíram sorridentes, liderando o cortejo.

O HOMEM ATENTO

Por mais que recuasse com a memória, aquele homem não encontrava em sua vida um só momento em que não tivesse estado atento. Atento a tudo, plenamente, abertos os sentidos como se o seu corpo fosse a porta de entrada do mundo.

Não dormia. Mal comia. Os olhos sempre despertos viam o que acontecia à sua frente e pareciam ver com igual clareza o que acontecia atrás, ou mesmo longe deles. O nariz captava todos os cheiros, decifrava todos as perfumes. Os ouvidos distinguiam os componentes do silêncio tão bem quanto os da algazarra.

Sentado numa almofada, assim prestava atenção, certo de que, enquanto tomasse conhecimento de tudo o que acontecia, estaria controlando a organização do mundo. Imóvel, sem permitir que qualquer distração viesse perturbá-lo, abrindo em sua vigilância uma brecha por onde pudesse entrar a desordem.

E passados tantos anos em idêntica posição, chegou a tarde em que ouviu passos na rua, aproximando-se da sua casa. E porque eram lentos, soube que eram de um velho. E porque se arrastavam de leve, soube que o velho estava cansado. E porque nunca os tinha ouvido antes, soube que ele vinha de longe. E quando afinal os passos pararam diante da sua porta, preparou-se para ouvir as batidas.

Toc, toc, ecoaram nos cômodos as pancadas. Abriram os criados, deixando que o velho entrasse com seu cheiro de poeira e o calor do sol ainda guardado nas pregas das roupas. Que se refrescasse, disseram trazendo-lhe um jarro e taça.

O viajante levava justamente a água aos lábios, quando viu o Homem Atento. Imóvel na penumbra como se ignorasse sua chegada, mantinha-se entregue à sua tarefa, olhos abertos sem bater pestanas.

Aproximou-se o viajante. O Homem o olhava, sem deixar de ver além e aquém dele, sem deixar que sua presença sequer encrespasse a transparência da concentração. O Homem o olhava, mudo.

E o viajante teve pena.

Afastou-se para um lado, os olhos do Homem não o acompanharam. Afastou-se para o outro, os olhos continuaram fixos à frente. Mas quando o viajante colheu uma centopeia no vaso de plantas, bastou ao Homem Atento ouvi-la caminhar sobre aquela mão, para saber que lhe faltava uma pata. E quando, afastando-se até o jardim, o viajante trouxe um camaleão, bastou ao Homem Atento ver sua cor, para saber em que galho estivera deitado.

Então o viajante pegou a um canto um espelho de cobre e o colocou diante do olhar do Homem Atento.

Na superfície polida, um rosto pálido como a Lua, descorado por longa penumbra, encarou o Homem Atento. Mas não bastou ao Homem Atento olhar os olhos nas olheiras fundas, as brancas têmporas, para reconhecer-se. Pois há tantos anos não se via, que havia esquecido seu rosto. E agora, diante daquele reflexo, surpreendia-se que fosse seu. A tal ponto que precisou levantar a mão para tocar-se, certificando-se de que, sim, a mão que se erguia no espelho era a mesma que lhe alisava a barba.

Prestando atenção no mundo, deixara de prestar atenção em si. Nunca mais se olhara, sequer espelhado na água. Nunca mais acariciara a pele. Descuidara-se de contar o tempo. Mas o tempo havia passado apesar dele, e o rosto que acreditava jovem já não existia.

Ali estava a brecha, nunca pressentida, por onde a desordem teria entrado no mundo, se apenas por um minuto ele estivesse em seu controle.

Com voz que há tantos anos não ouvia, o Homem pediu aos criados que lhe trouxessem um pente. Estendeu até o marfim os dedos magros. Depois, pela primeira vez na vida, distraiu-se. Fechados os olhos, deixou a sombra de um sorriso tocar-lhe a expressão. E inclinando a cabeça para trás, longamente penteou os cabelos que lhe desciam pelos ombros.

COMO UM COLAR

É cega, diziam todos. Mas cega a Princesa não era. Desde o dia do seu nascimento não havia aberto os olhos. Não porque não pudesse. Apenas porque não sentia necessidade, pois já no primeiro momento vira tantas coisas bonitas por trás das pálpebras fechadas, que nunca lhe ocorrera levantá-las. Era como se a janela dos seus olhos fosse voltada para dentro, e debruçada nessa janela ela passasse seus dias entretida. Mas isso os outros não sabiam.

E não sabendo, lamentava-se em segredo o Rei seu pai, chorava escondida a Rainha sua mãe. Sem jamais revelar seu sofrimento diante da filha, para que não viesse mais essa dor somar-se à sua suposta desgraça.

Ao longo dos primeiros anos, os melhores médicos do reino foram chamados para examiná-la. Tentaram pomadas, receitaram poções, recomendaram mudanças de ar, prescreveram banhos frios, exigiram banhos quentes. Porém, como nada conseguisse curar aquilo que não estava doente, cansaram de lutar contra sua própria ignorância e, declarando o caso único na ciência médica, desinteressaram-se dele.

A partir de então, viveu serena a Princesa, mais e mais descobrindo daquele mundo só seu, mais e mais querendo descobrir.

E enquanto acumulava por dentro seu tesouro, outro tesouro, por fora, se fazia. Pois todos os anos, desde que havia nascido, seu pai lhe dava o mesmo, precioso, presente de aniversário. Era sempre igual a cerimônia. Os sinos do reino repicavam festejando a data, o Rei e a Rainha, acompanhados de cortesãos, entravam nos seus aposentos. Ao lado do Rei, um pajem com uma almofada de veludo cor de sangue. E sobre a almofada, pequena lua translúcida e luminescente, uma pérola. Que o Rei colhia entre dois dedos e, para admiração da corte, depositava na palma da mão da sua filha.

– Quando completares quinze anos – dizia cada vez, abraçando-a –, mandarei fazer com elas o mais lindo colar de que jamais se teve notícia.

Anuíam sorridentes a Rainha e os cortesãos, imaginando o esplendor da joia a ser feita com as raras pérolas do Oriente.

Finda a cerimônia, quando todos já se haviam retirado, a Princesa guardava sua pérola junto às outras, em uma caixa de mogno forrada de cetim. Sem pensar mais nela até o próximo aniversário.

Assim, mais de catorze anos haviam passado.

E era uma manhã de inverno do décimo quinto ano, quando a Princesa, que esquentava as mãos no braseiro, ouviu uma leve batida na janela.

Silêncio. Outra batida seca, como de um galho tocado pelo vento. Mas não havia árvores perto da janela, nem ventava. E a batida insistia.

A Princesa foi até a janela, abriu-a. Antes que suas mãos começassem a tatear, uma bicada gentil veio encontrá-las, penas macias roçaram nelas. Uma ave que ela não saberia nomear arrulhou, passou a cabecinha contra seus dedos e começou a bicar o mármore do peitoril coberto de neve.

– Pobrezinha! – pensou a Princesa. – Com fome neste frio. E sem ter nada para comer.

Afligia-se, sem saber o que lhe dar. Mas de repente, com um sobressalto de alegria, lembrou-se das pérolas, aqueles grãos todos que o pai havia-lhe dado.

Sem hesitar, foi até a caixa de mogno, tirou uma pérola e, na palma da mão, assim como a recebia do pai, ofereceu-a ao pombo.

Um toque do bico, e lá se foi, da palma, o leve peso. Logo, o farfalhar das asas e um súbito vento no rosto disseram à Princesa que seu visitante também tinha ido.

Sorrindo, fechou a janela.

Mas passados alguns dias, numa tarde em que o vento uivava pelas frestas, novamente as pancadinhas na janela pareceram chamá-la. E ela recebeu entre as mãos seu doce amigo, e lhe deu uma pérola para comer, e entre ruflar de penas ele se foi.

Nevou, ventou. Voltou o silêncio a deitar-se no jardim. E no silêncio o biquinho bateu nos vidros, a Princesa sorriu feliz.

E a cena toda se repetiu mais uma vez.

Nem foi a última. Durante aquele mês, e ainda no outro, o pombo veio visitar a Princesa. Cada vez levava uma pérola. Cada vez demorava-se mais.

Dessa forma, a caixa de mogno já estava vazia na manhã em que os sinos repicaram e a Princesa lembrou-se subitamente que era o seu aniversário. Não demorou muito, o Rei e a Rainha e os cortesãos entraram nos seus aposentos. Sobre a almofada, uma pérola.

Mas dessa vez, depois de colocá-la na mão da filha, o Rei, em voz alta, pediu-lhe as outras catorze, pois era chegada a hora de mandar o ourives real fazer o colar.

Sobressaltou-se a Princesa. Como dizer ao pai, diante de todos, que não as tinha mais?

Fechadas as pálpebras sobre o seu segredo, mentiu pela primeira vez. Que o pai voltasse dali a três dias, pois não lembrava onde tinha guardado a caixa de mogno, e certamente demoraria a achá-la.

O pai, pensando nas limitações da filha para encontrar os objetos, concordou penalizado e saiu com toda a corte.

Assim que ficou sozinha, a Princesa abriu a janela. Mas de nada adiantou chamar. De nada adiantou bater palmas. Nenhum farfalhar de voo amarfanhou o silêncio.

Então uma lágrima rolou lenta sob as pálpebras fechadas, depois outra, e outra. Quentes ainda sobre os cílios, logo esfriavam no vento frio do inverno, descendo geladas pelo rosto, até congelarem antes mesmo de alcançarem o peitoril.

Foram as lágrimas congeladas que ela encontrou, percorrendo o mármore com os dedos. Mas sentiu-as tão redondas e lisas que as confundiu com as pérolas e exultou de alegria, certa de que seu amigo tinha devolvido os preciosos grãos.

Fechou depressa a janela, guardou seu achado na caixa de mogno. Quando seu pai viesse, já tinha o que lhe dar.

Mas quando, dali a três dias, o Rei recebeu a caixa, nela não encontrou nada além de uma pocinha d'água encharcando o cetim.

Onde estavam as pérolas? À beira da fúria, o pai exigia explicações. E a Princesa não teve outro recurso senão contar-lhe como havia recebido a visita de uma ave, como esta arrulhava no frio e como, para matar sua fome, lhe tinha dado, um por um, todos os grãos.

Então ela não sabia o valor daqueles grãos?! vociferou o Rei, sem mais conter a indignação. E, nem bem havia saído dos seus aposentos, já aos brados chamava o Ministro, exigindo que os arqueiros reais caçassem o pombo. Daria um prêmio valioso a quem lhe trouxesse as catorze pérolas.

Pombo, pensou a Princesa ouvindo as ordens do pai, era esse o nome do seu amigo. Pombo, que os arqueiros procurariam para matar.

Envolveu-se num xale branco de lã, abriu a porta envidraçada que dava para o jardim. Pela primeira vez, era preciso olhar. Lentamente, sem susto ou surpresa, abriu os olhos. À sua frente, tudo era apenas uma longa ondulação de neve. Que ofuscava, mas que em algum lugar guardava um pombo.

Desceu os poucos degraus, começou a caminhar. Parava às vezes, batia palmas. A neve alta abafava seus chamados. Afundando, tropeçando, arrastando saias e xale, afastou-se do palácio. Talvez agora já estivesse no campo. Passou por uma sebe de espinheiros. Adiante, alguns arbustos. Chegou a um pequeno bosque. As árvores negras agitavam ao vento os galhos descarnados. Novamente a Princesa bateu palmas. Mas dessa vez um farfalhar seu conhecido fez-se ouvir. E eis que, entre o negro e o branco, um belo pombo cinzento veio volteando para pousar em sua mão estendida.

Ao longe, o arqueiro escondido atrás de um tronco viu a mancha cinzenta movendo-se contra o fundo imaculado. Não viu a silhueta da Princesa que, envolta no xale branco, confundia-se com a neve.

Tirou a seta da aljava, retesou a corda. O pombo pousou suas patinhas de lacre nos dedos que o esperavam, ainda bateu as asas para equilibrar-se. Com silvo de serpente, a seta o atingiu.

Um estremecimento, um voar de penas e sangue, um rasgar de carnes. Varado o corpo cinzento, nem assim se aplacou a fome da ponta de ferro. Que avançou ainda. Indo cravar-se no coração da Princesa.

Batem no vento os negros galhos. Caída sobre a neve, desfeito o casulo do xale, a Princesa fecha lentamente os olhos que havia demorado tanto para abrir. Mas pela ferida no peito do pombo rola uma pérola, depois outra, outra mais. Catorze pérolas escorrem como gotas sobre o alvo colo da Princesa. E preciosas se aninham ao redor do pescoço. Como um colar.

EM NOITES DE LUA CHEIA

Houve um tempo em que a Lua era só cheia, sempre redonda, visível, igual. E nesse tempo houve uma noite em que, avançando no céu, ela se viu de repente refletida lá embaixo, na água parada de um poço. Achou-se tão linda, mesmo à distância, que quis se ver mais de perto. E desviando-se do seu caminho, aproximou-se, debruçou-se na beira do escuro, debruçou-se mais, até que... tchibum!!! sem nem saber como, caiu lá no fundo.

A noite fez-se negra como nunca. Calaram-se os sapos, emudeceram os grilos. Pela primeira vez prisioneira, a Lua foi obrigada a esperar a chegada do dia.

E assim, presa entre as paredes limacentas do poço, o pastor a surpreendeu quando chegou na manhã seguinte, para dar de beber às suas ovelhas. A princípio não conseguiu acreditar. Olhou para o céu, procurou entre as nuvens. Só o Sol brilhava. Tornou a olhar para baixo. Não havia engano possível. Redonda e branca a Lua parecia boiar na água, como uma gema na clara.

O que fazer para tirá-la dali? Devagar, cuidando de não a acertar, o pastor baixou o balde. Esperou que afundasse, depois o balançou de leve. E começou a puxar a corda. Tentava pescar a Lua. Mas o balde era pequeno, a alça atrapalhava, e a Lua, molhada, escorregava feito um peixe. Vezes e mais vezes o pastor tentou, sem resultado. Quanto mais insistia, mais nervoso ficava. Quanto mais nervoso, mais improvável a pescaria.

Por fim, desconsolado, sentou-se. Ao redor, as ovelhas pastavam alheias aos seus esforços. O Sol já havia avançado muito. Quando a tarde chegasse ao fim, nada mais poderia ser feito. E era preciso libertar a Lua para que iluminasse a noite.

Então, como se a tivesse colhido entre as avencas, a ideia mais simples lhe ocorreu.

Rodeou o poço com os braços, respirou fundo, e puxou com tanta força que, num arranco, conseguiu entorná-lo de boca para baixo. Lá veio a água toda, escura como um rio. E no meio da água, a Lua, rolando sobre a grama.

Rolou, rolou, parou junto ao focinho de uma ovelha. Que vendo-a tão branca e lisa, numa só bocada a engoliu.

Em vão o pastor sacudiu a ovelha, em vão levantou-a pelas patas traseiras para obrigá-la a vomitar a Lua. O que ela havia engolido, engolido guardou. E o pastor não teve outro remédio senão juntar o rebanho e voltar ao redil.

Porém à noite, trancada a porta, apagado o lampião, percebeu que o redil continuava iluminado. Era a ovelha comilona que brilhava, a luz da barriga varando pele e pelo.

Latia o cachorro, agitavam-se as outras ovelhas. Com aquela luz, ninguém conseguiria dormir. O pastor pegou a ovelha no colo, levou-a para fora. E, depois de ajeitá-la sobre alguma palha, voltou, trancando a porta do redil enfim escuro. No calor do rebanho, dispôs-se a dormir.

Dormiam todos profundamente quando o lobo, que vagava pela noite em busca de comida, passou ali por perto. E vendo uma luz onde sempre havia escuridão, foi se aproximando aos poucos. Esgueirou-se atrás de uma árvore, deslizou para trás de um arbusto, rastejou quase. Até encontrar aquela ovelha, mais branca que qualquer outra, dormindo indefesa. E num salto, antes que conseguisse acordar, devorá-la.

Agora, com a ovelha e a Lua na barriga, era ele que brilhava. Mas, sem sabê-lo, certo de estar protegido pela escuridão, continuou suas andanças. Andando, aproximou-se da aldeia.

Mais do que o uivo, foi a estranha claridade que alertou o caçador. Há tempos vasculhava os bosques atrás daquele assassino de rebanhos. E eis que, de repente, o tinha ao seu alcance. Levantou o fuzil. Por mais que se esgueirasse, o lobo enluarado era um alvo fácil. De nada lhe adiantaram o tronco da árvore, os galhos do arbusto. Bastou um tiro. E lá estava ele estirado, morto.

A pele luminosa era troféu bem melhor do que o caçador havia esperado. Mas, assim que rasgou a barriga do lobo com o facão, a pele apagou-se. A Lua, mais uma vez, rolou branca sobre a grama.

Branca, redonda e úmida. Foi fácil para o caçador confundi-la com um queijo. E antevendo a alegria das quatro filhas que dormiam em casa, guardou-a no bornal.

Clareava a manhã quando o caçador depositou a Lua sobre a mesa da cozinha. Ferveu o leite, partiu o pão. As meninas, ainda de camisola, esperavam. Então ele pegou o facão e cortou a Lua em quatro pedaços, de acordo com o tamanho e a fome de cada uma. A mais velha ganhou o pedaço maior. O outro foi para a segunda. Um menor coube à terceira. E a caçula, que era ainda tão pequena, ficou apenas com uma fatiazinha estreita.

Comeram tudo. Não ficou nada nos pratos. E com seus pedaços de Lua na barriga, por baixo das camisolinhas brancas, foram brincar do lado de fora da casa.

Brincaram naquele dia, voltaram a brincar no dia seguinte. Não sabiam que a Noite, cansada da escuridão, havia decidido tomar a Lua de volta.

No terceiro dia, as meninas pulavam corda no gramado, quando uma águia branca veio descendo em círculos lá do alto. Um súbito mergulho, as garras cravadas na roupa da mais velha, e lá se foi ela carregada para o céu. Logo, baixou uma cegonha branca e, agitando suas grandes asas, agarrou a segunda com o bico, subindo com ela para o azul, E desceu uma gaivota branca para buscar a terceira. E uma pomba branca levou a menorzinha pela trança.

A águia voou, voou, voou. A garça voou, voou, voou. E voou a gaivota. E a pomba voou. Até chegarem à grande lona da noite. Onde, abrindo garras e bicos, depositaram as irmãs.

Ali elas vivem até hoje, revezando-se para iluminar a escuridão. Há noites em que a mais velha fica acordada, enquanto as outras dormem. Noites em que a vigília cabe à pequena, ou à do meio. E até mesmo noites em que todas dormem abraçadas, e a única luz visível é a das estrelas. Mas as noites mais bonitas são aquelas em que as quatro ficam acordadas e, como naquele dia distante, brincam de roda, girando de mãos dadas no céu. É quando, olhando daqui de baixo, vemos a Lua inteira, redonda, cheia. Como antigamente.

O homem que não parava de crescer

Sim, crescer havia sido bom, pensou Gul aquela noite ainda sentado à mesa, pernas esticadas, olhando as pontas quadradas dos sapatos, quase a medir a distância na penumbra. De menino a homem, belo percurso havia feito seu corpo. Avanços pequenos a cada dia, é bem verdade, tão pequenos que em geral nem os percebia, mas que agora se somavam no seu peso morno e sólido sobre a cadeira, fazendo-o sorrir de segurança. O tempo de crescer passou, pensou ainda Gul dando uma palmada na coxa. "Agora, é cuidar da vida", disse em voz alta. E levantou-se para fechar a janela.

Lá fora, noite estrelada. Tão distantes as estrelas. E tanto céu além delas. Gul demorou-se um instante atraído pela imensidão. Depois, fechando os batentes com um suspiro, foi dormir.

Acordou com alguém golpeando a porta, e o vento em fúria na janela. Nem perguntou quem era. Fosse quem fosse, era evidente que tinha pressa demais para perguntas. Gul saltou da cama, meu Deus como o chão estava gelado. E molhado. Molhado o chão do quarto? "Já vou, já vou. Calma!", gritou Gul enfiando as calças por cima do pijama e estranhando tudo, o chão a água as calças. E foi abrir.

O moleiro estava diante dele, branco de medo ou de farinha, como saber? Queria ajuda. O rio havia transbordado, inundado tudo, era preciso salvar a farinha estocada no moinho. Já não ventava. Mas os pés de Gul continuavam gelados. Ele olhou para baixo e viu que tinha água pelos tornozelos. O rio tinha saído do leito. Feito eu saí da cama, pensou Gul achando graça na ideia, apesar do momento nervoso. E seguiu o moleiro.

Andaram, passaram por uma fila de gente diante da padaria. "É a fila do pão", disse o moleiro. "Se a gente não salvar a farinha, amanhã não vão ter o que comer." E seguiram encosta acima, até chegar ao moinho, que ficava no alto do morro para melhor abraçar o vento com suas grandes pás. Ficava no alto do morro, mas assim mesmo tinha água pelo chão. Gul pegou um saco de farinha e o carregou na cabeça. O moleiro pegou outro saco e o depositou em cima daquele. E a farinha pesava na cabeça de Gul, e ele queria livrar-se daquele peso e não conseguia, sacudiu os ombros, esticou o pescoço espigando-se inteiro, tentando derrubar os sacos, corcoveou, e o peso continuava na sua cabeça, o peso pesava, pesava. Num sobressalto, Gul acordou.

Percebeu que a cabeça empurrava com força a guarda da cama. Acendeu a vela. Viu que os pés – gelados – superavam de um palmo o colchão, e o cobertor só alcançava até os tornozelos. Levantou a vela, olhou em volta no quarto. Tudo estava normal. Olhou para a parte de si que continuava estendida enquanto a outra parte se erguia sobre o cotovelo. Depois olhou demoradamente para a cama, para os desenhos do tapete sobre o qual a cama pousava, como se quisesse decorar aquele entrelaçar-se de rosas e folhas. Não havia dúvida possível. A cama continuava do mesmo tamanho da noite anterior, seus quatro pés esmagavam ainda os mesmos botões, as mesmas ramagens. Só ele não continuava do mesmo tamanho. No escuro, seu corpo havia dado um salto.

Olhando para trás, era como se o crescimento de Gul tivesse feito uma parada para descansar. Férias do crescimento. Durante dias, semanas, meses, talvez mais de um ano, nem a farpa de um milímetro tinha vindo se acrescentar ao seu comprimento espichado. Gul tinha todos os motivos para acreditar ter alcançado seu tamanho definitivo. Como todo jovem, via-se pronto. Mas essa manhã, sem pedir licença, eis que sua carne e ossos retomavam o silencioso avanço.

E, no entanto, Gul havia crescido até então em plena normalidade, como qualquer criança. Lembrava de cada etapa. Da primeira infância não, certamente, que criança pequena está tão preocupada em apreender tudo o que vem pela frente que não se ocupa em guardar o que vai para trás. Mas, depois, tinha tudo na memória.

Na casa de Gul quem decidia quanto ele tinha crescido era a mãe. Uma vez por mês mandava que encostasse na parede, sempre no mesmo lugar. "Fique direito, menino!", dizia regularmente, empurrando a testa dele de leve até a cabeça encostar no reboco frio. Aí marcava a parede com lápis e mandava ele se afastar. Para medir, usava a fita métrica amarela, de costura, e toda vez dizia que não era a melhor, precisava comprar um daqueles metros de madeira, mais precisos, como se a falha da medida fizesse diferença no tamanho de Gul. Toda vez dizia, mas acabava esquecendo de comprar, e passado um mês lá vinha ela com a fita amarela na mão, meio desenrolada parecendo escapulir feito serpente. "Encosta, já falei", e fazia a marca. Uma marquinha tão pequena – porque ela queria guardar a altura de Gul mas não queria estragar a parede – que frequentemente, procurando a do mês anterior para comparar, não a achava, e ficava então com o pescoço esticado, o nariz junto da superfície branca, subindo e descendo, movendo-se de leve como se cheirasse o reboco. Às vezes, cansada da pesquisa, desistia, decretando com seu absoluto poder de mãe: "Cresceu o bastante". E dava o assunto por encerrado.

O que ela não sabia é que a verdadeira medida do crescimento de Gul não era dada pela sua fita amarela. Era dada pelas conquistas de Gul.

"Mãe! estou vendo dentro da pia!" Aquela sim havia sido uma vitória. Finalmente via a cuba reluzente, a queda da água saindo da torneira, o redemoinho que formava ao redor do ralo antes de desaparecer naquele pequeno poço negro. A mãe não pareceu entender seu entusiasmo; afinal, ela o levantava desde pequenininho, abraçando-o pela barriga para cuspir na pia cada vez que escovava os dentes. Mas uma coisa é ser levantado por braço de mãe espremendo a gente, decidindo a hora de subir e de descer, uma coisa é ser carregado para o alto com a boca cheia de espuma e a obrigação de cuspir, e outra, muito outra, é encostar a boca na porcelana fria e ficar olhando a água correr quanto se quer, na hora em que se bem entende.

A pia foi um marco na independência de Gul. Depois conseguiu alcançar as gavetas do alto da cômoda, sem precisar abrir as de baixo e fazê-las de escada. Houve uma manhã em que percebeu que esticando bem o braço podia pegar o pão no meio da mesa. E a tarde em que, pela primeira vez, seu dedo chegou até a sineta da porta. Assim, ultrapassando com o nariz um peitoril, metendo a mão no trinco de um portão, dando para meninos menores sapatos que já não lhe cabiam, Gul se apossava de suas novas medidas com certeza muito maior do que a fornecida pelas vagas marcas da mãe.

E de conquista em conquista havia deixado primeiro de ser menino, depois de ser garoto, depois de ser rapaz. Até virar grande.

Ser grande, Gul dera-se conta ao chegar lá, não significava ser enorme. Significava ser o mais grande que a pessoa vai ser, ter alcançado o seu tamanho maior.

Pelo menos, foi o que Gul pensou, não sem orgulho, olhando-se no espelho com aquele sentimento de proprietário bem-sucedido que se tem olhando a própria casa quando acabou de ganhar telhado. Isso, durante as férias do seu crescimento. E até a tal noite estrelada.

Em primeiro lugar, meias, que os pés estavam de gelo, disse Gul para si mesmo depois de vencer o espanto ao acordar naquela manhã, quando as estrelas já haviam desaparecido. Mas as meias grossas de lã que antes chegavam até os joelhos agora só alcançavam o meio das canelas. "Não faz mal", disse a mãe de Gul logo presente para constatar mais esse crescimento. "Tricoto outras."

Em segundo lugar, levantar. Erguido, olhou a cama. Parecia bem pequena para o homão que havia se tornado. "Não se preocupe", disse o pai.

"Com alguns pregos e boa madeira ponho ela no tamanho certo para você."

O tamanho certo. A frase aninhou-se no pensamento de Gul como um ovo. "Será que existe isso?", perguntava-se movendo-se pela casa com um cuidado novo, metido nas calças que pescavam siri. "Será que existe um tamanho que é o meu?" Enquanto até então havia sido ele quem se esforçava, através do crescimento, para alcançar a mesma proporção dos objetos e harmonizar-se com móveis e portas, agora essa proporção lhe escapava. Móveis e quadros e objetos e portas diminuíam como gelo que se derrete na mão, e seria preciso descobrir uma nova forma de conviver com eles, estabelecer uma nova harmonia.

Tomou quatro xícaras de leite, comeu duas bisnagas de pão. E, deixando a mão direita brincar com as migalhas, estendeu a esquerda bem aberta sobre a mesa, para ver se crescia. Mas, por mais atentamente que olhasse, a ponta dos dedos não avançou nada de nada.

O seu crescimento, Gul percebeu, não era como um relógio que avança sempre no mesmo ritmo. Não dava para prever. Tinha vontade própria, um ritmo que inventava obedecendo sabe lá a que forças. Era talvez como uma planta, pensou ainda olhando os gerânios da janela, que cresce um pouco hoje um pouco amanhã, mas nem sempre igual, dependendo da terra e do vento, dependendo do sol.

Um raio de sol entrava justamente pela janela, traçando seu caminho sobre a mesa. E pareceu a Gul um bom augúrio que o sol viesse assim brincar com seus dedos. "Vamos à luta", disse em voz alta para aquele raio, pois a mãe tinha saído para comprar a lã e o pai, envolto no barulho da serra sobre a dura madeira, não podia ouvi-lo. Apoiando-se sobre o tampo, desempenou de um só impulso o novo comprimento das suas costas, erguendo-se.

Não tivesse se desviado rapidamente teria dado uma cabeçada no pingente metálico do lustre. Então já estava tão alto assim?!, surpreendeu-se.

Olhou em volta. Pela primeira vez viu de perto os braços do lustre, a parte onde o latão, fora do alcance, escurecia num verde de azinhavre. Viu o alto do armário (quem teria esquecido ali em cima, e há quanto tempo, aquele pires agora coberto de poeira?). Viu a quina do teto, atrás do armário, onde as aranhas, a salvo da vassoura da mãe, sobrepunham suas teias. Viu a beirada superior da janela que, pelo lado de cima, ao contrário do resto, não tinha levado a última demão de tinta verde. "Engraçado", pensou.

"Logo agora que estou tão grande me sinto como uma formiga, vendo lugares pequenos que os outros nunca veem."

Quase paralelamente a esse pensamento, notou que os olhos já não estavam à altura da primeira voluta dos braços do lustre, mas da segunda. E em pouco deu-se conta de que não só os olhos, como o nariz a boca a cara toda, ultrapassavam esta também com lenta firmeza e subiam acompanhando a corrente que prendia o lustre ao teto.

O alto da cabeça de Gul coçou de leve, os cabelos anunciando, com sensibilidade igual a dos bigodes de gato, que ele havia encostado em alguma coisa.

"O serrote! O serrote!", gritou Gul para o pai no outro quarto. "Depressa!"

Lá vai o velhote esbaforido, sem trazer serrote nenhum, com medo que o filho, tomado de justificável angústia, quisesse serrar um pedaço de seu recém-comprimento. Bastou vê-lo, porém, já dobrando a cabeça contra as tábuas do teto para entender o que de fato pretendia. E então nova correria, novo bufar do velho pai, novos pedidos de Gul. Até que afinal, serrote na mão, Gul pôs-se a trabalhar.

Zeec, zeec, zeec, zeec, zeec. Caiu-lhe a serragem nos olhos. Pausa para esfregar os olhos. De novo, zeec, zeec, zeec, zeec, zeec, zeec. A serragem driblou os cílios entrefechados de Gul, esquivou-se das pálpebras, e foi se esconder no canto do olho esquerdo. Gul esfregou, esfregou, uma lágrima escorreu, caiu, bateu na mesa e respingou, parecendo que alguém tinha despejado um copo d'água lá de cima.

A essa altura – e a expressão cabe aqui melhor que em qualquer outro lugar –, Gul estava com a cabeça toda dobrada, torcendo o pescoço para ver o que fazia. Não era uma posição confortável. Mas o serrote recomeçou a trabalhar. E afinal, enquanto o velho olhava ansioso lá de baixo e o filho serrava ansioso lá em cima, a rodela do teto soltou-se como uma pizza tamanho gigante.

Com um suspiro de alívio, Gul meteu a cabeça no buraco.

Noite. Foi isso que se abateu de imediato sobre Gul. Noite preta. E um silêncio abafado.

"Era dia ainda agora", disse Gul, pensando falar para os seus botões, esquecido de que os botões, acompanhando a geografia do corpo, tinham ficado no andar de baixo. "Será que anoiteceu e não me dei conta?"

Estava examinando sua própria pergunta, quando dois faróis amarelos se acenderam na escuridão, perto, bem perto do seu rosto. O coração de Gul deu um salto no peito pouco ligando para diferenças de andares, a cabeça deu para trás automaticamente batendo na madeira. O susto, mais que a pancada, fechou os olhos de Gul.

E foi no duplo escuro daquela noite criada pelos olhos fechados e da outra misteriosa em que havia se enfiado, que Gul ouviu a mãe chamar, meio ao longe. "Gul, meu filho, onde você se meteu?" E de novo, "Gul, Gul, onde está você?"

"Aqui, mãe, tou aqui", gritou Gul sentindo-se por um instante criança pequena. E embora a boca estivesse justamente entre um andar e outro, dando a impressão de que, se a abrisse mais, poderia abocanhar ao mesmo tempo o teto da sala e o piso do quarto, repetiu mais alto: "Aqui! Aqui!"

Abriu os olhos, ouviu os passos da mãe se aproximando. E de repente, zapt! a luz saltou em cima dele.

Num relance viu um pedaço de franjas brancas, os sapatos pretos da mãe, as meias pretas da mãe, a bainha da saia da mãe. E viu o rosto da mãe debruçada procurando por ele. E os fios do tapetinho sobre o qual a mãe pisava, igual a uma grama colorida. E o gato deitado a um palmo do seu nariz.

E comprendeu que ao cortar o teto tinha emergido debaixo da cama, na noite fabricada pela colcha que descia até o chão, iluminada de tanto em tanto pela luz amarela dos olhos do gato.

"Que fome, mãe!", foi tudo o que conseguiu dizer num rompante, para encobrir o constrangimento do seu próprio medo. Esquecido de ter comido há tão pouco tempo, sequer se surpreendeu de ter fome de novo, como se a fome fosse o meio mais legítimo de recuperar a normalidade. E viu o rosto da mãe abrir-se naquele sorriso radiante que as mães têm quando descobrem que o único mal dos seus filhos é uma fome passageira, mal que elas tão bem sabem remediar.

Mas a chegada do prato fumegante junto à cama ainda não foi a solução de todos os problemas, pois a boca de Gul continuava estacionada a meio caminho, no exato ponto em que alcançá-la com garfo ou colher resultaria, senão impossível, demasiado dificultoso. Foi preciso que mais uma vez interviesse o pai. Um banquinho, colocado lá embaixo sob os pés de Gul, ergueu sua boca dois palmos, lá em cima. "Até parece que não cresci o bastante", pensou Gul reparando na ironia do gesto. Devidamente afastado o gato, pôde afinal comer pela mão da mãe – mas com a colher grande, a que ela usava para mexer nas panelas, pois perto da sua boca as outras pareciam agora colherinhas de café.

Foi assim, olhando o quarto ao nível do chão, vendo um rolinho de cabelos escondido debaixo da penteadeira, reparando no pequeno desnível entre cada tábua do assoalho, tábuas que vistas do alto sempre lhe haviam parecido perfeitamente alinhadas, foi assim, distraindo-se com seu novo ponto de visão, que Gul passou aquele dia. E depois daquele passou outro. E mais outros dois ainda. Dali a pouco a semana havia-se escoado, sem que o crescimento viesse a se manifestar. "Vai ver, foi-se de vez", comentou Gul em tom leve, sem querer se arriscar a dar a coisa por encerrada.

Enquanto isso, a cama do alto havia sido afastada, para dar-lhe mais liberdade. A de baixo, ampliada a ponto de ocupar quase toda a sala, o acolhia à noite. Vestia as calças no térreo, escovava os dentes no primeiro andar. Abotoava o colarinho da camisa sem ver mais os sapatos que tinha calçado. Mas as meias tricotadas pela mãe lhe aqueciam os pés. Roupas mais folgadas haviam sido providenciadas. Era forte, era bonito, tinha recuperado a alegria, e só não cantava a plenos pulmões de manhãzinha, para não ensurdecer a vizinhança.

Por prudência, porém, não fosse crescer de repente e ficar entalado, o buraco entre teto e assoalho foi aumentado de vários palmos.

"As meias encolheram", disse Gul ao se vestir, numa manhã de uma das semanas seguintes. "E os sapatos também", constatou, antes de perceber que as calças estavam igualmente pequenas. Não precisou verificar que o cinto já não fechava, para dar-se conta de que, na verdade, nada havia diminuído de tamanho. Ele é que havia recomeçado a crescer.

Não ficou aborrecido. A curiosidade estava ficando maior do que qualquer outro sentimento. A curiosidade e um calor novo que lhe habitava o peito, calor da força que, intuía vagamente, começava a acompanhar o seu crescimento.

"Quanto será que aumentei?", perguntou-se Gul olhando para cima, quase a avaliar até onde chegaria.

Mas, antes mesmo de meter a cabeça pelo buraco do teto, soube que dessa vez os ombros também passariam. Passaram os ombros, passaram os braços até os cotovelos.

Quando parou de se espichar, a cintura estava na altura do buraco.

Agora Gul enxergava pela janela do primeiro andar. Viu lá embaixo seu lençol, estendido ao longo de três varais, que a brisa inflava como vela de caravela. Viu o jardim todo arrumado com seus canteiros, viu a cerejeira que farfalhava quase junto ao peitoril, engalanada de frutas vermelhas. A boca encheu-se d'água, Gul estendeu o braço para catar as cerejas. Mas que tão pequenas eram elas para seus dedos grossos! Quanto cuidado fazia-se necessário para não esmagá-las!

Quando cansou de olhar para fora, Gul debruçou-se sobre a folga do buraco. Vista do alto, a sala da sua casa pareceu-lhe graciosa e reduzida como casa de boneca. Tudo tinha um ar muito delicado. Mal ousava mexer os pés, com medo de esbarrar naqueles móveis pequenos, de derrubar aquelas louças em miniatura. Até o canário, na gaiola, tinha adquirido um jeito de bichinho de corda.

Ali, pensou ele, moravam as suas pernas, morava metade do seu corpo. A outra metade morava no andar de cima. E porque em cima morava o seu pensamento, era como se só o quarto fosse sua casa mais verdadeira, ficando a sala, embaixo, como uma casa querida que se teve algum dia e que já não nos pertence.

Aquela noite Gul não se recolheu para dormir. A cama não era mais suficiente para ele. A ampliá-la apenas o necessário, em meio ao aperto, o pai havia preferido derrubar uma parede, ganhando espaço em todas as direções, para garantir-se no futuro. A picareta bateu até tarde. A serra cantou em seguida. Mas a lua subiu antes que tudo estivesse pronto.

Gul espalhou almofadas pelo chão do quarto, dobrou-se por cima delas esticando os braços, ajeitou-se como pôde. "Minha parte de cima dorme deitada feito gente", pensou, de bom humor apesar do desconforto. "A de baixo, de pé feito cavalo."

O dia amanheceu risonho, e Gul com ele. Sentia-se tão bem que, depois de se vestir, sem meias porque as dele estavam definitivamente pequenas e a mãe havia saído para comprar mais lã, sem sapatos porque os dele já não cabiam e o pai estava entalhando na madeira tamancos bem folgados, teve vontade de amarrar um lenço no pescoço, para ficar mais arrumado. Nenhum dos que tinha dava conta do seu tamanho, mas a toalha de mesa que a mãe guardava para os dias de festa, de alegres desenhos vermelhos, serviu perfeitamente. E que tão bem lhe ia o colete novo em que os botões, pratos de estanho com quatro furos, brilhavam escuros como prata antiga. Gul não precisava de espelho para saber que estava bonito – em que espelho caberiam aqueles metros todos de homem? E porque estava bonito, deu-lhe um súbito desejo de sair, quem sabe, dar uma volta. "Será que ainda passo pela porta?", indagou-se.

Abaixou-se lentamente, deixando o primeiro andar. Lentamente pôs-se de quatro. A mão direita coube entre a poltrona e a mesinha. Conseguiu encaixar a esquerda com os dedos metidos debaixo da cristaleira e o polegar enfiado entre as pernas do sofá. Com um joelho quase derrubou o aparador, mas a mesa de jantar e as cadeiras couberam debaixo do seu peito. E aos poucos a cabeça, curiosa, meteu-se pela porta aberta.

Mas todo o cuidado e o tempo gastos na operação pareceram anular-se de repente, carregados no ar por um grito de pavor.

Passado o sobressalto, Gul surpreendeu-se que criatura tão pequena tivesse conseguido soltar berro tão grande. Diante dele, olhos esbugalhados, embora miúdos como cabeças de alfinete, sua mãe tremia, tapando a boca com a mão para prender lá dentro o que ainda sobrava de espanto. No chão, derrubado, o embrulho da lã que acabara de comprar. Nem ela, tão amorosa, tinha aguentado chegar em casa distraída para, ao entrar pela porta, quase cair na boca do próprio filho.

Sair deixou de parecer a Gul uma boa ideia. Com o mesmo cuidado anterior, recolheu a cabeça para dentro de casa. "Será que é assim que se sente uma tartaruga?", perguntou em voz alta, sem que ninguém pudesse lhe responder, pois ninguém havia sido tartaruga.

Porém, ao recuar, a delicada sintonia entre o seu corpo e os móveis da sala pareceu já não dar certo. O sofá inclinava-se perigosamente, empurrado pela mão. Um ombro esbarrava no retrato da avó, que alguns minutos antes havia ficado tão sossegado na parede. Faltava espaço para um joelho. E as nádegas quase entravam lareira adentro.

"Depressa! O serrote", clamou Gul intuindo as exigências da sua nova dimensão.

E estava certo. Ultrapassado o térreo, varado o primeiro andar, Gul passava a ocupar também o sótão.

"Atchiiiimmmm!!!!!!!!!!!!!!!"

Quanta poeira no sótão. E o nariz de Gul nunca tinha gostado de poeira.

"Atchiiiimmmm!!!!!!!!!!!!!!!", espirrou novamente, anunciando sua chegada a todos os pequenos habitantes daqueles secretos desvãos.

Aquietaram-se as traças, recolheram-se os camundongos às suas tocas, os cupins silenciaram. Bbzzzz, zumbiu um besouro cortando com a esmeralda do seu corpo o único raio de sol que filtrava por entre as telhas. "Um besouro no sótão?!", indagou-se surpreso Gul.

E as aranhas que tudo olhavam do alto, indiferentes, recomeçaram a fiar.

O sótão sempre havia sido o lugar preferido de Gul, penumbroso e quente, cheio de tesouros. Mas a mãe guardava a chave e só lhe permitia entrar em sua companhia. Agora, pela primeira vez, estava ali sozinho.

As caixas empilhadas guardavam outras caixas, nas quais caixinhas custodiavam chaves desgarradas de suas fechaduras, moedas escuras de países distantes, um coraçãozinho com um nome gravado, o broche de sua avó quando menina, três contas de coral. Não precisava abri-las com as mãos para saber. Bastava abri-las com a lembrança, revê-las, como as havia visto tantas vezes, destampadas pelos gestos delicados da mãe. E havia o baú de vime, a um canto, onde estava guardado o enxoval da tia morta mocinha, linho bordado à mão, amarelo nas dobras, que ninguém tinha tido ânimo de usar.

"O sótão", pensou Gul, "é a casa do passado." E o manequim de costura, empertigado, só não anuiu porque não tinha cabeça.

Gul poderia ficar horas e horas entretido, procurando a farda do avô que devia estar guardada em algum armário, ou o segundo vagão do seu trem de brinquedo que enferrujava junto a uma velha poltrona. Mas seu corpo exigiu atenção. Por que sentia tanto frio na barriga e no peito, se as pernas estavam bem quentes e o pescoço não pedia cachecol?

"É que a janela estava aberta", gritou a mãe no andar de baixo, já fechando os vidros, enquanto na cozinha o pai botava mais lenha no fogão.

Gul abaixou o queixo, sorrindo para ela pela fresta do buraco. Ouviu um barulho entre as telhas. "São as andorinhas que fazem ninho no beiral", pensou. E levantou a cabeça para olhar. Mas, em vez de estar diante da velha poltrona, viu-se entre as vigas do telhado, subindo rápido em direção ao céu.

"Uuuuuiiii!", exclamou levado pelo impulso, enquanto as mãos afastavam as telhas abrindo passagem e as andorinhas se lançavam no céu como riscos de lápis.

Projetado no azul, o corpo de Gul parou de repente. Com ele parou o grito em sua boca, calado por uma nova emoção.

Alto como nunca havia estado, Gul via o mundo de cima, pela primeira vez. E visto de cima, amplo como o viam as nuvens, como o via o vento, o mundo pareceu-lhe manso e generoso, suavizadas todas as imperfeições.

Diante dele, os vales acariciavam com verdes dedos o sopé mais escuro das montanhas, e as montanhas se erguiam docemente poderosas, cobertas de florestas, que aqui e acolá cortava o lanho prateado de uma cachoeira. Pássaros se cruzavam no alto. Nos campos moviam-se mansos animais. Pessoas aravam seu cotidiano. E tudo se esbatia na distância, envolto pelo mesmo hálito azul que soprava sobre céu e terra.

"O tamanho do mundo", pensou Gul, "é sem medida." Sinos batiam em seu coração.

Olhou para baixo, percebeu que ainda segurava telhas nas mãos, pousou-as delicadamente sobre o telhado. E devagar, como se saísse da casca de um ovo, começou a sair de dentro da casa.

Libertou primeiro o tronco. Desimpediu a cintura. Puxou para fora uma perna. Depois a outra. E eis que se encontrou de pé do lado de fora. E não havia nada mais que impedisse seus gestos.

Olhou de novo os vales, as montanhas. O mundo inteiro estava à sua frente.

Então, com passos largos, cuidando de não esmagar as poucas casas da sua aldeia, Gul começou a caminhar.

Um amor sem palavras

Acordava quando a primeira claridade começava a puir a noite na bainha do Leste. Mas claridade fina não era suficiente para ela. Precisava esperar o sol para poder espreguiçar todos os seus braços, sacudir a cabeleira e dar-se a conhecer.

Só então começava de fato o dia daquela sombra. A sombra daquela árvore.

Juntas desde o começo, as duas. A árvore ainda era muda pequena, sem tantas garantias de vida, e a sombra já se desenhava magrinha, contando com a resistência da outra para sobreviver. Não vinham do mesmo lugar, porém. A semente trazida por vento ou bico de pássaro que havia originado a árvore não era responsável pela sombra. A semente da sombra era o sol. Nem ela se prendia às raízes. Sequer as conhecia, tão afundadas na terra, sem luz que as duplicasse. Prendia-se ao tronco, disputando com a grama a exata linha em que ele saía da terra, sem fresta ou divisão que se pudesse ver.

E a partir do tronco, desde os tempos em que nem de tronco podia ainda ser chamado, aprendera aos poucos seu ofício e sua arte.

Seu ofício não era complicado, mas exigia presteza e muita dedicação. Devia estar pronta para agir assim que a luz tocasse as folhas, e logo estender-se sobre a relva molhada a fim de prolongar a umidade do orvalho, enquanto a manhã caminhasse, cada vez mais quente, rumo ao meio-dia. Precisava tomar cuidado, para encolher aos poucos e na justa medida, até encontrar-se, na hora em que o sol batia a pino, bem debaixo da copa. E então trocar de lado e crescer atravessando a tarde. Era essa a parte do seu ofício que mais lhe agradava, esse jeito secreto de estar sempre em movimento, mesmo quando parecia parada.

Cabia-lhe ainda acolher o gado, que gostava de ruminar protegido da luz mais forte. Abrigar insetos delicados, pálidos alguns, que não so-

breviveriam ao sol. Manter a terra fresca para as minhocas. E havia muitos anos considerava seu dever dar guarida a um sapo que tinha estabelecido moradia entre duas pedras ao pé da árvore.

Não se esgotava aí seu trabalho. Ela era o lençol escuro sobre o qual os camponeses vinham se deitar quando o sol estava alto, e onde comiam seu pão, espalhando as migalhas que as formigas viriam buscar mais tarde. Era também o véu que descia dos galhos até o chão, véu que quase não se via, mas onde se abrigavam os pássaros e as abelhas, e onde os frutos da árvore retardavam seu amadurecimento, último presente para o final do verão.

Este era seu ofício. Mas havia sua arte, que mais prazer lhe dava, e com a qual não parava de aprender. Eram os arabescos moventes que desenhava no chão, as tatuagens passageiras que imprimia sobre os rostos e as mãos de quem vinha sentar no seu colo. E a elegância, todo dia reinventada, com que se alongava, reta e sinuosa a um só tempo, à medida que o sol fazia sua despedida.

Embora gostasse do seu viver, era na verdade um viver muito solitário. A árvore plantada no meio da campina. Ela a seus pés. Uma ou outra árvore distante. E ao longe um bosque, tão longe que parecia mais uma mancha do que uma grande família de árvores.

Não havia sido sempre assim. Durante um período, na juventude, tivera companhia. E alegre. A partir de uns verdes de nada, crescera a seu lado um arbusto, só alguns ramos e um tufo de folhagem, mas cuja sombra gordinha roçava nela dependendo do vento, e à qual se afeiçoara como se afeiçoam as sombras. Durante um tempo longo e bom – ela não sabia medir o tempo em meses e anos – haviam brincado juntas, empurrando-se amistosamente, entrelaçando seus desenhos e desafiando-se ao entardecer em torneios de alongamento que a gordinha sempre perdia. Até que, num dia nevoento, os camponeses haviam cortado o arbusto para fazer uma fogueira. E junto com as cinzas mais leves fora-se no vento a gordinha.

Desde então, a sombra estava só.

Não que isso chegasse a entristecê-la. Nem era coisa em que parasse para pensar. Cumpria suas tarefas com prazer, com alegria até, mas algo lhe pesava, como se sustentasse a folhagem toda da árvore, ou como se com o tempo tivesse ficado mais espessa, mais escura.

Vale dizer, a bem da sinceridade, que a sombra trabalhava com afinco, mas não era nenhuma escrava. Tinha muitas folgas. Se o sol empalidecesse atrás de uma neblina qualquer, ela já funcionava a meio vapor. Se fosse sequestrado por nuvens mais espessas, ela nem precisava aparecer. E durante os meses do inverno, quando o vento só trazia chuva e mais vento, podia tirar suas férias sem medo de ser convocada.

Foi justamente na volta de uma dessas férias que um sentimento novo a atravessou. O primeiro sol da primavera tinha acabado de chamá-la para traçar sobre a grama o desenho delicado dos galhos ainda nus. E ela tinha tido o capricho de estufar-se, registrando cada um dos minúsculos brotinhos que logo se abririam em folhas, quando, como se alguém o tivesse gritado, seu âmago sussurrou que a árvore não gostava dela.

Quanta triste surpresa nessa revelação! Mas por que surpresa, se estavam juntas desde sempre, e desde sempre o comportamento da árvore em relação a ela havia sido um só? Talvez porque nunca tivesse havido antes um dia de primavera exatamente igual àquele, com o mesmo vento frio mordiscando os galhos, a mesma luz morna agasalhando o vento, um dia em que ela, vindo tão só de suas férias e tendo caprichado tanto na reprodução de cada

brotinho, de cada bifurcação, de cada detalhe da árvore, esperasse, desejasse tão intensamente um agradecimento, um louvor, um carinho.

Ferida pelo silêncio da árvore, a sombra disse para si mesma que depois de tantos anos juntas nem sequer eram amigas. Ela ali, a derramar-se sobre a grama como um sangramento de seiva, e a outra, altaneira, sem dar-lhe de si mais do que sua forma. Nunca a árvore havia parado de ondejar, para permitir-lhe um pouco de descanso. Crescia, engrossava o tronco, expandia a copa sem pedir licença, exigindo que seu ritmo fosse acompanhado. Comportava-se como se a sombra não existisse. E, se porventura olhava para ela, era seu próprio reflexo que procurava, como se admirasse sua silhueta num espelho.

A partir dessa constatação, a sombra não achou mais graça em nada. Parou de desenhar, parou de dançar. Movia-se lenta e preguiçosa, borrava seus contornos, ignorava hóspedes e visitantes. Em vez de uma sombra gentil, parecia ter-se tornado uma poça de tinta.

Tão pesada estava, que por pouco os insetos não se viam presos nela, como em uma teia, e não se vergavam os galhos arrastados por aquilo que antes havia sido um véu.

Mas a tristeza pesava mais nela do que em ninguém. E, sentindo-se esmagar debaixo da sua própria escuridão, decidiu afinal que, a viver ligada a alguém que não a amava, era preferível partir.

Esperou a noite, que é quando as sombras ficam invisíveis e se movimentam livremente.

Lua Nova, tudo escuro. Dormia o sapo na toca. Dormiam os pássaros nos ninhos. Dormia a árvore? A sombra não tinha como saber. Sabia apenas que, mesmo acordada, não prestaria atenção nela.

Silenciosa, como sempre havia sido, desprendeu-se lentamente do tronco e afastou-se deslizando na escuridão.

Morada nova e generosa

Não podia hesitar. Não dispunha de um único minuto para desperdício. Se o amanhecer a colhesse solta em plena campina, seria o seu fim. Nada por perto onde pudesse se abrigar, só algumas moitas insuficientes. Mas lembrava-se de que longe, onde ela a via reluzir em dias de sol, havia uma castanheira. Tão frondosa, que certamente sua sombra receberia com prazer o reforço de uma colega em apuros.

Deslizou sobre pedras, embrenhou-se entre as hastes de um trigal, quase se afogou atravessando um riacho, rasgou-se ali e acolá, mas conseguiu avançar mais rápida que a noite. E, antes que qualquer claridade a denunciasse, chegou ao pé da castanheira.

A velha sombra titular ainda cochilava meio embolada entre as raízes grossas que serpenteavam antes de afundar na terra, e sobressaltou-se sentindo a presença da outra. Havia muito ninguém vinha visitá-la. Embora gostasse da ideia de uma companhia, manteve-se prudente. Sabia que, como sombra da árvore mais importante da região, sua posição era muito cobiçada.

Não convinha abrir a guarda para qualquer recém-chegada.

Examinou-a disfarçadamente. Disfarçadamente a outra deixou-se examinar. Não sem uma ponta de nostalgia, a velha sombra sentiu na mais moça um vigor, uma disposição que ela não tinha mais. E um flexível encanto que também havia perdido. E sentiu, com aquela secreta percepção que habita todos os seres, que podia confiar nela. Não havia nada a temer. Melhor seria aproveitar a visita. Pois, para atender às necessidades da castanheira, o trabalho ultrapassava suas forças cansadas, e ela quase não dava

mais conta do serviço. Com a ajuda dessa jovem sombra, poderia recuperar a agilidade, refazer seus arabescos negligenciados e expandir seu território para abrigar trabalhadores e viajantes. Sim, concluiu a velha sombra, a noite lhe havia trazido um belo presente.

E assim foi que nossa sombra se instalou em sua nova morada e amanheceu no primeiro dia cheia de entusiasmo, disposta a demonstrar que saberia retribuir a boa acolhida.

Não demorou para que a presença da jovem sombra ao pé da castanheira atraísse mais visitantes do que qualquer outra na campina. Mães traziam seus bebês, deitando-os sobre o xale, enquanto iam ceifar e colher, o pastor vinha com seus cordeiros mais novos, um menino aparecia às vezes recostando-se no tronco para tocar sua flauta de bambu.

Era uma bela vida, cheia de zumbidos e trinados, que a nossa sombra recebia cheia de contentamento. E a companhia da sua velha protetora parecia tornar tudo mais caloroso.

Relato de boca em boca

Às vezes, passando por ali o vento ou algum pássaro mais falador, a sombra pedia notícias de sua antiga morada. Contaram-lhe no outono que a árvore, despida de suas folhas, parecia tremer mais do que o esperado e que o tronco, saindo da terra sem enfeite ou apoio de sombra, havia-se tornado esquálido como um poste. Soube assim que nenhuma outra sombra tinha ido ocupar o seu lugar junto àquela ingrata. E, sem saber bem por quê, alegrou-se.

Com a chegada da primavera, uma brisa lhe disse que a floração da árvore não havia sido tão farta, e que a copa parecia mesmo um tanto emagrecida. Voltando, no verão, confidenciou-lhe que as raízes sofriam com o calor, pois não havia mais quem as protegesse. E que o sofrimento das raízes se refletia nos frutos, pequenos e de pouco sumo. Já no fim da estação, enteirou-se, por um sopro, de que não tinha havido nenhum fruto tardio, como os que ela costumava guardar nos seus recantos mais frescos para atrasar-lhes o amadurecimento.

O outono veio, alguns grilos retardatários crocitaram que os insetos não procuravam mais aquela árvore esturricada. Dois pastores comentaram que o gado havia deixado de abrigar-se debaixo dos seus galhos, e que sem gado faltava adubo, e que sem adubo não haveria fruto nenhum no ano pró-

ximo. Alguém disse também, mas certamente não foram os pastores, que as minhocas, fugindo do calor, tinham mergulhado fundo na terra, deixando de perfurá-la perto da superfície, e que a chuva já não encontrava solo fofo para penetrar.

E, afinal, o inverno chegando ao fim, uma raposa trouxe a notícia mais triste, que ninguém tinha ousado lhe dar: o sapo, o velho sapo da toca das pedras, sem sombra para se proteger e sem força para partir, havia morrido ainda durante o verão.

Naquela noite, ao pé da castanheira, a sombra não dormiu. Pensou no sapo que não coaxava mais, na cabeleira baça, nas frutas sem sumo, nas raízes que quase não tinham força para mandar a seiva até as folhas. E sentiu que, mais que pensar, sofria. E sofrendo e pensando deparou-se com a possibilidade de que, embora em silêncio, ela e a árvore, a sua árvore, fossem mais amigas do que havia acreditado. Pois ali estava ela, penalizada pela sorte da outra. E talvez a outra, no mesmo silêncio da mesma noite, estivesse lamentando a sua ausência.

Sem que fosse preciso falar

De manhã, quando as mães vinham chegando com os filhos, agora enrolados em pesadas mantas, a sombra comunicou à sua velha hospedeira que, apesar da acolhida generosa, teria que deixá-la. Esperaria a próxima Lua Nova. Até lá a companheira teria que arranjar outra ajudante. Pois, embora gostasse tanto de viver junto à castanheira, tinha um dever de amizade a cumprir.

A Lua Cheia minguou, minguou, fez-se Nova, apagando o céu. E, estando o céu bem apagado, a sombra agradeceu mais uma vez, despediu-se, começou seu deslizar. Deslizou no riacho, deslizou no trigal, agora sem hastes e já semeado, deslizou sobre as pedras. Rasgou-se um pouco acolá, um pouco ali. Porém, novamente, conseguiu avançar mais rápido que a noite. E, antes que o dia chegasse, viu-se aos pés de sua árvore.

Dormia a árvore? A sombra não tinha como saber. Silenciosa como sempre havia sido, prendeu-se na base do tronco, naquela casca escura que conhecia tão bem. E cheia de ansiedade, como uma principiante, esperou que o sol jorrasse por cima do horizonte.

Foi o primeiro ouro derramar-se na manhã, e ela derramou-se na campina. Leve, bailarina, bordou em escuro as curvas de cada galho, as manchas das poucas folhas secas que haviam resistido a tantos ventos e que em breve cairiam para dar lugar a folhas novas.

O orvalho sentiu-se protegido em cada fio de grama. Carunchos pálidos começaram a roer velhos resíduos de casca. As raízes retomaram seu crescimento terra adentro.

Nada parecia ter mudado. A árvore ondulou seus galhos. E, se olhou para a sombra, o fez apenas como se olhasse sua própria imagem, como se visse sua silhueta refletida num espelho. Nem por isso pesou mais o manto da sombra. Nem por isso sentiu-se desamada. Assim são as coisas, pensou com a compreensão que tinha ido buscar tão longe. Era da natureza da árvore voltar-se mais para o céu do que para a terra. Era da sua natureza de sombra estar colada no chão e ocupar-se de pequenos seres. Era da natureza de ambas viverem assim lado a lado sem trocar palavra. E talvez fosse da natureza do amor existir mesmo sem palavra alguma.

Tão doce era esse pensamento, que por instantes a sombra esqueceu seu trabalho. Mas um sopro de vento enredou-se na árvore, descompôs os desenhos que ela já havia traçado, e ao rearrumar-se percebeu que a ponta de um galho inchava em leve protuberância. Era a primavera anunciando sua chegada. Em breve teria muito o que fazer, pensou a sombra, aquecida de contentamento. E, como se fosse um beijo, depositou uma tatuagem no dorso do jovem sapo que vinha vindo.

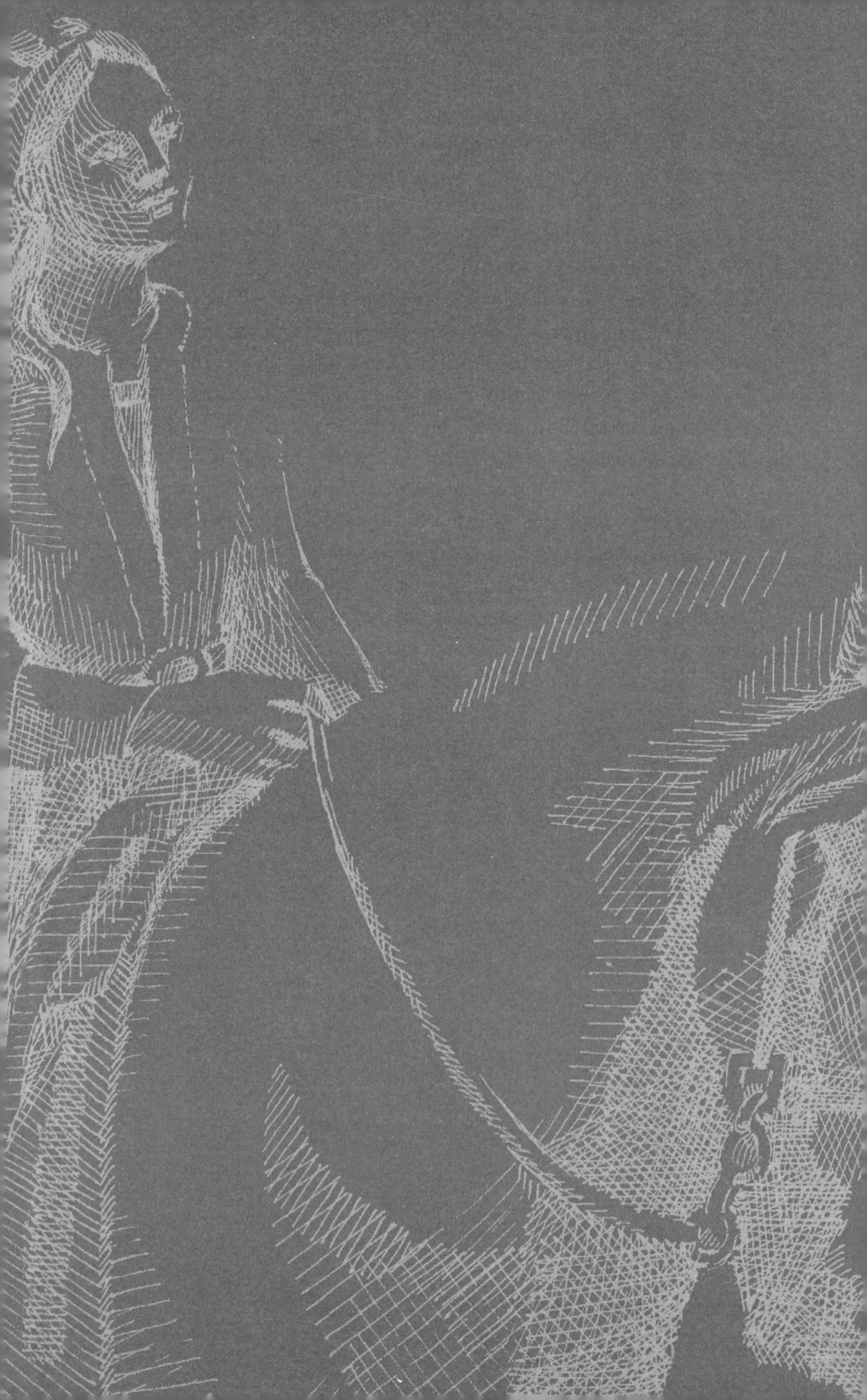

Longe como o meu querer

A PRINCESA MAR A MAR

Três filhas tinha o Rei. E as três queria casar.

Há anos esperava paciente que crescessem, dia a dia medindo-lhes a altura e sopesando-lhes as tranças. Há anos pensava nos genros que lhe trariam, a ele que não tendo filhos homens precisava de espadas.

Afinal, seu olhar lhe disse que a primeira filha estava pronta. E a paciência deixou de ser necessária. Imediatamente mandou chamar o mais antigo e fiel de seus embaixadores e, diante da corte reunida, deu-lhe a ordem que pretendia vir a repetir mais duas vezes: que mandasse pintar o retrato da princesa e o levasse às cortes vizinhas em busca daquele que a faria rainha.

Logo, o Grande Pintor do Reino apresentou-se com seus longos pincéis, seus vidros de tintas e sua pequena barba. A princesa, vestida com ricas roupas, sentou-se para posar. Porém, passados dias e pronto o retrato, a corte desapontada sacudiu a cabeça. O quadro era belo, mas a princesa, ah! a princesa era muito mais bela que o quadro.

Decapitado, sem demora, aquele que ousara enfear a filha do Rei, um novo Grande Pintor foi nomeado, para herdar cores e tarefa. Novamente a princesa posou, e ricas eram as suas roupas. Mas novamente a corte sacudiu a cabeça diante do resultado. Dessa vez, de cenho franzido. A beleza da jovem havia ficado ainda mais distante.

Ao terceiro Grande Pintor bastou olhar a princesa para concluir que não era tão grande quanto dele se esperava. Sozinho, foi entregar-se ao carrasco.

E eis que não havia mais pintores no reino, nem Grandes nem pequenos. Ou, se os havia, tratavam de esconder-se.

– Que isso não me impeça de cumprir a ordem – disse o Embaixador ao Rei que já se inquietava. – Levarei o retrato de outra maneira.

Escolheu no tesouro real a mais linda pérola, guardou-a num cofre pequeno, e partiu em sua carruagem rumo às distantes fronteiras do Norte.

Longa, a viagem. Quando enfim chegou ao castelo daquele monarca, chegava com ele o inverno.

– Que mais me trouxe além da neve, Senhor? – perguntou-lhe o castelão do alto do trono.

O Embaixador contou-lhe então da filha do Rei. Que estava madura para casar. E quando o monarca pediu para ver seu retrato, aproximou-se, abriu o cofre pequeno e, sobre o fundo de veludo, exibiu a pérola.

– Assim é ela – disse, em voz alta, para que todos ouvissem. E erguendo a pérola acrescentou: – Bela, rara, pálida. E preciosa.

No dia seguinte, partia de volta o Embaixador para levar ao Rei a boa-nova. A primeira das suas filhas seria Rainha das Terras do Norte.

Sem que muito tempo tivesse passado, já o Rei ordenava ao Embaixador que mandasse pintar o retrato da segunda filha e o levasse à corte do Sul.

– Pintar não é possível, sem pintor – respondeu o Embaixador. E acrescentou: – Outro é o retrato que levarei.

Recusando a chave do tesouro que o Rei lhe estendia, desceu aos jardins, aproximou-se da mais linda roseira, cortou com o punhal o botão mais perfeito, que protegeu debaixo do manto. Em seguida subiu na carruagem e partiu.

Demorada, a viagem. Quando enfim chegou ao castelo daquele monarca, o verão chegava com ele.

– Que mais me trouxe, Senhor, além do sol? – perguntou-lhe o castelão do alto do trono.

Então o Embaixador contou como o Rei o havia enviado porque a segunda de suas filhas estava madura para casar. E quando o castelão pediu para ver seu retrato, tirou de debaixo do manto o botão que havia desabrochado, e exibiu à corte a mais linda das rosas.

– Ela é assim – disse, bem alto, para ser ouvido por todos. – Delicada, suave, rósea. A mais nobre entre todas.

Fez uma pausa, procurou com um sorriso o olhar do monarca, e acrescentou: – E tem seus espinhos.

O pretendente hesitou. Mas era pouca a ameaça diante de tão linda flor.

Já no dia seguinte partia o Embaixador para levar a boa-nova ao seu Rei. A segunda filha seria Rainha das Terras do Sul.

Mal havia chegado, e o Rei ordenou que levasse à corte do Oeste o retrato da filha menor. "E que retrato será esse?", perguntava-se curioso.

Nem tesouro. Nem jardim. O Embaixador olhou a princesa que conhecia desde menina, olhou longamente a moça que ela havia se tornado. Depois, tomando um grande frasco de vidro, foi enchê-lo no mar.

Protegeu o frasco em uma bolsa de couro macio. Subiu na carruagem. E partiu pela terceira vez.

Íngreme, a viagem. E lenta, rumo às fronteiras montanhosas. Quando enfim chegou ao castelo no alto da mais alta montanha daquele reino, a tempestade chegava com ele.

– Senhor – perguntou o castelão em seu trono –, além da borrasca, que mais me trouxe?

– Trouxe-lhe a notícia de que a terceira filha do meu Rei está madura para casar – respondeu o Embaixador, contando ainda como a conhecia desde pequena, como a havia visto crescer.

E quando o monarca perguntou como era ela, adiantou-se, abriu a bolsa macia, tirou o frasco, levantando-o bem alto, para que todos vissem.

– Ela é como o mar – disse lentamente. – Profunda e misteriosa. Cheia de riquezas escondidas. Seus movimentos obedecem à lua.

O monarca, que nunca havia visto o mar, olhava para o frasco e não via nada que correspondesse às palavras do Embaixador. Diante da corte havia apenas um frasco cheio de água transparente, sem segredos de peixes ou estrelas, sem conchas, sem ondas. Água, apenas, entre vidro. Nem sequer azul. Uma esposa assim, para que quereria?

Na manhã seguinte, ao partir, o Embaixador levava consigo o monarca. Desceram e desceram pelos caminhos pedregosos, até o mar. E chegando ao mar, apearam os dois, caminharam pela areia. A espuma alcançava suas botas sem que o monarca se decidisse a voltar. Ali estava o retrato, do qual não conseguia afastar os olhos. Mas por fim, subjugado, murmurou:

– Ela é grande demais para mim.

Pela primeira vez o Embaixador regressou trazendo uma má notícia para o seu Rei. A terceira filha não seria Rainha das Montanhas do Oeste.

O tempo não para porque uma filha de Rei está sem marido. Assim, suas irmãs casaram, bordaram pequenos enxovais, seus filhos nasceram. E estavam começando a engatinhar, quando chegou ao castelo a notícia de que no horizonte do Leste, onde não havia fronteira porque o Reino terminava no mar, uma vela havia surgido.

Cavaleiros velozes entregaram no castelo a informação de que um grande barco trazendo o Monarca dos Homens Navegadores acabara de atracar. E que este se aproximava com seus guerreiros.

Preparou-se a defesa. Quando os estrangeiros chegaram, centenas de olhos escondidos espiaram por trás das seteiras. Mas os guerreiros traziam as espadas embainhadas, presos os escudos nos arreios.

– O que o traz, Senhor, além dos bons ventos? – perguntou o Rei do alto do seu trono, quando o Monarca Navegador chegou finalmente à sua frente.

Então o visitante contou como havia sabido que a mais jovem das princesas estava madura para casar. Como, sem tê-la visto, a conhecia desde sempre. Como, conhecendo-a, queria casar com ela.

E porque o Rei parecia não entender, adiantou-se, abriu a camisa. Depois virou-se para que todos vissem. E todos viram. Tatuados em seu peito, peixes e conchas entrelaçavam-se nas ondas, estrelas-do-mar deixavam-se levar pela espuma.

– Aqui está o seu retrato – disse, alto, para que ouvissem – gravado sobre o meu coração.

A terceira filha do Rei também ouviu. Olhou aqueles olhos, azuis de tanto se debruçarem sobre a água. E soube, com quanta alegria soube, que seu marido havia chegado.

UM PALÁCIO, NOITE ADENTRO

Sem nunca antes ter desejado uma casa, aquele homem surpreendeu-se desejando um palácio. E o desejo que tinha começado pequeno rapidamente cresceu, ocupando todo o seu querer com cúpulas e torres, fossos e porões, e imensas escadarias cujos degraus se perderiam na sombra, ou no céu.

Mas como construir um palácio quando se é apenas um homem sem nada de seu?

– Bom seria se eu pudesse construir um palácio de água, fresco e cantante – pensou o homem caminhando à beira do rio.

Ajoelhando-se, meteu as mãos na correnteza. Mas a água continuou sua viagem, sem que os dedos fossem suficientes para retê-la. E o homem levantou-se e continuou andando.

– Bom seria se eu pudesse construir um palácio de fogo, luminoso e dançante – pensou mais tarde o homem, diante da fogueira que tinha acendido para se aquecer.

Mas ao estender a mão para tocar a labareda, queimou os dedos. E percebeu que, mesmo que conseguisse construí-lo, jamais poderia morar dentro dele.

Talvez porque o fogo fosse quente como o sol, pareceu-lhe rever-se menino, à beira-mar. E, com a lembrança, vieram os lindos castelos de areia que construía. Agora, o mar estava longe. Porém o homem levantou-se e caminhou, caminhou, caminhou. Até chegar ao deserto. Onde mergulhou as mãos na areia e, com seu suor, começou a empastá-la.

Desta vez, largos muros ergueram-se, dourados como pão. E uma escada que levava ao topo, e um terraço que coroava a escada, e colunas que sustentavam o terraço. Mas ao entardecer o vento acordou, e com sua língua macia começou a lamber a construção. Levou os muros, desmanchou o terraço, esfarelou as colunas que o homem nem tinha acabado de fazer.

– De fato – pensou o homem, paciente –, é preciso coisa mais duradoura para se fazer um palácio.

Abandonou o deserto, atravessou a planície, escalou uma montanha. No topo, sentou-se. E em voz alta começou a descrever o palácio que via na imaginação.

Saídas da sua boca, as palavras empilhavam-se como tijolos. Salões, pátios, galerias surgiam aos poucos no alto da montanha, rodeados pelos jardins das frases. Mas não havia ninguém para ouvi-lo. E quando o homem, cansado, calou-se, a rica arquitetura pareceu estremecer, desbotar. No silêncio, aos poucos se desfez.

Era dia ainda. Esgotados todos os recursos, ainda assim não se esgotava o desejo. Então o homem deitou-se, cobriu-se com o capote, amarrou sobre os olhos o lenço que trazia ao pescoço. E começou sonhar.

Sonhou que arquitetos lhe mostravam projetos em rolos de pergaminho. Sonhou-se estudando os projetos. Depois sonhou os pedreiros que talhavam pedras nas pedreiras, os lenhadores que abatiam árvores nas florestas, os oleiros que punham tijolos para secar. Sonhou o cansaço e os cantos de todos aqueles homens. E sonhou as mulheres que assavam pão para eles.

Em seguida sonhou as fundações sendo plantadas na terra. E o palácio saindo do chão como uma árvore, crescendo, enchendo o espaço do sonho com suas cúpulas, seus minaretes, suas centenas e centenas de degraus. Sonhando, ainda viu a sombra do seu palácio desenhar outro palácio sobre as pedras. Só aí acordou.

Olhou a lua no alto, sem saber que ela já tivera tempo de levantar-se e deitar-se mais de uma vez. Olhou ao redor. Continuava sozinho, no topo da montanha ventosa, ao desabrigo. Não habitava no palácio. Mas o palácio, grandioso e imponente como nenhum outro, habitava nele, para sempre. E talvez navegasse silencioso, noite adentro, rumo ao sonho de outro homem.

PÉ ANTE PÉ

Nariz pontudo, olhar agudo, gesto de veludo. Isso dito, está descrito o Sapateiro Real. Não do Rei, que aquele reino não possuía nenhum. Mas da Rainha, dona do cetro e da coroa.

E tampouco apenas dela, pois transbordava para uma só pessoa o talento do Sapateiro. Também das damas de companhia e, por vezes, de raras cortesãs e raríssimos cortesãos escolhidos pelo real dedo.

Entre esses cortesãos, eis que um dia veio a incluir-se o Grande General, assim chamado menos pela estatura, que era até das mais comezinhas, do que pelas incontáveis vitórias nos campos de batalha. Querendo justamente recompensá-lo pela última delas, e não havendo no reino mais medalhas que lhe pudessem ser presas ao peito, nem mais espaço no peito em que se pudessem prender medalhas, pareceu à Rainha que homenagem condigna seria ordenar que um belo par de botas fosse para ele confeccionado pelo Sapateiro Real.

Mal sabia que, embora profissional inigualável, este pouco ou nada entendia de botas. Seus dedos hábeis estavam mais afeitos a sapatinhos delicados, babuchas, coisinhas de veludo e de cetim enfeitadas com laços e empoleiradas nos biquinhos dos saltos. Mesmo os calçados masculinos em que tão raramente se via empenhado destinavam-se à corte, e eram quase tão graciosos quanto os das damas. Botas nunca haviam saído das suas mãos.

Assim mesmo, esmerou-se. Durante dias trabalhou o couro pesado, as grossas solas, os duros saltos. Tudo lhe era alheio. Franzia-se o cenho, feriam-se os dedos. Mas o martelinho batia, as agulhas subiam e desciam. E afinal, quando as botas ficaram prontas, sapecou-lhes um brilhante par de fivelas de prata, e abriu-se ele próprio num sorriso.

Ansioso para estreá-las e não tendo nenhuma oportunidade disponível, o General tratou de providenciar uma. À primeira provocação de um vizinho inimigo, declarou inevitável a batalha. E lá se foi, com as altas botas luzidias e o chapéu emplumado, à frente dos seus soldados. Verdejava o campo que logo estaria vermelho, o inimigo erguia os mosquetes de um lado, os oficiais desembainhavam as espadas do outro. O General deu o sinal. Os trombeteiros tocaram o ataque. Lançaram-se os soldados para a frente.

Mas, ao invés de sentir-se levado contra o adversário por heroica coragem, o General sentiu que seus pés retrocediam, levando-o inapelavelmente na direção oposta. A tropa boquiaberta viu seu líder sair correndo, de costas. E, embora sem entender a inusitada manobra militar, seguiu seu exemplo. Caíam alguns por falta de habilidade, tropeçavam outros, enquanto a maioria recuava como um bando de escorpiões, abandonando o campo de batalha sob as gargalhadas do inimigo.

Sem fôlego, sem glória e sem chapéu de plumas sentou-se enfim no chão o General. Descalçou as botas, e os pés moveram-se livres confirmando suas suspeitas. Eram elas as responsáveis, elas que, com suas fivelas de prata e seu brilho enganoso, haviam comandado seus passos rumo à degradação.

A cabeça do Sapateiro só não rolou porque dela gostavam os pés reais. E porque contrito penitenciou-se, confessando que por falta de hábito se havia enganado com as grossas solas! costurando-as – e com quanto esmero! – de trás para a frente. Isso nunca mais voltaria a acontecer, garantiu.

E a Rainha, para mostrar-lhe que o havia perdoado, e para amansar o General, ordenou que fizesse para este outro par de calçados. Não mais botas, porém, que o reino não podia correr tamanho risco. Seriam sapatos, semelhantes àqueles usados na corte.

Dessa vez, o Sapateiro não precisou franzir o cenho nem ferir os dedos. Sapatos cortesãos era tudo o que sabia fazer. E sabia fazê-los melhor que ninguém. Em breve estavam prontos.

E em breve o General os calçou. E com eles nos pés foi plantar-se com suas tropas naquele mesmo campo de batalha que havia presenciado sua desonra. Enfileirava-se, de um lado, o inimigo, erguendo os mosquetes. Desembainhavam-se, do outro, as espadas. O General levantou o braço, dando a ordem. Os trombeteiros sopraram em seus instrumentos. As primeiras notas do toque de ataque saltaram no ar. As tropas saltaram para a frente.

Mas ao som das notas, os sapatos, feitos para a corte e preparados para os bailes, começaram a dançar. Girava o General, alternando os pés em saltitos. A tropa estarrecida, porém treinada para a obediência, mais uma vez seguiu seus passos. Oficiais e soldados rodopiaram, sozinhos e aos pares, bailarinos de armas na mão pisoteando com pés ágeis o campo cheio de papoulas, enquanto ao longe, cada vez mais longe, ecoavam as risadas do adversário.

Dessa vez, nem a benevolência da Rainha foi suficiente para impedir que o Sapateiro fosse trancado na mais alta torre do reino, à espera do cadafalso.

E agora ali estava ele, sentado na pedra fria, olhando lá no alto, bem no alto, a única janela da torre, e além dela o céu azul.

Durante a tarde inteira olhou, deixando gastar-se aquele azul que talvez fosse o seu último.

E o azul aos poucos gasto fez-se violeta. E o violeta cada vez mais escuro foi cortado por uma silhueta negra, depois outra, e outra. Morcegos lançavam-se na noite. Num assomo de ternura, o Sapateiro lembrou-se da sua oficina, dos sapatinhos todos pendurados no teto sobre a sua cabeça, lado a lado, par a par, montando guarda ao seu fazer, pendentes como morcegos no sono diurno.

Lá em cima entreviu outra sombra rasgante. Então descalçou os sapatos. Com muito cuidado atou-os pelos cordões. Depois, metendo a mão por dentro de um e o polegar por dentro do outro, segurou-os bem juntos, bem firmes, suspendendo-os acima do chão.

Como se despertassem ao seu toque, os sapatos estremeceram. Devagar começaram a mover-se, adejaram como duas asas negras. Duas asas que batendo a princípio lentas, depois cada vez mais rápidas, subiram erguendo o Sapateiro. E no escuro que já invadia a torre como água num poço, o levaram até a janela cruzando com ele o céu violeta.

BELA, DAS BRANCAS MÃOS

Era bonita e jovem como um amanhecer. E os homens da aldeia, todos, suspiravam por ela. Os solteiros a olhavam de frente, tentando apoderar-se do seu olhar. Os casados a olhavam de viés, escondendo o brilho dos olhos sob as pálpebras abaixadas. Os velhos e os meninos a olhavam à noite em seus sonhos.

Ela, porém, não olhava ninguém. Cuidava do seu fazer com alegria, cantava, caminhava leve com pés descalços. Pouco conversava com as outras mulheres da aldeia.

Essas também a olhavam. Mas com olhos escuros. Viam a mocinha fazer-se mulher. Viam seus homens cada vez mais atraídos. E viam-se mais feias, porque o espelho era ela.

Depois aconteceu que um moço largasse a junta de bois no meio do campo para segui-la até o rio. Houve a noite em que um marido não voltou para casa, suspirando a noite toda debaixo da sua janela. Dois jovens brigaram à faca, e se disse que havia sido por ela. O louco da aldeia enforcou-se e todos só pensaram em um motivo.

À noite, as mulheres reuniram-se enquanto ela dormia. E decidiram seu destino. No escuro ainda, a arrancaram da cama e a expulsaram da aldeia, que nunca mais voltasse. Aos homens, no dia seguinte, disseram que havia partido com um viajante.

E não houve mais bois abandonados no meio do campo, os maridos todos regressaram para suas casas à noite, as brigas passaram a ser por causa da terra. E um dia um homem perdeu a razão e a aldeia voltou a ter o seu louco.

Tudo era tranquilidade. Até o dia em que um dos homens saiu para caçar e não voltou.

Procuraram por ele no bosque, procuraram por ele no rio. E nada encontraram. Só sua arma, debaixo de um arbusto.

Passados muitos meses, quando já ninguém falava no desaparecimento, outro foi cortar lenha. E não voltou.

Dessa vez só procuraram entre as árvores. Encontraram o machado. Mas dele, nem sinal.

Durante muito tempo falou-se no homem que havia sumido. Muitos evitaram ir ao bosque. Depois, aos poucos, o fato foi se afastando na memória da aldeia, e as coisas voltaram a ser como antes.

E como antes um homem foi ao bosque, e como antes desapareceu, e como antes nada dele se encontrou.

Era o terceiro a desaparecer na aldeia. Haveria outro depois. E mais um.

As mulheres choravam com seus negros olhos.

Ninguém mais queria ir ao bosque. Porém, estando por acabar as provisões em suas casas, dois homens decidiram que juntos o perigo seria menor. E saíram para caçar.

Muitas vezes haviam percorrido aquelas trilhas. Mas por mais que conhecessem todos os ninhos e tocas, naquele dia nenhuma criatura de pelo ou pena cruzou seu caminho. E procurando, embrenharam-se mais do que pretendiam.

Um deles ia na frente. O outro, o acompanhava. Sem que o primeiro percebesse, o segundo foi ficando para trás e, atraído por um ruído, meteu-se entre as folhagens.

Seu grito não demorou. Correu o primeiro para ajudá-lo. Mas chegando ao lugar de onde vinham os chamados, viu a metade superior do amigo, que agitava os braços e gritava por socorro, enquanto a outra metade desaparecia na boca de uma enorme serpente.

Pensou em atirar, mas temeu atingir o companheiro ou atiçar a fúria da serpente, que poderia cortá-lo ao meio. Então agarrou-o pelas mãos e, cravando os pés no chão, começou a puxar.

Puxou, puxou, puxou. E aos poucos viu a cintura do amigo sair da verde moldura daquela boca, depois apareceram os quadris, as coxas, as pernas.

Extenuado, deixou-se cair, enquanto o amigo acabava de se libertar.

Mas ao levantar a cabeça, viu que este, embora fora da serpente, sacudia os pés e lutava tentando soltar-se de alguma coisa mais. Aproximou-se. Saindo da boca da cobra, duas mãos prendiam-se aos tornozelos do amigo.

Agora eram dois a puxar. Puxava uma mão o primeiro, puxava a outra mão o segundo. E palmo a palmo um terceiro homem foi saindo como o outro havia saído. Era aquele que por último desaparecera da aldeia.

Limpavam-se os dois de suor e poeira, quando viram que o homem também sacudia os pés, presos os tornozelos por duas mãos que despontavam da boca da serpente.

Agora que eram três a puxar, nem parecia necessário fazer tanta força. Mas era. E afinal caíram os três exaustos, e o homem que acabava de sair viu que seus tornozelos estavam presos, e os quatro começaram a puxar.

Cinco homens vieram à luz dessa forma. Na mesma ordem em que ao longo dos meses haviam desaparecido da aldeia. E quando o quinto saiu, viu que ao redor dos seus tornozelos, como pulseiras de marfim, duas mãos delicadas e brancas se apertavam.

Foram sete a puxar. E surpresos perceberam que, à medida que os pálidos braços saíam da boca escura, encolhia-se, tragada para dentro dela mesma, a cauda da serpente.

Os braços nem haviam surgido inteiros, e já despontava uma cabeça de longa cabeleira, revelava-se um doce rosto de mulher. Nova delicadeza movia os sete homens. Quando a mulher enfim foi liberada, reconheceram a moça da aldeia, que acreditavam ter partido com um viajante. E estando ela nua, procuraram no chão algo com que cobri-la. Mas no chão não havia nada. Nem mesmo a longa pele da serpente.

O MOÇO QUE NÃO TINHA NOME

Era um moço que não tinha nome. Nem nunca tinha tido. Um moço que, não tendo nome, também não tinha rosto.

– Psiu! – chamavam-no as pessoas.

E ele, acostumado desde pequeno, atendia. Porém, quando se aproximava, quem o tinha chamado via em lugar do rosto dele seu próprio rosto refletido, como num espelho. E enchia-se de espanto.

Assim, sem olhos ou sorriso que fossem seus, ninguém conseguia escolher um nome que a ele se ajustasse, tornando-o único, impossível de ser confundido com qualquer outro.

Era muita ausência para ele carregar. E cedo decidiu que, tão logo estivesse crescido, dono enfim da sua vida, partiria à procura do rosto que lhe pertencia e que, certamente, havia de estar perdido em alguma parte do mundo.

Chegada a idade, juntou suas coisas, saiu da aldeia e começou a andar.

Andou e andou. Nos castelos que lhe davam hospedagem, examinava ansioso os quadros e as tapeçarias, aproximava-se atento das esculturas, mesmo as mais miúdas que enfeitavam às vezes uma sopeira de prata ou o cabo de um talher. Quem sabe, entre tantos cavalheiros retratados, entre tantos homens pintados e bordados, não estaria algum cujo rosto, por engano ou descuido, fosse o seu? Até sobre os bastidores das damas se debruçava, na esperança de que o ponto que vinham de fazer estivesse arrematando um nariz, o traço de uma sobrancelha que a ele caberia.

Desse modo viajava, fazendo seu rumo como quem atravessa um rio pulando de pedra em pedra. Passava de uma cidade a outra, de uma casa a outra, sempre procurando, nas famílias que se reuniam ao redor das lareiras, nas multidões das feiras, e até nos broches de esmalte que enfeitavam os decotes, nos camafeus e nas pedras entalhadas dos anéis.

Sem nunca, naqueles anos todos, afastar seu caminho da procura.

E nesse caminho, um dia, encontrou a moça que voltava da fonte.

Ia tão atenta para não entornar o cântaro equilibrado alto da cabeça, que nem o viu chegar pela trilha. E quando ele se aproximou, oferecendo-se para carregar o cântaro, foi com surpresa agradecida que encarou o rosto vazio. Mais do que com espanto.

Andando devagar, para prolongar a caminhada, o moço acompanhou--a até em casa. Mas na manhã seguinte, bem cedo, foi esperá-la na fonte. E quando ela chegou, novamente se ofereceu para carregar o cântaro.

Assim aconteceu também no outro dia, e nos que vieram depois. Agora já se demoravam sentados à beira da nascente, conversando sem pressa, enquanto o tempo escorria junto com o regato. E a cada novo encontro, ela olhava os próprios olhos refletidos nele e os via ficarem mais brilhantes, olhava sua boca e só lhe via sorrisos.

Pouco a pouco, a ausência do rosto foi perdendo importância. O moço tinha tantas coisas para contar, tanta doçura na voz, que ela passou a achá-lo mais e mais bonito. Era como se nada lhe faltasse. Nem mesmo o nome. Pois não precisava chamá-lo, já que sempre o encontrava à sua espera, não importava a hora em que chegasse.

Porém, na fonte, começavam a boiar as primeiras folhas mortas. O regato, que tinha levado o verão, lentamente levou o outono. E afinal o inverno chegou, engolindo as tardes em seu ventre frio. Breve a fonte gelaria. E a moça percebeu que, sem água para buscar, não teria mais desculpa para sair de casa.

Envolta no xale, ainda foi à fonte durante alguns dias. Mas naquela manhã em que as beiradas do regato começavam a fazer-se de cristal, o medo de perder o moço atravessou-a como um vento. Quis retê-lo, chamá--lo. Em ânsia estendeu-lhe as mãos. E quase sem sentir, num sopro, Amado! foi o nome que lhe deu.

Ondejou seu reflexo no rosto do moço. Lentamente, seus olhos espelhados perderam a nitidez, desfez-se o contorno dos lábios. Naquele vazio, só restava uma névoa. E na névoa, trazidos de longe pelo chamado de um nome, começaram a aflorar duas sobrancelhas espessas, depois a aresta de um nariz, a sólida linha de um queixo, a ampla testa. Traços cada vez mais nítidos, desenhando o rosto enfim encontrado.

Pingentes de gelo formavam-se nas folhas. Adensavam-se as nuvens. Mas ele, o homem que agora tinha rosto e nome, sorria como um sol.

COMO OS CAMPOS

Preparavam-se aqueles jovens estudiosos para a vida adulta, acompanhando um sábio e ouvindo seus ensinamentos. Porém, como fizesse cada dia mais frio com o adiantar-se do outono, dele se aproximaram e perguntaram:

– Senhor, como devemos vestir-nos?

– Vistam-se como os campos – respondeu o sábio.

Os jovens então subiram a uma colina e durante dias olharam para os campos. Depois dirigiram-se à cidade, onde compraram tecidos de muitas cores e fios de muitas fibras. Levando cestas carregadas, voltaram para junto do sábio.

Sob o seu olhar abriram os rolos das sedas, desdobraram as peças de damasco, e cortaram quadrados de veludo, e os emendaram com retângulos de cetim. Aos poucos, foram recriando em longas vestes os campos arados, o vivo verde dos campos em primavera, o pintalgado da germinação. E entremearam fios de ouro no amarelo dos trigais, fios de prata no alagado das chuvas, até chegarem ao branco brilhante da neve. As vestes suntuosas estendiam-se como mantos. O sábio nada disse.

Só um jovem pequenino não havia feito sua roupa. Esperava que o algodão estivesse em flor, para colhê-lo. E quando teve os tufos, os fiou. E quando teve os fios, os teceu. Depois vestiu sua roupa branca e foi para o campo trabalhar.

Arou e plantou. Muitas e muitas vezes sujou-se de terra. E manchou-se do sumo das frutas e da seiva das plantas. A roupa já não era branca, embora ele a lavasse no regato. Plantou e colheu. A roupa rasgou-se, o tecido puiu-se. O jovem pequenino emendou os rasgões com fios de lã, costurou remendos onde o pano cedia. E quando a neve veio, prendeu em sua roupa mangas mais grossas para se aquecer.

Agora a roupa do jovem pequeno era de tantos pedaços, que ninguém poderia dizer como havia começado. E estando ele lá fora uma manhã, com os pés afundados na terra para receber a primavera, um pássaro o confundiu com o campo e veio pousar no seu ombro. Ciscou de leve entre os fios, sacudiu as penas. Depois levantou a cabeça e começou a cantar.

Ao longe, o sábio que tudo olhava sorriu.

DE ARDENTE CORAÇÃO

Teria sido um baralho como os outros, não fosse por aquela Dama de Copas. Coroa pousada na cabeça, arminho do manto cruzado sobre o peito, rubras mangas, e na mão uma flor – papoula ou rosa? – que os dedos empunhavam como cetro. Sem um gesto. E com um único sorriso.

Imóvel, ainda assim, quantos amores provocava, e como ardia seu coração! Todos os valetes do baralho ansiavam por ela. E os reis, mais que ansiar, fremiam de paixão, ameaçando-se uns aos outros com a espada erguida e a boca dura sobre os cachos da barba.

Sorrindo com tanta constância, a Dama parecia incapaz de sofrer. E no entanto um sofrimento a habitava. Sofrimento de ciúme que subia a partir da cintura, na exata fronteira em que seu corpo acabava e começava o da Outra.

A bem dizer, nasciam as duas daquela linha divisória, embora em direções opostas. O fim do manto de uma dava início ao manto da outra, as pregas das vestes de uma morriam nas pregas das vestes da outra. E corpo acima, iguais, repetiam o mesmo arminho cruzado sobre o peito, as mesmas mangas vermelhas, o mesmo rosto, o idêntico sorriso. E aquela flor, rosa ou papoula, presa na mão como um cetro.

Mas essa igualdade ambas ignoravam, porque presas pelo meio de si e voltadas cada uma para um lado, nunca haviam se visto.

Da Outra, a Dama intuía apenas que ocupava metade do seu espaço. E que, como ela, obedecia ao destino do naipe, amando e sendo amada sem descanso. Era mais do que suficiente para fazê-la sofrer. Pois, na reduzida população do baralho, disputavam os mesmos homens.

Os mesmos, mas nem sempre ao mesmo tempo. Podia acontecer que enquanto a Dama do alto endereçasse o perfume da sua flor para o garboso Rei de Espadas, a Dama de baixo soprasse nas suas pétalas em direção ao pálido Valete de Paus. Presas pela cintura, não tinham como se desvencilhar. E toda vez que alguém embaralhava as cartas, lutava uma para ficar ao lado do seu amado, forçava a outra para ter como vizinho aquele que já lhe habitava o coração.

Todo o baralho acompanhava essas disputas. Vibravam as cortes das sequências, cada qual torcendo pela sua senhora. Agitavam-se as trincas. Empenhavam-se as duplas. Valetes e Reis se acotovelavam num grande torneio de amor. E ao fundo, divertidos, gargalhavam os Curingas.

Empenhado no seu jogo, porém, o baralho já não respeitava o dos jogadores. As cartas emperravam nas mãos, colavam-se umas às outras, surgiam em ordem inesperada, recusavam-se à separação. A desobediência era flagrante, não havia mais como confiar nelas. O uso tornava-se impossível.

Em breve, ninguém as queria para partidas. Alguém ainda tentou utilizá-las para paciências. Mas nem para a impaciências serviam mais. E afinal foram abandonadas no fundo de uma gaveta.

Tédio e escuridão. Empilhadas na ordem em que haviam sido deixadas, as cartas suspiravam lembrando seu passado ardente. Mas só o roer dos carunchos fazia eco a seus suspiros.

Tédio durante um longo, longo tempo. E eis que um dia alguém abre a gaveta e pega o baralho.

Convocadas pela luz, nem bem despertas, as cartas já querem se lançar à atividade. Mas algo diferente se passa. Ninguém as embaralha, ninguém as separa por naipes ou as distribui. Como estavam, são depositadas no tapete, quase largadas. E dedos gordinhos cheirando a bala, dedos de pequenas unhas um tanto sujas pescam a primeira delas.

É um Valete. Que se vê colocado de pé sobre o tapete, perigosamente inclinado para a frente. Um Às vem parar diante dele, inclina-se. Os dois se encostam no alto. Ao lado, um Quatro e um Três são postos na mesma posição. Por cima um Rei deitado, servindo de teto. Logo outras duplas, outro teto. E outras. E outros.

Vazado como se feito só de janelas, todo quinas e equilíbrio, cresce pouco a pouco sobre o tapete um castelo.

As cartas, divertidas, descobrem-se a um só tempo paredes e habitantes da transparente arquitetura. E já estamos no segundo andar do castelo de cartas quando a mão menina pega as Damas de rubro coração.

Suspense no baralho. Reis e Valetes retêm o fôlego. Quem ainda está no tapete olha para cima. Quem já está erguido, olha para o lado. É assim, em plena expectativa, que cada carta, gelada de súbito espanto, vê o inesperado. Os dedos gordinhos dobram as Damas ao meio e vincam a cintura em ângulo reto.

Ei-las frente a frente pela primeira vez. Olham-se a Dama do alto e a Dama de baixo. Examinam-se percorrendo detalhes. Os mesmos cabelos repartidos, a mesma gola levantada, a mesma papoula – ou seria rosa? – desabrochando na mão. Iguais todos os detalhes. Igual o conjunto. Igual, perfeitamente igual uma à outra.

Sorri a Dama de cima seu eterno sorriso, dessa vez endereçado à Dama de baixo. Sorri a Dama de baixo seu sorriso idêntico, dessa vez voltado para a Dama de cima. E as duas mais que sorriem. Porque olhando-se percebem que assim dobradas não há mais de cima, nem de baixo, mas apenas uma Dama, repetida em outra como em um espelho.

Contagiados por tanto sorrir, faíscam de contentamento os Ouros, estremecem os Paus, fremem as Espadas, palpitam as Copas. Todo o baralho vibra. E a vibração percorre o castelo, que ondeia, oscila, descamba, se inclina, desliza. E farfalhando vem abaixo.

Valetes e Reis, caídos no tapete em meio às outras cartas, olham esperançosos ao redor. E em cada olhar vai a mesma pergunta: "Será que a sorte me derrubou ao lado da Dama?".

NO DORSO DA FUNDA DUNA

O sol atravessava lentamente o céu. E abaixo dele, bem abaixo, um emir com sua caravana atravessava o deserto. A claridade era envolvente como um sono. Mas de repente, pelas frestas dos olhos apertados, o emir viu a figura escura de um homem recortar-se no dorso de uma duna. De um homem e de uma cabra.

Que parasse a caravana, ordenou o emir. Um homem sozinho no deserto é um homem morto.

– Mas não estou sozinho, nobre senhor – respondeu o homem, levado à presença do emir.

E este, tendo logo pensado que uma cabra não é companhia suficiente em meio às areias, penitenciou-se no segredo da sua mente. Certamente aquele era um homem santo que vagava em penitência, e tinha a companhia da sua fé.

Assim mesmo, convidou-o a seguir viagem com eles. E diante da recusa, ordenou que se lhe dessem alguns pães e um odre de água. Em breve, a caravana partia.

O homem apertou as espirais do turbante, puxou uma ponta do pano sobre a boca, e acompanhado pela cabra recomeçou a andar.

O sol tinha refeito seu percurso muitas vezes e estava do outro lado da terra, quando um tropel de cavaleiros quase pisoteou o homem que dormia com a cabeça encostada na barriga da cabra. O primeiro cavaleiro puxou as rédeas, saltou na areia. O homem acordou num susto. O tropel parou.

– Um homem sozinho entre as dunas é um homem inútil – disse o cavaleiro que chefiava aqueles piratas do deserto. E o convidou para que se juntasse ao bando.

Mas quando o homem recusou a oferta, acrescentando que certamente era um inútil embora não estivesse sozinho, o chefe dos piratas achou que debochava dele, e mandou que o surrassem. Sem demora e sem ruído, pois cascos não ecoam na areia, o tropel partiu.

Os ferimentos da surra há muito haviam cicatrizado, no dia em que uma caravana de peregrinos passou no seu caminho. E assim como ele a viu chegar com prazer, também os peregrinos consideraram a presença daquele homem e daquela cabra um sinal propício, e decidiram acampar ao seu lado no dorso da duna.

Armadas as tendas, acesos os fogos, o chefe da caravana convidou o homem a comer. Os peregrinos sentaram-se ao redor, a comida passou de mão em mão. Só quando ela acabou, o velho perguntou ao homem o que estava fazendo no deserto.

E o sol ainda não havia se posto, e a lua ainda não surgido, quando o homem começou a contar.

Havia sido um homem próspero de uma próspera cidade, uma cidade que com seus minaretes e muros surgia em meio ao deserto. Marido de uma boa esposa, justo pai dos seus filhos, tinha sempre grãos na despensa, e a figueira junto à porta da sua casa a cada ano dava frutos. Um dia, chamado pelos negócios, havia partido em longa viagem. E ao regressar, não mais havia encontrado sua cidade. Só depois de muito indagar entendera que o deserto, soprado pelo vento, havia passado por cima dos muros, engolindo os minaretes, as casas e a figueira. Toda a sua vida estava debaixo da areia. Mas, onde, na areia? E havia começado a procurar.

– É por isso que até hoje anda no deserto? – perguntou o velho chefe da caravana.

Os dentes do homem brilharam à luz da lua que já se havia levantado.

– Ando porque ainda sou morador da minha cidade – respondeu. Inclinou-se, encostou o ouvido na areia, quedou-se atento por alguns minutos. – Há muito os encontrei – disse, erguendo-se.

Sorriu novamente. No ventre daquela duna, debaixo de caravana acampada, estavam os minaretes, as casas, a figueira. Estavam seus filhos e sua mulher. E ele podia ouvi-los à distância. Através da areia que os separava, podia ouvir os gritos dos pregões, as preces dos muezins, o riso da mulher e das crianças que certamente agora haviam crescido.

– Caminho para isso. Para estar sempre acima deles. Para escutar sua vida.

– As dunas – acrescentou – vagueiam pelo deserto. E eu vou, acompanhando a minha.

Pouco faltava para a manhã. Ao alvorecer, os peregrinos partiram.

Mas o vento tinha ouvido o relato do homem. E a próxima caravana que por ali passou já não o encontrou. A duna soprada grão a grão havia eriçado sua crista, cobrindo o homem e sua cabra como antes cobrira muros e minaretes. E abrindo caminho para eles, lentamente, até seu ventre.

POR UM OLHAR

Não gostava de companhia. Mas sofria com a solidão. Assim, para evitar a presença das pessoas, sempre mais ruidosas e imprevisíveis do que podia suportar, escapando contudo à vazia imensidão das salas e salões, aquele Príncipe havia mandado pintar nas paredes do seu palácio cenas cheias de personagens, com as quais se acompanhava.

Se o dia parecia arrastar-se mais lento que de costume trazendo o tédio em seu rastro, dirigia-se o Príncipe às longas galerias onde, de ponta a ponta, de chão a teto, uma caçada acontecia. Nervosas perseguições ocupavam então seu tempo. Empinavam-se os cavalos pintados, fugiam os cervos saltando na floresta, os cães lançavam-se sobre os javalis, e revoadas de pássaros manchavam o céu enquanto dos arcos tendidos as flechas apontavam para vivas carnes.

Se era a noite que se alongava quase roubando horas do dia, ia o Príncipe para o grande salão. Ali, pintados ao redor, nos trechos de parede que se alternavam a altíssimos espelhos, damas e cavalheiros dançavam, conversavam, bebiam em finas taças. E as superfícies espelhadas multiplicavam os pares, tornando mais reais os pálidos rostos, os ricos trajes que brilhavam à luz de tantas velas acesas.

Para distraí-lo em qualquer ocasião, as alegrias do mundo haviam sido representadas nos quartos, nas salas e corredores, sem que nunca o Príncipe precisasse sentir-se só, sem que nunca verdadeiras presenças viessem perturbar sua fragilidade.

Entre tantos cômodos, porém, o que mais frequentemente recebia sua visita era a Sala dos Mancebos. Ali, jovens nobres pareciam conversar altivos no canto de uma praça, com seus punhais na cintura e seus queixos erguidos, de perfil alguns, contra a paisagem outros, mostrando o rosto emoldurado pelos cachos, os corpos modelados pelas pregas das roupas.

Tão bem sentia-se o Príncipe entre seus pares, que às vezes punha-se de pé junto à parede, parado como se dela fizesse parte, e deixava-se ficar durante horas, envolvido ele também naquelas conversas inaudíveis.

Prazer igual não encontrava na Sala das Donzelas. Mais que estranho, sentia-se indiscreto entre aquelas moças que conversavam e bordavam nos grandes bastidores. Os gestos delicados, as mãos pequenas, o longo panejar das saias não eram para ele. Percebia nos olhares oblíquos e nos rostos inclinados uma troca de segredos que nunca o incluía. Ademais, por alguma razão que lhe escapava, nenhuma daquelas donzelas lhe parecia digna de atenção. Ou as via pálidas demais ou muito coradas, ou demasiado magras ou altas em excesso, ou espigado o cabelo ou muito grande o pé. Fosse o que fosse, passava pela porta; dava uma olhada lá dentro. E sem se demorar, seguia em frente.

Teria mantido inalterada a quase rotina imposta por suas preferências se uma manhã, querendo presenteá-lo por ocasião do seu aniversário, o pintor da corte não lhe tivesse feito encontrar uma nova sala. A Sala da Ponte.

Na parede que se opunha à porta, bem no meio, via-se uma ponte em arco sobre um canal com cisnes. De um lado, continuando pela parede da esquerda, cochichavam as Moças. Do outro, expandindo-se pela parede da direita, exibiam-se os Rapazes. E ao longe, verdejavam montes.

Desde logo, essa sala tornou-se a sua favorita. Diariamente a visitava. Incorporava-se ao grupo dos Rapazes, rivalizando com eles em beleza e fidalguia. Imitava-lhes os gestos. E só não lhes imitava os trajes porque era em seu próprio guarda-roupa que o pintor havia-se inspirado.

Não demorou muito para que, como eles, dirigisse seu olhar para o grupo das Moças.

E entre as demais, a viu. Não a percebeu de imediato, quase encoberta que estava pelos ombros de uma e o braço erguido da outra. Mas seu rosto era de um oval tão gentil, e tão luminosa a sua pele, que depois de tê-la visto não viu mais nenhuma.

Que nome teria aquela donzela? perguntava-se suspenso pelo gesto delicado dos seus dedos. E com o olhar acompanhava a linha mais clara que dividia seus cabelos, as ondas em que eles lhe desciam pelos ombros. Que idade seria a sua?

Nenhum dia mais se passava sem que o Príncipe fosse à Sala da Ponte. Nem hora transcorria sem que olhasse para a donzela. E a cada hora, mais crescia o desejo de ser olhado por ela.

Mas ela, ah! ela não o olhava.

Buscava inutilmente o Príncipe atrair o seu olhar. Mas por mais que fizesse, não conseguia arrancá-lo do ponto em que parecia fixado. Um ponto preciso, situado talvez além dele ou mais para o lado, entre os Rapazes.

Lentamente, deslocando-se um pouco a cada dia e estudando aqueles olhos que o ignoravam, procurou colocar-se na justa direção.

Aproximou-se mais dos Rapazes. Sentiu que ainda não era aquele o lugar. Recuou. Porém continuava fora raio de visão dela. Recuou mais um pouco. Deu um passo para a direita. Preparou-se para dar outro. E então, quando o seu corpo já se movia em busca do ponto exato, percebeu, num latejar do sangue, que o Rapaz ao seu lado olhava para a Moça. E que era para ele, para aquele rosto duro de afiada barba, que o olhar dela se lançava por entre as outras jovens e por cima do rio.

Tão novo aquele sofrer. E já tão longo. Dentes cerrados, o Príncipe não hesitou. Avançou de um passo. E se sobrepôs ao rival.

Agora, interceptado o olhar que tanto havia buscado, era ele, e só ele que a Moça via.

Na parede em frente, além da ponte, a Moça entre outras Moças pareceu sorrir. Ele, único Príncipe entre os Rapazes, certamente sorriu. Mas atrás dele havia um jovem de duro rosto. E no exato momento em que o olhar da Moça, aquele olhar de almíscar e mel, pousou nos seus olhos como um beijo, o Príncipe sentiu a lâmina de um punhal enterrar-se nas suas costas. Escurecida a vista, o sangue subiu-lhe à boca, quente como as palavras que estava prestes a dizer.

DEBAIXO DA PELE, A LUA

Chegado o tempo, uma moça se fez mulher. Mulher não como as outras, porém. Tão clara a sua pele! E por baixo dessa pele, vinda da própria carne, uma luminosidade que aflorava em certos dias, e nos seguintes se intensificava, dia a dia, luz a luz, até alcançar o esplendor de tantas chamas frias, de tantas imóveis estrelas. Então os cabelos da mulher se faziam mais cheios, leite gotejava dos seus seios, e as bacias e as tinas da sua casa transbordavam.

Aquela mulher tinha a lua debaixo da pele.

E estando uma tarde à porta da sua casa, quando o sol já se punha, foi vista pelo homem mais rico da região, que ia passando a cavalo.

Nunca ele havia encontrado uma mulher como aquela, mais semelhante às pérolas do que às outras mulheres. Imediatamente, a quis em casamento.

Na escuridão do quarto nupcial, porém, surpreendeu-se o homem percebendo que a pele da esposa não era tomada pelas sombras mas, ao contrário, destacava-se ainda mais pálida do que havia visto aquela tarde. E com o passar das noites sua surpresa tornou-se espanto, enquanto a mulher se fazia mais e mais clara, iluminando a princípio as superfícies próximas, e logo derramando sua luminosidade de prata em todo o quarto.

"Essa mulher", pensou o homem cheio de desconfiança, "vai acabar brilhando mais com sua luz do que eu com meu dinheiro".

Sem demora, alegando que ela só luzia para impedi-lo de dormir e que o levaria à morte, desfez o casamento.

De novo em casa, a mulher que tinha a lua debaixo da pele iluminou sua solidão durante algum tempo. Mas não tardou muito para que a luz percorresse em direção oposta os mesmos caminhos que a haviam trazido, recolhendo-se à escuridão do corpo, e deixando a mulher apagada e pronta para longos sonos.

Cedo passou seu tempo de repouso. E uma noite, prudentemente fechadas as janelas para que sua plena luz não perturbasse as trevas alheias, foi vista por um ladrão que passava rente ao muro.

Era uma fresta apenas, que deixava vazar a luz por entre os postigos. Mas bastou a lâmina daquele raio para chamar a atenção do ladrão. Aproximou-se sorrateiro, espiou para dentro. E lá estava a mulher, luzindo.

"Que belo dinheiro posso tirar dela exibindo-a nas feiras!", pensou faiscando seu olhar de gato.

Esperou até que se deitasse, que estivesse bem dormida. Então forçou um trinco, abriu um batente, entrou com passos leves e, atirando em cima dela uma capa preta, carregou-a na escuridão.

Morava em uma cabana longe dali. Chegando, prendeu a mulher ao pé da mesa com uma corrente, atirou-se na cama e começou a roncar. Roncou o que restava da noite, roncou todo o dia seguinte. Só acordou ao anoitecer, hora de ladrão trabalhar. E saiu, não sem antes avisar à mulher que quando tivesse roubado dinheiro suficiente para comprar um cavalo, uma carroça e algumas roupas vistosas iria exibi-la nas feiras.

Voltou de manhã com os bolsos cheios e alguma comida. Sem dizer palavra, pôs-se a roncar. E o mesmo aconteceu nos dias seguintes. Desse modo, dormindo com o sol e saindo ao escurecer, o ladrão não percebeu que a luz da mulher perdia pouco a pouco a intensidade que haveria de fazê-lo rico. E na noite em que afinal, tendo juntado o dinheiro necessário, resolveu ficar em casa, deparou-se com uma mulher igual a qualquer outra, sem o mínimo brilho, apenas mais pálida que as demais. Na feira, quem iria pagar pera ver uma mulher apenas pálida?

Furioso, soltou a corrente e empurrou sua prisioneira porta afora.

De novo em casa, a mulher que tinha a lua debaixo da pele. Apagada e sonolenta. Mas não por muito tempo.

Dessa vez, quando as tinas começaram a transbordar e a cabeleira derramou-se cheia, ela nem esperou o pôr do sol. Trancou bem a porta, fechou bem fechados os postigos das janelas, vedou cada frincha. Que ninguém a visse!

Não sabia que no alto, entre as telhas, a luz escapava denunciando-a. Só havia sono ao redor, quando alguém bateu à porta.

Levantou-se a mulher, cautelosa. Abriu uma fresta.

À sua frente, um cavalo negro. E no alto da sela, envolta em um manto tão escuro que mal se lhe distinguiam os contornos, uma dama.

Antes mesmo que a mulher avançasse no umbral, sua pele estremeceu por sobre a lua, sua luminosidade ondejou como reflexo de lago. E ela soube quem tinha vindo buscá-la.

O cavalo sacudiu a crina, impaciente. A dama debruçou-se, chamando-a. Sem voltar-se para olhar sua casa, a mulher estendeu a mão, e montou no cavalo da Noite.

ERAM TRÊS, E UM PRECIPÍCIO

Uma estrada no campo, alguns arbustos, um certo sol de quina. E naquela estrada, dois cegos esmoleiros esperando a improvável passagem de alguém caridoso, capaz de meter em suas mãos uma moeda.

Assim estavam, entre um suspiro e um passo, quando naquele ar de poucos ruídos ouviram um cacarejar de galinha.

Uma galinha à beira da estrada? Surpreenderam-se. Mas outro cacarejar fez-se ouvir. E não havia dúvida, era mesmo uma galinha. Acompanhando o som, tateando, um dos cegos descobriu o ninho entre os arbustos o outro cego sentiu as penas que o roçavam em fuga. E juntos, embaralhando dedos, tocaram um ovo, dois ovos, três ovos mornos. Era um tesouro vezes três.

O primeiro pensamento foi comê-los ali mesmo. Porém, o segundo lhes disse que isso equivalia a desperdiçar o achado. E, vencendo a fome, decidiram que melhor seria vendê-los no mercado. O mais velho tirou o gorro de lã, embrulhou nele os ovos, guardou o embrulho debaixo da camisa e do casaco, junto ao peito. Depois se viraram para começar a viagem.

Mas um se virou para a esquerda, o outro se virou para a direita. E ambos perceberam que não sabiam em que direção ficava o mercado. Perguntaremos! – exclamaram cheios de determinação. E seguiram caminho.

Caminharam. Caminharam. Iam pelo meio da estrada, quando de repente um dos cegos tropeçou, quase levando o outro. Havia trombado com uma cabra que vinha em direção oposta. Uma cabra atada a uma corda. Uma corda segura por um homem. Um homem cego, esmoleiro, que esperava a improvável passagem de alguém caridoso capaz de depositar-lhe uma moeda na mão.

– Por que não vem conosco para o mercado? – perguntaram-lhe os outros dois, passados alguns minutos de conhecimento. E logo sugeriram que poderia vender o leite da cabra. Ou, quem sabe, até mesmo a cabra.

A cabra, o cego disse, não venderia. – É minha guia – explicou com um sorriso de poucos dentes. Mas o leite...

Assim agora havia uma estrada no campo, uma cabra rebocando três cegos, e um sol aproximando-se do alto.

Caminharam. Caminharam. Até chegarem a uma encruzilhada de onde saía um atalho estreito. Foi nesse atalho que, levada pelo desejo de grama mais verde (ou pela suspeita quanto às intenções dos seus novos donos), a cabra se desviou. E atrás dela se desviaram o cego que vinha segurando a corda, o outro cego, que apoiava a mão no seu ombro, e o terceiro cego, que segurava o cinto daquele. Os três acreditando estarem no caminho do mercado.

Não demorou muito, o calor e a exigência do estômago anunciaram o meio-dia aos três companheiros. Era hora de parar. Procuraram uma sombra, e sem dar-se conta de que haviam se abrigado junto a uma casa, sentaram. O dono da cabra tirou uma cebola da bolsa de couro, o mais velho tirou um pão do seu alforje, o menos velho soltou a garrafa que trazia presa à cintura. Partilhando tudo como se fosse muito, comeram e beberam. Depois se deitaram e, sem precisar fechar os olhos, adormeceram.

Na casa não havia ninguém. Os donos tinham ido de manhã cedo ao mercado, levando alguns animais para vender. O cabritinho não, que ainda era muito novo. Tão novo que quando viu a cabra pastando solta baliu, sacudiu sua pequena cauda, e aproximou-se saudando-a com ligeiras marradas. Dela não se apartou mais.

O primeiro cego acordou. O segundo cego acordou. O terceiro cego acordou. Para perceber que estavam todos despertos, foi preciso que um bocejasse, que o outro se coçasse e que o terceiro ouvisse os dois.

Se andassem rápido, disse o mais velho, poderiam chegar ao mercado antes do anoitecer. E o dono da cabra, ainda de gatinhas, apressou-se a procurá-la. Chamou, tateou na grama, achou uma ponta de corda, segurou--a com firmeza. Depois, já erguido, deu-lhe uma sacudidela avisando sua guia, e sentindo que avançava, acompanhou-a obediente.

Pensava, o coitado, estar acompanhando a cabra. Na verdade, seguia uma vaca que os donos haviam deixado pastando, e cuja corda colhera por engano. Quem acompanhava a cabra era o outro cego, que nem mais velho era, mas que havia encontrado a corda. E junto à cabra, trotava lá na frente o cabritinho.

Na estrada, uma vaca, uma cabra, um cabrito, três cegos. E um sol que, novamente, estava um pouco de quina.

Caminharam. E ainda caminhando perguntaram-se quanto distaria o mercado, sem perceber que em sua direção avançava, a cavalo, um salteador. O salteador, esse sim, os percebeu de longe. E os viu fáceis de enganar, donos de um lote de animais pelos quais poderia conseguir bom preço.

– Senhor – perguntou o primeiro cego, ouvindo o aproximar-se dos cascos –, poderia nos informar quanto falta para chegar ao mercado?

– Ah! bom homem, bem que eu gostaria – respondeu em voz lamentosa o astuto –, pois é para lá que estou indo. Mas sou cego. Quem conhece o caminho é este cavalo que me leva.

Como havia previsto, os três acreditaram ter encontrado um semelhante. E tendo ele proposto que seguissem juntos, caíram confiantes no laço, julgando estarem sendo todos conduzidos ao mercado pelo cavalo. Não podiam imaginar que o salteador os levava em direção a um precipício, do alto do qual tencionava lançá-las para apossar-se dos seus animais.

Caminharam um bocado, até chegar junto ao ponto em que a campina parecia acabar no nada. Dizendo-se cansado, o salteador sugeriu uma breve parada. E antes que os outros sentassem, apeou, avançando rápido para empurrar o primeiro cego. A rapidez foi sua perdição.

Pois o cego, percebendo nos ruídos o aproximar-se do homem e desconhecendo-lhe o malquerer, deu dois passos na sua direção, tropeçou no cabritinho que se havia interposto entre os dois; e caiu para a frente de braços estendidos. As mãos espalmadas, só as mãos, atingiram no peito o salteador. Que desequilibrado cambaleou, arranhou o ar tentando se segurar em alguma coisa e, pernas ao alto, despencou no abismo.

– Senhor – chamou o cego, querendo se desculpar pelo encontrão. E, estranhando o silêncio: – Senhor chamou novamente sem obter resposta.

– Senhoooorr! – chamaram depois de alguns minutos os outros dois em voz mais alta. E nada. O senhor não atendeu.

Que homem mais estranho, comentaram os três. Vai ver, tinha se ofendido por aquele esbarrãozinho à toa e ido embora. Mas eles agora, como fariam?

Estavam os três com seus animais à beira do precipício pensando que direção tomar, quando o cavalo relinchou.

– O cavalo! – exclamaram aliviados. Ele conhecia o caminho para o mercado. Ele os levaria. E, embora sem entender por que seu dono havia ido embora a pé, um atrás do outro montaram na garupa.

Lá se foram os três cegos, e mais o cavalo a vaca a cabra e o cabritinho, sem saber que estava quase ficando escuro. E que não estavam indo para o mercado. Pois o cavalo, sentindo-se tocado por aqueles seis calcanhares ossudos e vendo que o dia já se acabava, havia tomado o único caminho que realmente conhecia. O caminho de casa.

Chegaram que era noite. O cavalo parou, os cegos apearam. Silêncio ao redor. Quieto assim o mercado não podia ser. Onde estariam? Esperaram parados, bateram palmas, chamaram. Esperaram mais um pouco. Começava a fazer frio. Era preciso achar um abrigo. Então avançaram com cuidado, meio enfileirados, tateando. O da frente encontrou a casa do salteador. Juntos empurraram a porta apenas encostada, entraram na casa, e perceberam que estava vazia, e se alegraram de ter encontrado uma casa sem dono.

Aos poucos, vasculhando nos móveis e nos cantos, descobriram comida, lenha para acender o fogo, uma garrafa de vinho. E um pote de barro. Tentaram meter a mão pela boca, para ver o que continha. Era estreita demais. Quiseram levantá-lo, era pesado demais. E balança e sacode e puxa e empurra, lá se foi o pote ao chão com estrondo, e com um tilintar, um tilintar tão alegre que só podia ser de moedas.

Contaram uma por uma, empilhando. E quando acabaram de contar, a decisão dos três estava tomada. Agora que tinham uma casa, comida, dinheiro, uma vaca, uma cabra, um cabritinho e um cavalo, para que ir ao mercado? Não precisavam mais. Nem do mercado, nem de qualquer outra coisa. Com o que a sorte lhes havia dado, podiam viver juntos muito bem, por muito tempo.

Grande era a sorte dos três. Mas ia ficar ainda maior.

Tendo decidido a sua nova vida, lembraram-se dos ovos que haviam dado início a toda essa história, e resolveram comemorar fazendo uma bela fritada. Acenderam o fogo. O mais velho tirou o embrulho de dentro da camisa, sentiu os ovos ainda mornos. Ia quebrar o primeiro na frigideira, quando percebeu que a casca começava a rachar sozinha. Aqueles ovos, que a galinha havia sido obrigada a abandonar no choco, aquecidos pelo calor do peito, do sol e da caminhada, estavam prontos para se abrir. Abriu-se o primeiro libertando o pintinho ainda molhado. Abriu-se o segundo. O terceiro se abriu. Três pintos pipilaram sobre a mesa. Em resposta relinchou o cavalo, mugiu a vaca, baliram a cabra e o cabritinho. E riram, riram de contentes os três cegos.

SEM ASAS, PORÉM

Dura aldeia era aquela, em que às mulheres não era permitido comer carne de aves – não fossem as asas subir-lhes ao pensamento. Dura aldeia era aquela em que, apesar da proibição, voltando da caça ao final da tarde e sem nada mais ter conseguido abater, o marido entregou à mulher uma ave, para que a depenasse e a cozesse e fosse alimento de ambos.

E assim a mulher fez, metendo os dedos por entre as penas ainda brilhantes, arrancando-as aos punhados, e entregando à água e ao fogo aquele corpo agora morto, que a fogo e água nunca havia pertencido, mas sim ao ar e à terra.

Tivesse olhado para o alto por um minuto, tivesse detido por um instante sua tarefa e levantado o olhar, e teria visto pela janela bandos daquelas mesmas aves migrando rumo ao Sul. Mas a mulher só olhava para as coisas quando precisava olhá-las. E não precisando olhar o céu, não ergueu a cabeça.

Cozida a carne da ave, regalou-se, engolindo os bocados sem mastigar, firmou os dentes nos ossos, sugou o tutano. O marido não. Repugnou-lhe a carne tão escura. Limitou-se a molhar o pão no caldo, maldizendo sua pouca sorte de caçador.

Passados dias, a mulher nem mais se lembrava do seu raro banquete. Outras carnes assavam e eram ensopadas na cozinha daquela casa, na cozinha que era quase toda a casa.

Mas uma inquietação nova começou a tomá-la. Interrompia seus afazeres de repente, como nunca havia feito. Paradas breves, quase nada. Um suspender do queixo, um vibrar de pestanas. Um alerta. Resposta do corpo a algum chamado que ela sequer ouvia. A agulha ficava parada no ar, a colher suspensa sobre a panela, as mãos metidas na tina. E a cabeça, cabeça que agora se movia com a delicadeza que só um pescoço mais longo poderia lhe dar, espetava o ar.

A mulher olhava então para aquilo de que não precisava. E olhava como se precisasse.

Só por instantes, a princípio. Em seguida, um pouco mais.

Demorando-se, olhou primeiro adiante. Adiante de si. E adiante daquilo que tinha diante de si. Por uns tempos pousando o olhar nos móveis, nos poucos móveis daquela casa e nos objetos em cima deles. Depois varando-os, varando as paredes, olhou para a distância em linha reta. O que via, não dizia. Olhava, sacudia num gesto suave a cabeça. E tornava a abaixá-la. A agulha descia, a colher mergulhava na panela, as mãos afundavam na tina.

Talvez levada por aquele breve sacudir de cabeça começou a olhar para os lados. Olhava para o lado esquerdo, demorava-se, imóvel. E, súbita, voltava-se para o lado direito.

Ninguém lhe perguntava o que estava olhando. O único olhar que nela parecia importar para os outros ainda era o antigo, de quando só olhava o que era necessário.

E assim um dia aquela mulher para a qual ninguém olhava olhou o céu. Sem que tivesse chovido ou fosse chover. Sem que houvesse relâmpagos. Sem que sequer houvesse nuvens ou o tempo fosse mudar, ela olhou o céu.

Delicado fazia-se seu pescoço agora que o movimentava ligeiro conduzindo a cabeça nas suas perscrutações. Era um pescoço pálido, protegido da luz por tantos anos de cabeça baixa. E sobre esse pescoço a cabeça como que se estendia olhando para cima, com a mesma reta intensidade com que havia começado varando paredes.

Olhava pois para o alto, quando um bando das aves passou sobre a casa rumo ao Sul.

Há muito as folhas haviam-se banhado de cobre, o solo começava a fazer-se duro no frio. E as aves de carne escura seguiam no céu em direção ao sol.

De pé, a mulher olhava. E continuou olhando até as aves empalideceram na distância.

O vento batia os longos panos da sua saia, estalava as asas franjadas do seu xale. Não, ela não voou. E como poderia? Saiu andando, apenas. Escura como a tarde, acompanhando seu próprio olhar, saiu andando para a frente, sempre para a frente, rumo ao Sul.

UM CANTAR DE MAR E VENTO

Desfraldava a vela com os mesmos gestos amplos com que outras abrem a toalha sobre a mesa ou o lençol na cama. Vela branca com uma branca lua bordada. E assim que escurecia fazia-se ao largo.

Não levava redes, não levava anzol no barco pequeno. Cestos somente, grandes. E em silêncio, escuro adentro, navegava até chegar onde o mar é fundo como a noite.

Ali, recolhida a vela, ondulando suavemente à deriva, a moça pescadora punha-se a cantar.

Cantava baixinho, mas logo, trazidos pelas malhas invisíveis da sua voz, os peixes começavam a saltar fora d'água pulando para o seu colo, luzidias estrelas que iam se perder entre as pregas da saia, iluminando por rápidos instantes o fundo úmido do barco.

Durante a noite toda a moça cantava. Seu primeiro silêncio despertava o sol. Era hora de voltar, vela enfunada.

Sempre, ao chegar ao pequeno porto da aldeia, sua pescaria revelava-se maior que a dos outros barcos. Desembarcava cestos cheios, transbordantes, mesmo quando os demais não precisavam sequer desembarcar seus cestos vazios. O mar nunca era avaro para ela. Avaros faziam-se, porém, os olhares dos outros pescadores.

Estando ao largo, numa noite como as outras em que, de tão farto o barco, ela colhia um ou outro peixe do fundo e o devolvia ao mar, um brilho diferente surpreendeu seu olhar. Entre tanta prata de escama, um súbito cintilar de ouro. Tateando entre os corpos luzidios, buscou o peixe que acabara de cair no seu regaço e, não sem espanto, viu que trazia um anel na boca.

Um anel cinzelado em que ramos de flores retinham uma pedra verde. Um precioso anel que a ninguém podia devolver. E um pouco largo para a sua mão delicada onde só coube no dedo médio.

Aquela manhã, ao chegar no porto, a moça trazia mais do que apenas cestos cheios. Em toda a aldeia, o único brilho de ouro era seu. E um outro brilho, escuro, acendeu-se nos olhos dos pescadores.

Mas sem percebê-lo, ela continuou desfraldando sua vela ao anoitecer e recolhendo-a de manhã, vivendo mais alegre no mar do que na terra, tendo as estrelas como guia e sua voz como companheira.

Até que depois de algum tempo, em outra noite igual a todas as que haviam passado, novamente um toque de ouro coruscou colhendo sua atenção, e quando ela pegou o peixe que por último havia saltado no seu regaço, viu, menos surpresa dessa vez, que trazia uma chave na boca.

Uma chave toda trabalhada. Uma rica chave de ouro sem dono ou fechadura. Que a moça, desatando a fita que lhe prendia o cabelo, pendurou no pescoço.

Mais ainda que o anel, a chave pendente como um colar feriu o olhar dos outros pescadores. A inveja os unia. Murmurantes e oblíquos, maldizendo o mar que só à moça entregava seus tesouros, decidiram entregá-la ao mar, que a guardasse sem nunca mais devolver. Serraram o mastro do seu barco o quanto bastava para levá-la ao largo e partir-se com os ventos do amanhecer. E pela primeira vez sorriram vendo no escuro porto a vela branca que se abria.

Como se obedecesse ordens, o barco navegou até o largo e, quando a pescadora içou a vela para colher os ventos da manhã, partiu-se num estalo. Sem mastro, não havia meio de voltar.

Ela poderia ter chorado, e não chorou. Sentou-se, pensando que a vela que sempre lhe havia garantido vida agora lhe serviria de mortalha. Mas de repente sentiu tantas leves, levíssimas, batidas contra o casco, e percebeu atônita que navegava em direção à terra. Olhando na água, debruçada sobre a borda, compreendeu. Peixes pequenos e grandes, muitos peixes, a empurravam.

Nenhuma alegria a recebeu na aldeia. O desapontamento reforçou o desejo dos pescadores. E antes mesmo que o mastro tivesse sido trocado, aproveitaram-se de um momento em que ninguém estava junto ao barco, furaram seu casco em vários pontos, e cuidadosamente taparam os furos com miolo de pão amassado com serragem. Dessa vez, sequer sorriram quando a vela fez-se ao largo.

E ao largo ainda não havia chegado, quando o miolo de pão, amolecido, desfez-se, deixando entrar a água aos borbotões.

A moça bem poderia ter gritado, tamanho o susto. Não gritou. Tentava em vão tapar um ou outro furo com a saia ou o xale, quando percebeu que a água já não entrava aos borbotões, já não entrava de todo. Tateando, compreendeu. Peixes haviam-se metido nos furos, tapando-os com o próprio corpo.

Dessa vez, não havia ninguém no porto quando a moça chegou, porque era noite. Mas na manhã seguinte, mais enraivecidos ainda ficaram os pescadores vendo que, contra todos eles, o mar teimava em favorecê-la. Quando dias depois, consertado o casco, ela se fez ao mar, o leme havia sido trabalhado para desprender-se e afundar.

Percebeu-o a pescadora vendo-o desaparecer no azul, quando estava em altíssimo mar e já não adiantava perceber. Sem leme, seria levada pelas correntes, atirada contra os arrecifes ou devorada pelo sol.

Vontade de chorar não lhe faltou. Mas antes que tivesse tido tempo de fazê-lo, um golfinho aflorou e mergulhou ao lado do barco, depois à frente, do outro lado e novamente à frente. Rápida, enquanto o golfinho continuava aflorando e mergulhando ao seu redor, ela atou um cabo à proa, atirou-o na água. E logo o golfinho colheu o cabo na boca e começou a rebocar.

Navegaram a noite inteira, ela em silêncio para não aumentar o peso do barco, o golfinho à frente cintilante entre mar e luz de lua. A manhã ainda não havia chegado, quando ela viu ao longe, escura sobre o escuro, recortar-se a silhueta de uma ilha. Não era para o porto da aldeia que avançavam.

Era para uma praia pequena. Em que o barco, enfim abandonado pelo golfinho e seguindo seu impulso, suavemente encalhou.

Areia lisa e clara, sem marcas. Uma escadaria de pedra que se escondia ao alto, entre flores. Jardins ao redor, floresta. E, mais que o empalidecer do céu, o canto dos pássaros anunciando o reinado do dia.

A moça prendeu na cintura a barra da saia, e saltou. Pés n'água, empurrou o barco areia acima, atou o cabo firmemente num rochedo. Só depois de garantir seu único bem, caminhou até a escadaria, começou a subir.

Quantos degraus! Distraía-se olhando o jardim, parava para debruçar-se sobre o perfume das flores. E ei-la chegar ao alto, à beira de um gramado que se estendia até o pequeno palácio – ou grande vila – diante de cuja porta fechada parou.

Chamou, primeiro baixinho. Depois mais alto. Alguns pássaros esvoejaram. A voz dela perdeu-se entre as árvores. Ninguém atendeu. Bateu com a pesada aldrava de bronze. Ouviu as pancadas ecoando lá dentro. O eco abafado foi a única resposta.

Já ia afastar-se, quando alguma coisa na grande fechadura dourada chamou sua atenção. Olhou com cuidado, tentando lembrar-se de onde havia visto desenho semelhante. E num súbito lampejo reconheceu o mesmo delicado trabalho da chave que trazia ao pescoço.

Solta a fita, a chave de ouro rodou suave na fechadura. Sem um estalo sequer, a porta abriu-se. E metendo antes a cabeça para ver se algum perigo a espreitava lá dentro, a pescadora descalça avançou lentamente sobre o mármore.

Enorme vestíbulo, colunas, arcos e, por trás de reposteiros de veludo, as altas janelas por onde entrava a luz ainda verde da manhã. Onde estariam as gentes dessa casa? Poeira fina sobre os móveis e os pisos, sem pegadas, sem marcas de mãos. Tudo arrumado, porém. E estanque no silêncio.

Atravessou o vestíbulo, entrou num salão, sobressaltou-se com seu reflexo nos espelhos. As velas nos castiçais estavam gastas e ninguém as havia substituído. Entrou em outra sala, escura, com os reposteiros abaixados, quase tropeçou numa cadeira, distinguiu um piano. Havia luz além da porta. Caminhou cuidadosa até lá. E então, da soleira, antes mesmo de olhar o resto da sala, ela o viu.

Era o retrato grande de um homem esbelto e jovem, num homem moreno. Ali estava, de pé contra a parede, vívido como se ela o visse chegar por algum corredor. E sua presença pareceu-lhe subitamente ocupar não apenas aquela sala, mas as outras salas por onde havia passado e todas as salas e cômodos que intuía naquela casa, todo mínimo recanto, expandindo-se nos jardins e descendo pela escadaria. E aproximando-se percebeu aquilo que seu coração estava de alguma forma tentando lhe dizer, que na mão esquerda do homem brilhava entre ramos de ouro a pedra verde de um anel, o mesmo anel que ela sentia, pesado e um pouco largo, rodeando seu dedo médio.

Naquele dia, sequer pensou em partir. Deixou-se ficar longamente na sala, diante do retrato. Depois vagueou pela casa, atravessou a sombra da magnólia no pátio interno, procurou seu próprio rosto na superfície escura do laguinho, e subiu degraus, desceu degraus, foi às cozinhas, assombrou-se com as enormes pias enxutas, as centenas de pratos empilhados nos armários. Comida não havia, nem cheiro dela. Há muito nenhuma lenha ardia naquele fogão. Mas a figueira fora da porta estava carregada, os figos rachados escorriam mel, e ela fartou-se, bebendo depois água nas mãos em concha. Não ousou servir-se de uma das taças.

Estava cansada, afinal. O dia logo acabaria. E tendo entrado em um dos quartos, deitou-se na cama, e adormeceu.

Sonhou com o moço do quadro. Fora da moldura, sentado diante dela, mas com aquela mesma camisa branca que usava na tela, aquele mesmo olhar sedoso, e uma voz, uma voz que era como um murmúrio de mar, e lhe dizia coisas que ela não conseguia compreender mas via desenhar-se nos lábios rosados.

Acordou no dia seguinte. Não havia ninguém sentado diante dela. Foi até a sala cheia de livros. O moço continuava de pé, contido pela moldura dourada. Mas seu olhar pareceu-lhe aceso como o havia visto em seu sonho, e olhando os lábios lembrou-se de como se moviam e desejou, desejou muito, saber o que haviam dito.

Novamente gastou quase todo o dia caminhando pela casa, embora tendo se demorado tanto na sala do retrato. E quando a hora da fome chegou, escolheu um prato de porcelana, um delicado cálice de cristal, e sentada sozinha na grande mesa de mármore negro comeu as uvas ainda mornas de sol que havia colhido na parreira, bebeu a água fresca que havia ido buscar na nascente.

À noite, deitada na cama, debaixo do dossel, sonhou que o moço entrava no quarto com o mesmo passo anunciado no retrato, e que sentado a seu lado lhe dizia coisas que ainda não entendia, mas que acariciavam, com quanta suavidade, seu coração.

Não havia ninguém ao seu lado quando acordou. Mas na sala, olhando o jovem da tela, percebeu que agora sabia como ele caminhava. E seu passo a acompanhou quando passeou nos jardins, quando parou diante dos espelhos do salão esperando vê-lo junto de si.

Naquele dia pensou que deveria consertar o barco e partir. Mas pareceu-lhe que poderia ocupar-se disso no dia seguinte, depois que tivesse

sonhado mais uma noite com o moço, depois que tivesse entendido o que ele tinha para lhe dizer. E comeu romãs, coroando seu prato de rubis, e em vez de água bebeu vinho da adega, tingindo sua taça de sangue.

Assim, dia após dia, a pescadora adiava sua partida, alimentando-se das frutas que encontrava no jardim, dos ovos que colhia nos ninhos. E a cada dia mais intensamente desejava a chegada da noite, quando então receberia em seu sonho e seu quarto o jovem do quadro, e deixaria que as palavras indecifradas penetrassem seu peito, incendiando-lhe o coração.

O barco não havia sido consertado, e o verão chegava ao fim. As frutas escasseavam.

Breve, não houve mais nenhuma no jardim que começava a amarelar. Foi preciso recorrer aos cogumelos e procurar os raros ovos nos penhascos junto ao mar. Do alto, ela olhava o barco ainda atado ao rochedo.

Agora, pelas janelas atrás dos reposteiros, o vento queixava-se. A casa fazia-se fria. Mas à noite ela sonhava com o jovem senhor daquelas salas, envolto em um casaco de peles, que lhe abria os braços e a acolhia. E ela se sentia aquecida como nunca havia estado.

Sabia, ainda assim, que era preciso consertar o barco. No feroz mar do inverno jamais conseguiria alcançar o porto da sua aldeia. E quando o dia chegou em que não houve nada para colocar no prato de porcelana, nem razão nenhuma para sentar-se à mesa de mármore, o barco na praia já tinha um leme.

A moça pescadora percorreu as salas pela última vez. Todas, menos a do retrato. Fechou a grande porta de entrada, colocou a chave ao pescoço. E desceu a escadaria.

Sem se dar o trabalho de recolher a barra da saia, empurrou o barco para dentro da água, saltou a bordo. De pé, no casco que ondeava nervoso sobre o mar encapelado, desfraldou a vela branca com sua branca lua bordada. Lentamente afastou-se da ilha.

E logo fez-se noite. Noite debaixo das nuvens negras, noite sobre o negro mar. Raros relâmpagos. E o gelado alfanje do vento cortando o ar e a carne, ferindo o casco que o leme a custo continha, borrifando de água, encharcando de sal. Tão frio estava, que para aquecer-se a pescadora começou a cantar. Fio de voz na tempestade, que a ninguém chegaria. Mas como se ouvisse o eco da sua própria voz, uma canção pareceu chegar-lhe no vento. Olhou em volta, debruçou-se sobre o mar. E na água escura como os seus sonhos o viu, homem do quadro e da noite, que lhe abria os braços e o casaco de espuma. Mergulhou a mão estendendo-a para ele. Sentiu que o anel escorria do dedo para o fundo. Então ela própria deixou-se deslizar para aqueles braços, enquanto o vento encobria as palavras que ele lhe dizia, as palavras todas que pela primeira vez ela conseguia entender.

DO TAMANHO DE UM IRMÃO

Tinha um irmão pequeno, e mais não tinha. Há muito tempo, desde a morte dos pais, haviam ficado só os dois naquela praia deserta, rodeada de montanhas. Pescavam, caçavam, colhiam frutos e sentiam-se felizes.

Na verdade, tão pequeno era o outro, cabendo na palma da sua mão, que o mais velho achava natural tomar para si todas as tarefas. Embora sem nunca descuidar-se do irmão, delicado e único em seu minúsculo tamanho.

Nada fazia, que não o levasse junto. Se era pescaria, lá se iam mar adentro, o maior metido na água até as coxas, o menor bem firme e cavalo da sua orelha, ambos debruçados sobre a transparência, espiando o momento em que o peixe se aproximaria e, zapt!, estaria preso na armadilha das mãos.

Se era caça, partiam para o mato, o pequeno bem acomodado no alforje de couro, o grande andando em passos compridos por entre arbustos, à procura de qualquer animal selvagem que garantisse uma refeição, ou de frutas sumarentas que refrescassem a boca.

Nada faltava aos dois irmãos. Mas à noite, sentados diante do fogo, relembravam o passado, quando os pais ainda eram vivos. E a casa ao redor parecia encher-se de vazio. Então, quase sem perceber, começavam a falar de um mundo para lá das montanhas, perguntando-se como seria, se teria gente, e pondo-se a inventar o que essa gente faria.

De invenção em invenção, as conversas se ampliavam, histórias surgiam ligando-se umas às outras, prolongando-se até a madrugada. E, mesmo de dia, os dois irmãos só pensavam em como ia ser bom, ao escurecer, sentar diante do fogo e falar do mundo que não conheciam. A noite foi ficando melhor que o dia, a imaginação mais sedutora que a realidade.

Até que uma vez, o sol quase raiando, disse o pequeno:

– Por que não vamos lá?

E o mais velho surpreendeu-se de nunca ter pensado em coisa tão evidente.

Não demoraram muito nos preparativos. Arrumaram alguma comida, pegaram peles para enfrentar o frio das montanhas, encostaram a porta. E se puseram a caminho.

Montado na cabeça do irmão, segurando com firmeza as rédeas do seu cabelo, ia o pequeno sentindo-se valente como se ele também fosse alto e poderoso. Montada do irmão, pisando com firmeza terras que aos poucos se faziam desconhecidas, ia o maior, sentindo-se estremecer por dentro, como se ele também fosse pequeno e delicado. Mas cantavam os dois, estavam juntos, e aquela era sua mais linda aventura.

Depois de alguns dias de marcha, o chão deixou de ser plano, começou a encosta da montanha. Subiram por caminhos que animais selvagens haviam aberto antes deles, inventaram atalhos. Do alto, o pequeno indicava os rumos mais fáceis. E o grande agarrava-se nas pedras, contornava, valões, beirava precipícios. O vento cada dia mais frio unhava-lhes o rosto. Nuvens abafavam seu canto. Os dois acampavam à noite entre rochas, enrolados nas peles. Mas de dia continuavam subindo.

Tanto subiram, que um dia, de repente, não houve mais o que subir. Tinham chegado na crista da montanha. E de cima, extasiados, olharam afinal o outro lado do mundo.

Era bonito, o outro lado. Tão pequeno, na distância. Todo arrumado. As encostas desciam suaves até os vales, e os vales plantados em hortas e campos eram pintalgados de aldeias, casinhas e umas pessoinhas que, ao longe, se moviam.

Alegres, os dois irmãos começaram a descer. Desceram e desceram, por caminhos agora mais fáceis, traçados por outros pés humanos. Mas, estranhamente, por mais que avançassem, as casas e as pessoas não pareciam crescer tanto quanto haviam esperado. Eles estavam cada vez mais perto, e os outros continuavam pequenos. Tão pequenos, talvez, quanto o irmão que, encarapitado no alto, olhava surpreso.

Estavam quase chegando à primeira aldeia quando ouviram um grito, depois outro, e viram todas aquelas pessoinhas correrem para dentro de suas casas, fechando portas e janelas.

Sem entender ao certo o que estava acontecendo, o irmão mais velho baixou o pequeno até o chão. E este, encontrando-se pela primeira vez num mundo do seu tamanho, encheu o peito, levantou bem a cabeça e pisando com determinação caminhou até a casa mais próxima. Bateu à porta, esperou.

Através da fresta que pouco a pouco se abriu, dois olhos exatamente à altura dos seus espiaram. Silêncio atrás da porta. Mas logo também os batentes da janela se afastaram de leve, deixando espaço para a curiosidade brilhante de mais dois olhos. E em cada casa outras frestas se abriram, portas e janelas estremecendo como asas, luzir de olhares. A princípio receosas, protegidas entre os ombros, depois mais afoitas, esticando-se, surgiram cabeças de homens, de mulheres e crianças.

Cabeças pequenas, todas elas minúsculas como a do seu irmão, pensou o maior, enquanto o entendimento lutava para chegar até ele. Não havia ninguém que fosse grande, do seu próprio tamanho. E, certamente, assim era também nas aldeias vizinhas, nas casas todas que ele havia acreditado serem pequenas por causa da distância.

O mundo, descobriu num súbito susto, ao compreender enfim a realidade, era da medida do seu irmão.

Então viu que este, tendo falado com as pessoas da casa, voltava até ele estendendo-lhe a mão. O irmão, que sempre lhe parecera tão frágil, o chamava agora com doce firmeza. E ele inclinou-se até tocar a mãozinha, deixando-se conduzir à gente da aldeia, frágil gigante que nesse mundo se tornava único.

NA PLANÍCIE, OS CASTELOS

Era um reino pequeno como um vale. E como um vale, rodeado de montanhas. Altas. Altíssimas.

Nesse reino, distantes uns dos outros, mas não tanto que não se pudessem ver, erguiam-se castelos. Altos. Altíssimos. Quase torres. Cada castelo no topo de um morro, cada morro tão corroído por tempo e vento que não tinha mais encostas, só escarpas. E tão improvável subir ou descer pelas trilhas estreitas e interrompidas, à beira de precipícios, que os moradores daqueles castelos ali nasciam e ali morriam, sem aventurar-se fora dos seus muros.

Mercadores passavam às vezes na planície, com suas caravanas de búfalos carregados de fardos e baús. Paravam, acampavam ao pé de um ou outro castelo. Grandes cestos presos por longuíssimas cordas eram então baixados lá de cima, trazendo as delicadas rendas, os preciosos bordados feitos pelas damas. E logo içados levando em troca brocados, perfumes e tantas meadas de linha.

De fora, não se via ninguém nos castelos, tão estreitas e distantes as poucas janelas. Porém à noite, prestando atenção, podia-se ouvir leve música percorrendo a planície, sem que fosse possível dizer se canto ou sopro, se vinda de algum castelo ou de todos.

E assim a vida passava em grande tranquilidade para aqueles castelães, nunca vistos no descampado em torneios, cavalgadas ou desfiles nupciais.

Isolados, como parecia, a verdade entretanto é que nada acontecia num castelo que em outro não se soubesse. Uma longa rede de conversas estendia-se por cima do vale ligando torreões, muros e cúpulas, entrando pelas seteiras, metendo-se pelas janelas. Conversas bem visíveis, que cada castelo tecia a seu modo e a seu modo interpretava.

Do castelo mais alegre, aquele em que alguns galhos por cima dos muros anunciavam a primavera com suas flores e o verão com seus frutos, partiam mensagens coloridas. Eram bandeiras e bandeirolas que a qualquer hora do dia, de repente, se agitavam, se alternavam, aparecendo e desaparecendo no alto da mais alta torre. O esvoaçar das cores era a voz daquele castelo.

Que o castelo mais a Leste recolhia. Não que alguém ali soubesse, de fato, falar a língua das bandeiras. Havia apenas uma velha que dizia entendê-la e que servia de intérprete. Mas, sendo ela própria incapaz de alinhavar qualquer mínimo recado embandeirado, a resposta e as mensagens enviadas a outros castelos partiam dali na linguagem dos espelhos. Chapas de prata polida sequestravam qualquer raio de sol que estivesse ao alcance, e o lançavam adiante com tal intensidade, que seu piscar era visto a grande distância.

Responder com espelhos nenhum outro sabia. Porém todos entendiam – ou acreditavam entender – aquele faiscar luminoso como um astro, que enchia o céu de novidades.

Havia quem respondesse com fumaça. Quem preferisse trombetas. Um que erguia pipas coloridas. Outro que libertava no ar pombas brancas. E o mais exuberante, que soltava fogos de artifício. Nenhum usava a mesma linguagem do outro. Mas todos pareciam se entender a contento, ainda que de formas diferentes. No imenso telão de escritas que era o céu, cada um colhia o que mais lhe convinha, o que mais lhe dava prazer, cada um lia o que queria ler. Os significados cruzavam-se no alto variados e mutantes como pássaros. Sem que por isso a verdade resultasse menos verdadeira.

Um dia, porém, um viajante vindo na esteira de alguma caravana parou no contraforte mais baixo de uma das altíssimas montanhas. E olhou para o vale.

Viu um reflexo ofuscante piscar no alto de um castelo. Viu lufadas de fumaça responder-lhe ao longe. Ouviu um som de trombetas partindo de um torreão. O rufar das asas de tantas pombas lhe fez eco acima de uma muralha. E em breve o céu manchou-se de pipas coloridas.

Que estranha visão para o viajante! Conhecia muitos reinos, conhecia muitas línguas. Algumas que percebia agora lhe eram familiares, embora não as soubesse interpretar. Outras, nem percebeu que eram línguas.

Porém nunca, em suas longas andanças, havia estado em um reino pequeno como aquele, em que cada um falasse de um modo diferente. Pareceu-lhe uma grande confusão.

Desceu até o vale e, como costumavam fazer as caravanas, acampou ao pé do primeiro castelo. Mas quando o cesto baixou, em vez de enchê-lo de mercadorias, subiu dentro dele fazendo-se içar até o alto.

Durante semanas permaneceu além dos altos muros. Até que uma manhã o cesto baixou, depositando-o na planície. Mal havia pisado no chão, já caminhava em direção ao segundo castelo. Ao pé do qual acampou esperando o cesto baixar para, como havia feito de outra vez, subir dentro dele até o alto.

Assim, um depois do outro, o viajante visitou os castelos. Demorou-se bastante em cada um. Em cada um reuniu-se com os sábios, os jovens, os anciãos e ensinou a eles uma nova linguagem. A mesma, em todos os castelos.

Quando saiu do último cesto estava mais orgulhoso que cansado. Sim – pensou –, o entendimento estava garantido. E pôs-se em marcha rumo às altíssimas montanhas, onde o esperava a viagem interrompida.

Marchava o viajante, enquanto os castelos tentavam retomar a antiga conversa com a nova linguagem.

Finda a necessidade de interpretes, a velha que sabia ler bandeiras logo perdeu seu posto. Agora, bastava obedecer com exatidão às regras e eliminar as variantes, para ser entendido de ponta a ponta do vale. Quanto à mensagem alheia, era só limitar-se a compreender o que o outro dizia. Nada mais. Sem acrescentar, sem tirar, sem arredondar nada. Ainda que o que se compreendesse não fosse o que se queria compreender. Ainda que a mensagem não respondesse a qualquer necessidade. Acima da harmonia colocava-se a clareza. A invenção, que nas antigas linguagens era tudo, estava banida.

Pareceu a todos muito simples, essa nova linguagem. Muito prática. E até prazerosa. Por algum tempo.

Pois bastou uma mensagem agradar aos habitantes do segundo castelo e aborrecer os do terceiro, para que começassem os atritos. Os do quarto castelo foram convocados a mediar. Tomaram partido, favorecendo um dos litigantes e ofendendo o outro. Os do quinto ofereceram-se em defesa. Dividiam-se as opiniões nos outros castelos. O ar fez-se tenso. As mensagens, que sempre haviam cruzado o céu harmoniosamente, pareciam chocar-se. Claras e ríspidas partiam dos torreões como projéteis, ferindo na chegada, e provocando novos disparos linguísticos. O telão celeste estava transformado em campo de batalha.

Marchava ainda o viajante, de costas para o vale. Havia chegado ao primeiro contraforte e seguia em frente. Se tivesse parado para olhar, teria visto com surpresa que, de repente, nada mais acontecia lá embaixo. Nenhum som, nenhum sinal ligava os torreões. Os castelos estavam mudos.

Como saber o que se passava por trás dos muros espessos? Talvez as damas estivessem paradas por instantes com suas agulhas suspensas no ar. Talvez os cavaleiros tivessem retido as mãos que já se estendiam para as espadas. Talvez os sábios e os anciãos tivessem reunido os jovens belicosos para falar-lhes de entendimento e paz.

Mas o viajante não parou. Nem teria tido paciência de esperar durante um dia inteiro, durante a longa noite que se seguiu, até o alvorecer para, só então, ver subir lá longe, costurando a manhã, um delicado fio de fumaça.

O viajante olhava para o cimo da altíssima montanha. Assim, não soube que em breve bandeiras se agitaram sobre o torreão. Não demorou para que um luzir de espelhos se acendesse em resposta. Pipas empinaram-se no céu cortando com suas linhas o voo das pombas. E ao fundo, bem ao fundo, luzes e cores explodiram, giraram, jorraram, choveram, numa festa de fogos de artifício.

MAS ELE SABIA SONHAR

Era um ogre parecido com todos os ogres. Mas, diferente de todos os ogres, só se alimentava de sonhos. Nada mais lhe apetecia. Chegava a comer cinco, seis sonhos em cada refeição. E mais teria comido se os tivesse.

Sonhos não se plantam em hortas, não crescem no mato, não pendem das árvores. Sonhos se têm aos milhares, de noite e de dia, em todo o mundo. Mas para comê-los é preciso caçá-los.

E entre tantos possíveis lugares de caça, o preferido do ogre era uma pequena aldeia de pescadores à beira de um rio. Quer porque fossem dorminhocos, quer porque o murmurar da água enchesse seus sonhos de belas imagens, o fato é que não passava noite sem que o ogre ali fosse se banquetear.

Nos primeiros tempos suas visitas haviam passado despercebidas. Um sonho que desaparecesse em meio ao sono era esquecido antes da manhã. E se por acaso o sonhador despertasse com uma espécie de saudade, a sensação de uma falta, buscava razões em coisas mais palpáveis. Porém, à medida que os desaparecimentos se faziam mais e mais frequentes, uma desconfiança percorreu a aldeia, sonhadores compararam suas noites defraudadas, parentes foram postos de vigília junto às cabeceiras, e a verdade tornou-se evidente.

A partir da certeza, fundas olheiras começaram a se desenhar debaixo dos olhos dos aldeões. Quem sempre havia sonhado, já não queria fazê-lo. Jovens e velhos recusavam-se a entregar pertence tão delicado à fome alheia. E para não sonhar, o único meio seguro era não dormir ou dormir tão brevemente que sonho algum tivesse tempo de se concretizar.

Exaustos, os aldeões cochilavam em meio a suas tarefas. Vários cabecearam durante a pesca e caíram no rio. Outros despencaram das árvores, adormecidos enquanto colhiam frutas. E um dormiu tão fundo, de pé, no meio da trilha da floresta que, quando o tigre o devorou, sonhava talvez ser seu próprio sonho sendo devorado pelo ogre.

Assim estavam as coisas, quando um jovem decidiu que assim não podiam ficar. E preparou-se para matar o ogre.

Era franzino. Mas tinha a arma principal: era um grande sonhador. Para usá-la, estendeu um cobertor sobre a cama de tiras de couro, afofou o travesseiro. Depois, sem esperar a noite, deitou-se. Adormeceu imediatamente. E imediatamente começou a sonhar.

Sonhou que ia até o bambuzal na beira do rio, que com cuidado arrancava uma muda da terra molhada, e com cuidado ainda maior plantava a muda em solo rico e fértil.

A plantinha já começava a brotar, quando o ogre veio e engoliu planta e sonho.

Outro talvez tivesse desanimado. Não o jovem. Na noite seguinte novamente estendeu o lençol, novamente deitou-se e adormeceu. Dessa vez não tinha travesseiro. Sonhou que ia até o bambuzal na beira do rio, que com cuidado arrancava uma muda da terra molhada, e com cuidado ainda maior a plantava em solo rico e fértil. Mas antes que as raízes se ajeitassem na terra do sonho e que o ogre as cobiçasse, fez um esforço e acordou.

Surpreendiam-se na aldeia com seu destemor. E ele, sereno, acudindo à vida como sempre havia feito.

Na noite seguinte, estendido o corpo sobre a cama, sonhou que enchia um cântaro de água no rio, e que ia regar com ele uma muda de bambu plantada em solo propício. Não esperou mais. O ogre nem havia farejado seu sonho, e ele já despertava.

Passou dois dias sem dormir, dessa vez. Mas quando voltou ao sonho a muda de bambu já estava crescidinha e novas brotações lançavam-se pelos lados. Em breve seria uma touceira. Antes disso, bem antes, abriu os olhos e afastou-se do sonho.

Nem sempre o jovem deitava-se para dormir. E algumas vezes deitava-se mais de uma vez no mesmo dia. Sempre acordando rápido, respeitava porém o tempo dos sonhos, que não é o mesmo contado nos relógios.

E no tempo do seu sonho, feito de tantos pequenos tempos, a touceira de bambu cresceu e cresceu. E na noite em que a ouviu farfalhar farta como a água do rio, sonhou que escolhia o mais reto e forte dos bambus e o cortava.

Acordou sem trazer a faca e deixando o bambu cortado no chão do seu sonho. Esperou que o dia passasse. À tardinha banhou-se demoradamente, penteou os cabelos com óleos perfumados, estendeu um lençol branco sobre a cama, e deitou-se para sonhar.

Sonhou que recolhia do chão o bambu forte e reto, e que com a faca afiava em ponta sua extremidade. Depois sonhou que avançava para o espaço aberto, que cravava no chão a extremidade cega da sua lança segurando-a com as duas mãos, e que esperava.

De longe, o som dos passos do ogre chegou até o jovem. Ecoaram os passos, estremecendo o chão. O hálito do ogre aqueceu o ar. Mas o jovem não largou a lança. Nem abandonou o sonho. E a enorme boca do ogre se abriu sobre o sonho do jovem. E engoliu o sonho, e engoliu o jovem, e engoliu a lança. Que com sua ponta de bambu rasgou a garganta do ogre. E o matou.

Sobre sua cama branca o jovem abriu os olhos, sorriu. Depois estendeu a mão pegando o travesseiro e, em meio à alegria da aldeia, voltou a dormir, para sonhar o que bem entendesse.

LONGE COMO O MEU QUERER

Regressava ao castelo com suas damas, quando do alto do cavalo o viu, jovem de longos cabelos à beira de um campo. E embora fossem tantos os jovens que cruzavam seu caminho, a partir daquele instante foi como se não houvesse mais nenhum. Nenhum além daquele.

À noite, no banquete, não riu dos saltimbancos, não aplaudiu os músicos, mal tocou na comida. As mãos pálidas repousavam. O olhar vagava distante.

– Que tens, filha, que te vejo tão pensativa? – perguntou-lhe o pai.

– Oh! pai, se soubesses! – exclamou ela, feliz de partilhar aquilo que já não lhe cabia no peito. E contou do rapaz, do seu lindo rosto, dos seus longos cabelos.

O que o pai pensou, não disse. Mas no dia seguinte, senhor que era daquele castelo e das gentes, ordenou que se decapitasse o jovem e se atirasse seu corpo ao rio. A cabeça entregou à filha em bandeja de prata, ele que sempre havia satisfeito todas as suas vontades.

– Aqui tens o que tanto desejavas.

E sem esperar resposta, sem sequer procurá-la em seus olhos retirou-se.

Saído o pai, a castelã lavou aquele rosto, perfumou e penteou os longos cabelos, acarinhou a cabeça no seu colo. À noite pousou-a no travesseiro ao lado do seu, e deitou-se para dormir.

Porém, no escuro, fundos suspiros barraram a chegada seu sono.

– Por que suspiras, doce moço? – perguntou voltando-se para o outro travesseiro.

– Porque deixei a terra arada no meu campo. E as sementes preparadas no celeiro. Mas não tive tempo de semear. E no meu campo nada crescerá.

– Não te entristeças – respondeu a castelã. – Amanhã semearei teu campo.

No dia seguinte chamou sua dama mais fiel, pretextou um passeio, e saíram ambas a cavalo.

Apearam no campo onde ela o havia visto a primeira vez. A terra estava arada. No celeiro encontraram as sementes. A castelã calçou tamancos sobre seus sapatinhos de cetim, não fosse a lama denunciá-la ao pai. E durante todo o dia lançou sementes nos sulcos.

À noite deitou-se exausta. Já ia adormecer, quando fundos suspiros a retiveram à beira do sono.

– Por que suspiras, doce moço, se já semeei teu campo?

– Porque deixei minhas ovelhas no monte, e sem ninguém para trazê-las ao redil serão devoradas pelos lobos.

– Não te entristeças. Amanhã buscarei tuas ovelhas.

No dia seguinte, chamou aquela dama que mais do que as outras lhe era fiel e, pretextando um passeio, saíram juntas além dos muros do castelo.

Subiram a cavalo até o alto do monte. As ovelhas pastavam. A castelã cobriu sua saia com o manto, não fossem folhas e espinhos denunciá-la ao pai. Depois, com a ajuda da dama reuniu as ovelhas e, levando o cavalo pelas rédeas, desceu com o rebanho até o redil.

Que tão cansada estava à noite, quando o suspiro fundo pareceu chamá-la!

– Por que suspiras, doce moço, se já semeei teu campo e recolhi tuas ovelhas?

– Porque não tive tempo de guardar a última palha do verão, e apodrecerá quando as chuvas chegarem.

– Não te entristeças. Amanhã guardarei a tua palha.

Quando no dia seguinte mandou chamar a mais fiel, não foi preciso explicar-lhe aonde iriam. Pretextando desejo de ar livre, afastaram-se ambas do castelo.

Os feixes de palha, amontoados, secavam ao sol. A castelã calçou os tamancos, protegeu a saia, enrolou tiras de pano nas mãos, não fossem feridas denunciá-la a seu pai. E começou a carregar os feixes para o celeiro. Antes do anoitecer tudo estava guardado, e as duas regressaram ao castelo.

Nem assim manteve-se o silêncio no escuro quarto da castelã.

– Por que suspiras, doce moço? – perguntou ela mais uma vez. – Por que suspiras, se já semeei teu campo, recolhi tuas ovelhas, e guardei tua palha?

– Porque uma tarefa mais é necessária. E acima de todas me entristece. Amanhã deverás entregar-me ao rio. Só ele sabe onde meu corpo espera. Só ele pode nos juntar novamente antes de entregar-nos ao mar.

– Mas o mar é tão longe! – exclamou a castelã num lamento.

E naquela noite foram dois a suspirar.

Ao amanhecer a castelã perfumou e penteou os longos cabelos do moço, acarinhou a cabeça, depois a envolveu em linhos brancos e chamou a dama.

Os cavalos esperavam no pátio, o soldado guardava o portão. – Vamos entregar alguma comida para os pobres – disseram-lhe. E saíram levando seu fardo.

Seguindo junto à margem, afastaram-se da cidade até encontrar um remanso. Ali apearam. Abertos os linhos, entregaram ao rio seu conteúdo. Os longos cabelos ainda flutuaram por um momento, agitando-se como medusas. Depois desapareceram na água escura.

De pé, a castelã tomou as mãos da sua dama. Que lhe fosse fiel, pediu, e talvez um dia voltassem a se ver. Agora, cada uma tomaria um rumo. Para a dama, o castelo. Para ela, o mar.

– Mas é tão longe o mar! – exclamou a dama.

Montaram as duas. A castelã olhou a grande planície, as montanhas ao fundo. Em algum lugar além daquelas montanhas estava o mar. E em alguma praia daquele mar o moço esperava por ela.

– A distância até o mar – disse tão baixo que talvez a dama nem ouvisse – se mede pelo meu querer.

E esporeou o cavalo.

NEM DE JASMIM, NEM DE ROSA

Que apetecível cozinha, aquela! O forno, grande como uma caverna, luzia em fogo dia e noite, e pães entravam e pães saíam, carregados pela longa espátula dos cozinheiros. Presuntos e salsichas pendiam do teto como bandeirolas. Nos ganchos por cima das bancadas, lebres, patos e cachos de codornas esperavam sua vez de habitar as panelas. Tortas enfeitadas como catedrais luziam neve de açúcar. E pastelões de dois, de três e mais andares, rodeados de frutas e flores, abrigavam todas as delícias.

Dessa cozinha, no entanto, nada saía capaz de agradar o inapetente paladar do Rei. Em vão atarefavam-se o cozinheiro-mor, o segundo cozinheiro-mor, o primeiro cozinheiro simples, o segundo cozinheiro simplíssimo e todos os jovens ajudantes de cozinha. Em vão o mor redarguia o vice-mor que gritava com o simples que blasfemava contra o simplíssimo que avançava para cima dos ajudantes que se chutavam uns aos outros. Em vão capricharam nas massas e buscavam ajuda nas raras especiarias do Oriente. Bastava que a comida chegasse à mesa e desta fosse alçada à boca de Sua Majestade, para que todo o esforço se revelasse inútil. À primeira garfada, franzia-se o real sobrolho manifestando tédio e desapontamento. Logo os reais dedos se estendiam solicitando mais sal, mais açúcar ou, pior, uma taça de vinho com que lavar o sabor reprovado. E o guardanapo era atirado à mesa com desdém, branca mortalha sobre as expectativas depositadas em mais uma refeição.

Não que Sua Majestade passasse fome. Jamais o enfado alimentar o levaria tão longe. Se as refeições pouco ou nada lhe agradavam, socorria-se com confeitos, bombons e guloseimas sempre ao seu alcance em caixinhas de prata ou pratinhos de cristal. Algo faltava-lhe, porém. Uma saudade indistinta parecia aninhar-se entre sua língua e o céu da boca, escorregando garganta abaixo e ameaçando-o de eternidade.

Gotejava justamente o amargo sabor em direção às vísceras naquela manhã em que, regressando a cavalo de um passeio, o Rei foi alcançado por um perfume. Nem de jasmim nem de rosa vindo de algum jardim. Nem imitação daqueles, exalada por alguma dama. Era um suave, inebriante, tentador perfume de sopa.

Como se obedecendo a um sinal do destino, os sinos da catedral bateram naquele momento doze badaladas que, repercutindo uma a uma no estômago de Sua Majestade, encheram de água a real boca.

– Que se capture esse cheiro! – ordenou, mal contendo o apetite. E vendo a surpresa espalhar-se ao redor, corrigiu: – Que se contrate esse cozinheiro!

O cozinheiro, descobriu-se em seguida, era uma cozinheira. Que entre espanto e alegria viu-se arrancada da cozinha da sua modesta hospedaria e levada para a resplandecente cozinha do palácio.

Ali, rodeada pelos cozinheiros até então titulares, tendo à sua disposição ingredientes com que nunca havia sonhado, a cozinheira sentiu-se outra. Era chegado seu grande momento. Amarrou bem o avental, arregaçou as mangas sobre os braços roliços, e começou a caprichar, Nada de comezinhas sopas para um rei. A situação exigia algo mais imponente. Esmerou-se nos assados arrancando dos ganchos lebres e aves. Produziu um pastelão de três andares recheado de delícias e rodeado de frutas e flores. Desenformou uma torta de doces picos nevados. E ao fim suspirou satisfeita.

Acotovelando-se para espiar pela fresta da porta, todos os integrantes da cozinha real viram a refeição ser levada à mesa pelos camareiros. E viram o Rei farejando o ar, franzindo o sobrolho. E atirando o guardanapo antes mesmo que o pastelão fosse cortado.

Demitida a cozinheira, tudo voltou ao antigo rumo entre forno e fogões, enquanto os pálidos dedos do Rei retomavam seu caminho entre prata e cristal.

E assim teria continuado se algum tempo depois, voltando da caça, o Rei não tivesse esbarrado com o nariz em outro perfume alentador. Era pão, dessa vez, que um humilde padeiro acabava de tirar do forno.

– Quero esse pão e esse padeiro! – exclamou o Rei vendo-o à porta da padaria com as mãos ainda brancas de farinha.

Logo o padeiro foi introduzido na grande cozinha real e, rodeado pela expectativa geral, meteu as mãos na massa. Mas à farinha acrescentou noz-moscada; a água substituiu por leite, afofou com bastante manteiga, borrifou tudo com água de laranjeira e salpicou a superfície com nozes e sementes. Não haveria de fazer para o Rei o mesmo simples pão que fazia na sua padaria.

Como ele havia pretendido, o pão que chegou à real mesa não tinha o mesmo perfume nem o mesmo sabor daquele que o havia trazido até ali. Mas, como ele não havia previsto, o guardanapo voou e com ele seu recém-emprego.

Houve ainda um episódio envolvendo um ensopado de coelho e outro relacionado com uma fritada de cebolas, devidamente transformados em fricassê e suflê. Houve também alguns cozinheiros postos à porta. Depois, o Rei desistiu.

Ou acreditou ter desistido, até atravessar a praça da cidade e trombar com um certo aroma de favas com presunto.

Dessa vez não ordenou nada, nada disse. Manteve a boca fechada, com sua água. Apenas esporeou o cavalo levemente, conduzindo-o ao longo daquele cheiro como se seguisse um caminho, até passar diante de uma pequeníssima hospedaria. Não se deteve. Seguiu para o palácio, acompanhado por seus cavaleiros e pela admiração do povo que pela primeira vez o via percorrer ruelas.

À noite, porém, uma figura envolta em um manto, com a cabeça coberta por largo chapéu, deixou os salões através de uma passagem secreta, varou as muralhas palacianas, e saiu por uma portinhola atrás da casa da guarda. Esgueirando-se, dirigiu-se para a hospedaria.

Não tirou o chapéu ao entrar. Nem o manto. Sentou-se à mesa mais apartada, no canto mais escuro, soprou o toco de vela que brilhava no candeeiro. E em voz baixa pediu uma tigela de favas. Não demorou, pediu outra. Em seguida, outra mais.

Pela primeira vez na vida, o Rei acariciou a barriga cheia. Esperou passarem alguns minutos de pura beatitude. Depois, protegido pelo manto e pela aba do chapéu, retirou-se deixando sobre a mesa uma moeda que trazia gravado seu perfil.

A partir de então, cessaram no palácio as demissões dos cozinheiros. As travessas, as sopeiras, as molheiras e os espetos ainda voltavam cheios para a cozinha. Mas o Rei já não franzia o sobrolho. Nas noites mais escuras, a silhueta emantada escapulia pela portinhola atrás da casa da guarda, esgueirando-se até tabernas, vendinhas e hospedarias. E ainda que alguém tivesse prestado atenção naquele homem sombrio e misterioso, jamais o teria visto atirar com desdém o guardanapo sobre a mesa. Mesmo porque, naqueles lugares, guardanapo era coisa que não existia.

NAQUELA CIDADE

Era só o sol lançar seu primeiro raio por cima dos muros, e abriam-se as portas daquela cidade, deixando sair homens armados. Apenas um punhado cada vez; sem couraça ou elmo, e a pé. Mas comandados por um cavaleiro reluzente, e suficientes para reforçar uma tropa distante, ajudar a tomar um castelo, conquistar uma terra. Nenhum deles estava de volta à tardinha, quando as portas eram fechadas. Outros partiriam na manhã seguinte.

Assim é que os homens daquela cidade nunca sabiam se poderiam acabar seu serviço. O carpinteiro talvez deixasse seu lenho por aplainar; naquela cidade, se os homens do rei viessem buscá-lo trocando sua plaina pela espada. Talvez queimasse o pão, no forno daquela cidade, se requisitassem o padeiro arrancando-lhe o avental para entregar-lhe o escudo. A jarra era abandonada no torno, o tecido esquecido no tear, e as mós do moinho rodavam, rodavam, sem que nenhum grão lhes caísse entre os dentes, enquanto o oleiro, o tecelão, o moleiro saíam pela grande porta marchando no mesmo passo.

Mas o rei, ah! o rei nunca parava de assinar. Com sua pena de ganso, seu sinete de ouro, assinava e lacrava declarações de guerra, alianças, tratados, sem que ninguém jamais viesse interrompê-lo.

Então foi primavera. E se alguém naquela cidade tivesse prestado atenção, teria percebido entre o primeiro cantar dos pássaros e o vibrar das folhas novas um ruído diferente, farfalhar ligeiro, roçar de escama ou pano sobre as pedras do chão. E se, tendo prestado atenção, alguém se debruçasse na janela à noite, veria talvez na densa sombra dos cantos, nos negros poços cavados pela lua, o vulto esquivo de uma mulher, a silhueta de outra, escorrendo suas longas saias, esgueirando seus véus, negro sobre o negro avançando na escuridão.

Não iam longe, as mulheres. Não faziam grande coisa. Na mão branca, sob as vestes, cada uma trazia um graveto, um só. Que depositava aos pés do palácio do rei.

Noite após noite, as mulheres daquela cidade abriram o estojo dos dedos e, como pássaras, depositaram seu raminho. E porque era primavera, aconteceu que um ramo ou outro estivesse florido.

A princípio, os servos do rei varreram os raminhos pela manhã. Depois, vendo as flores que amanheciam frescas de orvalho, e tomados eles próprios por um certo encantamento primaveril, consideraram aquilo como uma homenagem e deixaram que se acumulassem, enfeitando os muros cinzentos.

Um ramo entrelaçado a outro ramo, crescia lentamente ao redor do palácio o enorme ninho. Alguns galhinhos, tendo encontrado resíduos de terra e favorecidos pela estação, começavam a brotar. E o nobre que em momento de tédio assomou a uma varanda perguntou-se intrigado que estranha novidade seria aquela que aprontavam os jardineiros.

Quentes faziam-se as noites com o chegar do verão. A primeira chama, tão pequena, nem pareceu esquentar mais o ar. É provável que ninguém sequer a tivesse visto, levada ligeira pela mão branca. Uma chama pequena não faz barulho. Nem duas. A segunda veio do outro lado da cidade, e quem a viu certamente a confundiu com um vaga-lume iluminando de leve o andar de uma dama. Se alguém percebeu a terceira, ninguém sabe. No liso veludo da noite, uma vela aqui, uma centelha acolá, uma tocha lá longe, vieram se chegando, procurando seu aconchego no ninho.

Uma chama pequena não faz barulho. Nem duas. Talvez somente um leve estalo, rascar seco de quem lambe com língua áspera. Mas, um estalo aqui, outro acolá, de repente um ronco medonho ergueu-se do ninho, como se em seu miolo acordasse incontida fera. E roncando e gemendo e retorcendo-se no ar, a imensa labareda subiu pelos muros, entrou pelas janelas, abocanhou as cortinas, abraçou todo o palácio.

Arderam os pergaminhos do rei, o calor secou seus tinteiros. A pena de ganso voltejou por um instante antes de desfazer-se em centelhas. O ouro do sinete escorreu em gotas sobre a mesa. No palácio em chamas, o rei tentava em vão apagar o incêndio com seu cetro, e já o fogo lhe beijava as vestes.

Lá longe, no campo recém-conquistado, os homens deitados entre as hastes de cevada viram o horizonte clarear. Mas era do lado do palácio, do lado do poente, e ainda faltava muito para o amanhecer. Então souberam que não haveria outra batalha no dia seguinte. E nem seria preciso esperar o sol, para encontrar o caminho da volta.

LUZ DE LANTERNA, SOPRO DE VENTO

E tendo o marido partido para a guerra, na primeira noite da sua ausência a mulher acendeu uma lanterna e pendurou-a do lado de fora da casa. – Para trazê-lo de volta – murmurou. E foi dormir.

Mas ao abrir a porta na manhã seguinte, deparou-se com a lanterna apagada. "Foi o vento da madrugada", pensou olhando para o alto como se pudesse vê-lo soprar.

À noite, antes de deitar, novamente acendeu a lanterna que, à distância, haveria de indicar ao seu homem o caminho de casa.

Ventou de madrugada. Mas era tão tarde e estava tão cansada que nada ouviu, nem o farfalhar das árvores, nem o gemido das frestas, nem o ranger da argola da lanterna. E de manhã surpreendeu-se ao encontrar a luz apagada.

Naquela noite, antes de acender a lanterna, demorou-se estudando o céu límpido, as claras estrelas – Na certa não ventará – disse em voz alta, quase dando uma ordem. E encostou a chama do fósforo no pavio.

Se ventou ou não ela não saberia dizer. Mas antes que o dia raiasse já não havia nenhuma luz, a casa desaparecia nas trevas.

Assim foi durante muitos e muitos dias, a mulher sem nunca desistir acendendo a lanterna que o vento, com igual constância apagava.

Talvez meses tivessem passado quando num entardecer, ao acender a lanterna viu ao longe, recortada contra a luz que lanhava em sangue o horizonte, a escura silhueta de homem a cavalo. Um homem a cavalo que galopava na sua direção.

Aos poucos, apertando os olhos para ver melhor, distinguiu a lança erguida ao lado da sela, os duros contornos da couraça. Era um soldado que vinha. Seu coração hesitou entre o medo e a esperança. O fôlego se reteve por instantes entre os lábios abertos. E podia ouvir os cascos batendo sobre a terra, quando começou a sorrir. Era seu marido que vinha.

Apeou o marido. Mas só com um braço rodeou-lhe os ombros. A outra mão pousou na empunhadura da espada. Nem fez menção de encaminhar-se para a casa.

Que não se iludisse. A guerra não havia acabado. Sequer havia acabado a batalha que deixara pela manhã. Coberto de poeira e sangue, ainda assim não havia vindo para ficar. – Vim porque a luz que você acende à noite não me deixa dormir – disse-lhe quase ríspido. – Brilha por trás das minhas pálpebras fechadas, como se me chamasse. Só de madrugada, depois que o vento sopra, posso adormecer.

A mulher nada disse. Nada pediu. Encostou a mão no peito do marido, mas seu coração parecia distante, protegido pelo couro da couraça.

– Deixe-me fazer o que tem que ser feito, mulher – disse ele sem beijá-la. De um sopro apagou a lanterna. Montou a cavalo, partiu. Adensavam-se as sombras, e ela não pôde sequer vê-lo afastar-se recortado contra o céu.

A partir daquela noite, a mulher não acendeu mais nenhuma luz. Nem mesmo a vela dentro de casa, não fosse a chama acender-se por trás das pálpebras do marido.

No escuro, as noites se consumiam rápidas. E com elas carregavam os dias, que a mulher nem contava. Sem saber ao certo quanto tempo havia passado, ela sabia porém que era tanto.

E passado outro tanto, uma tarde em que à soleira da porta despedia-se da última luz no horizonte, viu-se desenhar-se lá longe a silhueta de um homem. Um homem a pé que caminhava na sua direção.

Protegeu os olhos com a mão para ver melhor e aos poucos, porque o homem avançava devagar, começou a distinguir a cabeça baixa, o contorno dos ombros cansados. Contorno doce, sem couraça. Hesitou seu coração, retendo o sorriso nos lábios – tantos homens haviam passado sem que nenhum fosse o que ela esperava. Ainda não podia ver-lhe o rosto, oculto entre barba e chapéu, quando deu o primeiro passo e correu ao seu encontro, liberando o coração. Era seu marido que voltava da guerra.

Não precisou perguntar-lhe se havia vindo para ficar. Caminharam até a casa. Já iam entrar, quando ele se deteve. Sem pressa voltou-se, e embora a noite ainda não tivesse chegado, acendeu a lanterna. Só então entrou com a mulher. E fechou a porta.

RIO ABAIXO, RIO ACIMA

Suado depois de longa caçada, um deus banhou-se no rio. E, em recompensa pelo refrigério, cada minúscula gota do seu suor fez-se ouro. Ouro escorreu brilhante pelo corpo do deus, dourando a areia a seus pés, os pequenos seixos, as escamas dos peixes, os juncos das margens, e a água toda ao redor.

Assim aconteceu que o rio escorresse azul até aquele exato ponto, para tornar-se a partir dali cintilante como uma lâmina, corrente feita de tantos pequenos pontos preciosos, tantas minúsculas pepitas que revolteando e sem se esgotar fluíam rumo ao mar.

Atravessando o vale, a rica carga do rio chegou enfim a uma cidade. Passou debaixo da primeira ponte, atardou-se no remanso em que as lavadeiras lavavam roupa. Mas antes que chegasse à segunda ponte, os gritos delas haviam alertado a população, e enquanto tantos se lançavam às margens com baldes e panelas, uns poucos providenciavam pedras e tijolos, carroças e argamassa, para erguer uma barragem.

Não demorou muito, o rio estava represado. Agora nenhuma gota passaria dali. A riqueza estava presa. E cada cidadão passou a recolher diariamente sua parte, enchendo jarros, potes, tigelas e pratos fundos, abarrotando cofres e baús.

Os rios fluem de dia, e fluem de noite. E vendo a riqueza que não parava de chegar, o homem mais rico da cidade começou a pensar que aquela gente toda já havia guardado ouro mais que suficiente para suas modestas necessidades, e que ele merecia ter mais que os outros, já que, mais que os outros, sabia multiplicá-lo.

Agiu em silêncio. Então uma noite, enquanto todos dormiam, o rio deixou de correr. E na manhã seguinte, os que haviam dormido viram que nada escorria entre as margens.

O homem rico havia represado o rio acima da cidade. E agora estava ainda mais rico, porque o ouro que fluía até a barragem era todo seu.

– Por que só dele, se é nosso pai? – perguntaram-se os filhos do homem rico. – Por acaso não temos o mesmo direito, nós que temos o mesmo sangue?

Providenciaram pás e picaretas, cordas e roldanas, encilharam mulas. E partiram, rio acima.

Só pararam bem além da represa do pai. Ali juntos, ergueram uma outra barragem.

Vendo esgotar-se seu fluxo de riqueza, o comerciante pôs as mãos na cabeça e, dirigindo-se à praça do mercado, começou a gritar em altos brados.

– Irmãozinhos meus, concidadãos! Eu, que só queria o bem, fui roubado pelos meus próprios filhos!

Assim gritava, enquanto pessoas assomavam às janelas, e alguns passantes se juntavam ao seu redor.

– Represei o rio para erguer um lindo monumento de ouro na cidade – gritou ainda, tratando de fazer estremecer a voz como se estivesse à beira do pranto. – E meus filhos gananciosos quiseram ficar com o rio só para eles.

Entre os que o ouviam, alguns, percebendo uma boa ocasião de recuperar a riqueza perdida, concordaram em subir com ele rio acima.

Andaram, andaram e chegaram à barragem do homem rico, onde os peixes dourados morriam na lama dourada.

Seguiram.

Andaram, andaram e chegaram à barragem dos filhos do homem rico, onde a água brilhava roubando a luz do sol.

Seguiram.

Mas não andaram muito. Porque alguns metros acima viram que a água era azul e transparente, e branca a areia do fundo sobre a qual nadavam peixes coloridos. Não havia ali nem o mais minúsculo ponto de ouro, daquele ouro que parecia surgir do nada, bem junto à barragem dos filhos do homem rico.

Nem assim hesitaram. Pouco antes do ponto em que o deus se havia banhado, ergueram sua barragem. Se eles não podiam ficar com aquela riqueza, ninguém ficaria.

E o rio perdeu sua força metálica, devolveu a luz ao sol. Esquecido do mar, aquietou-se atrás de pedras e tijolos, espraiou-se largo e sereno como um lago.

Os homens voltaram à cidade. Sem ouro. Sem rio.

E passado muito, muito tempo, outros homens, que não sabiam do ouro nem sabiam do rio, vieram com suas mulheres e filhos instalar-se à beira do lago. Construíram suas casas perto das margens. E porque havia tantos peixes e flores e garças sentiram-se ricos.

AS JANELAS SOBRE O MUNDO

Porque queria ver um mundo novo a cada dia, aquele Rei mandou construir um palácio com 365 janelas. Sem que nenhuma tivesse a mesma vista da outra.

Esmeraram-se os arquitetos para obedecer à sua vontade. E, um tijolo após o outro, o palácio foi crescendo cheio de quinas, de lados, de torres, de terraços e de janelas, janelas, janelas.

Anos foram consumidos nos trabalhos. Mas afinal a manhã chegou em que, com grande pompa, o Camareiro Real abriu a primeira janela. E Sua Majestade debruçou-se. À sua frente, paisagem inaugural, estava a elegante esplanada de acesso ao castelo, com sua estrada branca ao primeiro sol, e cavaleiros galopando ao longe. O Rei mal lhe deitou um olhar. E logo retirou-se. Era um monarca muito ocupado.

Na segunda janela, no segundo dia, já não foi uma estrada o que se descortinou à vista de Sua Majestade. Esguias silhueta de ciprestes desenhavam o dorso de uma colina. Que interesse pode haver em ciprestes?, pareceu dizer o olhar do Rei, que apenas os aflorou.

Distantes montanhas nevadas o esperavam além dos vidros no terceiro dia. Uma cidade envolta em bruma ofereceu-se aos seus olhos no quarto. E ao quinto dia um rio rumorejava debaixo da janela.

Embora nada o detivesse além de breves momentos, viajava o Rei sem sair do palácio. E não saberia dizer quanto havia viajado naquela manhã em que, apoiando as mãos no mármore do peitoril, inclinou-se de leve e, junto a uma roseira entre campo e jardim, viu uma moça. Mais bela que a roseira, mais bela que o jardim. Pelo menos, assim lhe pareceu. Bela como mel, pensou o Rei, talvez devido à doçura que subitamente o invadia. E apoiando os cotovelos no mármore, deixou-se ficar ao longo de todo o dia contemplando-a, alheio às tarefas da corte. Ao cair da tarde a moça retirou-se. A janela foi fechada.

O Rei bem que desejou mandar abri-la na manhã seguinte. Mas nas outras janelas o mundo inteiro esperava por ele. E o Rei disse a si mesmo que talvez a moça nem viesse naquele dia. E disse ainda que poderia encontrá-la em alguma das próximas paisagens. E perguntou-se de que valeria ter um palácio com 365 janelas se só se debruçasse em uma delas. Então mandou o Camareiro abrir a próxima janela e nela se debruçou.

A paisagem que o esperava, porém, não era a que ele queria ver. Um bosque murmurava à sua frente, verdes caminhos perdiam-se entre os troncos. Mas o Rei só pensava em um campo, um jardim, e uma roseira entre os dois. Quando o dia terminou e a janela foi fechada, o Rei percebeu que seu desejo já se projetava para a janela seguinte.

Dia após dia, levado pelo seu desejo, o Rei percorreu as janelas do palácio. Teria acompanhado cada passo do ano, se apenas olhasse com atenção, se apenas se demorasse um pouco mais. Mas todas as paisagens o Rei apenas sobreolhou, porque nenhuma era aquela onde crescia a roseira, nenhuma era aquela que transudava mel. Pouco viu do verão, mal percebeu o outono, e registrou o inverno apenas como um frio que o impedia de abrir os vidros e o forçava a abrigar-se entre peles. Sem que ele lhe desse importância, o tempo também trocava seus cenários.

E tendo passado um ano, a manhã chegou em que, já sem pompa, o Camareiro o precedeu frente à janela tão esperada. O Rei sentiu seu peito abrir-se junto com os batentes. E de peito aberto, debruçou-se sobre a paisagem em que entre um campo e um jardim a veria.

Entre o campo e o jardim a roseira começava sua brotação. Mas a moça não estava lá.

Não estava naquela manhã. Não veio à tarde. À noite certamente não viria.

O Rei sequer mandou fechar a janela.

Foi a ela que se dirigiu na manhã seguinte. E em todas as manhãs que vieram depois. Das outras janelas, nem se lembrava.

Agora não olhava somente para a frente, como havia feito até então. Não pousava o olhar de leve como se admirasse uma pintura. Porque em algum lugar aquela paisagem abrigava a moça, ele a esquadrinhava inteira, nos seus mínimos detalhes. E quando acreditava conhecê-la toda, percebia que ainda havia muito para descobrir. Olhava com tanta intensidade que se sentia levado para longe, para além daquilo que podia ver, até alcançar regiões que apenas intuía. Seus olhos não tinham mais o estreito limite da visão. Ele viajava naquela única janela mais do que havia viajado em todas as outras.

A roseira floresceu, depois perdeu suas pétalas, fez-se cor de outono. E a moça não tinha vindo. Nos galhos secos não havia mais nenhuma folha. O Rei se encapotava, para chegar à janela. Mas os vidros continuavam abertos. Caíram os primeiros flocos. A neve igualou campo e jardim. Será que a moça viria nesse frio?, perguntava-se o Rei debruçado sobre o silêncio.

E assim debruçado, uma manhã bem cedo, viu um focinho prateado emergir da toca ao pé de um tronco, e a raposa sair carregando na boca seu filhote. Não, certamente a moça não viria, pensou o Rei respondendo à sua própria pergunta. Não enquanto fosse inverno. Seria preciso esperar o degelo. E o degelo, pensou o Rei, ainda ia demorar. Levantou a gola de peles, protegeu as mãos dentro das mangas. O céu estava baixo e branco, logo nevaria outra vez. E olhando o rastro da raposa o Rei percebeu, num sorriso, que não tinha pressa. O mundo era vasto diante da janela. E no escuro do seu peito o mel começava a gotejar.

GRANDE DELICADEZA, PERFUMADAS FLORES

Inclinando-se diante do Rei, o Embaixador chinês estendeu o presente enviado por seu monarca. Uma caixa de laca, quadrada. Aberta a tampa, outra caixa. Quadrada também, mas de leve madeira entalhada, quase renda. E dentro dessa, ao fundo, um vaso pequeno de porcelana do qual despontava uma muda.

– Raríssima espécie de magnólia, trazida de vale distante – disse o Embaixador prostrado. – Grande delicadeza, perfumadas flores.

E todos na sala do trono curvaram a cabeça para a frente, reverentes como se bafejassem sobre a planta pequena.

Extraída da caixa de laca, entregue aos melhores botânicos do reino, a muda cresceu mais forte do que eles mesmos haviam esperado. Em breve superava as medidas da sua estufa rendada. Outra maior foi providenciada. E quando esta pareceu pequena, também o vaso havia-se tornado insuficiente.

O Rei convocou então os astrólogos, escolheu com eles o lugar mais propício no imenso jardim. Ali foi plantada a magnólia.

Não exposta a sol e vento, porém. Ao seu redor, quadrada a princípio e aos poucos perdendo a rigidez, foi erguida uma estufa cheia de recortes, ripados, janelinhas, postigos, que deixasse entrar luz e ar sem pôr em risco a delicadeza oriental da planta.

À medida que a magnólia crescia, atarefavam-se ao seu redor marceneiros e arquitetos, tratando de também fazer crescer sua estufa. Há muito havia deixado de parecer-se com uma caixa. Durante alguns anos assemelhou-se a uma casa, depois a um palacete. E porque a magnólia ainda aumentava, ao seu redor foi se criando um palácio.

Palácio transparente, etéreo, em que as folhas brilhantes moviam-se lentas, quase sem farfalhar, mas abrigavam pássaros. E onde do alto de cinco torres os Vigias da Magnólia cuidavam de que nada lhe faltasse, e a cada primavera anunciavam sua brotação.

Era então que o Rei e suas esposas, acompanhados de alguns cortesãos privilegiados, mudavam-se para o palácio da magnólia.

Tapetes, coxins, e a densa sombra. Não apenas da árvore. Mas da própria estrutura do palácio. Pois, embora vazado, permitindo que o mundo externo fosse visto em tantos pedacinhos, como um mosaico, nenhum raio de sol penetrava nos entalhes, e os postigos inclinados protegiam as janelas. A planta não corria riscos.

Ali os Ministros eram convocados para os despachos, ali os Embaixadores apresentavam suas credenciais, ali o Rei permanecia até o outono.

Partido este, ainda permaneciam suas esposas. Que, subindo em altas escadas, enrolavam galho por galho em suaves lãs, não houvesse a magnólia a sofrer com o frio do inverno.

Flores, porém, aquelas flores prometidas com ela, nunca haviam chegado.

Trezentos anos se passaram. Morto o rei que havia recebido a caixa de laca, mortas as suas esposas e todos os seus filhos, mortos os filhos daqueles filhos, e os netos dos netos desses, vicejava fresca a magnólia.

E naquele tricentésimo ano, com a chegada do calor e o anúncio dos Vigias da Magnólia, o Rei, que já não se parecia com o rei primeiro, havia se mudado com sua esposa e os mais destacados cortesãos para debaixo da árvore. Tapetes, divãs, e a sombra tão densa como sempre. Naquele ano, entretanto, de repente, um ruído percorreu a verde quietude, como uma rachadura. Um ruído novo, diferente de todos, estalar de lenhos que, tendo se anunciado discreto, logo inchou como gemido de barco em tempestade.

Debruçavam-se do alto os Vigias, a corte olhava de baixo. Um galho pareceu espreguiçar-se, estendeu-se, cresceu, projetou-se para fora de um postigo. Um outro meteu-se pelo rendilhado, estilhaçando madeiras. E outro, e outro, lançaram-se para fora empurrando, forçando, derrubando. O telhado da estufa caiu com um cascatear de sarrafos. Ripas rebentaram. As paredes destroçadas mal e mal se mantinham de pé. A magnólia expandia-se em pleno sol.

Temeu por ela o Rei, cochichou assustada a corte. À sombra que agora era só das folhas, esperaram.

Não demorou muito para que os Vigias anunciassem nova e extemporânea brotação. Pouco demorou até o abrir dos botões.

E quando os botões abriram-se em pétalas, todos viram as flores que o Embaixador distante havia prometido. Todos se entregaram ao perfume que se alastrava no reino.

Os primeiros a chegar foram os habitantes da cidade. Sentaram-se nos gramados, postaram-se ao longo dos caminhos. Nos galhos, novos botões faziam-se pétalas. A notícia espalhava-se com o perfume. Depois vieram os habitantes do vale. E vieram os habitantes da encosta. A magnólia, branca, mais branca se fazia. De outros reinos, vinham. A cavalo, a pé, de charrete, os velhos nas costas dos moços, as crianças no colo das mães. Vinham, e vinham.

Todos queriam ver a floração. E todos viram, porque ela atravessou o verão; varou o outono. Quando a primeira pétala branca caiu, o frio havia trazido a neve. Difícil agora distinguir os dois brancos. Só não havia mais perfume. Nem pássaros.

Enregelada, a multidão voltou para suas casas. O Rei regressou com a corte ao Palácio de Inverno.

Sozinha, coberta de neve, a magnólia ainda se manteve branca como se florida.

Mas quando a primavera chegou depois do degelo, por mais que os Vigias se esforçassem, não foi possível anunciar a brotação. Os galhos que ninguém havia envolto em lãs continuaram despidos, os pássaros não vieram procurá-los, e a magnólia vinda do Oriente, planta de grande delicadeza, não acordou.

COM SUA VOZ DE MULHER

Aquele deus era dono daquela cidade como um mortal seria dono de fazenda ou sítio. Não era grande a cidade. O templo, casas, e campos ao redor. Mas porque era dono daquela cidade, o deus era também responsável pela felicidade dos seus habitantes.

E um dia, pelas preces, percebeu que os habitantes não eram felizes.

– Nada lhes falta – disse o deus, em voz alta. – Cuido para que as estações se sigam em boa ordem. Garanto-lhes colheita no campo e comida na mesa. Nenhum grão apodrece nas espigas. Nenhum ovo gora nos ninhos. E seus filhos crescem. Por que então não são felizes?

Porém os homens desconhecem as perguntas dos deuses. E embora tivesse falado em voz tão alta que poderia ser ouvida de uma estrela a outra, ninguém lhe respondeu.

A cidade estava na palma da mão do deus. E ainda assim tão longe que ele não via os sentimentos daquelas pessoas – Irei até lá – disse a alta voz. – Entre eles, verei melhor o que se passa.

E tendo decidido, abriu seus imensos guarda-roupas à procura de uma identidade com a qual apresentar-se no mundo dos mortais. Havia ali peles e couros de todos os animais, da lisa pele da gazela à áspera couraça do rinoceronte. O pescoço da girafa pendia de um cabide, plumas coloridas despontavam na prateleira e numa gavetinha enfileiravam-se as preciosas carapaças dos insetos. Mas dessa vez não seria como animal que desceria à Terra. Remexeu entre as peles dos humanos, suspendeu uma escura, bronzeada de sol, hesitou um instante. Depois escolheu a mais lisa e macia, fechou-se bem dentro dela, cobriu-se com uma túnica. E desceu.

E eis que aquela mulher de longos cabelos apareceu na cidade dizendo que era deus, e ninguém acreditou. Fosse deus, teria vindo como guerreiro, herói, ou homem poderoso. Fosse deus, apareceria como leão,

touro bravio ou águia lançando-se das nuvens. Até o crocodilo e a serpente poderiam abrigar deus em seu corpo. Mas uma mulher vinda das ruas estreitas nada mais podia ser que uma mulher.

E assim o deus prendeu seus longos cabelos sobre a nuca e foi procurar um trabalho. Mas a uma mulher não se dá trabalho de ferreiro, nem se põe na carroça a conduzir cavalos. Uma mulher não é aquela que comanda soldados. Uma mulher não é sequer aquela que conduz o arado. E depois de muita procura, o deus-mulher só conseguiu empregar-se em uma casa para ajudar nas tarefas domésticas.

Era uma boa casa a que o acolheu. A esposa diligente, o marido trabalhador. Poeira não se juntava nos cantos, embora a trouxessem em suas sandálias. E os filhos cresciam como crescem filhos que não têm doenças. Porém, pouco sorriam. Cumpriam suas tarefas de dia. À noite juntavam-se no estábulo para aproveitar o calor dos animais. As mulheres fiavam. Os homens consertavam ferramentas ou faziam cestos. Ninguém falava. As noites eram longas depois de longos dias. Os humanos se entediavam.

Até mesmo o deus, de fuso na mão, se entediava. E uma noite, não suportando a mesmice dos gestos e do silêncio, abriu a boca e começou a contar.

Contou uma história que se havia passado no seu mundo, aquele mundo onde tudo era possível e onde viver não obedecia a regras pequenas como as dos homens. Era uma longa história, uma história como ninguém nunca havia contado naquela cidade onde não se contavam histórias. E as mulheres ouviram de olhos bem abertos, enquanto o fio saía fino e delicado entre seus dedos. E os homens ouviram esquecidos das ferramentas. E o menino que chorava adormeceu no colo da mãe. E as outras crianças vieram sentar-se aos pés do deus. E ninguém falou nada enquanto ele contava, embora em seus corações todos estivessem contando com ele.

A noite foi curta aquela noite.

Na noite seguinte, reunidos todos no estábulo, como todas as noites, o deus não falou. As mulheres olhavam para ele de vez em quando, por cima do fuso. Os homens evitavam fazer barulho, deixando o silêncio livre para ele. Todos esperavam. Mas as crianças, que brincavam com o deus-mulher durante o dia, vieram juntar-se ao seu redor. Uma puxou de leve a saia do deus-mulher e pediu: – Conta!

E com sua voz de mulher o deus contou.

Assim, noite após noite o deus entregou suas histórias à família como até então lhes havia entregue as frutas maduras cheias de sementes. E não apenas àquela família, porque logo o vizinho da frente soube, e à noite apresentou-se com os seus no estábulo para também ouvir. E depois foi a vez do vizinho do lado. E em pouco tempo o estábulo estava cheio, e pessoas amontoavam-se nas janelas e porta.

Agora, durante o dia, enquanto aravam, martelavam, enquanto erguiam o machado, os homens lembravam-se das histórias que tinham ouvido à noite, e tinham a impressão de também navegar, voar, cavalgando trovões e nuvens como aquelas personagens. E as mulheres estendiam lençóis como se armassem tendas, repreendiam o cão como se domassem leões, e atiçando o fogo chuçavam dragões. Até o pastor com suas ovelhas não estava mais só, e as ovelhas eram sua legião.

Os homens sorriam debruçados sobre suas tarefas, as mulheres cantavam e tinham gestos amplos nos braços, e as crianças se enrodilhavam estremecidas de medo e de prazer. O tédio havia desaparecido.

Foi quando uma mulher que havia estado no estábulo passou a repetir as histórias do deus para outros habitantes da cidade. Repetir exatamente, não. Aqui e ali, acrescentava e tirava coisas, de modo que cada história, sendo a mesma, era outra. Mais que contar, recontava. Depois houve um rapaz, que também. E, o tempo passando, ninguém mais podia dizer com certeza de onde tinha vindo esta ou aquela história, e quem a havia contado primeiro.

Ninguém podia dizer, tampouco, qual o paradeiro daquela mulher de longos cabelos presos sobre a nuca, que um dia havia aparecido na cidade vinda não se sabe de onde. E que em outro dia havia partido com seu carregamento de histórias, para o mesmo lugar.

23 histórias de um viajante

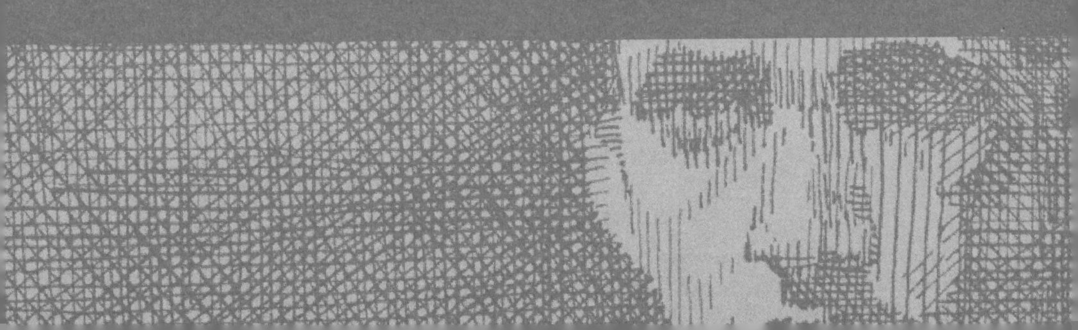

Tão altas as muralhas ao redor daquelas terras. Altas como despenhadeiros, escuras como rochas. Quem mora atrás daquelas muralhas? Um moço príncipe e sua pequena corte. Por que tão altas, se é pouca a gente? Porque o moço tem medo.

Viu seu avô voltar ensanguentado da batalha. Viu seu pai ser abatido em torneio. Viu feridas abertas nos corpos dos seus tios. A história da sua coroa foi escrita mais com a espada que com a pena. E a espada plantou o medo no seu coração.

Assim que teve idade para mandar, ordenou que se erguesse a muralha. E a quis de tal altura, que o dia demorou mais a chegar ao seu castelo.

Muralhas não bastam para deter o medo, lhe disseram os anciãos do Conselho. Não precisavam ter dito. O príncipe sabia disso todas as noites, quando o sol o abandonava no fundo daquele imenso poço, e todas as manhãs, quando, surgindo por cima da escura crista de pedra, lhe entregava um novo dia em que tudo estava por acontecer.

E então, numa dessas manhãs, o destino parou diante da muralha. Vinha a cavalo, trazia um escudo pendurado na sela, arma nenhuma. Uma pele de bicho lhe rodeava os ombros, na fresta das pálpebras apertadas seu olhar brilhava cor de âmbar. Não era o destino do príncipe. Ia em demanda de outra pessoa a quem havia sido atribuído e que, sem saber, o aguardava. Porém, encontrando seu caminho impedido por aquela barragem, tivera que parar. Sequer estava diante de um dos grandes portões.

A passo, o cavaleiro começou a percorrer a muralha, buscando um ponto de entrada.

Mas já havia sido visto. De sentinela em sentinela a notícia daquela presença correu pela alta aresta, mensageiros foram enviados com urgência ao castelo. E o príncipe logo soube, um estrangeiro bordejava suas defesas.

Quando o destino de olhos amarelos chegou diante dos grandes batentes, estava sendo esperado pelo lado de dentro. Bateu. Uma mínima seteira foi aberta.

– Quem bate? – perguntaram.

– Sou um viajante – respondeu. E era verdade, vinha de longe, e longe ia.

– O que deseja?

– Passagem por essas terras.

– E que mais?

– Nada mais.

A seteira foi fechada. Os mensageiros partiram rumo ao castelo. Está desarmado e só quer passagem, foi dito ao príncipe. E o príncipe ouviu sem interesse. É um viajante, foi acrescentado.

A palavra abriu caminho na atenção do príncipe, e era cheia de portas. Um viajante, disse seu pensamento, um homem que anda pelo mundo, um homem para quem o mundo é um leque que se pode abrir.

– De onde vem?

– Não sabemos, senhor.

– Aonde vai?

– Não nos disse, senhor.

A ideia daquele homem que queria atravessar suas terras como um rio corta um vale, e que como um rio vinha de lugares não imaginados, infiltrou-se entre os seus desejos. O leque pareceu aproximar-se das suas mãos. Falar com o homem seria quase como abri-lo. E ordenou que se deixasse entrar o estranho, ele pernoitaria no castelo.

Os portões foram abertos, aquele destino que tinha um nome de homem galopou com os emissários, e por eles foi levado a seus aposentos. Que repousasse, lhe foi dito, pois à noite jantaria à mesa do príncipe.

Na sala iluminada pela chama das velas e da enorme lareira, damas e cavaleiros já estavam sentados ao longo da mesa quando o viajante entrou. Mas o lugar à direita do príncipe havia sido reservado para ele, que foi convidado a sentar.

O que se disseram os dois, o ruído de pratos e vozes encobriu. Podemos imaginar que, pretextando dever de anfitrião, o jovem monarca tenha pedido notícias do mundo que desconhecia. E que o mais velho tenha respondido com discrição, ampliando seus relatos somente à medida que os sentia solicitados pelo interlocutor. Falaram longamente, quase esquecidos da comida.

As taças já estavam vazias e os músicos cansados, quando o príncipe pediu ao viajante que contasse para seus convivas uma das tantas histórias que certamente havia escutado ou presenciado em suas andanças.

E na quietude que começava a tomar a sala naquele final de jantar, como se soubesse o que ia no coração do príncipe, o viajante contou.

A MORTE E O REI

1ª história do viajante

Noite, ainda não. Mas as nuvens tão escuras, que era como se fosse. E nesse escuro pesado, envolta num manto, a Morte galopava seu cavalo negro em direção ao castelo. Os cascos incandescentes incendiavam a grama. Desfaziam-se as pedras em centelhas.

Diante da muralha, sequer chamou ou apeou para bater ao portão. O manto estalava ao vento. O cavalo escarvava com a pata. Ela esperava.

E logo os pesados batentes se abriram num estridor de ferragens. E a Temível foi levada à presença do Rei.

– Vim buscar-vos, Senhor – disse sem rodeios.

– Não contestaria chamado tão definitivo, sem boa razão – respondeu o monarca, com igual precisão. – Peço-lhe, porém, que não partamos já. Realiza-se amanhã um torneio nos jardins do castelo. E tenho certeza de que sua presença dará outro valor à disputa.

Um instante bastou para a Morte avaliar o pedido. E concordar. Afinal, um dia a menos pouco pesaria na eternidade. Mas muito pesariam os que ela havia de levar.

Recolheu-se, pois, esperando o amanhecer.

Ainda no escuro, agitava-se o castelo preparando o torneio. Cavaleiros chegavam de longe. Tendas eram armadas nos jardins. Fogueiras ardiam nas oficinas dos armeiros. Quando o sol veio, farfalharam as sedas, os galhardetes, as folhas das árvores, e um mesmo brilho metálico saltou dos olhares, das couraças, das joias das damas. Em breve, soaram as trombetas, os cavalos partiram a galope. E o sangue floresceu sobre a grama.

À noite, a Sussurrada novamente dirigiu-se ao Rei.

– Senhor, em minha morada esperam por nós.

– Na minha também, Senhora, somos esperados – respondeu o Rei, com voz dura. – Informantes acabam de me revelar que um grupo de conspiradores está pronto para levantar suas armas contra mim.

E depois de ter dado tempo para que ela avaliasse suas palavras, acrescentou em tom mais baixo, quase envolvente: – Os que se escondem nas sombras precisarão da sua assistência.

Amplas são as sombras, pensou a Morte, calculando a sua parte. E mais uma vez concordou em adiar a partida.

Ao entardecer do dia seguinte, um mancebo foi apunhalado num corredor escuro, um ministro foi passado ao fio da espada junto a uma coluna, enquanto no alto de uma escada uma dama tombava envenenada. Antes que o sol nascesse novamente, o carrasco decepou as outras cabeças que haviam ousado pensar contra o Rei.

– Senhor – disse a Intransponível depois de recolher a sua carga – já esperei mais do que devia. Mande selar o seu cavalo. E partamos.

– Esperou, é certo. Mas foi bem recompensada – respondeu o Rei. – Mandarei selar o meu cavalo, como me pede. E partiremos. Porém não para seguir o seu caminho. Acabei de declarar guerra aos países do Leste. E preciso da sua presença ao meu lado, nos campos de batalha.

A Morte sabia, por antiga experiência, o quanto podia ceifar nesses campos. Sem discutir, emparelhou seu cavalo com o do Rei, e começou a longa marcha. À frente, muito trabalho a esperava.

Não era trabalho para um dia. Nem para dois. Dias e dias se passaram. Meses. Anos. Em que a Sombria parecia não ter descanso, cortando, quebrando, arrancando. E colhendo. Colhendo. Colhendo.

E porque ela havia colhido tanto, chegou um momento em que a guerra não tinha mais como prosseguir. E acabou.

À frente do exército dizimado, o Rei e a Morte regressaram ao castelo. E na sala, agora desguarnecida de seus cavaleiros, o Rei assinou o tratado de paz.

Molhada ainda a tinta, já a Insaciável se adiantava, lembrando ao Rei que uma outra viagem o aguardava.

– Irei sim, minha amiga – respondeu ele com voz gasta de tanto gritar ordens. – Mas amanhã. É tarde agora. E estou tão cansado. Deixe-me dormir só esta noite na minha cama.

E porque a Morte hesitava: – Seja generosa comigo que já lhe dei tanto – pediu.

Uma noite, pensou a Invencível, não faria diferença. E ela também merecia um pouco de descanso. Como na noite da sua chegada, agora tão distante, recolheu-se.

Silêncio no castelo. Só sonhos percorriam os corredores. Mas no seu quarto, o Rei estava desperto. A hora havia chegado. Levantou-se, envolveu-se num manto, agarrou o castiçal com a vela acesa e, abrindo a pequena porta encoberta por uma tapeçaria, meteu-se pela passagem secreta cuidando de não fazer qualquer ruído.

Desceu degraus, seguiu sobre o piso escorregadio entre paredes estreitas, desceu uma longa escada, avançou por uma espécie de interminável corredor, desceu outros degraus. E afinal, cabeça baixa para evitar as teias de aranha, puxou uma argola de ferro e abriu uma porta. Havia chegado às cavalariças.

A vela apagou-se num sopro de vento. Tateando, pegou uma sela, arreios, e com gestos rápidos encilhou um cavalo. Montou de um salto. Cravou as esporas, soltou as rédeas. E ei-lo lá fora, galopando na noite, afastando-se do castelo.

Galopava o cavalo. As nuvens abriram-se por um instante, a luz da Lua mordeu o pescoço do animal. Só então o Rei viu que o cavalo era mais negro que a escuridão. E que seus cascos incandescentes queimavam a grama ao passar, desfazendo as pedras em centelhas.

Uma acha desabou em brasas na lareira. O silêncio fundia-se na penumbra. A história pareceu pairar sobre os comensais, dissolvendo-se lentamente. Todos os olhares voltavam-se para o príncipe, sem que ninguém ousasse pronunciar as primeiras palavras.

– Que meu cavalo esteja pronto amanhã cedo – disse então este em voz alta, e era uma ordem. Depois, voltando-se para o viajante: – Irei consigo até nossa fronteira mais distante. Será uma boa oportunidade para visitar minhas terras. E haverá tempo para que me conte outras histórias.

Partiram ao amanhecer, antes mesmo que o sol ultrapassasse a barreira de pedra. Iam em pequena comitiva de cavaleiros e serviçais. Mas o príncipe cavalgava à frente, distanciado dos outros, tendo ao seu lado o viajante.

Cavalgaram durante toda a manhã, apearam para almoçar, repousaram, e novamente montaram em sela. Quase não falaram. Só à noite, hesitando como se durante todo o dia tivesse desejado e temido fazê-lo, o príncipe pediu ao seu companheiro de viagem que contasse mais uma história. E, esquentando as mãos diante da fogueira que ardia em meio à roda das tendas, aquele homem que parecia ele próprio saído de um conto, atendeu o pedido.

NO ACONCHEGO DE UM TURBANTE

2ª história do viajante

O único filho do velho vizir não demonstrava ter herdado a sabedoria do pai. Com a morte deste, porém, herdou-lhe toda a fortuna.

Logo empenhou-se em gastá-la. Novos palácios, novos elefantes, novos trajes suntuosos, novas joias, novas babuchas bordadas. Fez-se imperioso ter um novo turbante.

Chamados, os mercadores de tecidos derramaram a seus pés damascos, veludos, brocados, cobrindo de cores e brilhos o mármore do salão, sem que nada satisfizesse o exigente jovem. Afinal, entre tantas, escolheu uma peça de delicada seda cor de palha entretecida de fios de ouro. E, para surpresa de quantos o rodeavam, exigiu que fosse toda ela utilizada na confecção do turbante. Haveria de ser o maior jamais visto por aquelas paragens.

Enrola, enrola, enrola, depois de muitas voltas o jovem viu-se coroado pelas espirais macias que, sobrepostas umas às outras, avançavam para lá da sua cabeça sombreando-lhe o rosto e os ombros, turbante amplo como um guarda-sol, que foi arrematado à altura da testa com uma esmeralda do tamanho de um ovo, e um discreto penacho.

Agora o filho do vizir podia, de modo condigno, pensar em outras maneiras de enfeitar sua vida e sua pessoa.

Estava justamente sentado em um banco do jardim, envolto nessas meditações, na manhã de quase verão em que uma cegonha, chegando cansada da longa migração, viu naquela estranha espécie de ninho a possibilidade de instalar-se sem delongas. Num último bater de asas, pousou bem no meio do turbante, eriçou as penas espantando a poeira da viagem, dobrou as longas pernas, ajeitou-se, e fechando as pálpebras pálidas adormeceu.

Paralisado de surpresa, o filho do vizir perguntava-se o que fazer. Espantar animal tão benfazejo era impensável, não se enxota a boa sorte que nos escolhe. Compartilhar com ela o turbante parecia impossível. De momento, porém, não havia outra solução à vista. Não seria por muito tempo, pensou o jovem. Quando a cegonha acordasse, certamente buscaria pouso mais conveniente, uma boa chaminé, um topo de telhado, uma árvore.

Imóvel, o filho do vizir esperou.

Mas se ele havia pensado com sua cabeça, outra era a cabeça da cegonha. Acordando muitas horas depois ela olhou em volta, e pareceu-lhe evidente que, fosse onde fosse, jamais conseguiria fazer com seu duro bico e com gravetos secos ninho acolhedor como aquele. Nunca suas penas haviam sido acariciadas por contato tão suave. E até mesmo o leve perfume que emanava do turbante a envolvia como um agrado. Encolhendo em ondas de puro prazer o longo pescoço, a cegonha refestelou-se.

A princípio no palácio e logo na cidade, comentava-se. Eleito por uma cegonha, o filho do vizir já não parecia tão leviano, dotes ocultos haviam de ter motivado aquela escolha. E de fato, o jovem, andando com passos pausados para manter o equilíbrio de tanto peso, adquiria postura mais severa, uma certa dignidade parecia transmitir-se a seus gestos. Nem mais se interessava por festas – e como poderia entregar-se a danças ou farrear com amigos, carregando aquela alada presença que mal via?

Pela primeira vez consciente da própria cabeça, o filho do vizir descobria-lhe outros usos. Sem poder cavalgar, sem participar de torneios ou caçadas, deixava expandir seus pensamentos, refletia. E os serviçais surpreenderam-se vendo-o ocupado em leituras.

Depois um dia, de repente, um estremecimento no alto, um seco estalar, e eis que a cegonha havia colhido com o bico a bela esmeralda que arrematava o turbante. Em vão o filho do vizir alongou o braço apalpando. Ela a havia metido debaixo de si juntamente com seus próprios ovos, e revidava a bicadas qualquer tentativa de invasão. Caído o penacho, perdida estava toda elegância.

No palácio, porém, a ausência da esmeralda foi interpretada como um gesto de modéstia, e muito louvada.

Passou-se uma semana, outras vieram puxadas por aquela. Quanto demoram ovos de cegonha para eclodir?, indagou o filho do vizir. Agora mantinha-se quase imóvel, como no primeiro dia, não fosse um movimento em falso pôr a perder todo o esforço de vida que se desenrolava acima da sua cabeça. E parado meditava, sentindo-se parte daquele milagre.

Sua expectativa teve fim no devido tempo, quando os filhotes nasceram anunciados por um pipilar estridente. E ao longo dos meses de verão ele acompanhou o alterar-se daquele pipilar, os chamados fazendo-se mais claros e fortes, enquanto minúsculas penas cinzentas caíam volteando do alto à medida que os filhotes se emplumavam.

Não durou menos do que os outros, aquele verão. Mas o filho do vizir surpreendeu-se no dia em que uma agitação maior no turbante, seguida de um grande bater de asas, denunciou a partida. A cegonha e seus filhos preparavam-se para a migração. O outono havia chegado.

De baixo, o filho do vizir viu as grandes aves brancas saindo em voo da sua cabeça como se saíssem dos seus pensamentos, indo juntar-se na distância a outras da sua espécie. Mesmo ao longe, distinguia-se entre todas uma jovem cegonha verde.

Diz-se que, ano após ano, as cegonhas voltam ao mesmo ninho. Pensando nisso talvez, o jovem filho do vizir deteve o gesto com que se preparava a desfazer as espirais puxando a ponta da longa seda. Com extrema delicadeza tirou o turbante inteiro da cabeça, e mandou que assim como estava fosse depositado no mais alto telhado do palácio.

Foi um bom sono o que acolheu o príncipe naquela noite. Perpassado de sedas e aves brancas, pareceu até mesmo ter perfume, de açafrão ou rosas. E eis todos novamente a cavalo cortando o ar fino, pisoteando a vegetação encharcada de orvalho, rumo à fronteira ainda invisível, ainda distante.

As terras do príncipe eram belas e vastas. Terras que ele, quase sempre trancado no castelo, pouco conhecia e que via agora com olhar novo, como se as descobrisse. A manhã pareceu pequena para tanto verde. E parando a comitiva para descansar, um cavaleiro que havia trazido seu falcão tirou-lhe o capuz para que fosse à caça, com as tirinhas de couro adejando no ar, seu grito agudo alertando o espaço. O que ele trouxe foi assado nas brasas, para o almoço. E sentados todos ao redor em partilha de carnes e conversas, pediu o príncipe mais uma história, que lhes viesse pela voz do viajante como a caça havia chegado pelo bico do falcão.

SÃO OS CABELOS DAS MULHERES

3ª história do viajante

Naquela aldeia de montanha perdida entre neblinas, a chuva havia começado há mais tempo do que era possível lembrar. Só água vinha do céu, em fios tão cerrados que as nuvens pareciam cerzidas ao chão. As plantações haviam-se transformado em charcos, as roupas já não secavam junto aos fogos fumacentos, e pouco ou nada restava para comer.

Reuniram-se os velhos sábios em busca de uma resposta, e longamente deliberaram estudando as antigas tradições.

– São os cabelos das mulheres – disseram por fim. E obedecendo aos pergaminhos, ordenaram que fossem cortados.

Na praça da aldeia, desfeitas tranças e coques, soltos todos os grampos, os longos fios que chegavam à cintura foram decepados rente à raiz, e entregues à chuva. Todos os viram descer na correnteza, ondulantes e negros. Todos se encheram de esperança, enquanto as mulheres abaixavam a cabeça deixando a água escorrer em filetes sobre a pele nua.

De fato, pouco demorou para que as nuvens levassem sua carga em direção ao vale, desfazendo-se ao longe. E o sol acendeu-se num céu tão enxuto e limpo que parecia novo.

Aquecia-se ao sol a antiga umidade guardada entre pedras e grotas. Vindas daquele calor, talvez, daqueles vapores abafados no escuro silêncio, longas serpentes negras começaram a deslizar para a luz.

Os homens só se deram conta da temível presença quando os campos abaixo da aldeia já estavam invadidos. Com asco e horror as encontravam de repente enroscadas no cabo de uma enxada, no fundo de um cesto, ou brilhando entre os sulcos. Eram tantas. De nada adiantava caçá-las; cortadas ao meio ou degoladas por facão ou foice multiplicavam-se, cada parte adquirindo vida própria e afastando-se como se recém-saída do ovo.

Quase não lhes bastassem os campos, começaram a deslizar em direção à aldeia. Em breve bastou afastar um móvel, abrir um armário, para

encontrar uma serpente enovelada. Qualquer cobertor, qualquer travesseiro, qualquer manta ou almofada podia ser seu ninho. E entre as achas de lenha, entre as talhas de azeite, entre os gravetos e as cinzas do fogão, entre os grãos nas despensas, por toda parte e em todo canto cobras ondulavam suas espirais.

– São os cabelos das mulheres! – exclamaram afinal os aldeões, sem necessidade de reunir os sábios.

E as mulheres riram, escondendo o rosto nos lenços e nos xales com que cobriam suas cabeças.

– Acabem com isso! – ordenaram-lhes os sábios. E não se referiam ao riso, mas às serpentes. E com voz que não admitia réplica, repetiram – Acabem com isso, mulheres!

Mas como acabar com o flagelo se lhes faltava o remédio? – responderam as mulheres. E acrescentaram – Cabelos. Para acabar com esses, precisamos dos nossos.

E cabelos elas não tinham. Parecia inútil procurar. Por baixo dos lenços apenas uma leve penugem despontava. Nenhuma mulher havia sido poupada. Ainda assim procuraram de casa em casa, mesmo nas mais distantes, até que, escondida entre as saias das irmãs mais velhas no fundo de um casebre, encontraram uma menina. Uma menina pequena, tão pequena que ao tempo das chuvas havia sido confundida com um menino. Uma menina pequena, com um rabichinho magro.

Desatado o cordão que prendia o rabicho, os cabelos desceram cobrindo as orelhas. A mãe colheu um fio, enfiou-o numa agulha. Todos olhavam. Todos viram a mãe levantar uma pedra, suspender a serpente que ali se abrigava e, com pontos firmes, coser-lhe a boca. Todos viram a serpente afastar-se deslizando ladeira abaixo.

O rabicho da menina já era apenas um fio quando a última ondulação negra desceu a encosta e a grama fechou-se sobre o seu rastro.

E passado algum tempo, a serenidade havia voltado à aldeia. Sem que, porém, viesse com ela a alegria. O frio demorava-se, sem abrir caminho à primavera. As mulheres caminhavam no vento com a cabeça coberta, todas elas envoltas em panos. As brotações tardavam, as sementes não germinavam na terra gelada, nem chegavam as aves migrantes.

Ainda fazia frio na manhã em que a primeira mulher tirou o xale. Sacudiu a cabeça. Os cabelos, que haviam crescido, rodearam-lhe o rosto. E porque aquela havia tirado o xale, uma e logo outra a imitaram, uma quarta desfez sobre a testa o nó que prendia o lenço, cabeças de mulheres assomaram às janelas, descobertas. Os cabelos, lisos, crespos, ondulados, dançaram livres farfalhando como folhas, cintilaram ao sol que de repente não parecia tão pálido. Em algum ponto daquela manhã, a primavera pôs-se a caminho.

– São os cabelos das mulheres – disseram os homens farejando o ar que se fazia mais fino. E sorriram.

Pela primeira vez, o príncipe demorou-se a pensar nas toucas bordadas e adornadas de véus que encobriam os cabelos das mulheres da sua corte. Aquilo que havia considerado bonito parecia-lhe agora represar beleza maior. E lembrou-se de cabelos longos vistos na infância, e teve desejo de afundar os dedos naqueles cabelos.

Pensou neles outra vez quando cruzaram um riacho e viu a água enlaçar os jarretes dos cavalos. Olhou ao longe. Além da sua fronteira havia altas montanhas. Choveria muito nos cimos encobertos pela neblina?, perguntou-se.

Mas ao anoitecer, seu pensamento voltou-se para as novas histórias que iria ouvir. E dessa vez, nem foi preciso pedir.

COMO CANTAM AS PEDRAS

4ª história do viajante

Era um guerreiro grande e sólido como uma montanha, que regressava à sua casa depois de muitas e muitas batalhas. A terra tremia debaixo dos seus passos.

Chegando tão cansado que parecia não ter forças para mais um gesto, desfez-se das armas, despiu a couraça, e deitou-se para dormir. A cabeça pesou como se afundasse primeiro, arrastando-o.

Dormiu todo o dia, dormiu toda a noite, mas os dedos do sono continuavam entrelaçados em seus cabelos e não largavam a presa. E tendo dormido um ano inteiro, dormiu outro e muitos, muitos mais.

Acordou com uma formiga caminhando no seu peito. O sono o havia deixado. Quis abrir os olhos, não conseguiu, sentiu as pálpebras seladas. Pensou que se lavasse o rosto, talvez, e tentou levantar-se. Porém o corpo não lhe obedecia, não lhe obedeciam os músculos. Inutilmente insistiu no desejo de mover-se, como uma ordem. Nenhuma resposta lhe veio. Os ossos pareciam alheios, se é que havia ossos. Uma rigidez fria e compacta fundia carne e sangue. Imóvel, perguntou-se em que caixa, em que casca, em que pele estava trancado.

Não podia saber que o tempo o havia transformado em pedra.

Nem havia mais casa ao seu redor, nem mais cidade ou aldeia. Tudo havia desmoronado ao longo dos muitos anos, tudo havia-se desfeito nos dias e nas noites. O guerreiro de pedra jazia no chão, no mesmo lugar onde caíra com o lento apodrecer das tiras de couro da sua cama. E aquele lugar, aquele lugar que fora povoado e verde, era agora um deserto.

Mas isso ele não sabia. Sabia, com súbita clareza, que estava aprisionado dentro de si, sozinho no escuro, vivo caroço de dura fruta. E que talvez ninguém viesse devolvê-lo ao sol. Então, para não estar tão só, pôs-se a cantar.

Não cantava como canta um homem. Cantava como cantam as pedras quando sofrem. E se o cantar não espantou sua solidão, com certeza espantou as poucas gentes que por ali passavam. Em pouco tempo, todos souberam que naquele ponto do deserto havia pedras cantantes. E, assustados, passaram a evitá-lo.

Assim, se antes um ou outro pastor se atardava por aquelas paragens cuidando de suas cabras, se alguma caravana acampava para passar a noite, a partir do canto do guerreiro nenhum passo mais afundou na areia marcada apenas pelas leves patas dos escaravelhos e pelo deslizar de escamas das serpentes.

Impossível, para o guerreiro que não via o amanhecer, calcular a passagem do tempo. Talvez muito houvesse passado, talvez pouco, quando um viajante vindo de terras distantes pousou seu alforje no chão e sentou-se.

Comeu do que tinha trazido e descansou, enrolado no cantar como em uma manta. Depois meteu a mão no peito por dentro da roupa, tirou uma flauta. Estava morna como a pele. Levou-a à boca.

O que a flauta disse, nem o viajante saberia ao certo. Sua música deslizou sobre a areia com a mesma suavidade das serpentes, penetrou, poro a poro, na pedra. Como água, como luz, abriu seu caminho. E num estalar de juntas que se soltam, de amarras que se desfazem, o guerreiro moveu-se, levantou a cabeça, ergueu o tronco, pôs-se de pé.

Do alto do seu próprio corpo, olhou ao redor. Onde estavam as casas, os belos terraços onde panos tingidos secavam ao sol, os laranjais, os poços? Onde estavam as mulheres de ancas largas e cântaros na cabeça, as crianças, as crianças todas, os homens com seu pesado andar de pés calçados, e os animais? Onde estavam os animais, os pássaros e os burros, os cães e os gatos, os bois, os avestruzes? Girava a cabeça e só via areia e pedras, areia e pedras e morros de pedras ao longe. Onde, onde estavam todos os seus?

O guerreiro que havia vencido tantas batalhas gritou, amaldiçoou o tempo, agitou os braços, chamou. Depois, dobrado sobre os joelhos, chorou.

E o tempo teve pena. Girou rápido como vento ao seu redor, como vento acariciou-lhe os cabelos e o rosto, como vento gastou as arestas das suas roupas e do seu corpo, lambeu, soprou, desfazendo em areia aquilo que havia sido pedra, levando a areia, os grãos todos que haviam sido aquele guerreiro, para juntá-los aos infinitos grãos do seu passado.

Só não lhe devolveu o canto. Entregou uma parte à boca do vento, pôs outro tanto na língua do fogo, e a parte mais delicada e sofrida deixou com as pedras, para que a ouvissem aqueles que sabem ouvir.

Ventava de leve na escuridão. Era o mesmo vento que nas noites de inverno passava cantando entre as ameias do castelo, sem que o príncipe se detivesse a decifrá-lo. Agora, no entanto, o ouvia como a uma voz. Saberia ouvir o silêncio das pedras?

Protegido pelas muralhas em seus domínios, ainda assim não era um guerreiro desde sempre adormecido. Ao nascer do sol, retomaria a viagem. A mesma viagem, embora atravessando novos lugares e detendo-se um pouco mais adiante. Ele também seria o mesmo homem, embora mudado por mais um dia de vida e uma noite de sono. Tão pouco mudado que ninguém, nem ele, saberia a diferença. E, no entanto, já não exatamente o mesmo.

Pediria mais uma história ao fim do dia, para ser semeada em sua memória e afundar raízes. Os frutos colheria adiante.

COM CERTEZA TENHO AMOR

5ª história do viajante

Moça tão resguardada por seus pais não deveria ter ido à feira. Nem foi, embora muito o desejasse. Mas porque o desejava, convenceu a ama que a acompanhava a tomar uma rua em vez de outra para ir à Igreja, e a rua que tomaram passava tão perto da feira que seus sons a percorriam como água e as cores todas da feira pareciam espelhar-se nas paredes claras. Foi dessa rua, olhando através do véu que lhe cobria metade do rosto, que a moça viu os saltimbancos em suas acrobacias.

E foi nessa rua, recortada como uma silhueta em suas roupas escuras, o rosto meio coberto por um véu, que o mais jovem dos saltimbancos, atrasado a caminho da feira, a viu.

Era o mais jovem era o mais forte era o mais valente entre os onze irmãos. A partir daquele encontro, porém, uma fraqueza que não conhecia deslizou para dentro do seu peito. À noite suspirava como se doente.

– Que tens? – perguntaram-lhe os irmãos.

– Não sei – respondeu. E era verdade. Sabia apenas que a moça velada aparecia nos seus sonhos, e que parecia sonhar mesmo acordado porque mesmo acordado a tinha diante dos olhos.

Àquela rua a moça não voltou mais. Mas ele a procurou em todas as outras ruas da cidade até vê-la passar, esperou diante da Igreja até vê-la entrar, acompanhou-a ao longe até vê-la chegar em casa.

Agora sorria, cantava, embora de repente largasse a comida no prato porque nada mais lhe passava na garganta.

– Que tens? – perguntaram-lhe os irmãos.

– Acho, não sei... – respondeu ele abaixando a cabeça sobre o seu rubor – creio... que tenho amor.

Na sua casa, a moça também sorria e cantava, largava de repente a comida no prato e se punha a chorar.

– Tenho... sim... com certeza tenho amor – respondeu à ama que lhe perguntou o que tinha.

Mas nem a ama se alegrou, nem se alegraram os dez irmãos. Pois como alegrar-se com um amor que não podia ser?

De fato, tanto riso tanto choro acabaram chamando a atenção do pai da moça que, vigilante e sem precisar perguntar, trancou-a no quarto mais alto da sua alta casa. Não era com um saltimbanco que havia de casar filha criada com tanto esmero.

Mas era com o saltimbanco que ela queria se casar.

E o saltimbanco, ajudado por seus dez irmãos, começou a se preparar para chegar até ela.

Afinal uma noite, lua nenhuma que os denunciasse, encaminharam-se os onze para a casa da moça. Seus pés calçados de feltro calavam-se sobre as pedras.

O mais jovem era o mais forte, teria ele que sustentar os demais. Pernas abertas e firmes, cravou-se no chão bem debaixo da janela dela. O segundo irmão subiu para os seus ombros, estendeu a mão e o terceiro subiu. O quarto escalou os outros até subir nos ombros do terceiro. E, um por cima do outro, foram se construindo como uma torre. Até que o último chegou ao topo.

O último chegou ao topo, e o topo não chegou à altura da janela da moça. De cima a baixo os irmãos passaram-se a palavra. Os onze pareceram ondejar por um instante. Então o mais jovem e mais forte saiu de debaixo dos pés do seu irmão deixando-o suspenso no ar, e tomando a mão que este lhe estendeu subiu rapidamente por ele, galgando seus irmãos um a um.

No alto, a janela se abriu.

Uma bela certeza para se ter, pensou o príncipe sentindo o peito subitamente pesado de interrogações. E em silêncio e segredo, os cavaleiros ao redor interrogaram suas vidas para saber se a continham.

Calados, todos. As pálpebras do viajante tão apertadas que parecia dormir. E passados alguns minutos, talvez estivesse.

Chovia de manhã quando acordaram. Ainda seguiram viagem durante algumas horas, mas os mantos faziam-se pesados, as gotas frias eram agulhas contra o rosto e, atravessando uma aldeia, concluíram que abrigar-se seria o melhor. Não havia pressa de chegar. Só o estranho tinha uma meta além da fronteira.

Logo, diante de um bom fogo e de uma boa sopa, a paz envolveu a comitiva e, como o tênue vapor que se desprendia dos mantos, ergueram-se as vozes. Fazia-se tarde, quando o silêncio chegou sem ainda trazer o sono. Foi ele que abriu espaço para soltar a voz do viajante.

ROSAS NA CABECEIRA

6ª história do viajante

Mulher de cadeiras largas, sem esforço pariu o primeiro filho na cama que havia sido da sua família. Oferecia-lhe o peito ainda deitada, quando a vizinha veio visitá-la. Debruçou-se elogiando o pequeno, entregou à mãe a laranja que havia trazido, e cedo despediu-se. Mas ainda na porta voltou-se, olhou a cama.

– Leito de vida, leito de morte – disse sem alegria.

E se foi.

Era uma bela cama, de madeira lustrada por longo tempo e muitas mãos. Havia acolhido sua mãe, e a mãe de sua mãe. Mas a partir daquele dia a mulher não conseguiu mais deitar-se nela sem lembrar as palavras da vizinha. Pesadelos infiltraram-se nos seus sonhos.

Esperou a vinda do mascate. Na tarde em que finalmente ouviu sua cantilena ecoando entre as casas, correu à rua e ofereceu-lhe a cama.

– Não estou interessado em móveis – respondeu o mascate, que sabia tirar vantagem do desejo alheio. – Nem tenho serventia para esse.

E como a mulher insistisse:

– Se é para lhe fazer um favor, levo. Mas só posso pagar quatro moedas.

A mulher alisou uma vez mais as rosas entalhadas na cabeceira. Depois entregou a cama em troca das quatro moedas, e a viu afastar-se na carroça do mascate.

Quatro moedas de pouco serviam. Aquelas pareciam queimar na palma da mão. A mulher foi até o fundo do quintal, cavou um buraco na terra escura, e enterrou as moedas.

Passadas algumas semanas, como saber, entre tantas plantas, que uma muda despontava no lugar da terra mexida?

E a mulher teve outros filhos e seus filhos cresceram. E um dia sentiu uma tonteira, pensou que o sol estava escurecendo antes da hora, apoiou-se na parede. A mulher havia adoecido.

Deitou-se naquele dia em sua cama estreita. No dia seguinte começou a definhar.

Definhou, definhou. Forças para levantar-se não teve mais.

Estava tão magra e frágil que o marido, querendo dar-lhe algum conforto, decidiu fazer para ela uma cama nova. A muda era agora uma árvore copada. O marido foi até o fundo do quintal e a abateu.

Durante dias serrou, lixou, martelou, durante dias entranhou na madeira o seu próprio suor. Pronta a cama, firmes os encaixes, ainda poliu a cabeceira. Depois pegou o formão e, com cuidado, entalhou quatro rosas.

Deitado na cama ainda fria, o príncipe puxou para junto do pescoço o cobertor de peles. – Não se rodeia de muros uma cama – pensou antes de fechar os olhos – nem é possível saber o que germina na escura terra do nosso quintal. E ouvindo a chuva, deixou-se ir na mansidão do sono.

Choveu também no dia seguinte e nos dois que vieram depois. Os cavalos esperavam mastigando seu feno, cochilando de pé. Um deles sangrava de leve no pescoço, onde um morcego vinha pousar no escuro. Lá dentro, os homens aquecidos pelas brasas e pela companhia deixavam o tempo passar, sem cuidar das horas. Apenas, um ou outro metia por vezes o rosto pela fresta da porta, olhando ora na direção das nuvens, ora na dos cavalos, ora na do horizonte.

Mas embora ao cabo daqueles dias o sol se levantasse no horizonte três vezes precisas, ainda que encoberto pela neblina, lá dentro se punha sem ter-se levantado ou se levantava várias vezes ao dia, obedecendo não ao tempo, mas à desordenada ordem das narrativas.

NA SUA JUSTA MEDIDA

7ª história do viajante

Filho primeiro e único de nobre família, com a morte do pai herdou o brasão, as terras e os bens. Era um belo brasão. E as terras eram vastas e férteis. Mas os bens, ah! os bens podiam ser considerados quase males.

Havia o castelo, é certo. Entretanto, só um pouco menores que o castelo, havia as dívidas. E o recém-herdeiro não teve outro remédio senão vender o primeiro para pagar as segundas.

Viu-se sem teto, mas com algum dinheiro na mão. E algumas joias de família, alguma baixela de prata. E mais as terras, plantadas, que rendiam. Fez as contas, tornou a fazer, pensou e tornou a pensar. E afinal concluiu que sim, podia permitir-se uma nova morada.

Não era modesto, porém. Nem havia sido criado para tal. Não haveria de contentar-se com quatro paredes quaisquer.

E, chamados os arquitetos, encomendou um palácio.

Mas os arquitetos também sabiam fazer contas. Depois de alguns cálculos, vieram dizer-lhe que para fazer um palácio dos grandes o dinheiro não dava.

Poderiam desistir de ter uma ala Norte, disseram. Mas de uma ala Norte o Senhor não queria abrir mão. Sem os salões de baile e sem as estrebarias, o dinheiro dá, ofereceram. Mas sem salões e sem estrebarias, não seria um palácio, retrucou o Senhor. Que tal eliminar a cúpula e a capela? vieram eles. Isso nunca! retrucou aquele. Suprimir a sala de audiências? Ultraje!

Por fim, depois de muito discutir, o próprio Senhor ofereceu a solução. Haveriam de fazer um palácio completo, elegante, nobre, mas em tamanho reduzido. Um palácio dos grandes, pequeno.

E assim foi feito.

Ficou belo, com sua ala Norte, seus salões e suas estrebarias, com a cúpula coroando a capela e a austera sala de audiências.

O senhor mal cabia em si de contentamento. Mas, feita a mudança, verificou que também mal cabia nos seus aposentos. O teto era baixo, as portas pequenas, o espaço apertado.

Pensou em mudar-se para outros cômodos, porém as dimensões eram ainda menores. E acima da sua cama – embora um tanto curta – havia uma bela pintura, e do alto das suas janelas – embora um pouco estreitas – via-se uma bela paisagem. Melhor ficar ali mesmo.

Aos poucos, acostumou-se.

Nos anos seguintes, as safras das suas terras foram excepcionais e seus cofres se encheram rapidamente.

E com os cofres cheios, a ideia lhe veio de construir, ao redor do palácio, uma cidade. Um palácio sozinho no meio dos campos parecia-lhe, de repente, muito pobre.

Voltaram os arquitetos. Fizeram as contas e lhe disseram que, para uma cidade, o dinheiro dava. Mas que teria que ser construída na mesma proporção do palácio, sem o que este pareceria muito mesquinho.

Os trabalhos duraram anos seguidos. Entalhadores, pintores, artesãos foram chamados de comarcas distantes. Carros de bois em caravana trouxeram mármores e troncos. Houve muita lama, muitas fogueiras, muito bater e martelar. Mas um dia a cidade ficou pronta.

Que bela era! Com seu forte, a escola e o teatro, o hospital e, no meio, com estátua e tudo, a praça. Que elegante! Com arcadas e colunas, com as fachadas trabalhadas, torres e telhados. E que pequena!

Andando pelas ruas ainda vazias, entrando nos prédios ainda sem moradores, o Senhor sentia-se quase espremido. Aquela cidade ia-lhe justa demais, como uma roupa alguns números menores. Uma sala apertava-lhe os ombros, um beco lhe roçava os quadris, os degraus eram sempre mais curtos que seus pés.

Mas era linda. Era sua. E, para consolar-se, pensou que emagrecer lhe faria bem.

Se emagrecer foi sua primeira preocupação, povoar a cidade foi a segunda.

Convocou alguns jovens para ajudá-lo na administração. Preferiu os baixinhos. Caberiam melhor, pensou. Mas quando chegaram, percebeu que também precisavam inclinar a cabeça para passar pelas portas. Mandou que se procurassem as pessoas mais baixas da região. Porém mesmo as mais baixas eram altas demais. Inutilmente obrigou todos a comerem menos.

Tentava ainda acostumar-se aos constantes esbarrões, quando um nobre parente quis dar sua contribuição à cidade. Para que fosse o Bobo daquela quase corte, enviou um anão.

O Senhor estava na sala de audiências quando o anão entrou. Que grande pareceu de repente a porta ao passar daquele homem minúsculo! Que majestoso o umbral de pedra! O Senhor pediu que o visitante se adiantasse, e foi como se o espaço crescesse atrás dele. O Bobo tentou ser cômico, exibir-se. Mas o Senhor só tinha olhos para a beleza da sala que a nova proporção transformava em salão, com o teto alto, as enormes janelas e a lareira onde, agora sim, caberia uma pessoa. Era naquele salão que ele sempre havia desejado estar.

Levantou-se, mandou que o anão fosse à frente e seguiu-o ditando o caminho. Desceu atrás dele, deleitando-se com as escadas subitamente imponentes, os degraus bem maiores que os pequeninos pés. E o fez andar pelas ruas, entrar nos edifícios, encantado com a nova altura das colunas, a nobreza das arcadas.

O Bobo não entendia. Temeu por instantes que o Senhor quisesse expulsá-lo ou usurpar o seu ofício. Mas, pelo rosto sorridente do novo patrão, entendeu que nada precisava fazer para alegrá-lo.

Na praça, pararam. O patrão mandou que se aproximasse da estátua, ao centro, e ficou ele mesmo num canto, olhando, olhando aquela amplidão com que tanto havia sonhado.

Sem que nada fosse dito, regressaram ao palácio, entraram na sala das audiências. O Senhor mandou que o Bobo se sentasse na sua senhorial poltrona. E, de olhos nele, começou a recuar. O seu olhar abrangeu aos poucos o dossel sobre a poltrona, as paredes com seus quadros, o teto com entalhes dourados. Tudo na justa medida. Tudo harmonioso e elegante. Recuou mais, viu móveis e espelhos. Passou pela porta e, como uma moldura, o umbral arrematou aquela visão de equilíbrio.

Com ela nos olhos, o Senhor desceu mais uma vez as escadas. E atravessando as ruas que agora via em sua justa medida, deixou a cidade para seu novo ocupante.

QUEM ME DEU FOI A MANHÃ

8ª história do viajante

Foi uma moça lavar suas anáguas no rio. Espuma de rendas, espuma de águas. Depois deitou-as sobre a grama para secar. E da grama uma salamandra levantou a cabeça e perguntou:

– Que rendas são essas que você lava com tanto capricho?

– São as rendas que farfalham nos meus tornozelos – respondeu a moça.

– Eu também quero ouvir esse farfalhar – disse a salamandra. E antes mesmo que a moça vestisse a primeira anágua, enroscou-se no seu tornozelo.

Era fria como vidro e brilhante como prata. Mas, com medo de ser mordida, a moça deixou-a estar e voltou para a aldeia.

No caminho encontrou as outras moças da sua rua, que iam juntas. – Que joia tão diferente! – exclamaram, flagrando nos passos dela o luzir da salamandra. – Onde foi que você achou?

A moça riu sem responder, entrou em casa e fechou a porta atrás de si.

Passados alguns dias, novamente foi ela ao rio, lavar suas roupas. Água batendo nos panos, panos batendo nas pedras. E estava enxaguando o xale, quando uma serpente emergiu entre as franjas e perguntou:

– Que roupa é essa que você lava com tanto esmero?

– É o xale que pousa nos meus ombros – respondeu a moça.

– Eu também quero pousar nos teus ombros – disse a serpente.

Deslizou rápida até os ombros dela, rodeou-lhe o pescoço e, mordendo o próprio rabo, deixou-se ficar.

Era lisa e verde como esmeralda. Porém, com medo da picada, a moça não ousou tocá-la. E voltou para a aldeia.

– Que joia tão rica! – surpreenderam-se as moças suas companheiras colhendo os lampejos verdes ao redor do pescoço. – Como foi que você conseguiu?

A moça nem riu nem respondeu. Entrou e fechou a porta.

Alguns dias mais haviam passado, e novamente foi a moça ao rio. Dessa vez, não levava roupas. Ajoelhou-se na beira e mergulhou a cabeça para lavar os cabelos. Ondular de ouro na água, ondular de azul entre os fios. Depois penteou e sacudiu os cabelos para secá-los ao sol. E como se trazida pelo sol, uma libélula voou e veio pousar na cabeça, um pouco de lado. Ali, imóveis as asas, deixou-se ficar.

Era delicada e graciosa como uma filigrana. Mas com medo de machucá-la, a moça nem a tocou. Quis vê-la, procurou seu reflexo no espelho da água. Depois voltou à aldeia.

As moças esperavam para vê-la passar. – E essa preciosidade – perguntaram em coro movidas pelo cintilar irizado – quem foi que te deu?

– Quem me deu foi a manhã – respondeu a moça. E, sem olhar para trás, entrou em casa. A porta deixou aberta, soubessem todos que nada tinha a esconder.

Não tinha nada a esconder, mas o que havia mostrado era suficiente. De boca em boca, de boca a ouvido, aos cochichos, aos murmúrios, sussurrando, segredando, de um a outro, de um a muitos, pelos cantos, pelas ruas, as joias tornaram-se o assunto da aldeia. E quando todo esse falar desembocou na praça, foi como um vento que entrasse pelas janelas e portas da Cadeia Geral, indo se abater sobre a mesa do Chefe da Polícia.

Uma moça pobre usando joias de valor era coisa nunca vista antes naquela aldeia, afirmou este. A moça só podia tê-las roubado, concluíram todos. E, expedida a ordem, foram os esbirros buscá-la em sua casa e a trouxeram até a cela. Nas joias ninguém se atreveu a tocar, serviriam como evidência.

As paredes da cela eram espessas, as grades da janela eram grossas, mas o falatório do povo ali embaixo chegava até a prisioneira. Aos poucos porém, fez-se escuro, as vozes foram se afastando. Silêncio e sereno pousaram enfim na praça. A noite havia chegado.

Nenhum ruído se ouviu quando a serpente desprendeu-se do pescoço da moça, deslizou sinuosa para fora da cela, aproximou-se do carcereiro adormecido, enroscou-se na perna da cadeira, e erguendo a cabeça, mordeu com um bote a mão pendente.

Tão leve o fremir das asas da libélula quando abandonou a cabeleira loura, que só um ouvido atento o colheria. Mas o carcereiro já não estava atento a nada. A libélula pôde voar segura até o prego onde a chave estava pendurada por uma argola, e com a argola entre as patinhas, voar de volta até a sua dona.

Como havia conseguido a ladra fugir de cadeia tão forte? perguntavam-se todos no dia seguinte. E por que o carcereiro continuava dormindo?

– Bruxaria! – foi a resposta que jorrou daquelas bocas.

Novamente uma ordem foi expedida, os esbirros saíram à procura e todos os aldeões empenharam-se na caçada. De dia e de noite. Até que a moça, mãos atadas atrás das costas, foi arrastada para a praça onde a fogueira para queimá-la havia sido armada. Já não trazia a serpente ao redor do pescoço, nem a libélula pousada nos cabelos. Mas entre os farrapos da anágua rasgada ocultava-se a salamandra.

– Bruxa! – gritava o povo.

– Feiticeira!

Com boca leve, a salamandra mordeu o tornozelo da sua dona já atada sobre os feixes de lenha.

O povo na praça ergueu os braços celebrando a primeira labareda. A cabeça da moça pendia de lado. A fumaça se expandiu, pessoas tossiram na assistência. E logo todos os feixes arderam ao mesmo tempo, refletidos nos olhos da multidão.

Já não havia ninguém na praça quando as últimas brasas se apagaram. Findo o espetáculo, cada um havia retornado à sua casa. A madrugada avançava pesada de sono. Assim, ninguém viu aquele súbito mover-se entre cinzas, o menear, a cabeça da salamandra erguendo-se. Ninguém viu o braço, o ombro, a cabeleira da moça emergindo dos restos da fogueira, ela toda de pé sacudindo-se como quem sai da água. Ninguém viu quando, antes de se afastar, recebeu ao redor do tornozelo uma joia fria como vidro e brilhante como prata.

A CIDADE DOS CINCO CIPRESTES

9ª história do viajante

Não era um homem rico. Nem era um homem pobre. Era um homem, apenas. E esse homem teve um sonho.

Sonhou que um pássaro pousava em sua janela e lhe dizia: "Há um tesouro esperando por você na cidade dos cinco ciprestes". Mas quando o homem quis abrir a boca para perguntar onde ficava a cidade, abriram-se os seus olhos, e o pássaro levantou voo levando o sonho no bico.

O homem perguntou aos vizinhos, aos conhecidos, se sabiam de tal cidade. Ninguém sabia. Perguntou aos desconhecidos, aos viajantes que chegavam. Ninguém a havia visto ou ouvido falar dela. Por fim, perguntou ao seu coração, e seu coração lhe respondeu que quando se quer o que ninguém conhece, melhor é ir procurar pessoalmente.

Vendeu sua casa e com o dinheiro comprou um cavalo, vendeu sua horta e com o dinheiro comprou os arreios, vendeu seus poucos bens e colocou as moedas numa sacola de couro que pendurou no pescoço.

Já podia partir.

Iria para o Sul, decidiu esporeando o cavalo. As terras do sol são mais propícias aos ciprestes, pensou ainda afastando do pescoço a pelerine.

Galopou, galopou, galopou. Bebeu água de regatos, bebeu água de rios, debruçou-se sobre um lago para beber e viu seu rosto esgotado. Mas cada vez tornou a montar, porque um tesouro esperava por ele.

Pareciam cinco torres riscadas a carvão no céu azul, quando afinal os viu ao longe coroando o topo de uma colina. Meus ciprestes! cantou altíssimo seu coração. E embora tão cansado o cavalo, pediu-lhe um último esforço. Ainda hoje te darei cocheira e palha fresca na minha cidade, prometeu sem ousar cravar-lhe as esporas.

Foram a passo. Porém, desbastando a distância, percebeu o homem que não poderia cumprir a promessa. Nenhum perfil de telhado, nenhuma quina de casa, nenhum muro denteava o alto da colina. Galgaram lentamente a encosta sem caminhos. No topo, cinco ciprestes reinavam altaneiros e sós. Não havia cidade alguma.

A noite já se enovelava no vale. Melhor dormir, pensou o homem, amanhã verei o que fazer. Soltou o cavalo, que pastasse. Cobriu-se com a pelerine, fez do seu desapontamento travesseiro, e adormeceu.

Acordou com a conversa dos ciprestes na brisa. O ar fresco da noite ainda lhe coroava a testa, mas já uma enxurrada de ouro em pó transbordava do horizonte alagando o vale, e os insetos estremeciam asas prontos a lançar-se ao sol que logo assumiria o comando do dia.

O homem levantou-se. Estava no delicado topo do mundo. Os sons lhe chegavam de longe, suaves como se trazidos nas mãos em concha. Ao alto, cinco pontas verdes ondejavam desenhando o vento.

Eis que encontrei meu tesouro, pensou o homem tomado de paz. E soube que ali construiria sua nova casa.

Uma casa pequena com um bom avarandado, a princípio. Depois, com o passar dos anos, outras casas, dele que havia fundado família, e de outras famílias e gentes atraídas pela sedução daquele lugar. Um povoado inicialmente, transformado em aldeia que desce pela encosta como baba de caracol e que um dia será cidade.

A quem no vale pergunta, já respondem, é a cidade dos cinco ciprestes.

No alto, esquecido, um baú cheio de moedas de ouro dorme no escuro coração da terra, entrelaçado com cinco fundas raízes.

– Curioso – disse o príncipe –, algum dia, sei lá quando, ouvi uma história semelhante. Não igual a essa, certamente, mas uma história assim, de tesouro à espera. E de cinco ciprestes. Talvez os cinco ciprestes fossem dez, ou então são duas cidades de cinco ciprestes que moram na minha memória. Mas de uma coisa estou seguro, já estive nessas cidades.

– E não estivemos todos? – os olhos amarelos pareciam sorrir. – Não seria a vida de todos nós – e fez um gesto largo com a mão abrangendo os cavaleiros que ouviam atentos – a procura de um tesouro, o raro tesouro da felicidade?

– Mas o tesouro – rebateu um dos cavaleiros – nem todos o encontram à sombra de cinco ciprestes.

– Nem poderiam – a voz do homem era mansa como se estivesse ele próprio deitado debaixo daquela sombra. – Não são os ciprestes que contam, nessa história, mas a capacidade de reconhecer o lugar onde o tesouro se encontra.

Como se escuras ramagens tivessem começado a farfalhar, calaram-se.

Uma manhã brunida pela luz recebeu os cavaleiros ao acordar. Os cavalos pateavam nos estábulos, prontos para partir. Cães, porcos e galinhas misturavam-se alegremente às crianças em redor das casas. Pessoas assomavam às portas e janelas. Os sons pareciam ter despertado com o fim da chuva, e por toda parte luziam lama e água que o sol em breve secaria.

Não demorou, e entre chamados, vozes, um ondear de plumas e veludos, a comitiva se pôs em sela e partiu. A aldeia, já tão pequena, desfez-se na distância.

Agora, já não era necessário pedir ao homem de olhos amarelos que abrisse seu bornal de histórias. Nem se limitava sua voz aos espaços do repouso. Como se adivinhasse o desejo calado do príncipe, ou atendendo ao seu próprio desejo, narrava acompanhando o passo dos cavalos, calava-se por vezes diante do fogo, tornava a narrar depois de beber a uma fonte. As histórias enlaçavam-se ao ritmo da viagem. Qualquer momento podia ser aquele que se desdobraria abrindo outra realidade.

ENTRE ELES, ÁGUA E MÁGOA

10ª história do viajante

Dois rios se cruzam em uma terra distante, exatamente como se cruzariam duas ruas de uma cidade. E nas quatro esquinas que a água aparta começam – ou acabam, dependendo de onde se olha – quatro pequenos países.

Pequenos são os países, mas não os desejos dos seus governantes.

Reina, no país à esquerda da água que vai para o mar, um velho e rico monarca. Vestido de brocado, coberto de bordados, que nem usa coroa; para testemunhar sua realeza basta-lhe o dinheiro.

Um jovem monarca delgado e gentil comanda o país bem diante daquele. Veludo nos trajes, um pouco de arminho, mais nada.

Abaixo do rico senhor, quem reina é uma dama. Cintura tão fina, pescoço tão alvo, e as mãos como asas de pombo.

São seis os irmãos do país à sua frente. Com barba, sem barba, cabelos vermelhos, turbantes, chapéus emplumados, as vestes compridas. Mas todos, guerreiros.

E a água correndo entre eles.

Nos quatro países, quem mais adiantado, quem menos, constrói-se um castelo.

Tem quatro torres largas e muitas paredes grossas o castelo do rico monarca. Já é o mais alto dos quatro. E é provável que venha a ser coberto de mosaico de ouro, como um palácio menor que se vislumbra ao fundo da rua. Nesse castelo, porém, lá onde não se pode ver porque abaixo da terra já foi construída uma negra masmorra. Não precisará de acabamento, a água que cobre o chão será seu tapete. E o monarca espera que seu ocupante não demore a chegar.

Que diferença do castelo da dama! Suas torres são delgadas como agulhas, nos muros finos abrem-se janelas, e lá onde não se vê porque ainda não foi feito, haverá um viveiro para pássaros grande como um jardim. Muitos trabalham na construção, martelando, desenhando, esculpindo, porque a dama quer seu castelo recortado e leve como uma renda.

Tarefa difícil, quase impossível é erguer o castelo dos seis irmãos. Cada um o quer de um jeito. Cada um exige ter seu próprio mestre construtor. Cada um pretende que se derrube aquilo que o outro mandou construir. E enquanto os operários fazem e desmancham, os irmãos discutem entre si. Só em uma coisa estão de acordo, na grande sala de armas que o castelo terá. E nas seis cavalariças.

O jovem monarca do alto só pede, não manda. Lhe basta uma única torre. E as salas, salões, galerias. Por trás do castelo, na parte mais alta de onde se avista lá longe bem longe um risco de mar, o jovem monarca pretende um mirante, pequeno jardim perfumado de rosas, e nesse jardim, um banco de pedra à sombra de glicínias. No alto da torre, quando esta ficar pronta, o monarca pediu que se fizesse um balcão, voltado em direção ao país da dama.

É ela o desejo maior do jovem. Para olhá-la na distância ou, quem sabe, enviar-lhe mensagens, quer o balcão. Para sentar ao seu lado diante do sol que se deita ou se levanta, quer o banco. E para acolhê-la para sempre está construindo o castelo.

Ignora, o belo rei, que de dia e até de noite, um olhar se pousa à distância sobre o seu reino. Não é o da dama, como ele gostaria, é o do cobiçoso e poderoso vizinho. Olha e olha, avaliando o novo castelo que breve fará seu, pensando que o moço gentil nem saberá resistir quando atacado. Sabe que, para recebê-lo quando o vencer, as aranhas já estão armando suas teias na escuridão da masmorra. E calcula que, dono de dois reinos, a dama não terá motivo para recusá-lo como esposo.

Torre e balcão do jovem, porém, ainda não foram construídos, e a dama desconhece o desejo que lhe acende o peito. Enquanto ele só pensa nela, ela só pensa em ver-se livre de tantos príncipes, monarcas, conselheiros, nobres que a rodeiam, insistentes como insetos, insinuantes como raposas, querendo casar com ela para possuir sua coroa e seu castelo.

Há mais seis, do outro lado do rio, que a cobiçam. Cada um deles só olha na sua direção quando os outros cinco não estão percebendo. Pois cada um sabe que bastará expressar o seu desejo para que, igualmente intenso, idêntico desejo inflame seus irmãos. Então os seis disfarçam seus olhares, e por trás de pálpebras discretas cada um planeja eliminar os outros cinco, casar com a dama e, de posse de dois reinos, avançar sobre os outros dois.

Corre a água entre os quatro países, turva.

Os castelos sobem.

Mas lenta demais é a subida da pedra para um coração enamorado. O jovem rei, sufocado de paixão, ata um bilhete à pata de uma garça e pede-lhe que voe até o país da sua amada. A garça abre as asas.

E estando o monarca cobiçoso à caça na margem do rio, ao ver a garça branca atravessar o céu como uma nuvem, tira o capuz do seu falcão ordenando-lhe que busque a presa. Na pata da garça morta que o falcão lhe traz, a mensagem: "Já não sou dono de mim. Seis rosas tomaram meu jardim, mas sem ninguém que as colha firo-me em seus espinhos. Venha colhê-las e serei salvo".

– Ah! – exclama o velho monarca em voz alta. – Então aconteceu! Nem precisava ter desperdiçado um voo do meu falcão! Os seis prepotentes lá de baixo invadiram o reino do frangote. E é para mim que ele apela. Logo para mim!

– Sim – pensa ainda, astuto – eu poderia ir livrá-lo dos ruivos, e depois cobrar o reino dele como agradecimento. Mas seria um bote e um troco. Só isso. Por que ganhar um reino quando o destino me oferece dois?

O destino, segundo ele, deixou desguarnecido à sua espera o reino dos irmãos invasores. Atacá-lo enquanto estão ausentes, será lucro certo e risco algum. Depois, quando eles descerem para recuperar o que era seu, deixarão desprotegido o reino do fracote, e será hora de apossar-se daquele, enviando logo reforços abaixo para dar cabo, de uma vez por todas, dos seis desastrados. Do reino da dama se ocupará no fim, como de um doce.

– Dois coelhos no mesmo saco – ri ávido o monarca, dando uma palmada na coxa – e pelo preço de um!

Imediatamente ordena que se arme um grandíssimo barco para descer o rio. Ele mesmo irá no comando.

Mas o destino não é o mesmo quando visto do país dos seis irmãos. Um barco armado descendo o rio parece um presente da sorte, que lhes traz aos dentes gosto de espada e sangue. Não para nada são guerreiros. Convocados os súditos, transformados em soldados os que antes eram pedreiros, harmonizados os seis pela ameaça comum, recebem, atacam, destroçam, anulam o invasor. E ainda úmidos da batalha, sem sequer reunir a tropa, sobem os seis com seus cavalos no primeiro barco que encontram, e a remo, a vela, vencem o rio rumo ao reino que havia sido do velho e que, sem defesa, será deles.

No país do monarca agora defunto, os súditos felizes por terem se livrado de um tirano veem um barco com seis pretendentes a tirano avançando rio acima rumo a suas terras. Cinquenta arqueiros na margem não podem errar seis peitos sem couraça. E ainda haverá flechas de sobra para o timoneiro e os remadores. Os cavalos sabem nadar.

Corre a água entre quatro reinos levando o tempo.

Nas margens, só dois castelos avançam em sua construção. Sobre os outros dois, abandonados, avança a hera.

Quando a única torre do castelo do jovem rei estiver terminada, uma pomba com uma mensagem atada à pata deixará o balcão, e irá pousar-se entre as rendas de pedra que rodeiam certa janela.

Não demora, a dama com pescoço de caule, livre de pretendentes, estará sentada ao lado do monarca gentil debaixo de um dossel de glicínias.

Costeavam um rio. Na margem oposta, um gamo, debruçado sobre a água, bebia.

– A mesma água que eu beberia deste lado, se tivesse sede – disse o príncipe, como se pensasse em voz alta. – E no entanto, ele próprio não bebe dois goles da mesma água.

E deu ordem de parada para dar de beber aos cavalos. Do outro lado, o gamo não se assustou, porque havia ficado para trás.

NA NEVE, OS CAÇADORES

11ª história do viajante

Curvados ao peso das roupas pesadas e do cansaço, escuros como troncos, três caçadores avançam afundando na neve, a caminho de casa.

O primeiro traz uma fieira de pássaros atados à cintura. Uma lebre desponta do bornal do segundo. Mas é o terceiro que traz pendente do ombro a caça mais rica, raposa vermelha que lhe incendeia as costas como uma labareda e com sua cauda morta traça um rastro no chão.

Outro rastro se desenha sobre a neve, de sangue. A mão do caçador está ferida, e goteja.

No lago gelado abaixo da encosta, crianças brincam. Um tordo canta sobre um galho anunciando a chegada dos homens. Na aldeia, três portas se abrem para recebê-los.

– Aqui está, mulher – diz o homem da mão ferida, descarregando a raposa sobre a grande mesa da cozinha. – Carne por um bom tempo, e pele para nos aquecer.

Dura e longa foi a caçada nesse frio, floresta adentro, até encontrar um casal de raposas. Assim ele conta para a mulher.

– O macho é esse aí – pega a faca para começar a esfola. – A fêmea estava prenhe, deixei.

– E isso na tua mão?

– Foi ela que me mordeu.

A mulher enfaixa a mão num pano branco, logo manchado. E nos muitos dias que se seguem, lava a ferida com chás de ervas, tenta curá-la com emplastros de miolo de pão e teias de aranha. Mas nada aproxima um lado do talho ao outro lado. A ferida continua aberta e sangra.

Lá fora, a paisagem vai mudar nos meses seguintes. O lago irá beber sua casca de gelo, a neve se fará fina até deslizar em regatos, as nuvens se abrirão rendadas deixando penetrar o sol. O inverno passará adiante em busca de outras terras para esfriar.

E agora é primavera, e o tordo canta porque o caçador da mão ferida está saindo de casa a caminho da floresta.

Outra é a floresta quando a grama nasce e os galhos abrem suas brotações. O silêncio imposto pela neve foi substituído por tantos pequenos ruídos e tudo parece mover-se, asas, patas, folhas, talos, tocados pela luz e não por vento.

É nessa floresta, tão diferente daquela mesma que percorreu açoitado pelo frio, que o caçador avança devagar, quase farejando. Atento, pronto a reagir a qualquer presença, depara-se com uma trilha em que nunca havia reparado antes ou que nunca havia visto. E a segue.

A trilha parece recente, serpenteia entre as árvores. Logo, de tanto serpentear, o homem já não sabe ao certo onde se encontra. Sabe que quer tirar a jaqueta porque está com calor. E que tem sede.

Algumas voltas a mais, uma moita de arbustos altos. A trilha acaba atrás dela, tão súbita como começou, deixando o homem diante de uma casa pequena, quase uma cabana. À porta, uma mulher varre. É jovem, ruiva, e não se assusta quando ele chega.

– Bons ventos me trazem – diz o homem em saudação. Tira o chapéu, tenta um meio sorriso, diz que se perdeu, faz calor, e tem sede. Poderia ela dar-lhe água?

A mulher encosta a vassoura, limpa as mãos no avental e, sem responder, entra na casa. Volta trazendo água num prato fundo.

Tão pobrezinha que nem copo tem, pensa o homem. E bebe sentindo nos lábios o frescor da louça.

– Quer mais? – pergunta ela. Os olhos sorriem.

– Não, obrigado.

O homem enxuga a boca com a mão enfaixada.

A mulher diz que ele deve estar cansado. E ele está. Diz que deve estar com fome. E ele está. Convida-o a entrar, comer alguma coisa. E ele entra.

Lá dentro, seis crianças pequenas, da mesma idade, estão sentadas ao longo da mesa, comendo. Seis cabecinhas ruivas se voltam para ele. O homem acaricia a mais próxima.

É nesse gesto, como se o completasse, que a mulher se achega. Colhe a mão, desfaz a atadura e docemente, muito docemente, começa a lamber a ferida.

Sobre o talho que aos poucos se fecha, pelos vermelhos despontam e, como um arrepio que percorre o corpo, se alastram braço acima, tomam o peito, invadem toda a pele.

Ao redor da mesa, seis cabecinhas se debruçam sobre a comida, seis bocas pequenas voltam a mastigar sua carne crua.

Um dia de ausência não é coisa que surpreenda, na aldeia do homem. Nem dois dias, nem três. Mas passada uma semana sem que ele regresse, seus dois companheiros partem à procura.

Não precisam de trilha. No chão, o gotejar do sangue deixou rastro. Um rastro que serpenteia entre árvores, e que os leva até uma alta moita de arbustos. Atrás da moita, os dois companheiros de caçada deparam-se com uma cova escavada entre velhos troncos. Na cova, um casal de raposas defende seus seis filhotes.

Cavalgavam na última luz. Os tordos, ou que outros pássaros vivessem ali, já se haviam recolhido. Mas antes mesmo de apear, como se desejasse interpor um tempo mais longo entre suas palavras e o sono, o homem dirigiu-se ao príncipe em voz baixa, deitando a seus pés um brilho de sangue e espada.

COMO SE FOSSE

12ª história do viajante

De nada adiantou a couraça contra o fio da espada. O sangue jorrou entre as frestas metálicas e o jovem rei morreu no campo de batalha. Tão jovem, que não deixava descendente adulto para ocupar o trono. Apenas, da sua linhagem, um filho menino.

Antes mesmo que a tumba fosse fechada, já os seus fiéis capitães se reuniam. A escolha de um novo rei não pode esperar. E determinaram que o menino haveria de reinar, a coroa lhe cabia de direito. Que começassem os preparativos para colocá-la sobre sua cabeça.

Aprontavam-se as festas da coroação, enquanto os capitães instruíam o menino quanto ao seu futuro. Mas porque o rei seu pai havia sido muito amado pelo povo e temido pelos inimigos, e porque o rosto do menino era tão docemente infantil, uma decisão sem precedentes foi tomada.

No dia da grande festa, antes que a coroa fosse pousada sobre os cachos do novo rei, a rainha sua mãe avançou e, diante de toda a corte, prendeu sobre seu rosto uma máscara com a efígie do pai. Assim ele haveria de ser coroado, assim ele haveria de governar. E os sinos tocaram em todo o reino.

Muitos anos se passaram, muitas batalhas. O menino rei não era mais um menino. Era um homem. Acima da máscara seus cabelos começavam a branquear. Seu reino também havia crescido. As fronteiras extensas exigiam constante defesa.

E na batalha em que defendia a fronteira do Norte, acossado pelos inimigos, o rei foi abatido no fundo de uma ravina, sem que de nada lhe valesse a couraça.

Antes que fechasse os olhos, acercaram-se dele seus capitães. Retiraram o elmo. O sangue escorria da cabeça. O rei ofegava, parecia murmurar algo. Com um punhal cortaram as tiras de couro que prendiam a máscara. Soltou-se pela primeira vez aquele rosto pintado ao qual todos se haviam acostumado como se fosse carne e pele. Mas o rosto que surgiu por baixo dele não era um rosto de homem. A boca de criança movia-se ainda sobre mudas palavras, os olhos do rei faziam-se baços num rosto de menino.

Sons de lâmina contra lâmina ecoaram na lembrança do príncipe. Filho menino havia sido ele também, de pai morto a despeito da couraça.

– Uma máscara é proteção de nada, que não defende contra gume e fio – disse depois de algum tempo, como se voltasse.

– Depende, senhor, do que se pretende proteger – respondeu o outro.

Mas, não querendo que o jovem monarca entrasse ferido no sono, levou-o a ele pela mão, por outro caminho.

ANTES QUE CHEGUE A MANHÃ

13ª história do viajante

Acabada a sopa de nabos, um ferreiro cochilou por instantes junto ao fogo, depois foi deitar-se ao lado da esposa, soprou a vela e adormeceu.

Sonhou que subia em uma carruagem. Os cavalos galopavam, galopavam, e embora a noite fosse interminável, logo chegaram a uma cidade e pararam diante de uma edificação nobre e grandiosa. O ferreiro saltou, atravessou o grande umbral, subiu a escadaria de pedra. Seus pés conheciam cada degrau. Chegando ao alto, abriu a segunda das muitas portas de uma longa galeria e, apressado para não ser colhido pela manhã, despiu-se e meteu-se entre os lençóis na grande cama de dossel vermelho. O dossel ondulou de leve, sua cabeça despencou no sono.

Acordou com a primeira luz da manhã varando janela e cortinado. Suas roupas estavam na cadeira. Vestiu-se rapidamente, abriu a porta, desceu a escadaria, e entrou na carruagem.

Os cavalos galoparam, galoparam e embora o dia parecesse não ter fim, logo era noite e chegaram a uma aldeia. Pararam diante de uma casa. O ferreiro saltou, empurrou a porta que sua mão conhecia tão bem, sentou-se à mesa e começou a comer. Acabada a sopa de nabos, cochilou por alguns minutos junto ao fogo, depois foi deitar-se com a esposa, apagou a vela como quem apaga o dia, e entregou a cabeça ao travesseiro.

Lá fora, a carruagem esperava.

A comitiva avançava, mas sem pressa. Pois não havia dito o jovem senhor daquelas terras que queria visitá-las? E as visitava com vagar. Atardavam-se costeando rios que deveriam apenas atravessar, alcançando, para caçar, pequenos bosques que os desviavam do caminho, alongando em curvas um percurso que teria sido bem menor em linha reta. Observando os rumos daquele punhado de homens montados, que os serviçais a pé e algumas mulas acompanhavam, qualquer um diria que a demora era intencional.

DE MUITO PROCURAR

14ª história do viajante

Aquele homem caminhava sempre de cabeça baixa. Por tristeza, não. Por atenção. Era um homem à procura. À procura de tudo o que os outros deixassem cair inadvertidamente, uma moeda, uma conta de colar, um botão de madrepérola, uma chave, a fivela de um sapato, um brinco frouxo, um anel largo demais.

Recolhia, e ia pondo nos bolsos. Tão fundos e pesados, que pareciam ancorá-lo à terra. Tão inchados, que davam contornos de gordo à sua magra silhueta.

Silencioso e discreto, sem nunca encarar quem quer que fosse, os olhos sempre voltados para o chão, o homem passava pelas ruas desapercebido, como se invisível. Cruzasse duas ou três vezes diante da padaria, não se lembraria o padeiro de tê-lo visto, nem lhe endereçaria a palavra. Sequer ladravam os cães, quando se aproximava das casas.

Mas aquele homem que não era visto, via longe. Entre as pedras do calçamento, as rodas das carroças, os cascos dos cavalos e os pés das pessoas que passavam indiferentes, ele era capaz de catar dois elos de uma correntinha partida, sorrindo secreto como se tivesse colhido uma fruta.

À noite, no cômodo que era toda a sua moradia, revirava os bolsos sobre a mesa e, debruçado sobre seu tesouro espalhado, colhia com a ponta dos dedos uma ou outra mínima coisa, para que à luz da vela ganhasse brilho e vida. Com isso, fazia-se companhia. E a cabeça só se punha para trás quando, afinal, a deitava no travesseiro.

Estava justamente deitando-se, na noite em que bateram à porta. Acendeu a vela. Era um moço.

Teria por acaso encontrado a sua chave? perguntou. Morava sozinho, não podia voltar para casa sem ela.

Eu... esquivou-se o homem. O senhor, sim, insistiu o moço acrescentando que ele próprio já havia vasculhado as ruas inutilmente.

Mas quem disse... resmungou o homem, segurando a porta com o pé para impedir a entrada do outro.

Foi a velha da esquina que se faz de cega, insistiu o jovem sem empurrar, diz que o senhor enxerga por dois.

O homem abriu a porta.

Entraram. Chaves havia muitas sobre a mesa. Mas não era nenhuma daquelas. O homem então meteu as mãos nos bolsos, remexeu, tirou uma pedrinha vermelha, um prego, três chaves. Eram parecidas, o moço levou as três, devolveria as duas que não fossem suas.

Passados dias bateram à porta. O homem abriu, pensando fosse o moço. Era uma senhora.

Um moço me disse... começou ela. Havia perdido o botão de prata da gola e o moço lhe havia garantido que o homem saberia encontrá-lo. Devolveu as duas chaves do outro. Saiu levando seu botão na palma da mão.

Bateram à porta várias vezes nos dias que se seguiram. Pouco a pouco espalhava-se a fama do homem. Pouco a pouco esvaziava-se a mesa dos seus haveres.

Soprava um vento quente, giravam folhas no ar, naquele fim de tarde, nem bem outono, em que a mulher veio. Não bateu à porta, encontrou-a aberta. Na soleira, o homem rastreava as juntas dos paralelepípedos. Seu olhar esbarrou na ponta delicada do sapato, na barra da saia. E manteve-se baixo.

Perdi o juízo, murmurou ela com voz abafada, por favor, me ajude.

Assim, pela primeira vez, o homem passou a procurar alguma coisa que não sabia como fosse. E para reconhecê-la, caso desse com ela, levava consigo a mulher.

Saíam com a primeira luz. Ele trancando a porta, ela já a esperá-lo na rua. E sem levantar a cabeça – não fosse passar inadvertidamente pelo juízo perdido – o homem começava a percorrer rua após rua.

Mas a mulher não estava afeita a abaixar a cabeça. E andando, o homem percebia de repente que os passos dela já não batiam ao seu lado, que seu som se afastava em outra direção. Então parava, e sem erguer o olhar, deixava-se guiar pelo taque-taque dos saltos, até encontrar à sua frente a ponta delicada dos sapatos e recomeçar, junto deles, a busca.

Taque-taque hoje, taque-taque amanhã, aquela estranha dupla começou a percorrer caminhos que o homem nunca havia trilhado. Quem procura objetos perdidos vai pelas ruas mais movimentadas, onde as pessoas se esbarram, onde a pressa leva à distração, ruas onde vozes, rinchar de rodas, bater de pés, relinchos e chamados se fundem e ondeiam. Mas a mulher que andava com a cabeça para o alto ia onde pudesse ver árvores e pássaros e largos pedaços de céu, onde houvesse panos estendidos no varal. Aos poucos, mudavam os sons, chegavam ao homem latidos, cacarejar de galinhas.

O olhar que tudo sabia achar não parecia mais tão atento. O que procurar afinal entre fios de grama senão formigas e besouros? Os bolsos pendiam vazios. O homem distraía-se. Um caracol, uma poça d'água prendiam sua atenção, e o vento lhe fazia cócegas. Metia o pé na pegada achada na lama, como se brincasse.

Taque-taque, conduziam-no os pés pequenos dia após dia. Taque-taque, crescia aquele som no coração do homem.

Achei! exclamou afinal. E a mulher sobressaltou-se. Achei! repetiu ele triunfante. Mas não era o que haviam combinado procurar. Na grama, colhida agora entre dois dedos, o homem havia encontrado a primeira violeta da primavera. E quando levantou a cabeça e endireitou o corpo para oferecê-la a ela, o homem soube que ele também acabava de perder o juízo.

DE TORRE EM TORRE

15ª história do viajante

Tudo era veludo, ouro e farfalhar de sedas naquele casamento. A noiva, tão jovem! Depois, os esposos sentados à mesa do banquete. E os músicos, as carnes, o vinho derramado nas toalhas.

Porém, partidos os convivas, apagadas as muitas velas, que tão escuro o castelo!

Ao marido, mais do que o traje de caça ou as roupas de casa, cabia a couraça. Que dentro de poucos dias vestiu, partindo para defender terras alheias.

Quanto demoraria não disse. E a jovem esposa começou a esperar.

Ninguém para fazer-lhe companhia. Só a um canto, calada e quase cega, a velha ama do castelão. Para encher os dias, a moça cantava, conversava sozinha diante dos espelhos, brincava de pegar e de correr com sua própria sombra. Passou-se um ano. Que ela contou, por ser o primeiro. O tempo que passou depois, passou sem conta.

Afinal abriu-se a grande porta do castelo, e seu dono entrou no pátio, a cavalo.

A esposa ainda se detinha um momento no quarto, enfeitando-se para que ele a visse bonita, e já a velha ama se acercava daquele que havia criado, e lhe murmurava coisas ao ouvido. O que disse não se sabe. Talvez que a esposa havia brincado de pegar com amigos, talvez que conversava com amantes, e que cantava, que cantava alegre. O que se sabe é que o rosto do cavaleiro fez-se escuro como seu castelo.

Quando a esposa chegou, antes que sequer o abraçasse, ordenou que fosse presa em seus aposentos. Depois mandou erguer uma torre isolada, em cujo quarto mais alto ela haveria de permanecer trancada para sempre. Não disse, mas fez dizer, que a jovem havia enlouquecido.

Só quando viu a sombra dela por trás da janela gradeada no topo da torre, o castelão vestiu novamente a couraça. Outras batalhas o esperavam.

Dessa vez, ninguém contou sequer o primeiro ano. Mas quando o senhor voltou ao castelo não chegou sozinho com seus soldados. Trazia uma esposa, tão jovem e sorridente quanto a primeira.

Sorriu ainda durante algum tempo. Ao término do qual seu marido partiu, deixando-a sozinha e sem qualquer motivo para alegria.

Fechada atrás dele a grande porta, os dias pareceram alongar-se como sombras. Nada havia com que se distrair. Silenciosa, a jovem perambulava pelas salas vazias, perdia-se nos mudos corredores. Os espelhos devolviam sua imagem, o eco devolvia seus passos. O tempo demorava a passar.

Afinal, os cascos bateram sobre as pedras. De novo sorridente, a jovem debruçou-se na sacada para receber o marido. Lá embaixo, no pátio, a velha ama já lhe murmurava coisas ao ouvido.

O que lhe disse, como saber? Talvez, que sua jovem esposa desaparecia misteriosamente durante horas e horas. Talvez que nos corredores ecoavam duplos passos. O que se sabe é que a escuridão desceu sobre o rosto do cavaleiro.

Antes que a esposa alcançasse o último degrau, indo ao seu encontro, a ordem de aprisioná-la havia sido dada.

Outra torre foi erguida. Logo, todos souberam que a segunda esposa do senhor havia perdido a razão.

Mas um homem não pode ficar só. E passado o tempo do luto – pois como se estivessem mortas comportava-se o senhor – uma nova mulher foi trazida, um pouco menos jovem que as outras, um pouco menos sorridente. Que como as outras foi deixada sozinha longamente, e em seguida trancada em sua torre.

Sozinho um homem não pode ficar. Houve outras esposas.

E havia tantas torres naquela cidade quanto troncos, quando o senhor partiu para uma guerra além-mar. Mais distante que as outras. Mais longa.

Os cascos demoraram a bater nas pedras. Já quase não se esperava por eles. E quando seu som se fez ouvir, não era o Senhor que chegava, com seu cavalo. Era um mensageiro trazendo a notícia de que em terras do Oriente o Senhor havia morrido de estranho mal. O homem disse as últimas palavras da mensagem, levou a mão à garganta como quem tem sede, e caiu, em estertores. A seu lado, no chão, o cavalo espumava. Com a notícia, haviam trazido o mal.

Primeiro morreram os velhos e as crianças. Quando os homens começaram a morrer, e as mulheres, os jovens que ainda não haviam sucumbido enterraram os mortos, pegaram o pouco que podiam pegar e entregaram a cidade ao vento.

Batem as portas das casas deixadas abertas. Ladra o último cão nas ruas vazias. A cidade abandonada vai entrando na noite. Mas antes que o sol se ponha, um cantar se levanta de uma das torres. Outro lhe responde, também vindo do alto. Depois outro. E outro. E mais outro. Nos quartos gradeados, as mulheres soltam sua voz. Que em toda a planície se escuta.

Entre uma curva e outra, entre um jogo de dados e uma disputa de arco e flecha, os contos escorriam para dentro da viagem...

QUASE TÃO LEVE

16ª história do viajante

Naquela manhã de primavera o inesperado aconteceu, o velho monge não conseguiu voar. Havia feito suas abluções, havia meditado longamente e longamente repetido as palavras sagradas. Havia elevado o espírito, mas o corpo, ah! o corpo não abandonara seu peso.

Com certeza, pensou o velho penitenciando-se, faltou-me a fé. E humildemente voltou a purificar-se na água gelada e, nu no ar cortante, orou até sentir-se tomado pelo calor de mil sóis. Mas, luminosa embora sua alma, não houve meio do corpo pairar acima do chão.

Onde, onde falhei? perguntava-se o velho do fundo da sua sabedoria. E não encontrando em si mesmo a resposta, envolveu-se no pano áspero que era toda a sua indumentária e, cajado na mão, saiu caminhando à procura.

Não precisou andar muito para chegar ao grande carvalho que se erguia perto do mosteiro. Ali, em fins de tarde, tantos e tão ruidosos eram os pássaros, que cada folha parecia ter asas. O velho olhou longamente os pássaros, àquela hora ocupados com suas crias, seus ninhos, sua interminável caça de insetos. Parecia justo e fácil que se movessem no ar. Talvez sejam mais puros, pensou. E querendo pôr à prova a pureza do seu próprio corpo, permaneceu por longo tempo de pé, debaixo da copa, até ter ombros e cabeça cobertos de excrementos das aves.

Porém aquele corpo magro e pequeno, aquele corpo quase tão leve quanto o de um pássaro, negava-se a dar-lhe a felicidade do voo. E o velho recomeçou a andar.

Caminhando, olhava o céu ao qual sentia não mais pertencer. Ouviu o grito do gavião e o viu abater-se, altivo e feroz, sobre uma presa. Até ele, que agride os mais fracos, tem o direito que eu não mereço, pensou contrito. E mais andou. Viu o azul cortado por um bando de patos selvagens em migração. Lá se vão, de uma terra a outra, de um a outro continente, disse em silêncio o velho, enquanto eu não sou digno nem de mínimas distâncias. E mais andou. E viu as andorinhas e viu o melro e viu o corvo e viu o pintassilgo, e a todos saudou, e a todos prestou reverência.

O dia chegava ao fim. Sombras aladas cortavam a escuridão, morcegos e insetos cruzavam-se nas sombras. Ainda sem resposta e já sem forças, o velho monge sentou-se frágil sobre as pernas cruzadas, repousou as mãos no colo, meditou. Vagalumes acendiam por instantes o espaço à sua frente. Empoeirado, sujo, com pés e mãos cheios de impurezas, o velho ainda assim sentiu-se mais leve e abençoado do que havia estado de manhã. Seu corpo não ascendia. Pelo contrário, pesava mais sobre o solo do que pesa um pássaro pousado. Mas aos poucos a paz iluminava intensíssima sua alma porque, do seu corpo, delgadas e pálidas como se extensão da própria pele, raízes brotavam, logo mergulhando chão adentro. Seu tempo do ar havia acabado. Começava agora para ele o tempo da terra, daquela terra que em breve o acolheria.

... e incorporados à viagem, se confundiam com ela.

DO SEU CORAÇÃO PARTIDO

17ª história do viajante

Sentada junto à sacada para que com a luz lhe chegasse a vida da rua, a jovem costurava o longo traje de seda cor de jade que alguma dama iria vestir.

Essa seda agora muda – pensava a costureira enquanto a agulha que retinha nos dedos ia e vinha – haveria de farfalhar sobre mármores, ondeando a cada passo da dama, exibindo e ocultando nos poços das pregas seu suave verde. O traje luziria nobre como uma joia. E dos pontos, dos pontos todos, pequenos e incontáveis que ela, aplicada, tecia dia após dia, ninguém saberia.

Assim ia pensando a moça, quando uma gota de sangue caiu sobre o tecido.

De onde vinha esse sangue? perguntou-se em assombro, afastando a seda e olhando as próprias mãos limpas. Levantou o olhar. De um vaso na sacada, uma roseira subia pela parede oferecendo, ao alto, uma única rosa flamejante.

– Foi ela – sussurrou o besouro que parecia dormir sobre uma folha. – Foi do seu coração partido.

Esfregou a cabeça com as patinhas. – Sensível demais, essa rosa – acrescentou, não sem um toque de censura. – Um mancebo acabou de passar lá embaixo, nem olhou para ela. E bastou esse nada, essa quase presença, para ela sofrer de amor.

Por um instante esquecida do traje, a moça debruçou-se na sacada. Lá ia o mancebo afastando-se num esvoejar da capa em meio às gentes e cavalos.

– Senhor! Senhor! – gritou ela, mas nem tão alto, que não lhe ficaria bem. E agitava o braço.

O mancebo não chegou a ouvir. Afinal, não era o seu nome que chamavam. Mas voltou-se assim mesmo, voltou-se porque sentiu que devia voltar-se ou porque alguém ao seu lado virou a cabeça de súbito como se não pudesse perder algo que estava acontecendo. E voltando-se viu, debruçada no alto de uma sacada, uma jovem que agitava o braço, uma jovem envolta em sol, cuja trança pendia tentadora como uma escada. E aquela jovem, sim, aquela jovem o chamava.

Retornar sobre os próprios passos, atravessar um portão, subir degraus, que tão rápido isso pode acontecer quando se tem pressa. E eis que o mancebo estava de pé junto à sacada, junto à moça. Ela não teve nem tempo de dizer por que o havia chamado, que já o mancebo extraía seu punhal e, de um golpe, decepava a rosa para lhe oferecer.

Uma última gota de sangue caiu sobre a seda verde esquecida no chão. Mas a moça costureira, que agora só tinha olhos para o mancebo, nem viu.

UM HOMEM, FRENTE E VERSO

18ª história do viajante

Engolia sua magra refeição e despedia-se da mulher e dos filhos como se não fosse voltar. Ia ao campo. E no campo, inclinado sobre a terra, como saber quando um tigre se aproximaria silencioso por trás, preparando o bote?

Porém sempre voltava, para um sono povoado de pesadelos e as despedidas na manhã seguinte.

Quando um companheiro seu foi devorado três sulcos adiante daquele em que afundava mudas, ouviu os gritos antes de qualquer ruído das patas felpudas. Havia sido perto demais, dessa vez. E à noite, em casa, decidiu se defender. Não voltaria desarmado para o campo.

Amassou argila, moeu pigmentos no pilão e, usando seu próprio rosto como molde, deu forma à máscara. Depois, ainda úmida, acrescentou-lhe chifres, orelhas como asas de morcego, e espessas sobrancelhas arqueadas. Aumentou o nariz, à boca deu expressão aterrorizante que acentuou com a pintura. Só depois de pronto o trabalho, deitou-se para dormir o pouco que restava da escuridão. Não teve sonhos.

De manhã, despediu-se mais leve, quase alegre. E antes mesmo de chegar ao campo, prendeu a máscara sobre a parte de trás da cabeça. Agora era um homem de dois rostos, e ninguém o pegaria desprevenido quando se inclinasse para o seu fazer.

Sol ao alto, sombra a pino, calou-se um pássaro sobre o galho. O silêncio, mais do que qualquer mínimo estalar, advertiu o homem. Levantou-se paralisado por longos instantes, oferecendo a visão do falso rosto medonho. Quando virou a cabeça, um corpo listrado fugia entre bambus.

– Covarde! – gritou o homem em sua direção. – Covarde! – repetiu com voz já toldada, erguendo os braços em gesto de vitória.

E riu e chorou, todo ele sacudido por tremores de medo e de emoção.

Foi um homem vencedor que a família recebeu em casa aquela noite. Repetiu sua história uma, duas, tantas vezes que por fim o próprio relato despertou nele desejo de novas vitórias. Aprimoraria a sua artimanha, com esperteza haveria de espantar não uma, mas quantas feras viessem.

Surpreendeu-se a mulher na manhã seguinte, vendo que o marido vestia a roupa ao contrário, a camisa abotoada nas costas, e por cima, também de trás para a frente, o colete usado somente no dia do casamento.

– A arapuca está completa – o homem riu, beijando-a na testa. Prendeu a máscara e se foi pelos caminhos, pensando que agora, quando se levantasse, seria um homem inteiro e assustador dos dois lados.

Sol a pino, os pássaros cantando. Um graveto estalou atrás do homem. Outro. O coração uivou no seu peito. Levantou-se devagar, ordenando às pernas que parassem de tremer.

O tigre saiu cauteloso do bosque de bambus. Estava esfaimado, a caça rareava, afugentada por tantas plantações, tantas presenças. Farejava caça, porém humana, a menos desejável. Avançou alguns passos, o ventre baixo, quase rente ao chão. À frente, um humano estava debruçado sobre os sulcos. Temeu que fosse um ser disforme, de cabeça ao contrário, como o que havia encontrado no dia anterior, criatura inexistente que não se atreveria a comer. Mas lentamente o humano levantou-se, e o tigre o viu de frente, igual a qualquer outro humano comestível. Num só salto, o devorou.

Atravessavam uma floresta. Sem feras, que ali não as havia, um ou outro lobo, talvez, javalis. Nenhum tigre lhes saltaria às costas. E no entanto, avançando na penumbra lançada pelas copas fechadas, entre as colunatas dos troncos, todos aqueles homens valentes sentiam-se perpassar por uma ponta de estremecimento, cada qual levando seu próprio tigre no peito.

O RISO ACIMA DA PORTA

19ª história do viajante

Um homem foi condenado a morte por um crime que não havia cometido. Havia cometido outros em sua vida, mas não aquele. Assim mesmo foi decapitado, e sua cabeça pendurada pelos cabelos acima da porta da sua casa, para que todos soubessem o destino que aguardava aqueles considerados culpados pelo rei.

As chuvas haviam-se atrasado mais que de costume. Abrasava. O sol já surgia incendiando as primeiras horas do dia, e continuava escaldante quando a noite já deveria ter chegado. Um sopro de fornalha embalava a cabeça lentamente.

E nesse sopro, e nesse sol, a cabeça do homem aos poucos secava. Não como um fruto, que amadurece por dentro com seu sumo, mas como um couro, que se enxuga por igual. E, secando, encolhia a pele sobre os ossos, fazia-se o rosto mais magro, entreabriam-se os lábios antes fechados. Os dentes demoraram um pouco a aparecer, mas logo foi como se aquela cabeça estivesse a rir para o mundo.

Aconteceu que naquela rua passasse o carrasco. E vendo a cabeça sobre a porta surpreendeu-se. Pois ali estava o homem que havia decapitado não fazia muito tempo. E ria.

– Que magnífico carrasco sou eu – pensou deliciado. – Tamanha foi a precisão com que separei essa cabeça do seu corpo, que o homem nem se deu conta, e sentindo, talvez, um arrepio de cócegas no pescoço, riu.

Na verdade, o carrasco havia sido até então homem de poucos cuidados que executava seu trabalho sem convicção e sem capricho. O machado que utilizava há muito havia perdido o fio, o cabo era áspero, e ele o manejava apenas para livrar-se da tarefa, sem pensar na qualidade do serviço ou em poupar sofrimento a quem, ajoelhado, esperava a lâmina.

Mas voltando para casa aquela noite, inflado de orgulho, relatou à família o fato que punha em outra luz o seu trabalho. E terminado o jantar, levantou-se para ir afiar o machado.

Desde o dia da execução, a esposa do homem entrava em casa de cabeça baixa, olhos postos no chão, para não ver o que sobrava daquele com quem durante tantos anos havia compartilhado a cama. Mas uma tarde, acompanhando o grito de uma ave, olhou para cima. E, como se a esperasse, lá estava o claro riso do marido.

– Que má esposa fui eu! – lamentou-se a mulher, refugiando-se na escuridão protetora da casa. – Ranzinza e impaciente, mais reclamei do que vivi ao seu lado. Fui leite azedo em sua boca, sem jamais tratá-lo com o carinho devido a um marido. E agora ele ri, para fazer-me saber que melhor estar na eternidade, do que comigo.

Assim dizia, e assim havia sido. Porque a vida era dura e os afazeres áridos, esquecera de ver as coisas boas que entremeavam seu cotidiano. E mesmo agora, ao levantar a cabeça atrás do grito da ave, não o havia feito para admirá-la, mas para amaldiçoá-la por defecar nas suas roupas estendidas.

Como se o marido a tivesse mordido com seus brancos dentes, cravou-se na alma da mulher a lembrança daquele riso, e abriram-se seus olhos para delicadezas até então ignoradas.

Acendendo a lamparina ao escurecer, a filha do homem disse uma noite para a mãe:

– Meu pai riu para mim.

E mais não disse, porque o que lhe ia no pensamento era tão precioso que só a ela cabia. Secreta, latejava nela a certeza de que, ao passar para o outro lado da vida, o pai havia finalmente percebido o quanto ela era doce e valente. Seu riso lhe dizia agora que ele não mais lamentava não ter tido um filho varão, mas exibia ao mundo sua alegria por ter tido uma filha a enriquecer-lhe a vida.

As primeiras nuvens anunciando a chuva acavalavam-se no horizonte, quando veio a passar por aquela rua o autor do crime pelo qual o homem fora condenado. E olhando para o alto, viu a cabeça que havia rolado sob o machado em lugar da sua. O sorriso do outro o feriu como lâmina.

– Com que então – murmurou em silêncios – ele, que foi vítima, está feliz e risonho debaixo do sol, enquanto eu, responsável pela sua desgraça, vivo afundado na escuridão da culpa.

Ao tentar fugir de um crime, cometera outro por omissão. E desde então, o peso de ambos o esmagava.

Pensando no riso que ele próprio viria a ter, o criminoso foi entregar--se à justiça.

As nuvens fecharam-se como granito diante do sol, e toda a água retida naqueles meses desabou na escuridão. Entregue ao vento, a cabeça pendente dançou de um lado a outro, sacudiu-se na ponta da sua crina, abriu a boca em último esgar. Até desabar, num estalar de ossos desfeitos, que a trovoada encobriu.

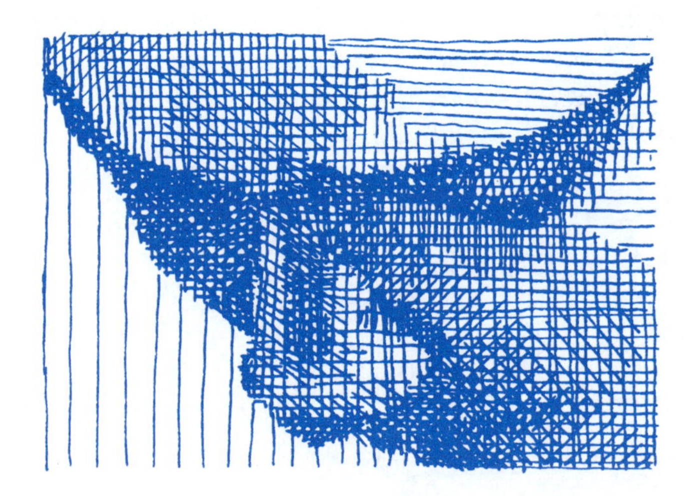

Mas, apesar da demora, apesar dos pequenos subterfúgios para atrasar a hora da chegada, via-se ao longe uma cordilheira escura barrando o caminho, e não era cordilheira que se pudesse escalar. Era a muralha da fronteira, para a qual se dirigiam desde o início.

POÇA DE SANGUE EM CAMPO DE NEVE

20ª história do viajante

Desde pequena gaguejava. A mais simples palavra era corredeira que a arrastava ricocheteando entre letras e sílabas, distante, tão distante o ponto de chegada. E as frases, ah! as frases não eram para ela. Que diferença do seu pensamento fluido, da limpidez dos diálogos que armava na imaginação. Mas ninguém ouvia seu pensamento, e aos poucos ela havia se tornado esquiva e solitária.

Solitária assim, como casá-la? perguntava-se o pai angustiado pelo aproximar-se da velhice. Se lhe desse um bom dote, talvez. Dinheiro não tinha, terras não possuía. Seu único bem, além da filha, era um urso amestrado com que se exibia nas feiras. Mas a filha era seu bem maior, e o pai deu-lhe o urso, que lhe servisse ao menos para ganhar a vida.

Sempre ela havia visto o pai partir levando o urso atado pelo pescoço, prisioneiro da focinheira. Chegada a sua vez, soltou a corda, tirou a focinheira e, afundando os dedos no pelo duro, montou no dorso. Foi assim, ondulando aos passos da fera, silhueta delicada pousada sobre a massa escura, que se afastou lentamente do olhar do pai, até abandoná-lo por completo.

Andaram os dois por muitos caminhos. A princípio, ela tentou abrigar-se em hospedarias, mas como os estalajadeiros recusassem a presença do urso e ela não aceitasse deixá-lo, acostumou-se a dormir com ele nos celeiros, aquecida pela palha e pelo corpanzil. Partilhavam a comida que ela conseguia, os peixes que debruçado sobre rio ou lago ele pescava com as garras afiadas. E apresentavam-se nas feiras.

Ao contrário do pai, ela não levava instrumento. Seu instrumento era a sua própria voz. Pois impedida de falar como todos, menina ainda, havia povoado sua solidão cantando como ninguém, e era cantando que se comunicava. Agora, chegando a cidades e povoados no dorso do urso, cantava pelas ruas anunciando o seu número, chamando para a feira. E as pessoas acorriam atraídas por aquela voz de guiso e pássaro, para ver como em meio à praça um urso dançava acompanhando-a com graça inesperada. Findo o número, moedas tilintavam sobre o lajeado.

Com sua primeira moeda de prata a moça do urso comprou um xale bordado, com sua primeira moeda de cobre comprou uma flor de seda vermelha que prendeu na ponta da trança.

Eis que uma tarde, o nobre Senhor daquela comarca regressava ao castelo após uma caçada quando, sobre uma ponte, seu cavalo assustado pelo atravessar de um esquilo empinou-se, derrubando-o. Lá se foi o Senhor, pernas ao alto, para dentro do rio, para dentro da água em espumas que, prontamente, o carregou. Gritam do alto da ponte os cavaleiros do séquito. Da água, ninguém responde.

Inconsciente, mole como um trapo, o Senhor foi carregado rio abaixo. E teria certamente se afogado não fossem afiadas garras de urso arrancá-lo dos rodamoinhos.

Deitado sobre a grama, envolto em seus veludos encharcados e na névoa do seu desmaio, o Senhor ouviu uma voz dulcíssima que o chamava e, lentamente para não quebrar o encantamento, abriu os olhos.

A seu lado, ajoelhada, uma jovem lhe dirigia cantando algumas palavras. O senhor teve apenas o tempo de ver atrás dela a escura ameaça de um urso, e já os seus cavaleiros chegavam num estrépito de cascos e vozes, para reconduzi-lo ao castelo.

Aquela noite, em sua cama, o Senhor demorou a encontrar o sono. Que moça era aquela que cantava como os outros falam? Vinda da lembrança uma voz chamava. E era mel.

Uma ordem a mais nada significava para o Senhor. Que se encontre a moça! ordenou no dia seguinte. Queria tê-la para si.

Logo a encontraram, pois não havia outra como ela, nem podiam falhar ou demorar-se os emissários. E montada em seu urso, carregando suas poucas coisas envoltas no xale, atravessou entre guardas os portões do castelo.

Aquela noite, um banquete encheu de música e de risos as grandes salas, e muitas taças foram erguidas celebrando a satisfação do Senhor. Mas a moça pouco cantou, pois falar não queria. Antes mesmo do fim do banquete, acesas ainda tochas e lareiras, retirou-se o Senhor para os seus aposentos levando-a pela mão.

No quarto, estendida como um cobertor sobre a grande cama carmesim, esperava-os a pele do urso, que o Senhor havia mandado arrancar.

O sol deitava-se há algum tempo sobre o mármore do piso, quando o Senhor levantou-se. Afazeres o esperavam. Vestiu-se e, sem despedir-se dela que fingia dormir, deixou o aposento.

A porta bateu, os passos se afastaram, ela ainda ouviu vozes no corredor, depois mais nada. Rápida, levantou-se. Arrancou os lençóis da cama, tirou as fronhas, despiu sua camisola, embolou os tecidos com as mãos, e com eles foi recheando a pele de negro pelo. Depois procurou entre suas coisas, tirou uma agulha, e começou a costurar a pele com pontos firmes.

Estava quase terminando, quando parou. Abriu com as mãos um espaço entre os tecidos, tirou a flor da trança e, como poça de sangue em campo de neve, afundou-a na altura do peito, um pouco à esquerda. Em seguida deu os últimos pontos, arrematou, cortou a linha com os dentes. E partiu a agulha, que ninguém mais a usasse.

Só então, com sua voz de canto, chamou o amigo.

Chamou e chamou, até que ele se pôs de pé, sacudiu a cabeçorra e ofereceu-lhe o dorso. Como haviam feito ao longo de tantos caminhos, afastaram-se os dois ondulando, percorreram corredores, desceram escadarias, cruzaram jardins deixando na grama a marca de pesadas patas, e chegaram à estrada.

À noite, no sonho do Senhor uma jovem canta montada num urso.

Abancados diante da caça que acabava de ser assada, hesitaram ainda alguns minutos antes de começar a comer, como se dando tempo para que um urso amestrado se afastasse com sua delicada carga.

E já ia o viajante dar início a mais uma narrativa, quando foi retido por um gesto do Senhor.

– Deixe-nos ficar só com essa por hoje – pediu. E em voz mais baixa – Quem sabe, mel escorre também em nossos sonhos.

A partir dali, e à medida que a muralha se aproximava, uma nova avareza apossou-se do príncipe, levando-o a controlar aquele que havia sido um fluxo livre e abundante. Um conto a cada dia era o quanto permitia. Não mais do que isso. E queria-o cedo, quando comiam o primeiro pão da manhã, quase os saboreasse juntos.

VERMELHO, ENTRE OS TRONCOS

21ª história do viajante

Os cães à frente. E os jovens a cavalo, e o tinir dos metais. Vozes ao vento. Entre os troncos escuros, o vermelho galopa. A caçada invade com seus sons a floresta.

Um repentino bater de asas, são pássaros em fuga, caça pequena que não interessa aos caçadores. Querem javali, cervo, carne para assar à noite no castelo. Controlam os cavalos atrás dos cães que farejam devassando moitas, os cascos pisoteiam musgos e folhas mortas, resvalam nas pedras. E avançando, os jovens saem do mais denso das árvores, aproximam-se do rio. No rio, uma mulher se banha.

Ela ouviu o barulho e saiu da água, rápida, querendo buscar suas roupas na margem. É assim que eles a descobrem, branca, desprotegida e tão assustada, estendendo o braço para agarrar os panos com que se sentiria quase salva.

Não lhe dão tempo. O cães partem ao ataque. Ela tenta cobrir-se com as mãos, defender-se afastando aqueles dentes, mas o sangue jorra. E ela corre descalça em direção aos arbustos, onde pelo menos a sua nudez estará coberta.

Os moços riem, se chamam, açulam os cães, e eles próprios se lançam, com seus cavalos, no encalço dessa nova caça. Inúteis os arbustos. Nada pode protegê-la. Ela foge, os cavaleiros a perseguem, depois deixam por um instante que se afaste. E quando está quase escapando, o mais belo dos caçadores ergue-se na sela. “É minha!” grita. Os outros retêm seus cavalos. Ele levanta a lança sobre a cabeça, e a arremessa.

Jaz a mulher de borco. Das suas costas, como um fino tronco, nasce a lança. Os caçadores se aproximam. Sem apear, examinam do alto a presa abatida, cavalos e cães pateiam ao seu redor num agitar de ancas e caudas. Mas não há muito o que ver, a perseguição acabou. O vencedor arranca a lança de um tranco, as esporas afundam nos flancos suados, sons e corpos ainda giram em torvelinho, depois se vão. As outras caças serão levadas para o castelo atravessadas sobre os cavalos, gotejando sangue. Essa, não.

Aos poucos, vozes e latidos afundam entre folhas. A floresta volta ao seu silêncio. Nada parece mover-se. Na escuridão que se adensa, o corpo estendido é branco como a lua.

Mas algo se move. Um leve estalar de gravetos, sombras furtivas, o brilho amarelo dos olhos. Com a noite, temerosos a princípio, logo vorazes, chegam os lobos.

É rápido, seu banquete. E são muitos a ter fome. Já poucas manchas de branco palpitam no escuro. Antes que o bando saciado se afaste, uma loba afunda o focinho no peito aberto e colhe o coração, o rubro coração daquele pálido corpo. E com ele entre os dentes se vai, para sua toca, alimentar a única cria.

Mais de uma vez as folhas caíram e tornaram a brotar. Mas hoje não é um grupo que sai para caçar. Os cães ladram, o vermelho se acende entre o negro dos troncos, o bater dos cascos ecoa na floresta. De um só cavalo, porém. Que o mais belo dos jovens vai sozinho.

Pássaros fogem num bater de asas, caça pequena. Os cães farejam, latem, se atropelam seguindo um rastro denso mato adentro. O cavalo abre seu rumo entre os galhos. Súbito, rasgando a escura barreira das folhas, um javali se lança para fora do verde. Vem bufando, desnorteado como se cego. Atrás dele, a matilha. O cavaleiro firma a lança na mão, esporeia o cavalo. Cães avançam sobre o javali, que se esquiva de um lado a outro, tentando escapar. A ponta de ferro desce com fúria, resvala no pelo hirsuto, se mancha de sangue. O animal se torce enfurecido, se volta aos guinchos. Ataca. As presas dilaceram as patas do cavalo. O cavaleiro crava as esporas. O cavalo empina, o javali ataca pelo lado, o cavaleiro se volta na sela, desequilibra o cavalo. O cavalo cai. E por baixo do cavalo, sob o seu peso, está a perna do cavaleiro.

Agora é na direção dele que o javali investe. Dele que não pode se levantar e que perdeu a lança. Dele indefeso. A cabeçorra baixa se aproxima, quase o alcança com suas presas amarelas, quando um movimento novo, um ruído vindo da floresta, interrompe os guinchos. Um instante de hesitação, a cabeçorra se volta, e o javali foge, abandonando sua presa.

Com um sentimento de alívio e de vitória, o cavaleiro pensa que se conseguir afastar um pouco o cavalo, se conseguir puxar a perna, estará salvo. Firma as mãos na terra, ergue os ombros.

Mas algo se move na floresta. Um graveto estala, próximo. À sua frente, uma moita estremece, as folhagens se abrem devagar. E saindo do escuro verde como se saísse da água, uma loba avança pausada na sua direção. Uma loba toda branca, como a lua.

Mais um dia passou. Embora os cavalos parecessem cansados, a muralha já se fazia próxima. E a comitiva entrou em sua sombra como se entrasse em um lago.

COM SUA GRANDÍSSIMA FOME

22ª história do viajante

No limiar das coisas, onde a noite arma o bote, viviam duas irmãs. Tinham em comum a idade, uma cabana, o único olho de uma, o único dente da outra, e uma fome enorme que nunca se esgotava.

– Deixe-me olhar o mundo para ver onde há comida – pedia a do dente estendendo a mão para o rosto da irmã. E com o olho da outra na palma, rastreava além dos montes e além dos vales.

– Deixe-me saborear esse cordeiro – pedia a do olho estendendo a mão para a boca da irmã. E com o dente na palma, mastigava e mastigava deixando escorrer o sangue pelo braço.

Toc, toc, toc, bateram à porta da cabana em uma noite de tempestade.

Abriu-se no escuro a única pálpebra, abriu-se a bocarra sobre o único dente. Que comida seria essa que vinha se oferecer em meio ao sono? E abriram a porta.

À luz dos relâmpagos, uma moça branca de chuva e de cansaço, com um cachorrinho no colo, pedia guarida. – Só até o dia raiar – acrescentou quase desculpando-se.

– Ora, querida, não há pressa – disse melíflua uma das irmãs, fazendo-lhe gesto para entrar.

– Esteja à vontade – acrescentou a outra, ladina, afastando-se para deixá-la passar.

E a moça entrou.

– Você está tão molhada, e está frio aqui – disse a do dente, já com água na boca, antegozando um bom ensopado. – Minha irmã, vá buscar lenha lá fora para acendermos o fogo.

– Vá você – respondeu a do olho, não querendo afastar-se do jantar.

Com o olho na mão, a outra saiu em busca de lenha sem perceber que o cachorrinho a acompanhava. E estava regressando carregada de achas, quando tropeçou nele e, de susto, abriu a palma deixando o olho cair.

– Maldito cachorro! – exclamou.

Mas por mais que tateasse entre mato e lama, não conseguiu encontrar o olho da irmã.

Às apalpadelas, catou uma das achas no chão, voltou com ela para a cabana.

– Que vês, minha irmã? – perguntou a outra que havia ficado às escuras.

– Vejo a moça tremendo de frio e o fogão esperando fogo – respondeu a do dente, sem querer confessar que havia perdido o olho. Largou a acha na beira do fogão e começou a deslizar os dedos ao redor, procurando os fósforos.

– Deixa eu te ajudar – disse a outra, que já não se aguentava de tanta fome. E aproximou-se do fogão. Porém, sem seu olho, só podia guiar-se pelo tato. E o tato entregou-lhe a acha para que a pusesse sobre as cinzas, mas não lhe disse que a irmã estava bem ao seu lado. Levantou a acha, e deu com ela no rosto que a outra abaixava, quebrando seu único dente.

Tremia a moça de frio abraçada ao seu cachorrinho, sem entender por que as irmãs não acendiam o fogo.

– Pobres velhinhas – pensou – tão bondosas e tão sem jeito.

E levantando-se, foi ela mesma despertar as chamas para aquecer a cabana e iluminá-la.

Olhando adiante, nada mais se via agora senão o despenhadeiro erguido pedra a pedra. Pouca vegetação crescia e a terra úmida afundava sob os cascos. Seguiam em silêncio, mergulhados naquele cheiro de gruta.

Haveria ainda uma última manhã, em que os moços lutariam para acender o fogo com as achas molhadas. E uma última história para levar na lembrança até a fronteira.

NO CAMINHO INEXISTENTE

23ª história do viajante

Ia a filha muda guiando o pai cego quando, depois de muito caminhar, chegaram ao deserto. E sentindo o pai a areia nas sandálias, acreditou ter chegado ao mar e alegrou-se.

O mar estava para sempre gravado na sua memória, disse ele à filha que nunca o havia visto. E contou como podiam ser altas as ondas, e obedientes ao vento. E como, coroadas de espuma, faziam e desfaziam seu penteado. O mar, contou ainda, ocupa nossos olhos por inteiro e, se o vemos nascer, o fim não vemos. O mar sempre se move e sempre está parado. O mar, à noite, veste-se de lua.

O mar pareceu duas vezes belo à menina, pelo que era e pelas palavras do pai. Olhou à sua frente, viu as altas dunas e chamou-as ondas no seu coração. Elas obedeciam ao vento e no alto entregavam-lhe seus cabelos para que os desmanchasse com dedos ligeiros.

Sentaram-se os dois, o pai olhando no escuro o mar que guardava na memória, a filha deixando que o mar de luz sem fim ocupasse todo o espaço do seu olhar. Parado diante dela, ainda assim se movia. E quando a noite chegou, vestiu o cetim que a lua lhe entregava.

Dormiram ali os dois, pai e filha, deitados na areia, sonhando com o que haviam visto. E ao amanhecer seguiram caminho, afastando-se do deserto.

Andaram, que o mundo é vasto. Até que um dia, numa curva do caminho, desembocaram na praia.

O velho, sentindo a areia nas sandálias, alegrou-se, certo de ter chegado ao deserto, talvez o mesmo deserto que atravessara quando jovem.

Sentaram. O deserto, disse o pai à menina, é filho dileto do sol. E a menina olhando à frente, viu os raios deitando na superfície, partindo-se, rejuntando-se, mosaico de sol, e sorriu. Os pés afundam no deserto, acrescentou o pai, e ele acaricia nossos tornozelos. A menina soltou sua mão da dele e foi molhar os pés, deixando que a água lhe acariciasse os tornozelos.

O deserto, disse ainda o pai, é plano como um lençol ao vento, sem montanhas, ondeando nas costas das dunas. A menina correu o olhar pela linha do horizonte que nenhuma montanha interrompia, viu as ondas, e em seu coração chamou-as dunas.

No deserto, disse ainda o pai à filha tentando explicar o mundo sobre o qual ela não podia fazer perguntas, anda-se sempre em frente porque não há caminhos, e a pegada do pé direito já se apaga quando o pé esquerdo pisa adiante.

Levantaram-se, caminhando. E porque o velho pisava seguro no deserto da sua lembrança, e porque a menina pisava tranquila no deserto que lhe havia sido entregue pelo pai, seguiram adiante serenos por cima da água que lhes acolhia os pés acarinhando os tornozelos, enquanto suas pegadas se apagavam no caminho inexistente.

Escuro e trancado, o enorme portão quase não se diferenciava das rochas. Ao aproximar-se da comitiva, tambores rufaram, houve um movimento de guarnição, e um pequeno tropel avançou a cavalo para recebê-la.

O destino de olhos amarelos acabava a travessia das terras do jovem Senhor.

Uma porta pequena foi aberta para ele no grande batente. A luz brilhou clara do outro lado. O homem ajeitou a pele de bicho ao redor dos ombros, ergueu-se de leve nos estribos como se buscasse a claridade. Depois aproximou-se para as despedidas.

Mas o leque havia sido posto nas mãos do príncipe, aberto dia a dia, dobra a dobra, pelas narrativas. Fechá-lo parecia agora sem sentido.

Então os pesados batentes foram apartados de par em par, como se uma passagem se desobstruísse na montanha. E a comitiva seguiu em frente, logo aquecida pelo sol.

Como uma carta de amor

COMO UMA CARTA DE AMOR

Lavava a boca com água de rosas, calçava as sandálias, e saía. Ia com boca de flor para que, chegando ao amado, o hálito lhe lembrasse o perfume dos seus cabelos ao sol. Mas, tão distante, como alcançá-lo?

Caminhava até o alto do penhasco. Passos leves que não levantavam poeira, iguais como pontos de costura, rápidos como se tivesse pressa ou encontro marcado.

No penhasco, porém, só o vento esperava por ela.

Não sentava, ao chegar. Avançava até o ponto marcado com pedras junto à beira, sempre o mesmo, como havia prometido a ele antes da partida, para que a pudesse imaginar. E ali, de pé como um farol que se destaca ao longe, olhava. Não o mar que extenso se interpunha entre ela e o seu amado. Buscava o horizonte, lá onde, confundida pela névoa e pela distância, acreditava ver a terra onde ele agora vivia.

Estar de pé no penhasco era sua forma de viver mais perto dele. E, entrefechando os olhos para vencer o vento, mantinha intacta a certeza de ver um dia aproximar-se um navio vindo daquela terra, ou ouvir seu nome chamado de uma distância que sequer concebia.

As horas não lhe pareciam longas, entrecortadas pelo gritar das gaivotas. Quando a sombra atrás de si já se alongava, ela descia cuidadosa pela escadinha de pedra até a praia. Aproximava-se do mar, os pés já tocados de sal, e levando à cabeça a mão esquerda, aquela onde trazia o anel, delicadamente colhia um fio de seus longos cabelos e o entregava à espuma, pedindo que ventos e marés o levassem até o homem, do outro lado, e ele o recebesse como uma carta de amor.

Só depois fechava o xale ao redor do corpo e se afastava. Só depois sentia a areia nas sandálias e o frio percorrendo-lhe a pele. Em casa cozinharia sua magra ceia, encheria no poço o cântaro deixando pronta a água com que lavaria as mãos e perfumaria a boca no dia seguinte.

A princípio, quando ele partira prometendo logo voltar, ela havia contado o tempo, marcando com um mínimo entalhe o tronco da castanheira que lhe sombreava o quintal. Tomar a lâmina na cozinha e ferir a casca tornara-se um ritual em que com a cumplicidade da árvore decepava os dias, um após o outro, diminuindo a espera que tinha à frente. Leite pegajoso escorria do corte.

Mas, tantos já os cortes que não os podia contar, endurecido o leite em que abelhas haviam ficado prisioneiras, pareceu-lhe subitamente inútil marcar com sofrimento alheio a sua própria dor. E tendo acariciado o tronco em pedido de perdão, nunca mais tomou a lâmina. O tempo então sacudiu a crina e seguiu seu caminho, solto.

Adiante nesse caminho, sentiu mais frio a mulher regressando do penhasco, cobriu os cabelos negros que cheiravam a flor. Seus passos não eram mais tão rápidos.

Nenhum navio havia vindo da terra distante, a voz que tanto queria ouvir não chamara o seu nome, embora nem por um único dia ela houvesse deixado de vir ao penhasco para colhê-la se apenas se tornasse audível. No mar, levados pelas marés e tocados pelos ventos, boiavam distantes e esparsos os fios de cabelo, tantos, dos quais nenhum havia alcançado o seu amado.

E o dia chegou em que a mulher entregou ao mar um fio cintilante como raio de lua. Nesse dia, o mar teve pena.

Com suas correntezas e ondas, com o sopro de seus habitantes mais secretos, juntou os cabelos todos da mulher, e um a um os alinhou formando um único longo fio que a partir da praia do penhasco seguia adiante, sempre adiante, perdendo-se de vista em direção ao horizonte.

Seria difícil para a mulher distinguir mais tarde, na escuridão, aquele traço. Mas o primeiro fio brilhava pousado sobre as ondas miúdas que lhe molhavam os pés. E ela não hesitou. Deixou cair o xale, descalçou as sandálias e de braços abertos e queixo erguido como uma equilibrista apoiou um pé na linha fina, depois o outro, começando a percorrer o caminho que a levaria lá aonde ela queria estar.

DE ALGUM PONTO ALÉM DA CORDILHEIRA

Há quanto tempo aquela cidade se preparava para a chegada dos bárbaros? Não desde sempre. Mas quase. Por isso as sólidas muralhas mais antigas que muitas casas, e as constantes sentinelas no topo. Viriam da fronteira traçada pela cordilheira, estava escrito, atravessariam com seus animais de duras patas o vale de pedras. E embora a muralha cintasse a cidade por inteiro e houvesse fronteiras em outras direções, só para o lado do vale voltavam-se os olhares das sentinelas.

Até que uma manhã, atendendo àqueles olhares que se feriam contra o sol nascente, viu-se a linha do horizonte estremecer, como se abrasada por um vapor. E com o passar das horas, já às beiras do escuro, foi possível dizer, com quase certeza, que sim, havia um remoto mover-se que bem podia significar um avanço.

A notícia correu pelas muralhas, resvalou para as ruas, pátios, casas, passou por todas as bocas com tensão de alarme: eram os bárbaros que vinham.

Vinham, é certo, mas como se verificou em seguida, moviam-se muito, muito devagar. Sete dias depois, continuavam longínquos, indistintos. Talvez trouxessem armas pesadas, donde a lentidão da marcha, especulou-se na cidade. Certamente eram numerosos, foi dito, e se não levantavam nuvem de poeira era apenas porque avançavam em solo pedregoso. Quem sabe, esperavam reforços vindos de confins afastados. Fosse como fosse, repetiram todos, encontrariam a cidade pronta para a defesa.

Juntaram-se provisões, afiaram-se as lâminas. Em cada casa reforçaram-se portas e janelas. Protegeram-se os poços.

A cidade rangia os dentes, mas os bárbaros não chegavam. Mais de um mês havia sido gasto em preparativos, quando percebeu-se que acampavam na distância, muito além do alcance de tiro e olhar, demasiado longe para permitir um avanço seguro da cavalaria.

Estão recompondo suas forças depois da longa marcha, deduziram os chefes militares da cidade. E, como água, a informação escorreu por debaixo de cada porta. Em breve atacarão, deduziram todos.

Nem em breve, nem mais adiante. Os bárbaros pareciam ter esquecido o motivo da sua vinda. Acampados estavam, acampados continuaram, no mesmo lugar. Por um tempo, muito.

A bem da verdade, não se mantinham inteiramente imóveis. Deslizavam tão pouco para a frente, expandindo-se apenas como a gota à qual se acrescenta mais e mais água, que imóveis eram considerados na cidade.

De palmo em palmo, entretanto, de pequeno avanço em pequeno avanço, os bárbaros acabaram sendo alcançados pelo olhar. Em dias claros, e sem muito esforço, viam-se do alto da muralha os homens e seus cavalos, as mulheres tirando leite das cabras, as crianças brincando entre as patas dos camelos, o cotidiano sendo gasto. Impossível saber se havia guerreiros, porque um guerreiro sem couraça é apenas um homem, e não se veste couraça fora da batalha. À noite, a claridade que filtrava das tendas povoava a planície de vagalumes.

Subir nos torreões para observá-los tornou-se uma atração na cidade.

E o momento chegou em que, deslizando de nada em nada, os bárbaros com suas tendas e o latir de seus cães estavam ao pé da muralha.

Contrariando as previsões, não investiram contra os portões, não pegaram em armas. Talvez nem as tivessem. Estavam ali, tão somente, como antes haviam estado no vale. Eram mais coloridos do que pareciam à distância, e ruidosos. A música dos seus instrumentos escalava a muralha, perdia-se nas ruas, convidando a destrancar as janelas.

Tendo-os assim tão próximos, com sua algaravia e seus colares de contas, parecia difícil aos habitantes da cidade justificar o medo que os havia precedido. Com certeza são apenas nômades, comentaram entre si os chefes militares. E nas ruas e casas repetiu-se com satisfação, apenas nômades.

Não demorou muito para que, certos todos de que algo os nômades teriam para mercadejar, os grandes portões da muralha lhes fossem abertos. Só então foi possível ver que seus dentes eram pontiagudos e recobertos de ferro. Mas já era tarde.

À SOMBRA DE CINCO CIPRESTES

Nem rico, nem pobre, era um homem como tantos outros, um homem a meio caminho. Até a noite em que um pássaro voou no seu sonho.

Entrou pela janela aberta do sonho, pousou no peitoril e disse: "Na cidade dos cinco ciprestes, há um tesouro à tua espera". O homem ergueu a cabeça surpreso, o pássaro se foi, despertando-o com o rufar das asas.

Que cidade era essa, ninguém conseguiu lhe dizer. Indagou durante alguns dias, não mais do que isso, pois agora seu tempo tinha valor. E vendo que não havia ali quem soubesse mais do que ele, vendeu sua casa, sua horta, suas quatro galinhas. Só não vendeu o cavalo. Posto o dinheiro em uma sacola de couro que pendurou no pescoço, partiu.

Galopou, galopou, até chegar a uma cidade onde um único cipreste se erguia. – Um único cipreste é melhor que cipreste nenhum – pensou o homem. E parou para descansar e pedir informações. Mas informações ninguém soube lhe dar. Ao amanhecer já estava em sela.

Cavalgou durante muitos dias. Subiu encostas, desceu encostas. Anoitecia, quando passou pelo portal de uma cidade ladeado por dois ciprestes. – Dois ciprestes não me bastam – pensou o homem. Antes que o sol varasse o portal, estava longe.

Atravessou pastagens, cruzou aldeias e vilarejos. Viu ao longe uma cidade sombreada por três ciprestes, e pareceu-lhe bom sinal, como a dizer-lhe que aquele era o caminho. De fato, nem bem um dia havia passado quando, depois de atravessar uma densa floresta, o horizonte lhe ofereceu uma cidade. Na cidade, deparou-se com quatro ciprestes.

O coração do homem aqueceu-se como se estivesse diante do tesouro. – Agora sim – pensou –, falta pouco. – E olhando os pássaros que volteavam no alto, acreditou reconhecer aquele que havia sido mensageiro.

Porém, desmentindo seu sentimento, cavalgou solitário num raio de muitas léguas, não encontrando senão moradias esparsas. Cruzou dois rios, rodeou um lago. Muito teve que viajar. Já sentia faltar-lhe as forças, quando finalmente adentrou numa cidade. Sobre o branco cascalho da praça, estendia-se a sombra de seis ciprestes.

Onde?! Onde estava aquela que lhe haviam prometido?, perguntou-se o homem em desespero. E exausto como se encontrava, sequer desceu da sela. Cravando as esporas no cavalo, recomeçou a busca.

Haveria de buscar por muito tempo.

Um ponto chegou, em que a barba crescida quase lhe escondia o rosto, o cabelo descia sobre os ombros, e ele todo parecia outro homem. Mas esse homem cansado e sujo era o mesmo a quem um tesouro havia sido prometido. E como no primeiro dia, continuava confiante na promessa.

Montado no cavalo que mal se aguentava de pé, regressou então à única cidade que havia tocado seu coração. Ali, junto às quatro árvores escuras, abriu uma cova pequena e, com toda delicadeza, plantou uma muda de cipreste.

Só depois de recomposta e regada a terra, foi banhar-se. E fez a barba, e prendeu os cabelos. Tinha uma espera pela frente.

A muda começa a alongar suas raízes na terra morna.

Como se obedecendo a um sinal, do outro lado do mar, o navio em que um rico mercador embarcou com um carregamento de pedras preciosas levanta âncora.

Nesse mesmo momento, longe do mar e do jovem cipreste, numa prisão escura, um bandoleiro perigoso empunha a colher que não devolveu com a tigela de sopa, e que lhe servirá para dar início à escavação de um túnel de fuga.

Muitos fatos ainda se passarão nessas três histórias antes que o mercador venha, com sua reduzida comitiva e sua rica carga, a atravessar a densa floresta na qual o bandoleiro, livre da prisão, espreita. Haverá então cruzar de espadas, chamados, sangue, um tiro de arcabuz ecoará estremecendo folhas. Ficarão na floresta os corpos, os fardos, a cabeça decepada do mercador. Na carroça puxada por cavalos, o bandoleiro se afastará veloz levando o cofre com as pedras preciosas. Será preso algum tempo depois por esse crime, e enforcado. Mas não sem ter antes, protegido pela escuridão da noite, enterrado seu tesouro à beira de uma cidade que lhe cruzou o caminho, no ponto marcado pelos troncos de cinco ciprestes.

HORA DE COMER

Hora de comer, naquela casa. A mulher foi lá fora pegar uma braçada de achas que empilhou perto do fogão, sem perceber que com a madeira havia trazido um camundongo. Já com uma acha na mão, inclinou-se para soprar nas brasas avivando o fogo.

Debaixo da pilha, o camundongo farejou a oportunidade, arriscou o focinho para fora. A distância até a cadeira parecia enorme. O cachorro dormia sacudindo de leve a pata no sonho. O gato estava ausente, ainda assim o camundongo soube que naquela casa havia um gato. Olhando para cima viu no alto o largo traseiro da mulher. O rosto, metido junto ao fogão, não se via. A hora era aquela.

O camundongo correu com suas pequenas patas e seu máximo fôlego, até alcançar a proteção da cadeira. O coração bombeava acelerado na minúscula caixa do seu peito. Olhou em volta. Na cozinha em penumbra tudo continuava tranquilo, a mulher revirava a panela, o cachorro sacudia a pata, o fogo comia mais uma acha, como se nada tão dramático quanto aquela fuga tivesse acontecido. O camundongo juntou novamente sua coragem.

Atravessado o resto da cozinha, vencido o arriscado espaço da soleira, eis que ganhava a noite e a liberdade.

A noite era clara, o ar leve e frio, carregado de cheiros. Mas o camundongo não estava mais na defensiva, não farejava. Pensava no risco que havia acabado de correr, na possibilidade de uma vassoura erguida para esmagá-lo, de um súbito pulo do gato, de latidos. E revendo seguidas vezes na memória sua fuga heroica, passeou longamente sentindo-se um rei.

Reis não precisam prestar atenção no mundo a seu serviço, e aquele camundongo distraído acabou despertando a atenção de uma coruja. Que sem pressa, silenciosa como todas as da sua espécie, deixou o alto da árvore onde havia estado de vigia, e abateu-se sobre ele, devorando-o.

A noite estava carregada de cheiros e habitada de presenças. Do mato onde se escondia, uma cobra viu a rápida ação da coruja, viu o camundongo desaparecer no bico adunco, ouviu o pio de satisfação e desafio que a coruja lançou no ar. A coruja revirou os olhos, inchou as penas do peito refestelando-se no seu bem-estar. A cobra rastejou para longe, dando início a uma operação de conquista.

Algum tempo passou, antes que estivesse de volta ao pé da árvore. Assoviou lá de baixo, se é que aquele som fino como faca podia chamar-se um assovio. Mas a coruja parecia ter tapado os ouvidos com as plumas, e nada ouviu. A cobra não teve outro remédio senão rastejar em espiral tronco acima. Chegando mais perto, porém, voltou a assoviar, não queria pegar a outra desprevenida. E quando a coruja olhou para ela, disse a que vinha.

Aquele camundongo, sibilou, aquele camundonguinho que acabava de vê-la comer, aquele camundongozinho de nada, não estava à altura de sua fama de caçadora. E provavelmente, acrescentou com ar ladino, não estava à altura da sua fome. Fez uma pausa, dando tempo para que a coruja percebesse um certo espaço vago no estômago, desapercebido até então.

Já para ela, continuou a cobra, para ela tão fina, magra, e inapetente, um camundongo pequenino como aquele bastaria. Aliás, disse tossindo, estava mesmo com uma dor de garganta que não lhe permitia engolir nada mais consistente.

Mas é claro que não vinha pedir esmola, prosseguiu dando firmeza à sua voz humilde. Estava ali a negócios. Para tanto, oferecia em troca do camundongo um naco de carne duas ou até três vezes maior, que acabava de roubar do prato do cachorro e que ela própria não conseguiria comer.

Duas ou até três era tentação demais para a coruja glutona. Abriu o bico, cuspiu o camundongo, e cravou o bico na carne.

O pobrezinho mal teve tempo de dar-se conta do que acontecia, e já se via engolido pela segunda vez. A boca da cobra era uma noite sem estrelas.

Inchada como se tivesse comido um seixo de rio, a cobra afastou-se lentamente à procura de um lugar seguro onde passar o que restava da noite. E amolecida pelo cansaço e pela vitória relembrava com desprezo da coruja, capaz de comer carne morta, enquanto ela, altiva por natureza, só se alimentava de seres palpitantes de vida. Adormeceu sentindo-se uma rainha.

Rainhas têm sono pesado. E passado algum tempo, enrodilhada no lugar que lhe havia parecido tão seguro, a cobra foi descoberta do alto por um gavião. Era uma presa fácil. O grito do gavião cravou-se no ar amedrontando criaturas em seus ninhos. Mas a cobra não o ouviu. O gavião lançou-se rígido e certeiro como uma seta. A sua silhueta levando a cobra no bico desenhou-se no alto contra o novo dia que vinha vindo.

Desenhou-se tão nítida, que foi vista pelo caçador. Ele também, que havia deixado sua cama ainda no escuro para sair em busca do predador, tinha ouvido o grito. E estava atento. O tiro de fuzil ecoou naquele início de manhã espantando os pássaros, que saíram em revoada. No chão, o gavião morto continuava com a cobra no bico.

Foi recolhido, posto no bornal, levado até em casa e jogado em cima da pilha de achas, enquanto o caçador ia ao poço.

Não havia ninguém olhando. A barriga da cobra ondulou, moveu-se, mas não era vida o que a animava. Do lanho onde ainda estava cravado o bico emergiram duros bigodes, um pequeno focinho cinzento. E o camundongo, molhado e tonto mas vivo, escapuliu metendo-se entre as achas.

O caçador veio voltando com o balde, a mulher saiu da casa para buscar uma boa braçada de lenha. Estava na hora de cuidar da comida.

ESTRATÉGIA, SENHORES

O sol apressou sua retirada quando a Peste bateu às portas daquela cidade.

Alvoroço nas torres de vigia. Que se avisasse o palácio da espantosa presença. As portas não cederiam passagem para visitante tão indesejada.

Mas no curto tempo de uma corrida, o mensageiro trouxe do palácio a ordem que nenhum dos homens da guarda desejaria cumprir. Mandava o Rei que a Peste fosse recebida com as mesmas honrarias devidas a mandatários ilustres, e conduzida a finos aposentos no palácio junto ao seu. À noite, um banquete seria oferecido em sua homenagem.

Sem apear de seu cavalo magro como se só de ossos feito, a Peste deixou-se guiar altaneira através da cidade. O vermelho da sua capa incendiava as ruas escuras, os moradores refugiavam-se em casa para não vê-la passar.

Havia enlouquecido o Rei? perguntavam-se enquanto isso os Ministros em burburinho na sala do trono. Convidar semelhante dama!!

– Calma, senhores, calma – e levantando-se do trono o Rei quase sorria. – A presença da nossa hóspede não deve ser atribuída a um gesto de hospitalidade, que não seria do meu feitio. Mas a sabedoria, e à ação de um pulso forte. A sorte está pondo ao alcance deste cetro – e com gesto imponente ergueu o cetro acima da própria cabeça – a oportunidade de livrar-nos de nosso sempre inimigo, João Discreto, Rei da planície Norte, e de avançar nossas fronteiras sobre suas terras. Eu seria um governante cego se não a aproveitasse. – Fez uma pausa, deslizando o olhar sobre os ministros. – Estratégia, senhores, assim se chama nosso banquete de logo mais. Estratégia!

E já, nas cozinhas, afiavam-se as facas e brilhavam os fogos.

À noite, a Peste adentrou arrastando o manto no grande salão onde a corte aguardava. E ao seu chegar, os cortesãos se curvaram em mesuras, não tanto por obrigado respeito, quanto para evitar respirar seu mesmo ar, e aproveitar o recuo que o gesto permitia. O largo corredor que se abriu diante da convidada de honra conferiu imponência a seus passos.

As taças haviam sido esvaziadas numerosas vezes, e dos assados só restavam ossos, quando o Rei considerou ter chegado o momento oportuno e, debruçando-se com ar envolvente por sobre o magro ombro da convidada, lhe fez sua proposta.

Quem estava ao lado, mas ainda assim não muito próximo, não pôde apreender os detalhes, encobertos pelo ruído das louças e das conversas, mas relatou ao vizinho ter ouvido repetidas vezes a palavra ouro, muito ouro, cofres cheios talvez, e prata, quem sabe quanta. Pelos fragmentos da conversa deduzia que tudo seria entregue onde ela, a Peste, quisesse, para não onerá-la sequer com o esforço de carregar os bens.

– Por sua conta, Senhora – acrescentou o Rei em voz um pouco mais alta para que não houvesse nenhum mal entendido quanto à tarefa –, por sua conta – repetiu animando-se – ficaria apenas uma visita, digamos longa, a meu caro vizinho, o monarca da planície Norte. Uma visita durante a qual poderia, ou melhor dizendo deveria, sim, certamente deveria, dar mostras daquele talento que a faz tão temida.

– O que diz, gentil anfitrião, é música aos meus ouvidos – respondeu a Peste, e fez uma pausa. O Rei teve tempo de imaginar um sorriso no rosto encoberto pelo amplo capuz cor de sangue, e já estendia a mão à taça para um brinde ao acordo, quando a outra prosseguiu. – Porém, embora devedora de tão generosa hospitalidade, não poderei atendê-lo.

Deteve-se a mão rumo à taça, e nos ouvidos reais pareceram deter-se todos os sons do grande salão. Foi pois em pleno silêncio, apenas o sangue batendo nas têmporas, que o Rei ouviu o que a Peste ainda tinha a dizer.

– Acabo de vir, justamente, de uma visita ao reino vizinho. Visita breve, o tempo de um banquete. E é minha intenção demorar-me aqui. Dei até mesmo esse endereço para receber uma encomenda que Rei João empenhou-se em mandar entregar em meu nome.

Lá fora, dobraram-se os joelhos do Comandante da Guarda, e ele foi ao chão, vítima do mal que começava a espalhar-se.

O SEIXO DEBAIXO DA LÍNGUA

Parecia apenas um mal estar quando ela levou a mão ao peito. Mas era doença. E deitando-se para descansar, não tornou a levantar.

Morta a esposa, o marido catou dois seixos no caminho que conduzia à casa, enfiou um no bolso, colocou o outro debaixo da língua dela para que levasse consigo o rumo daquilo que haviam construído juntos. Deitou-a na cova. Depois encheu de terra o poço que durante tantos anos lhes havia dado água, cortou um cajado de um galho da castanheira, e tendo vendado os olhos com um pano escuro, partiu.

Metade da sua vida havia-se ido com a mulher, metade da sua maneira de ver o mundo havia sido apagada com ela. Cabia-lhe agora buscar novas maneiras de enxergar.

E como um cego se foi pelos caminhos.

Lento, a princípio, tateando o chão com o cajado, tateando o ar com a outra mão estendida, apoiando cada passo como se temesse despencar num abismo, esquivando o rosto de obstáculos inexistentes. E surdo, porque em seus ouvidos só ouvia o rumorejar do próprio sangue e as lamentações mudas que repetia sem cessar. Tão lento que pouco se deslocava a cada dia, deitando-se à noite perto de onde se havia levantado de manhã. Pequeno era o mundo que a escuridão da venda tornava sem limites.

Pequeno mas, ainda assim, em movimento. Não poderia dizer, hoje consegui aquilo que ontem me foi impossível. Porém, a cada dia, obtinha algo mais. Os abismos já não se abriam diante dos seus pés.

Quem o visse pensaria apenas, lá vai um cego. Pois dos cegos, aos poucos, adquiria a desenvoltura do não ver. Não tateava mais com a mão. Não esquivava mais o rosto, ao contrário, projetava-o para a frente, antecedendo o corpo na percepção de cheiros e sons. E surpreendia-se com a quantidade de sinais que o rodeavam, como se não se movesse no ar mas em algo mais sólido, lama, argila ou outra carne, que por todos os poros lhe falava.

Tão ocupado estava em ouvir o mundo, que não ouvia mais suas lamentações. E, por não ter quem as ouvisse, não mais as fazia.

Ia andando em frente. Não tendo pressa nem meta, seguir adiante parecia-lhe a melhor direção. Sem que isso significasse andar em linha reta.

Caminhou muito. Encontrou rios que costeou, outros que atravessou sobre pontes. Encontrou pessoas com quem falou, outras que cruzaram com ele silenciosas. Percorreu planícies.

E estava pisando em uma encosta suave, no dia em que se maravilhou ao perceber que estava cantando. Cantava porque o dia era limpo, haveria nuvens ao entardecer trazidas por esse mesmo vento leve que se metia por dentro da sua camisa acariciando-lhe o peito, mas por enquanto o dia cintilava. E a beleza daquele dia lhe abria a garganta. Cabras pastavam por perto, e o gato do mato que antes havia estado por ali não voltaria, com medo de um homem que, mais abaixo, partia lenha. Uma mulher estendia roupa na corda ajudada pela filha pequena. E as galinhas ciscavam sob o olhar altivo do galo. Onde teria se metido o cachorro?

Onde teria se metido?! O homem surpreendeu-se com sua própria pergunta. Surpreendeu-se pelo fato de saber que havia um cachorro, embora não soubesse onde, e por ter, tão clara diante dos olhos vendados, a vida daquela manhã. Ele a via através dos cheiros, dos chamados, dos sons, e da teia de informações que se tecia, o estalar da roupa molhada, a força de quem partia lenha, a direção do vento, a hora, o calor.

Com delicadeza, como se tirasse pele, o homem desatou a venda. Não precisava mais dela.

Estava na raiz de uma colina, à beira de um vale. E o vale era amplo. Sem procurá-la, havia chegado à sua meta. Caminhou mais um pouco na escolha do lugar exato. Nesse lugar, cravou o cajado. Em seguida, com a faca, riscou no chão as paredes da casa que construiria, à sombra da castanheira que haveria de crescer a partir do cajado. E começou a cavar o poço.

Viveu ali muitos anos. E esteve bem. Depois, um dia, levou a mão ao peito. Não era um mal estar. Então o homem deitou-se e, tirando do bolso o seixo que havia guardado para isso, colocou-o debaixo da língua.

UM PRESENTE NO NINHO

Não era propriamente um homem mau. Egoísta sim, e azedo. Havia azedado no tempo, como uma fruta que nem cai nem é colhida e ali fica, no pé, madura demais, azedando seus sucos. Assim era ele, quase sem suco agora, cada vez mais ácido.

Alguém amava esse homem? Sim, há sempre alguém que ama quem não sabe amar.

Ela olhava pela janela e via sol, ele olhava pela janela e via possibilidade de chuva. Ela punha a comida à mesa e aspirava fundo o perfume do que havia cozinhado, ele escarvava o prato com o garfo à procura de um inseto, um fio de cabelo, uma mancha. E na horta, inclinavam-se os dois sobre a terra, ela acolhendo os frutos do trabalho, ele caçando os animais que ameaçavam sua plantação.

Filhos, não haviam tido. "Melhor não – dissera ele, embora ela os desejasse –, sabe lá o que poderiam se tornar." Sozinhos com seu cotidiano, o homem ácido e a mulher paciente apagavam a luz à noite, abriam a janela de manhã, sem interrogar o tempo.

Em um ponto daquele tempo, ouviram-se pancadinhas secas na porta. A mulher foi abrir. Diante dela estava uma cegonha. Pareceu-lhe a mesma que ao longo de alguns verões havia habitado seu telhado, mais precisamente o grande ninho sobre a chaminé.

– Pois não? – perguntou a mulher sem saber exatamente como se comportar, e sem querer ofender com a sua surpresa.

– Vim agradecer, e me despedir – disse a cegonha. – O frio já vai chegar. É tempo, para mim, de voltar à rica terra do Egito, onde sempre há sol.

A cegonha fez uma pausa, falar exigia-lhe um certo esforço.

– Mas não gostaria de parecer ingrata – retomou. – Há muitos verões já, tenho aproveitado a hospitalidade da sua chaminé. Chegou a hora de retribuir.

Nova pausa, um ajeitar das asas.

– Me ofereço para levar um de vocês a conhecer as terras d'África – prosseguiu com aquela voz que saía anasalada do bico. – Mas um só, porque não aguentaria atravessar o mar com o peso dos dois nas costas.

– Para o outro – acrescentou a cegonha – deixarei um presente no ninho.

Só então a mulher percebeu que, atraído pela conversa, o marido havia-se chegado por trás dela.

– Vou eu! – exclamou ele dando um passo à frente, já antevendo as ricas terras. E logo, em tom desdenhoso: – Presente é coisa de mulher.

Ao amanhecer do dia seguinte, levando apenas uma mínima trouxa, o homem montou nas costas da cegonha, e com ela levantou voo. A mulher o viu diminuir no azul, diminuir mais e mais, até desaparecer. Ainda permaneceu de pé longo tempo, parecia-lhe não ter nada a fazer agora que o marido não estava. Só depois lembrou-se do presente.

Foi à horta, buscou a escada que estava apoiada na figueira, encostou-a na parede da casa, e subiu ao telhado. Atenta, para não quebrar telhas, moveu-se até a chaminé, pôs-se de pé.

Então era isso que a cegonha chamava de presente! No ninho ainda marcado por pequenas plumas, jazia um ovo.

Não teve nojo, o ovo era grande e limpo, e ela estava acostumada a catar ovos de galinha. Teve pena. Um pobre ovo abandonado ao frio que se aproximava, enquanto a mãe se aquecia ao sol do Egito.

A mulher nunca havia sido mãe, mas trazia em si o sentimento materno. Olhou o ovo com ternura, olhou ao redor e, não encontrando solução melhor, acomodou-se com cuidado em cima dele. Ela o chocaria.

Assim fez durante dias e noites, sem que nunca o calor do seu corpo abandonasse a tarefa que havia assumido. E chegou o momento em que sentiu um estalar, um remexer debaixo de si. Levantou-se. A casca, rachada, abria-se lentamente. Ela ajudou com dedos leves, a branca curva do ovo desfez-se em cacos. Lá dentro, solitário, cintilava um diamante.

Esgotou-se o inverno. O verão já se anunciava, quando a mulher ouviu um bater de asas seu conhecido. Teve justo o tempo de olhar à janela e correr para receber o marido que chegava.

Mas em que estado! A pele tostada, a roupa estragada, a expressão desfeita. E não trazia sequer a trouxa que havia levado.

A terra africana não havia sido rica para ele, muito pelo contrário. Lá, como em qualquer outra parte, rico era quem tinha chão. Mas a ele, que apeara sem família e sem dinheiro, nada havia sido dado. Tivera que esmolar nas ruas, trabalhar para os outros por um prato de comida, humilhar-se.

Assim contou. E só depois de contar, de tomar um banho e comer, o homem reparou na casa e na mulher, tão mais belas agora do que quando as havia deixado. Foi então a vez da mulher fazer sua narrativa, contar do ovo, do choco, do diamante, do dinheiro tanto que havia obtido com sua venda.

Os olhos do homem se apertaram como duas fendas. Pediu para repetir tudo diversas vezes. Por trás das fendas, seu pensamento equacionava a próxima estratégia.

Fim do verão, novamente ouviram-se as pancadinhas na porta. Desta vez, o marido foi abrir.

– Como vai, senhora cegonha? – perguntou logo, solícito. – Já pronta para a viagem?

E antes que ela tivesse tempo de fazer qualquer oferecimento: – Lamento, mas desta vez não poderei lhe acompanhar. A última travessia me deixou cheio de achaques. Terá que se contentar com a minha esposa.

A cegonha alisou com o bico as penas do peito. Os olhos do homem se estreitaram: – E eu – disse em voz baixa – me contentarei com o presente.

Ao amanhecer do dia seguinte, sem trouxa nem nada, a mulher montou no dorso da cegonha, abraçou-lhe o pescoço, afundou o rosto naquele calor macio. E, sorridente, se foi.

O marido não esperou vê-la desaparecer. A escada já estava encostada na casa. Ele subiu rápido ao telhado, quebrou algumas telhas antes de chegar à chaminé, ergueu-se até o ninho e, sem demora, aboletou-se em cima do ovo. Havia vestido calças de lã, para acelerar o processo.

Noite a noite, dia a dia, o homem se manteve no posto, suando sob o sol, tremendo sob a lua. Passou fome, teve sede, contou e voltou a contar as horas que pareciam paradas. Não podia imaginar que enquanto isso a mulher, com seu temperamento gentil, havia feito boas relações no Egito.

Ela estava justamente navegando no Nilo com seus novos amigos, na tarde em que ele sentiu debaixo de si um leve estalar, um estremecer, e levantou-se ávido. A rachadura da casca avançava, abria-se em cacos a branca curva. Viu um cintilar lá dentro, meteu a mão. A picada foi instantânea. No ovo enfim desfeito brilharam os olhos da serpente que, coleando, abandonou o ninho.

NO RIO, COMO FITA

Porque seu irmão havia voltado ferido da batalha, foi a moça ao rio lavar a camisa manchada de sangue. Ajoelhada na beira, ensaboou e esfregou longamente, muitas vezes batendo o tecido contra as pedras, até vê-lo branco, enxaguado pela corrente. O sangue desceu na água sem se misturar, ondeando vermelho como fita ou peixe.

Aconteceu que rio abaixo outra moça estivesse de cócoras na beira, ensaboando e esfregando. Era a lavadeira do senhor daquelas terras e lavava a camisa com que ele havia voltado suado da batalha. Tão empenhada estava ela no seu fazer, que não viu o aproximar-se do sangue na água. Só viu, com espanto, manchar-se de vermelho a camisa que tinha entre as mãos.

Que renitentes eram essas manchas, inutilmente a moça se esforçava para apagá-las a poder de sabão. Esfrega esfrega, bate bate, lava lava, só quando já se lhe esfolavam os nós dos dedos, conseguiu fazer com que a cambraia recuperasse a sua candura.

Estendida no varal, a camisa agitou as mangas ao vento. Estava ainda cheirando a sol e morna do ferro de passar, quando o senhor a vestiu. Mas não demorou muito para novamente manchar-se de sangue. Desta vez, era o senhor que sangrava, a pele toda minando.

Deram-lhe poções, fizeram-lhe emplastros, lavaram-no com chás de ervas, nada estancava aquele sangue. O senhor já se fazia pálido quando trouxeram o médico. E o médico ordenou que fosse tomar banho de rio, e que se queimasse a camisa.

Foram todos à beira, três serviçais ergueram os braços segurando ao alto três lençóis, e atrás daquela delicada barreira despiu-se o senhor, avançando nu e ensanguentado rio adentro. Demorou um tanto, mais pelo prazer no contato da água fria do que por necessidade, pois logo sua pele limpou-se, e ao sair estava quase tão branco quanto o havia sido sua camisa.

O sangue do seu corpo trançou-se na correnteza, sem se misturar.

Mais adiante, naquele rio, a roda do moinho girava e rangia tocada pela água. Não havia ninguém lá fora quando o sangue a alcançou. Roda e água se entendiam desde sempre sem necessidade de vigilância, o moleiro estava ocupado controlando as mós que transformavam o trigo em farinha, e farinha pairava no ar do moinho velando os vidros da janelinha, as vigas, as bancadas, as teias de aranha e os bigodes do moleiro. Branca, mas só por um momento mais. Pois logo, como se as mós esmagassem carne, a nova farinha tingiu-se de vermelho.

Estupefato, o moleiro mal conseguia se mover. O que era aquilo? perguntava-se em surpresa e asco, o corpo todo tenso como se diante de ameaça. Passado o primeiro susto, porém, puxou alavancas, destravou pinos, soltou cordas. Entre gemidos e estalos de madeiras o moinho parou.

No silêncio que se seguiu ouvia-se apenas, abafado, o farfalhar do rio.

E logo, atraída pelo silêncio inesperado, a mulher do moleiro entrou no moinho. Encontrou o marido de pé, braços caídos, parado diante daquilo que parecia impossível de entender. Então foram dois a se espantar.

Mas por mais que se esforçassem buscando razões e fazendo conjecturas, não chegavam a compreensão alguma. Nem poderiam. Chegaram somente a mais uma pergunta, prática e fundamental: o que fazer agora com a farinha ensanguentada?

Ninguém haveria de querê-la, disso não duvidaram. Não com aquela cor. Nenhum pão, nenhuma comida ou bolo poderiam ser feitos com ela. E a reputação do moinho estaria arruinada se apenas tentassem vendê-la. O jeito, concluíram afinal com esperteza, era dá-la aos porcos. Ajudaria a cevá-los, ao mesmo tempo em que se eliminava aquela imundície. E quanto mais depressa melhor, antes que alguém soubesse do acontecido.

Tão rápido quanto lhes permitiam a idade e a tensão de que se viam tomados, ensacaram a farinha e foram despejá-la no cocho.

Porcos não são exigentes, são glutões. Misturada aos restos que ainda sobravam, aquela farinha de cheiro estranho foi uma festa para eles. Em breve, nada mais sobrava da mistura em que haviam revirado os focinhos.

– Perfeito! – murmurou o moleiro para a mulher. – Nenhum resto mais. Sumiu o problema!

E foram limpar o moinho.

Passados alguns dias, entretanto, o problema apareceu em outra parte. Os porcos haviam ficado inquietos. Já não grunhiam mansamente como antes. Rosnavam mostrando os dentes, babavam tentando morder quem se aproximasse. Os olhinhos apertados cintilavam ódio. Tornou-se perigoso entrar no chiqueiro.

Ainda faltava tempo para o abate. Ainda assim, uma noite, à luz de lanterna, o moleiro e a mulher sangraram em segredo aqueles porcos que, como a farinha, ninguém haveria de querer.

Que trabalheira foi carregá-los na carroça! Mas antes do amanhecer o homem já incitava os cavalos na estrada, cobertos os porcos debaixo de uma lona. Iria vendê-los na grande feira da aldeia vizinha.

Muitos vinham de longe para essa feira, as passagens entre as barracas estavam tomadas por gente diversa, vendia-se de tudo sem muita conversa. O moleiro pendurou os porcos na barraca que alugou. Mas, ou por estarem abaixo do peso, ou por ser muito alto o preço que pedia, poucos compradores apareceram e nenhum deles fechou negócio. O dia ia se gastando. Levar os bichos de volta era impensável, melhor pareceu ao moleiro baixar o preço.

Acabava de fazê-lo, quando um grupo de homens fortes e rudes, lenhadores vindos da alta montanha, parou diante da barraca. Regatearam, pagaram com moedas tiradas da bolsa do cinto, e levaram os porcos atravessados sobre seus cavalos.

Chegaram ao acampamento que já era escuro. Outros homens fortes e rudes os esperavam ao redor das fogueiras acesas. Comeram carne de porco aquela noite, e em outras que se seguiram. Enterraram os ossos. Mais uma vez, tudo havia desaparecido.

E mais uma vez, algo tornou a aparecer adiante.

Os homens haviam-se feito ainda mais rudes. Todas as árvores que haviam sido contratados para cortar estavam no chão. Poderiam ter ido em busca de serviço de lenhador em qualquer lugar. Mas não eram mais árvores o que desejavam abater. Recolheram seus poucos trastes, montaram em seus cavalos, e foram se oferecer como mercenários a quem quisesse soldados ferozes para a guerra.

Diz-se que dali para a frente semearam o terror, não só pela fúria nas batalhas, mas porque, ferido ou morto o inimigo, inclinavam-se sobre seu corpo para beber-lhe o sangue.

TEMPO DE MADUREZA

Era o monarca de um reino pequeno, mas ainda assim tinha coroa e palácio. Tinha também um filho, o único, que um dia herdaria todo aquele pouco que havia para herdar. E que para isso ia sendo preparado com rigor, sem que um único dia se escoasse inutilmente.

Aprendeu a ler e a escrever, aprendeu a montar e a dançar, aprendeu a manejar a espada e o arco, a decifrar um mapa, acompanhar as estrelas e interpretar o astrolábio. Só não aprendeu a viver.

E chegou o dia em que esse único conhecimento que não tinha começou a fazer-lhe falta. E porque esse faltava, todos os outros lhe pareceram excessivos. Viu roupa demais sobre o seu corpo, cachos demais nos seus cabelos, demasiados óleos e perfumes sobre a sua pele. Viu nos seus dedos anéis que não havia escolhido e, como se reparasse nela pela primeira vez, surpreendeu-se com a grossa corrente de ouro que lhe rodeava o pescoço. Tinha tanto, pensou, e faltava-lhe o principal. Abaixou a cabeça devagar, tirou a corrente. E sentindo seu peso ainda na mão foi até a janela.

Não viu nada que não lhe fosse familiar. As flores cresciam educadamente nos jardins bem cuidados do palácio, os arbustos podados não se atreviam a lançar qualquer brotação que superasse os desejos dos jardineiros, e os gramados cumpriam meticulosamente sua tarefa impedindo que nobres sapatos encostassem na terra nua. O que ele procurava, pensou o jovem príncipe, não estava ali.

Uma vez tomada sua decisão, nada pôde demovê-lo. As ameaças do pai, os conselhos do primeiro ministro, os soluços da mãe chegaram quase inaudíveis a seus ouvidos, como se vindos de grande distância. Só ouviu claramente o ganido do cão. Rodeou-lhe o pescoço com a corrente de ouro que havia sido sua, e levando-o por essa estranha coleira, foi-se embora com ele, certo de que para lá do palácio, para lá dos jardins e dos muros que o rodeavam, haveria de encontrar aquilo que lhe fazia falta.

A certeza e o cão o acompanharam durante um tempo. Depois, só o cão. Aos poucos, desfez-se do excesso de roupas, os cachos foram desaparecendo à medida que o cabelo crescia e se fazia agreste, os anéis deixaram seus dedos um a um. Mas embora viajasse bem além das fronteiras do palácio e do reino, embora ouvisse outras línguas e outras maneiras de usar a sua própria, embora o medo, a fome e o frio lhe fossem dados a conhecer, nenhuma palavra, nenhuma paisagem, nenhum daqueles tantos dias lhe trouxe todo o conhecimento que havia ido buscar.

Então, voltou ao palácio.

Não voltou como príncipe. Sujo como estava, a roupa em farrapos, instalou-se com sua trouxa e seu cão do lado de fora da grande porta, debaixo das arcadas que conferiam à entrada do palácio seu ar majestoso. E não houve quem o fizesse entrar.

Agora, todas as manhãs, o mordomo engalanado vinha trazer-lhe em bandeja de prata a primeira refeição, enquanto um serviçal menos qualificado o acompanhava com a tigela da comida do cão. Grande havia sido o espanto da primeira vez, quando, sem esperar sequer que eles se fossem, e diante do seu olhar estarrecido, o príncipe levara à boca a comida do cachorro, deixando para ele as delicadezas servidas nos pratos de porcelana. Mas com o repetir-se da cena, e a imediata melhoria da comida da tigela, o que era estranho acabou por tornar-se rotina, e a rotina foi rapidamente confundida com a normalidade.

Só uma vez o rei havia ido vê-lo, pedindo que entrasse. Não aconteceu exatamente uma conversa. O que o pai disse ao certo, ninguém soube. Mas por trás das venezianas encostadas a criadagem viu que, sem abrir a boca, o filho escreveu na parede com um caco de telha a sua resposta: "No tempo de madureza".

Debaixo das arcadas não chovia, e a escrita ficou ali, desbotando aos poucos, incompreensível acolhida para os dignitários e embaixadores que vinham ter com o monarca.

O tempo parecia passar mais veloz para o cachorro do que para o dono. Focinho e pestanas fizeram-se brancos. Um véu leitoso havia descido sobre seus olhos toldando-lhe a visão, e talvez nem enxergasse mais, porque só voltava a cabeça em obediência aos sons. Passava os dias deitado, cansado demais para levantar-se e correr atrás dos pássaros no jardim, cansado demais para latir ou mesmo para abanar o rabo. A custo suspendia a cabeça para comer dos pratos que reconhecia apenas graças ao faro. E logo tornava a baixá-la.

Estava velho. Depois, esteve muito velho. Até que uma noite foi ao encontro daquilo que espera todos os seres vivos no fim da vida.

O príncipe sabia o que viria, e ainda assim havia se esforçado para esquecê-lo. Acordou inquieto. Subitamente desperto quando nem bem começava a clarear, estendeu a mão em direção ao amigo para a carícia que o tranquilizaria. Mas a palma encontrou o pelo hirto, a carne fria.

Naquela manhã o sol demorou a levantar-se, como se quisesse dar mais tempo ao príncipe para a despedida. Todos dormiam ainda no palácio, ninguém o viu chorar debruçado sobre o corpo do amigo, ninguém o ouviu repetir várias vezes o nome do cão, que pela primeira vez não atendia ao chamado. Ninguém viu quando a mão procurou debaixo do pelo emaranhado, até achar a corrente de ouro.

Abriam-se as primeiras janelas do palácio. O dia avançava seus passos. O príncipe passou a corrente ao redor do pescoço, levantou-se. E antes que o mordomo viesse, bateu decididamente à porta, para entrar.

POR QUERER, SÓ POR QUERER

Às vésperas de partir, um homem entregou à esposa um frasco de vidro. A viagem seria longa, disse, e para compensar tanta ausência fazia questão de receber, na volta, o frasco cheio das lágrimas de saudade que ela haveria de derramar.

Não era um frasco pequeno.

Lágrima, a mulher não derramou nenhuma vendo o marido sair de casa, atravessar o jardim e afastar-se em direção ao cais. Esforçou-se, querendo aproveitar o momento propício para começar a colheita, mas embora levasse aos olhos, alternadamente, o longo gargalo do frasco, os cílios continuaram enxutos.

Se não havia chorado no momento da partida, tornou-se ainda mais difícil fazê-lo depois. A casa vazia de marido era-lhe puro agrado. Não havia mais quem lhe desse ordens. Só se levantava ao fim do sono, só comia o que o desejo mandasse, não vestia corpete.

Nem vinha o tempo acender-lhe a tristeza. Pelo contrário. Com o passar dos dias, o que se acendeu nela foi o interesse pelo jovem ferreiro que, do outro lado da rua, martelava o ferro incandescente luzindo braços nus.

Sorria ela à porta, faiscava sobre a cômoda o frasco vazio, quase a cobrar-lhe atenção.

Não há pressa, adiava ela, demasiado ocupada com o objeto da sua atenção para inquietar-se com o que quer que fosse.

Mas de falta de pressa em falta de pressa, o tempo aproveitou para correr e, com a chegada de mais uma nova estação, ela percebeu de repente que o marido não tardaria a voltar. Sobre a cômoda, o frasco continuava vazio.

Faltou pouco para que chorasse de aflição. Teria colhido alegremente as lágrimas, se apenas se dignassem aparecer. Mas vendo que essas se negavam, colheu uma ideia.

Bateu palmas, chamou. Quando sua jovem serva apareceu, ordenou que se ajoelhasse à sua frente e, com uma fina vara de bambu, começou a fustigá-la. Que belas lágrimas recolheu no frasco! Afloravam grossas como pérolas e, escorrendo pelo gargalo, estilhaçavam-se ao fundo em ruído de chuva. E que generosos os olhos da moça!

Depois disso, todos os dias a varinha sibilou com sua voz de serpente mordendo as costas da jovem. Antes mesmo que o marido anunciasse seu retorno, o frasco estava cheio. Mas a mulher havia descoberto uma fonte, e não via motivo para deixá-la secar. Dois frascos, calculou, haveriam de ser mais bem recebidos que um só.

De fato. Descia o marido pela passarela do navio atracado ao caís, e já ela se atirava em seus braços, levando em cada mão o testemunho da sua saudade.

Porém, gastos os primeiros dias e os primeiros abraços, retirados dos baús os presentes que ele havia trazido, pareceu ao marido que a saudade da mulher na sua ausência havia sido bem maior do que era agora sua alegria por tê-lo de volta. E perguntava-se como podia a esposa indiferente, que mal lhe servia à mesa e pouco lhe aquecia o leito, ter chorado tanto por ele. Ou teria esgotado nas lágrimas o seu amor?

Do outro lado da rua, o ferro incandescente mergulhava na tina com um gemido, o martelo batia na bigorna. O pensamento da mulher ia-se janela afora.

Do lado de dentro da casa, a jovem criada de olhos brilhantes ia e vinha silenciosa cuidando dos seus afazeres. Sua presença era tão leve quanto seus passos. Sua silhueta recortava-se por instantes contra a luz, logo recolhendo-se na sombra. Varria, limpava, arrumava.

Quase sem dar-se conta, o homem começou a deixar coisas esquecidas perto de si, para que ela viesse recolhê-las. E ela recolheu o chapéu do homem, os sapatos do homem. Recolheu a cinza do cachimbo do homem. Recolheu o prato de estanho que o homem havia deixado cair para vê-la mais de perto. Recolheu os cacos do frasco de lágrimas que o homem havia derrubado por querer. Por querer ver de novo aqueles olhos úmidos, por querer entender o que eles lhe diziam, por querer afundar neles, achar-se neles. Por querer. Só por querer.

O NADA PALPÁVEL

Em tempos distantes, naquele minúsculo país de pouco saber, descobriu-se, por puro acaso, algo que até então lhe era desconhecido: a maneira de fazer vidro. Que bela coisa esse vidro, exclamaram os habitantes encantados diante do primeiro fragmento. Belo como ar sólido, disse um cidadão que gostava de usar bem as palavras, belo como água enxuta, acrescentou outro, belo como ar palpável, rivalizou um terceiro sem perceber que repetia o primeiro, belo como... belo como... esforçou-se em vão um quarto, até arrematar triunfante, belo como o nada visível! Tão belo, que logo tornou-se precioso.

Precioso assim, só ao senhor daquelas terras caberia. E o senhor desejou um frasco para seus perfumes, pediu uma garrafa para seu vinho, quis uma bandeja para suas frutas, exigiu uma banheira para o seu corpo. E em seguida perguntou-se por que, sendo ele tão rico e o vidro tão caro, não haveria de envidraçar suas janelas.

Que majestosa ficou a mansão do senhor com aquelas janelas abertas mesmo estando fechadas! Parecia não haver mais nada a desejar. O senhor, que gostava tanto de satisfazer os próprios desejos e que para isso necessitava tê-los sempre à mão, teria se afligido com essa ausência se, logo logo, não lhe ocorresse a ideia iluminante.

Ordenou que as paredes de pedra da mansão fossem derrubadas, e que se colocasse vidro em seu lugar. Não só as externas, as internas também.

Frente àquela cristalina maravilha todos se perguntaram como haviam podido viver até então sem transparência.

Agora, o ar e até os sons podiam ficar retidos fora ou dentro da casa, mas não o olhar. De um lado a outro, tudo se via. Via o senhor os seus vassalos. Viam os vassalos o seu senhor.

Viram quando tropeçou no tapete indo de cara no chão, e riram muito. Viram quando começou a dar beijinhos no cangote da senhora, e sorriram muito. Viram quando botou o dedo no nariz, quando derramou tinta no documento, quando deu um chute no cachorro. E vaiaram muito.

Tudo se via. Via-se demais. Mas quando o senhor mandou botar cortinas lá onde antes havia paredes internas, despertou a desconfiança dos vassalos.

O que ele quer ocultar? perguntavam vociferando diante da mansão. O que é que não podemos ver? O que ele está tramando?

O senhor, que até então não havia tramado nada, tratou de tramar uma solução. Que se construísse com toda rapidez uma casa de vidro, ordenou publicamente, pois queria doá-la a seu alcaide. Esse meu caro auxiliar merece o que há de melhor, arrematou.

Ele quer me vigiar, pensou o caro auxiliar. Mas não podia recusar, e em breve a casa foi inaugurada com grande festa de que todos – quer dançando lá dentro, quer olhando de fora – participaram.

Tendo toda a casa do alcaide para devassar, as cortinas do senhor pareceram perder sua gravidade. Mas enquanto o senhor se resguardava, o alcaide, por mais roupas que vestisse, passou a sentir-se completamente nu.

Esconder-se não podia, era homem de confiança do senhor. Nem este lhe permitiria tapar-se com anteparos. Então, raspando o cofre, chegou à soma necessária para a construção de uma casa não grande mas boa, de vidro. Não posso permitir, disse em praça pública, que meu braço direito more ainda em casa de pedra. E, diante de todos, entregou-lhe a chave cristalina.

Com tantas encomendas, o vidro barateava. E os vassalos começaram a pensar que se o braço direito do braço direito do senhor podia ter uma casa de vidro, não era luxo tão inalcançável. A princípio fizeram beirais de telhado, depois puxados, quartinhos, cômodos anexos. E a cada reforma, era uma parede de pedra que vinha abaixo e uma de vidro que subia. Quando até o estábulo do cavalo da diligência foi feito de vidro, percebeu-se que a cidade havia-se tornado toda transparente.

O que não se percebeu logo é que o nada palpável já não parecia tão belo ou tão desejável. Esfriava muito no inverno, aquecia muito no verão, e a vida dos outros – que ele oferecia –, vista assim por inteiro o tempo todo, revelava-se espetáculo bastante monótono.

Fosse para não vê-lo, fosse para não oferecê-lo, o fato é que um painel aqui, um biombo ali, uma planta estrategicamente posicionada acolá, foram devolvendo às casas aqueles cantos secretos, aqueles novelos de sombra em que a vida cochila e o tempo se acumula. Aos poucos, pareceu apenas normal que, para proteger o sono, os quatro postes das camas novamente sustentassem cortinas. E quando uma tempestade de granizo estilhaçou boa parte das casas, ninguém estranhou que as paredes danificadas fossem reerguidas em pedra. Material, aliás, com que há muito o senhor havia recomposto várias de suas paredes internas.

CLARO VOO DAS GARÇAS

Fazia pentes, como outros homens fazem pífaros ou jogam cartas, porque gostava. E porque seu trabalho de carreteiro, costura de longas viagens e longas esperas, lhe deixava tempo vago.

Tirava então da sacola o pedaço de madeira escolhido dias antes ao passar pelo bosque ou catado à beira da estrada, e cantando e divagando, cheio de paciência, cortava com uma faquinha dente a dente, soprava a mínima serragem, polia os espaços apertados. O tempo escorria manso naquele fazer cuidadoso, deixando-lhe afinal um pente que daria de presente a quem bem o atendesse no caminho, já que ninguém comprava pentes no universo modesto em que se movia.

Haviam sido sempre de madeira. Até ele agachar-se junto ao regato para beber, e deparar com aquele osso. Pareceu-lhe primeiro um seixo, tão branco, polido pelo tempo ou pela água. Tomou-o na mão, girou-o entre os dedos. De que animal havia sido, impossível saber. Mas era tão prazeroso ao tato, tão rico com seus veios leitosos, que logo desejou moldá-lo, fazer dele um pente especial.

Era diferente trabalhar a matéria mais dura, sentia-se quase obrigado a obedecer-lhe. Precisou da faquinha e de outros pequenos instrumentos que ia improvisando, precisou de lima para suavizar as asperezas, e de fogo para domar a curva do osso. Precisou de um tempo mais longo e de uma nova paixão para fazer os ricos entalhes com que queria adorná-lo ao alto, duas garças de asas abertas, os pescoços em curva, os bicos apenas se tocando. Quando esteve pronto, o aqueceu com seu hálito e o esfregou longamente contra o pano da calça, até vê-lo brilhar, morno como se vivo na sua mão.

Guardou-o esperando que a viagem o levasse novamente à sua aldeia, pois só à sua filha pastora o queria dar. Ficaria bem, pensou, metido na sua cabeleira morena.

Tão encaracolado era o cabelo da jovem, e tanto, que por mais que o cuidasse estava sempre emaranhado. Bastou, porém, afundar entre os fios o pente que havia ganho do pai, para que os nós todos se desatassem sem que se desfizessem os cachos. Passou-o de alto a baixo repetidas vezes, tomada de prazer pela inesperada mansidão. Depois tornou a passar. Nada travou o fluir dos dentes.

E não querendo separar-se dele ao sair para entregar o leite das suas ovelhas, suspendeu na nuca a cabeleira domada, deu-lhe uma volta com a mão, firmando-a no alto com o claro voo das garças.

– Que bonito esse pente! – encantou-se a primeira jovem com que cruzou no caminho. – Dá ele para mim?

– Não dou. Nem para você, nem para ninguém.

– Que coisa rica! – elogiou a segunda que passou por ela. – Onde você o achou?

– Quem me achou foi ele.

Naquela noite, só tirou o pente para dormir.

Ao nascer do sol, foi com suas ovelhas ao pasto, tocando-as pela encosta. E reparando na lã empelotada que lhes cobria o dorso mais parecendo um tapete do que uma pelagem, "coitadas – pensou –, que vestimenta tão desconfortável". Num gesto, tirou o pente dos cabelos, e mal o havia aproximado do flanco da ovelha mais próxima, já a lã ordenava seus fios como se tivesse sido cardada. Riu surpresa a jovem, limpando o pente com a mão.

Incrédula ainda, caminhou até o burrico que pastava adiante e lhe penteou a cauda, avançou até a moita emaranhada do espinheiro e lhe destrançou os galhos. Sim, concluiu surpresa, seu pente desfazia qualquer nó.

Voltando para casa, sorriu sem responder quando a filha do padeiro lhe perguntou "É feito de quê, esse pente que agora você não tira do cabelo?".

Domingo seguinte, dia de mercado, uma discussão explodiu entre dois artesãos. Insultos, ameaças, veias inchadas no pescoço, e a multidão ao redor, ávida para presenciar uma briga. Mas briga não houve. A pastora havia se aproximado, e acariciando o pente acima da nuca percebera que as palavras certas, as palavras capazes de acalmar os ânimos lhe vinham à boca como se sempre as tivesse conhecido.

Não foi o único fato dessa natureza. Houve depois um confronto na divisão de um rebanho, e uma desavença entre sogra e nora. Ambos, ela apaziguou. A partir daí, sua fama de desfazedora de nós abriu caminho e a qualquer desacordo, enfrentamento, entrevero, a mandavam chamar. Não só no seu povoado, como de distâncias ao redor.

A pastora que havia vivido quase sempre só, mais presente para as ovelhas do que para seus semelhantes, se via agora rodeada de gente que vinha por ela a qualquer hora, de perto ou de longe, a pé ou de carroça, para que dissesse as palavras capazes de restabelecer a serenidade.

Só à noite, já tarde, conseguia estar sozinha em sua casa. Então sentava-se diante do fogo, tirava o pente dos cabelos e delicadamente, colhendo um a um entre os dedos, entregava às chamas os nós que ele havia retido.

Passaram alguns verões. Alguns invernos passaram. Um dia, a pastora se deu conta de um peso que não percebera até então. Nos ombros, talvez. Ou na caixa do peito. Olhou pela janela, havia gente à sua espera lá fora, pessoas vociferavam, algumas haviam chegado ainda na madrugada. Ao contrário do que fazia todas as manhãs, não abriu a porta aos ruídos, às exigências. Escutou o silêncio da casa, no silêncio soltou os cabelos, sacudiu a cabeça repetidas vezes para senti-la mais leve, deslizou os dedos entre os fios, quase desejando encontrar o emaranhado de outros tempos. Depois debruçou-se sobre a água da bacia em busca do rosto que havia sido seu. E fechou os olhos buscando-o dentro de si.

Parecia haver transcorrido muito tempo quando os abriu, embora a luz da manhã atravessasse o chão no mesmo lugar onde estava antes. Olhou ao redor apropriando-se de cada objeto, cada canto que estivera esquecido enquanto ela cuidava dos outros. O pente destacava-se claro sobre a mesa. Ela o tomou, e usando a força das duas mãos o partiu ao meio.

Dez dentes de um lado, dez dentes do outro, duas garças para sempre afastadas. "Que cada um cuide dos seus nós – disse ela em voz alta como se houvesse ali alguém para ouvi-la. – Eu cuidarei das minhas ovelhas."

Mansamente, pousou as duas metades do pente sobre as brasas que ainda ardiam.

UM RUFAR DE NEGRAS ASAS

Dobravam-se ao vento os ciprestes. Não era poeira, eram farrapos de nuvens que volteavam no ar encharcando os campos.

Onde estava o verde? perguntou-se a mulher, descansando no chão o balde de castanhas que trazia. Olhou para o alto, farejou o ar. A neve já vem vindo, acrescentou seu pensamento.

Mas estava enganada. A neve caía naquele momento em terras distantes, demoraria a chegar. Aves escuras cruzaram o céu.

A mulher recolheu o balde, apressou o passo. No galinheiro não havia um único ovo. As galinhas de pescoço magro agitaram-se nos poleiros, leves penas estremeceram aprisionadas nas teias de aranha, mas ovo nenhum clareava ninho.

Lá fora, talvez. Galinhas fujonas punham às vezes seus ovos entre os arbustos. Agachou-se, estendeu o braço procurando às cegas por baixo das folhas, buscou, tateou, alongou-se mais, até que a ponta dos dedos encontrou uma superfície lisa. Num último esforço recolheu o ovo.

Era um belo ovo grande, porém manchado de pintas azuladas. Teria gorado? perguntou-se ela. Girava o ovo na mão, quando o sentiu vibrar. Pancadinhas secas vinham de dentro, alguém batia. Ela também bateu, de leve, para ajudar. Com a ponta da unha primeiro, com uma pedrinha depois. Bate de fora, bate de dentro, o ovo afinal partiu-se.

Um pássaro escuro saiu entre cascas. Escuro, molhado, quase sem plumas. A mulher pensou em esvaziar o balde e colocá-lo dentro. Mas estava frio e o balde duro não seria acolhida para ser tão novo. Enxugou mal e mal o bichinho com a ponta do avental, depois colocou-o dentro da blusa, junto ao peito, que ficasse protegido enquanto ela terminava suas tarefas.

À noite, arrumou na ponta da cama um ninho de panos para o pássaro, e adormeceu. Mas, passada uma hora no quarto gelado, o pássaro arrastou-se para fora do ninho, meteu-se debaixo do lençol e, aquecido, mamou no peito da mulher.

Assim aconteceu durante todas as noites daquele inverno sem que a mulher percebesse. O pássaro crescia, cobrindo-se de belas penas lustrosas. E quando a mulher o viu ensaiando os primeiros voos, abriu-lhe a janela deixando que se fosse. A primavera chegava.

O pássaro não voltou naquele dia, nem nos seguintes, nem em muitos que vieram depois. A mulher espiava o céu agora claro, sem que qualquer volta lhe fosse anunciada. E temia por ele, que tivesse se desgarrado no mundo que não conhecia, que tivesse perdido a vida que não havia sido ensinado a defender.

Quando eis que uma manhã, um rufar de penas a trouxe correndo à porta da cozinha, ainda a tempo de ver uma grande ave escura depositar um coelho morto diante da soleira, ganhando o céu em seguida. A mulher acompanhou a mancha das asas até vê-la desaparecer, depois com um sorriso recolheu o coelho. Daria um belo guisado.

Agora, a intervalos às vezes tão longos que a mulher deixava até de esperar, vinha a ave entregar-lhe algum presente. Uma enguia, uma preá, uma lebre, até um cordeirinho amanheceram na sua soleira.

E acabava de trançar o cabelo para dar início a um novo dia, quando o bater de asas que se havia acostumado a receber lhe trouxe um choro. Abandonou a trança, o cabelo se desfez sobre as costas, que bebê seria aquele, que pedia atenção e peito? E já ia ela à porta, já colhia do chão a trouxa de pano que movia pregas, logo aninhando, acalentando o menino que agora seria seu.

Leite, não tinha mais. Mas a cabra que pastava atrás da casa estava com os úberes cheios. O menino não tardou a se aquietar.

Cresceu forte e sadio. Foi garoto espichado, rapaz alto e, num tempo que pareceu breve mas não era, tornou-se um jovem homem. Um jovem a quem a casa pareceu de repente pequena, pequena a terra ao redor, pequeno o mundo e o modo de viver em que se havia abrigado até então.

E chegou o momento em que a mãe o olhou, não mais como havia olhado o menino mas como se olha um homem. E lhe abriu a porta.

Ele não voltou e não mandou notícias durante um tempo que pareceu longo, mas talvez não fosse. A mãe nem sequer esperava que o fizesse, mas teria gostado. Não olhava mais o céu, à procura, olhava a estrada.

E pela estrada, afinal, o homem que ela havia amamentado com leite de cabra veio vindo. Não vinha sozinho, porém. Empoleirada sobre o seu ombro esquerdo a mãe percebeu ao longe a silhueta de uma ave. Quando o jovem chegou, viu que era delicada e escura.

– Vim lhe trazer minha noiva – disse ele depois de entrar. E colhendo com a mão as garras da ave, estendeu-a para entregá-la à mãe.

– Cuide dela como cuidou de mim. Terei ainda que me ausentar. Mas cedo voltarei.

A ave soltou um pio agudo, abaixou a cabeça.

Naquela noite o jovem dormiu na sua antiga cama. E no dia seguinte, antes de partir, serrou e bateu pregos, armando um poleiro que instalou na cozinha, perto da janela e do calor do fogão. Depois despediu-se da mãe, acariciou a cabeça da ave, e partiu.

Sozinhas, as duas se olharam longamente. A luz aos poucos gastou-se. A mulher se levantou, acendeu o candeeiro, acendeu o fogão. Antes de começar a cozinhar, aproximou-se da ave e, como havia visto seu filho fazer, lhe acariciou a cabeça. O pio ecoou na cozinha.

A partir dali cuidaram, com delicadeza, de conviver.

Não era difícil tratar da recém-chegada. Bebia a água que a mulher punha na vasilha, comia sua ração diária de grãos. A princípio quase não se afastava, olhando o mundo pela janela sem abandonar o poleiro. Mas em breve saltitava pela casa acompanhando a mulher em suas tarefas. E não demorou a abrir asas, voando para pequenas caçadas, e detendo-se longamente no alto das árvores vizinhas, como se à espera, como se de vigia.

A mulher já não se sentia tão só. Acordava com o grito que a ave soltava ao primeiro sol, adormecia com o piado baixo com que ela encerrava o dia. E a tinha sempre por perto, encarando-a com seus olhos brilhantes e atentos, como se entendesse as palavras que ela lhe dirigia. Falar com a ave havia sido desde o início tão espontâneo, que surpreendia-se a mulher de ter passado tanto tempo sem ter com quem falar.

Serena, aquela casa. E assim teria continuado, não fosse a mulher adoecer. Começou sentindo uma vertigem, um mal-estar. A ave acompanhou o gesto com que passou a mão no rosto, viu quando sentou-se para não cair. E a viu deitar-se ainda dia claro. Aquela noite a ave não dormiu no poleiro, pousou no espaldar da cama da mulher.

E nos dias que se seguiram, cuidou dela. Trouxe gravetos no bico para não deixar que o fogo se apagasse, trouxe frutas que procurava nas árvores, bateu asas para refrescar a testa que ardia em febre. Seus olhos atentos acompanhavam o lento mover da cabeça no travesseiro. Até que a cabeça aquietou-se, para não mais se mexer.

No silêncio da casa, o grito da ave pareceu ainda mais agudo. Abaixou a cabeça sobre o peito, e a golpes de bico rasgou a pele de penas negras que havia sido sua morada. Saiu dos lanhos nua e branca, de cabelos longos, uma moça. Com gestos de moça colheu a pele de penas no chão e cobriu com ela a mulher, asas abertas.

Depois lavou-se no regato, vestiu-se, e começou a esperar. Em algum ponto distante, seu noivo havia-se posto a caminho.

Quando a primavera chegar

NA PALMA DA MÃO

As chuvas haviam terminado e as flores cresciam até debaixo das pedras, quando a tribo dela chegou. Outras tribos já estavam acampadas havia dias, com seus cavalos, suas carroças, suas tendas e seus filhos. Muitas ainda viriam para o encontro.

E este ano ela não era mais menina. Havia-se feito mulher. Agora trazia um crisântemo pintado na palma da mão direita. E no coração, o desejo de encontrar o homem a quem ofertá-lo.

– É no mercado que eles estão – sussurraram-lhe as outras moças, na primeira manhã. – E como são bonitos!

Bonitos eram, os homens jovens caminhando entre os animais e as barracas de peles, examinando ora uma arma ora uma joia, com suas mãos enfeitadas de anéis. Esbeltos como árvores novas. E exibindo, nos ombros, a arrogância.

As moças não caminhavam entre as barracas. Mantinham-se juntas num canto, entre murmúrios e pequenos risos. Sua escolha era outra. E a faziam de olhos baixos.

Vários daqueles jovens olharam para ela no primeiro dia. Ela não olhou para nenhum.

À tarde, aquele que usava um brinco de prata prendeu às costas uma pele de lobo e longamente, diante dos anciãos, dançou a dança da caça. Depois foi pedi-la ao pai.

– É bom caçador – murmuraram os velhos –, comida em sua casa não há de faltar.

Mas no coração dela amor faltou. E, sem nada dizer, sacudiu a cabeça em recusa. Na palma da mão, como se murchasse, uma pétala do crisântemo desbotou até desaparecer.

Dia seguinte, aquele que prendia o cabelo na nuca sentou-se sobre o tapete do pai da moça. E na bandeja de areia desenhou os limites da terra em que a receberia, e aos seus que quisessem acompanhá-la.

– É homem rico – todos nas tribos disseram –, qualquer moça há de querê-lo.

O coração dela não quis. Do crisântemo, mais uma pétala se foi.

Houve depois, ao correr dos dias, um que atirou sua lança para o alto, tão alto que desapareceu sem voltar a cair. Outro que trouxe inscrito num interminável rolo de pele o registro dos animais do seu rebanho. Um terceiro que com seu cavalo saltou por cima do rio em seu ponto mais largo.

Todos os três foram louvados pelos velhos e pela gente das tribos. A moça não louvou nenhum. Três vezes o pai ergueu os olhos para ela esperando resposta. Mas a resposta não veio. E o crisântemo perdeu mais três pétalas.

Gastava-se aos poucos o tempo do encontro. A cada amanhecer, ela olhava sua mão, e estremecia vendo o despetalar-se da flor. Teria que esperar o próximo ano, se não encontrasse o que tinha vindo procurar. E o tempo passa lento quando a alma está carregada de desejos.

Um chefe de tribo a quis, para acrescentá-la a suas duas esposas. Ela sequer ouviu o pai, e inutilmente fechou a mão para que pétala alguma se fosse.

Um viúvo pai de belos filhos a pediu. Ela teria querido as crianças, mas não o pai. E para cada um desapareceu uma pétala.

As outras moças invejavam-lhe a sorte. Ela se perguntava onde sua sorte havia ficado.

Um pretendente encantava serpentes, ela temeu o veneno. Outro derrubava árvores, ela temeu o machado.

Fazia-se escuro o olhar do pai. Do crisântemo quase nada sobrava, e a moça mantinha a mão voltada para baixo, que não se visse a palma quase desguarnecida encostada na saia. Vergonha seria ajudar a mãe a desmontar a tenda com mão limpa.

E naquela manhã, um apresentou-se que não havia estado entre os jovens, nem era companhia dos mais velhos. Havia chegado tarde ao encontro, com seu cavalo, sua carroça e seu sorriso. Já quase em tempo de retomar o caminho da volta. Mas os cabelos eram longos, finos os dedos.

O tempo de que dispunha era pouco, e ainda assim sentou-se no tapete do pai, pois para isso havia vindo. Ela esperava fora da tenda. Por uma fresta viu quando, feito o pedido, ele tirou uma flauta da manga e começou a tocar. As notas escaparam através do tecido da tenda. Os velhos voltaram a cabeça na sua direção, os jovens pararam o que estavam fazendo, as moças sentiram amaciar-se a cintura. Debaixo das pedras, as últimas flores do verão ergueram as corolas.

Como um vento, a música dava asas aos painéis da tenda.

O sorriso percorreu o corpo da moça, pareceu vibrar na palma da mão. Ela olhou. Entrelaçadas com as linhas do destino, uma a uma ressurgiam as pétalas, brotava fresco o crisântemo. Não fechou os dedos. Manteve a mão erguida e aberta, para oferecer a floração quando ele saísse para buscá-la.

POVO É NECESSÁRIO

Era tão pequeno aquele reino, que não tinha povo. Rei, sim, tinha. E Rainha. E alguns ministros. Tinha também uns tantos cavaleiros. Mas povo, nada.

– Povo é necessário! – queixava-se o monarca com a consorte. – Como posso ser magnânimo, se não há quem implore a minha generosidade? E como posso ser severo se não há quem desrespeite as leis?

– Sendo assim, para que temos leis? – havia perguntado uma vez a Rainha. Mas, vendo a expressão do marido, nunca mais se atrevera a repetir a pergunta.

– Povo é indispensável! – afirmava o monarca para os ministros. – Nossos hinos, cantados por tão pouca gente, mal se ouvem. E não tendo ninguém pronto a me escutar debaixo da sacada do palácio, nem me animo a fazer discursos.

Pensaram todos em conjunto, pensou cada um por sua conta. E a solução não apareceu. Houve um momento em que o Rei até acreditou tê-la encontrado. Chegou a escolher três dos Ministros, que promoveria a Povo. Mas antes que o fizesse, percebeu-se que desse modo ficariam faltando ministros. E nem pensar em manobra semelhante com os cavaleiros, tão poucos e tão necessários para a defesa do reino.

Passado algum tempo sem que lhe ocorresse ideia melhor, o Rei decidiu enviar seu Ministro Quase Primeiro ao reino vizinho, com a secreta missão de contratar Povo.

Não foi uma missão feliz. Aproximadas discretamente pelo Ministro que tentava aliciá-las, as pessoas além-fronteira reagiam até com maus modos. "Se é para ser Povo em terra que não conheço, entre gente que não conheço – gritou alto um jovem, ameaçando tornar público o que pretendia-se privado –, melhor continuar sendo Povo do jeito que sempre fui, no meu próprio país, com minha gente." Houve até quem fizesse ameaças. Ninguém aceitou.

Descolados barba e bigodes postiços, despida a roupa de ferreiro com que havia se disfarçado, o Ministro achou mais prudente regressar, embora levando à corte seu fracasso.

E a corte reunida deliberou, deliberou, deliberou.

Afinal, adubado mais pela necessidade do que pela inteligência, surgiu o fruto da deliberação e os ministros pediram a assinatura do Rei para o que ali se declarava: não tendo o arredio povo alheio se deixado seduzir, tornava-se imperioso conquistá-lo. Não mais com promessas gentis. Com a força.

– É guerra – murmurou o Rei com voz travada pela emoção, borrando um pouco a assinatura.

Uma guerra diferente, porém, já que não havendo povo também não havia soldados. Havia cavaleiros. Poucos, é bem verdade, mas de excelente qualidade, mestres em espada ou lança, insuperáveis no punhal e arco, guerreiros até aquele momento tão inúteis quanto temíveis.

E porque temíveis, precedidos pelo medo, conseguiram aquilo de que não só a corte mas eles mesmos duvidavam, conquistaram para o Rei o país vizinho.

Era, este também, um reino modesto, pequeno. Seu pequeno povo foi suficiente apenas para formar uma pequena tropa de soldados. Que os cavaleiros treinaram com determinação e mão forte, longamente, até torná-la tão temível quanto eles próprios. Logo, à sua frente, cruzaram fronteira e se apossaram do país mais próximo.

À custa de batalhas, crescia aos poucos a tropa. Crescia a fome de vitórias com que as tropas se alimentam. Demorou alguns anos para que, uma a uma, terras mais amplas fossem conquistadas. E as pessoas daquelas terras, que agora eram só uma, passassem a formar um único Povo.

Que entusiasmantes se tornaram os hinos cantados por tantas vozes! Nunca mais faltaram ao Rei oportunidades para ser magnânimo. Entretanto, fosse porque também era necessário ser severo, fosse porque o multiplicar-se dos súditos acarretava o multiplicar-se das leis e o crescer da desobediência, a magnanimidade real cochilava, enquanto silvava constante o açoite do carrasco e não havia repouso para o seu machado.

Debaixo da sacada do palácio, muitas vezes juntou-se o Povo para ouvir os discursos do monarca. Depois, levado por alguns mais atrevidos, começou a juntar-se na praça do mercado, agora não para ouvir os discursos do Rei, mas para fazer os seus próprios.

De discurso em discurso, a multidão na praça aumentou, quem antes ouvia da janela desceu à rua, quem vinha de longe para mercadejar veio sem mercadorias, e avançando nas palavras como quem sobe uma escada aquelas pessoas concluíram afinal que Rei não era indispensável, não era sequer necessário. E derrubaram o seu.

DE NOME FILHOTE

Há um castelo severo de poucas janelas. Ali vive uma única castelã, jovem, muito jovem. Não está prisioneira. Não está confinada. Está só. Com sua ama.

Suas irmãs e primas partiram uma a uma para outras terras, levadas por casamento. Os velhos, pais e parentes, morreram progressivamente. Os homens da sua família estão sempre ausentes. Vão chamados por guerras, caçadas, ou longas viagens. Uns voltam, outros não. E os que voltam demoram tanto a chegar, e tão pouco a partir novamente.

Os dias escorrem lentos de um cômodo a outro do castelo. E sombrios. De nada serve à jovem subir ou descer escadas, degraus não encurtam o tempo. Em dias mais quentes, sai para os mínimos jardins entre muros, colhe uma rosa ou um lírio, entedia-se ao ar livre. Mas assim que chega o frio, tão longo naquelas paragens, nem esse mínimo prazer lhe resta. Faz-se então mais pesada a falta de companhia.

– Uma criança – diz um dia à ama –, por que não posso procurar uma criança abandonada? Seria bom para ela e para nós. Cuidaríamos dela juntas, e teríamos companhia.

– Crianças há muitas – responde a ama que a criou e a quer como a uma filha. – Mas são sonho impossível para moça solteira. Quem acreditaria que a criança não é sua? A desonra mancharia o brasão da família. E traria de volta os homens para um castigo feroz.

– Um filhote, então! – diz a jovem. – Quero um filhote macio de animal carinhoso, a quem eu possa querer bem. Não há nada de mal em ter um filhote.

E envia a ama em busca daquilo que quer.

Tarefa difícil para a boa senhora. Descarta logo as aves, apesar do canto. Dos animais que habitam a floresta ao redor do castelo, lobo, raposa, javali, nenhum lhe parece aconselhável. Nem esquilo ou lebre, muito fugidios. Pensa em gato, que seria fácil de achar, mas o considera pouco para tanta solidão. Cachorro, só sendo muito especial. Vai até a aldeia mais próxima, e nada. Aventura-se mais além, até a cidade que é porto de mar. E ali, junto ao cais, encontra afinal o que lhe parece à altura da sua jovem senhora. Paga o preço que pedem, mete o filhote dentro de uma cesta, o cobre com um pano para que não pegue frio, e toma o caminho da volta.

Com quanta alegria é recebida!

– Meu Filhote! – exclama amorosamente a jovem tirando-o da cesta. E a exclamação já é um batizado.

O bichinho corresponde a tudo o que a jovem havia desejado. Macio e alegre, de língua quente e dentinhos afiados, exalando cheiro bom de vida nova. Parece uma raça diferente de cachorro, como ela nunca viu antes, ou talvez seja apenas parente dos cães, um outro cruzamento. O pelo curto cor de sol, as orelhas arredondadas, e aqueles olhos puro mel. Certamente haverá de crescer, porque as patas largas denunciam o futuro vigor.

Com ele, os dias se fazem mais curtos nos cômodos que parecem ter ganho outra luz. Risos e chamados ocupam o espaço que pertencia ao silêncio, enquanto a jovem e Filhote se perseguem brincando de sala em sala. A ama sorri satisfeita com tanta alegria.

Durante alguns dias, lhe dão de comer pão molhado no leite. Passou o tempo de mamar. Mas em breve, com Filhote ganhando peso, aquilo parece pouco. Precisa de alguma coisa mais forte para o crescimento dos ossos. Pedacinhos de carne. Isso sim, lhe agrada. E com que fome os ataca! Mas não há tanta carne disponível no castelo, alguma pequena caça, um coelho ou ave que compravam dos lenhadores haviam bastado até então para a jovem e sua ama. Logo, porém, se revelam insuficientes para a Filhote.

– Vou caçar para ele! – declara a jovem num ímpeto, em plena manhã de sol. E a ama ri, damas não caçam, não educou sua patroa para isso.

De fato, sair do castelo revela-se inútil. A saia longa estorva os passos, prende-se nos arbustos rasteiros, os longos cabelos se emaranham nos galhos mais baixos, a jovem mal avança. E não tem sequer força para tender o arco, as flechas caem adiante sem nada atingir. Ela volta desconsolada.

É teimosa, entretanto, essa jovem castelã. E tem a animá-la a fome de Filhote, que aumenta à medida que progride o seu crescimento. Vai ela abrir os baús deixados para trás pelos homens, vasculha entre calças, coletes, casacos, botas. Escolhe os que melhor lhe cabem, e os veste por cima das suas próprias camisas rendadas. Trança os cabelos. A ama se indigna a princípio, nada a preparou para isso, mas tem que reconhecer, a sua cria está bela como um pajem.

Depois é a vez das armas. Nos pequenos jardins internos, a jovem já não se interessa pelas roseiras e sim pelos alvos nos quais treina a pontaria. Não pratica somente arco e flecha. Como um aprendiz de cavaleiro, treina também o uso da lança, e a espada.

Que belo vai se tornando Filhote. Musculoso e alto, bem mais que um cão, a linha esguia do corpo prolongada na cauda longa que um tufo de pelos arremata. Ao redor da cabeça que se faz mais poderosa dia a dia, começam a surgir longos pelos.

– De que raça é mesmo Filhote? – havia perguntado a jovem à ama. Mas esta não se lembrava ou não sabia, comprara o bicho de um mercador vindo de terras distantes, sem sequer indagar que terras eram aquelas.

Ficando ele tão forte, parece natural à jovem levar Filhote consigo à floresta, agora que a caça se tornou sua principal ocupação. Lá se vão os dois no verde até o anoitecer, a moça cavaleiro e o animal fulvo de longa juba, ela retesando a corda do arco, ele saltando sobre as presas maiores, em plena sintonia. Nunca dois amigos foram mais companheiros e se amaram mais do que eles se amam.

E chega o dia em que a garganta de Filhote forja um som diferente, e erguendo a cabeça ele ruge, uma e duas vezes, afirmando sua majestade para aquela floresta que toda estremece.

O coração da jovem abre-se para um novo entendimento.

Dona dos seus passos, não demora muito para que tudo ao redor, inclusive o bosque, lhe pareça pequeno e ela deseje intensamente seguir o caminho dos irmãos e primos. Na espessa sombra das árvores, o cheiro de Filhote lhe fala de sol.

Ainda se contém durante todo o inverno, segredando a Filhote o que lhe vai no pensamento. Mas a chegada da primavera traz a tarde em que na floresta, onde tudo brota e renasce, ela olha decidida para trás. Vê ao longe o castelo severo, acredita vislumbrar a ama em uma das poucas janelas.

– Eu volto – murmura baixinho em despedida, sem ter certeza de estar dizendo a verdade. E enroscando os dedos na juba do companheiro segue adiante, rumo às distâncias tantas que se abrem para ela.

TOMANDO-O DO MAR

Tudo foi levado pelo mar. A onda grande, imensa, atravessou a praia, chegou à beira da encosta, entrou na casa, revirou as gavetas, levou os móveis e as roupas, os chinelos e as botas, as comidas guardadas, a gaiola vazia. Quebrou vidros, quebrou telhas. Derrubou paredes. Lençóis e panelas boiaram ainda por instantes. O uivo da água encobriu o único grito, longos cabelos louros giraram e giraram no rodamoinho com que a onda se retirou. Depois tudo desapareceu no grande ventre verde. E até o vento se calou.

O homem a quem aquilo tudo pertencia era marinheiro e navegava em alto-mar. Nada soube. Demorou a voltar, cansado, desde longe buscando com o olhar a sua casa, a sua mulher. Mas no lugar onde a casa sempre havia estado não viu casa alguma. Uma estranheza, um travo, uma tontura lhe abocanharam o pensamento, lhe tomaram o corpo. Ainda assim correu, olhando desesperado ao redor. Em vão. A casa que havia sido sua e tudo o que ela continha haviam desaparecido e, por mais que procurasse, a única coisa que encontrou foi a marca das fundações meio sumida no chão.

Chorou e chorou aquele homem, abraçado aos joelhos, abandonado como se nu. Gastou todas as lágrimas que tinha e muitas que nem suspeitava ter. Enfim, esgotado seu estoque de pranto, levantou-se, caminhou até acima na encosta, escolheu uma pedra bem grande e, carregando-a no ombro, veio depositá-la em cima da antiga fundação. Era o começo.

Só o começo, porém, já que não bastam teto e paredes para constituir uma casa. Seria necessário preenchê-la como antes, dar a cada canto um sentido, a cada espaço uma função, pensar no prego, no apoio, no degrau. E a tudo acrescentar um pouco de supérfluo, um tanto de coisa esquecida, uma recordação. Uma casa, para acolher, tem que ter acúmulo de vida.

– Mas onde buscar acúmulo – perguntou-se o homem –, se tudo o que eu tinha de mais caro e cada mínimo grão que juntei na vida foi levado pelo mar?

– Tomando-o do mar – foi a resposta que ele próprio se deu.

Decidiu que durante toda a manhã e um pouco da tarde cuidaria de construir. O que lhe restasse de tempo até escurecer usaria para procurar.

Caminhava à beira d'água chapinhando, quando achou uma lente. Aproximou-a de um olho, depois do outro. Não soube dizer se era a do olho direito ou a do esquerdo dos seus antigos óculos. Botou-a no bolso. Serviria para olhar algum mapa. E como não tinha mais nenhum mapa, nos dias seguintes procurou na areia o tinteiro que havia tido sobre a mesa, para desenhar com sua tinta algum mapa que leria depois. Não encontrou o tinteiro, encontrou uma bela tábua grossa que flutuava na arrebentação, vinda do forro do seu telhado ou de algum barco naufragado. Com ela fez a mesa. E com a lente olhou seus veios, percebeu que havia restos de tinta, marcas de pregos, um furo de caruncho, e pensou que aquilo também era um mapa, o mapa da madeira.

– A vida – concluiu – desenha seus próprios mapas. Vamos ver o que desenha para mim.

Avançava a construção da casa, aumentavam os achados do homem. Achou um caco de louça, acreditou reconhecer o fragmento de um prato, encaixou-o na argamassa da parede onde seria a cozinha. Encontrou uma ferradura enferrujada, talvez do cavalo que não tinha mais, guardou para quando tivesse outro. Catou uma concha, abriu-a, dentro estava um botão parecido com os da camisa que já não possuía, coseu na que estava vestindo e onde fazia falta. Viu uma chave enterrada na areia, fez para ela a fechadura. Tudo aproveitava, tudo se tornava tão seu como se sempre o tivesse sido.

Sentia saudades, porém, dos seus bens de antes, que já começava a esquecer. E um vazio, no espaço do peito que havia pertencido à mulher.

Antes que desaparecesse da memória, fez uma gaiola. Deixou a porta aberta para o caso de alguma ave querer entrar.

Antes que se fosse da lembrança, desenhou na areia a mulher de longos cabelos. Uma onda veio em seguida e apagou-lhe os pés. Outra onda veio depois e levou-lhe o corpo até a cintura.

O vazio continuava.

Eis que uma tarde, tendo pescado um peixe que bem lhe serviria de jantar, ao rasgar-lhe o ventre com a faca viu entre tripas e sangue um cintilar inesperado. Afundou a mão, procurou, liberou o seu achado. Era um brinco. Um brinco de ouro, com pingente.

Que salto deu seu coração! Tão semelhante ao brinco da mulher, o mesmo, certamente, que tantas vezes tivera sob os dedos ao acariciar-lhe o pescoço. Agora, alisando-o em busca do antigo calor, não ousava se perguntar como havia ido parar na barriga do peixe.

A casa ficou pronta, o homem voltou a navegar. Abria as velas aos ventos do amanhecer, fazia-se ao largo, e perseguindo cardumes, lançando e recolhendo as redes, singrava o alto-mar durante muitos dias, até regressar por fim à hora do crepúsculo, quando vento e barcos se achegam à praia. O brinco ia com ele, preso ao pescoço numa mínima sacola.

Pescou muito, enfrentou tempestades, suportou calmarias. Mais de uma vez pareceu-lhe ouvir um cantar distante, que atribuiu a golfinhos ou ao farfalhar das ondas. Mas uma noite em que a lua branqueava o mar quase parado e nada farfalhava, o canto fez-se ouvir alto e próximo, bem próximo. Houve um leve baque contra o casco. O homem levantou-se justo a tempo de ver um braço roliço saindo da água, e logo emergir até a cintura uma mulher de longos cabelos louros. Ele estendeu-lhe a mão, viu brilhar junto ao pescoço um único brinco dourado, de pingente. E pensou que lhe daria o outro assim que a trouxesse a bordo, para querê-la, mesmo com aquela cauda de escamas que, em vez das pernas, lhe completava o corpo.

EMBORA MÍNIMA

Hora de comer. Mas a família era grande. E o que o pai havia conseguido caçando e colhendo não era muito. Então a mãe, a quem cabia essa tarefa, dividiu entre pratos e fomes o pouco que havia, deixando para si apenas uma fava.

Grande, essa fava, de um verde claro e luzidio. Com cuidado, para que nenhuma migalha se desperdiçasse esmagada entre faca e prato, partiu a fava ao meio. Esperava talvez que algum gênio ou voz benfazeja escapasse daquela fava, e com boas palavras a recompensasse pela fome que passaria aquela noite.

Mas isso não aconteceu.

Devagar, partiu cada metade ao meio. Devagar, bem devagar, comeu cada pedaço. E porque era noite e estava frio sem que tivessem lenha para se aquecer, foram todos dormir.

É possível que durante o sono a mulher sentisse uma coceira no ouvido, mas estava tão cansada, que sequer moveu a mão para se coçar. É provável que o marido, estendido a seu lado na cama, sentisse um leve toque no nariz. Mas roncava tão alto, que produzir o ronco exigia toda a sua atenção. Nenhum dos dois se deu conta de que, no escuro, algo novo acontecia.

Amanheceu e continuava frio, pois era inverno. Mas do ouvido da mulher uma brotação verde surgia delicada, estendendo-se sobre o travesseiro até o rosto do marido.

– É a fava! – pensou a mulher com súbito entusiasmo. E antes mesmo de examinar aquele tênue verde que ela mesma emitia levou adiante o pensamento: – Quem sabe frutifica, e com seus frutos alimento minha família.

Mas isso não aconteceu.

A brotação progredia lenta. Disposta a não perturbá-la, a mulher se manteve deitada durante dias e dias, embora sem poder cuidar da casa, sem poder atender os filhos. Ao fim desses dias, porém, aquilo que havia demorado tanto para crescer amarelou e morreu.

Desapontada, a mulher pôde enfim levantar-se. E limpando as folhas mortas do travesseiro encontrou, quase perdida nas dobras do pano branco, uma fava já fora da baga aberta. Pequena, mirrada, única. Que só não jogou fora porque não jogava nada fora. Que abrigou na palma da mão como se abriga coisa amada, que alisou ternamente com a ponta do indicador da outra mão, buscando vida naquela pele verde tão frágil e enrugada. E que depois enterrou no quintal, perto do lugar onde, quase no fim do outono, havia enterrado uma andorinha morta. Que tivessem berço juntas, já que nenhuma das duas alcançaria o verão.

Não pensou que a fava fosse brotar, tão pequena naquele chão gelado e duro. Não parecia possível. Entretanto, passadas muitas semanas, brotou. Pensou então que subiria forte pelo tronco da árvore a seu lado, talvez até a copa, e assim que o sol esquentasse estaria carregada de bagas gordas, e dentro das bagas, favas e mais favas.

Mas isso não aconteceu.

Com esforço, quase sofrimento para abrir caminho naquela estação desfavorável, as ramas magras que se formaram conseguiram produzir somente uma baga. E dentro daquela baga magra, duas favas pequenas, tão pequenas, e mirradas. Não mais.

Mas eram duas. Desta vez a mulher não formulou desejos. Alegrou-se, simplesmente. E sorriu porque a vida, sempre tão áspera, lhe oferecia agora uma mínima abundância.

LÁ FORA, AS CASTANHEIRAS

Naquele castelo rodeado de bosques, uma menina adoece. Está frágil, não pode ir brincar ao ar livre. Lá fora as castanheiras farfalham, a sombra de suas copas deita no chão desenhos bailarinos, as lagartixas se aquecem nas manchas de sol. A menina mal pode olhar pela janela, que é alta.

Para distraí-la e para que melhore, a madrinha faz para ela uma boneca, da mesma massa com que se faz a louça do castelo. Não é grande a boneca, um palmo ou pouco mais. Mas é graciosa e tem uma particularidade, talvez devido ao carinho da madrinha seu rosto resultou tão parecido com o da menina, que se diria quase igual.

Uma boneca nua não serve para brincar. A madrinha busca retalhos de batista, pedacinhos de tafetá, restos de fitas e rendas com que fazer um vestido, e ao escolher o modelo, olha o vestido que a menina está usando. Assim, a boneca e sua dona terão a mesma roupa.

Nos dias seguintes, para ocupar o tempo em que brinca com a afilhada, a madrinha costura alguns vestidinhos mais, e uma camisola, um mínimo xale, faz até dois sapatinhos. A boneca começa a ganhar seu enxoval, e a madrinha promete à menina que mandará fazer um baú na mesma proporção, para guardá-lo.

As castanheiras, lá fora, perderam as folhas. A menina não melhorou, está até mais pálida – talvez porque não toma sol – e mais magra. A madrinha já mandou fazer o pequeno baú.

E quando o médico diz que a menina deve ficar na cama, a madrinha chama o mesmo empregado que fez o baú e lhe pede para fazer uma cama para a boneca. Igual à da menina.

Chega a neve. A boneca já tem uma mesinha de cabeceira, uma pequena bacia, e um gato de porcelana. Mas brincar na cama com esses objetos delicados ficou difícil para a menina, sobretudo agora que está tão fraca. E a madrinha pede ao marceneiro do castelo que faça uma espécie de grande caixa de três lados. Apoiada sobre uma mesa ao lado da cama, será o quarto da boneca, que ganhará cortinas, paredes forradas de seda, um espelho emoldurado, uma poltroninha, e um armário para os pequenos vestidos que já não cabem no baú.

Faz frio no quarto do castelo, apesar da grande lareira sempre acesa. Ou é a menina que já não consegue se aquecer. Envolta em xales, submersa em cobertas, ainda assim estremece, e parece não ter forças para brincar com o quarto de boneca. A seu lado, a madrinha tenta alegrá-la mudando os pequenos móveis de lugar, vestindo e despindo a gentil dona daquele ambiente. Mas a alegria já não mora com sua afilhada.

A neve derreteu, a lareira está apagada. Lá fora as castanheiras voltaram a farfalhar, sombras bailarinas se perseguem no chão, o sol aquece lagartixas. Não há menina nenhuma no quarto do castelo. Em cima da mesa, agora afastada da cama vazia, ficou a grande caixa.

A madrinha tirou a boneca da cama pequena, penteou e trançou seus cabelos, vestiu-a com sua roupa mais bonita. Desde então, todos os dias vem cuidar dela. Fez outras bonecas para que tenha companhia, e as põe a tomar chá nas mínimas chávenas, a conversar. Com frequência acrescenta um objeto que fez ou achou, um castiçal com sua vela, o leque na mão de uma visita, um cinto com bolsinha pendurada, uma minúscula rosa de seda. Sendo sempre o mesmo, o quarto da boneca se enriquece nos detalhes, palpita de pequeníssima vida.

Surpreende-se, às vezes, essa madrinha amorosa, sem saber se foi ela que moveu a boneca no dia anterior ou se, longe do seu olhar, ela própria se deslocou. Ninguém mais está autorizado a tocá-la. Um dia a encontrou diante da janela alta, sem que houvesse castanheiras além dos batentes de mentira que se abriam para o espaço penumbroso do quarto. O que será que está vendo? perguntou seu pensamento antes de perceber a impossibilidade da pergunta.

Muitas vezes caíram e brotaram as folhas das castanheiras. Já estão amarelando novamente, quando a madrinha adoece. Não deve ir lá fora. Então manda chamar o marceneiro, e pede que faça uma grande caixa de três lados, e uma cama miniatura igual à sua.

Quando não tiver mais forças e o médico ordenar que se deite, já terá forrado de seda as paredes da caixa, haverá cortinas, um espelho emoldurado na parede, uma mínima rosa de seda na cabeceira. E uma boneca de louça com rosto semelhante ao seu estará vestida com a mesma roupa que ela usa. Ao pé da cama, um baú pequeno guardará o enxoval, pronto.

E ERAM TÃO PEQUENAS

Choveu e choveu naqueles meses, e mais choveu. O rio transbordou em vários pontos, os açudes incharam como se cheios de peixes. Os pés afundavam em terra molhada. Depois vieram o sol e as aranhas.

O sol percebeu-se logo. Das aranhas ninguém se deu conta a princípio. Algumas donas de casa sim, que as surpreendiam saindo dos cantos, ou debaixo das folhas na horta. Mas eram tão pequenas, que não mereceram atenção.

A atenção foi despertada depois, pelas teias. Como uma névoa cinzenta começaram envolvendo as dálias e as magras roseiras junto às portas, engolindo cor e perfume. Depois as portas foram sendo tomadas, e as janelas, teias subindo pelas paredes feito trepadeiras, alcançando os telhados, cobrindo tudo. Que luta para impedir que fechassem a boca do poço! Mas, ocupados com o poço, os moradores esqueceram de cuidar do cachorro, e quando ele ganiu já parecia um embrulho de papel de seda. Até a macieira desapareceu debaixo daquela estranha colcha, as maçãs maduras caíam dos galhos mas não chegavam ao chão, apodreciam lá dentro. Aranhas não comem maçãs.

Tentaram de tudo, nada parecia capaz de arrancar aquela cobertura espessa e pegajosa. Que só fazia aumentar.

Reuniram-se, então, os que não haviam sido trancados pelas teias dentro de suas próprias casas. E ora esmagando aranhas com o pé, ora sacudindo uma saia ou uma calça por onde elas teimavam em subir, decidiram contratar os serviços do mais famoso mestre de espada das redondezas. Pagariam com a colheita, assim que a tivessem. Um deles foi enviado como mensageiro.

E passados alguns dias, precedido pelo mensageiro que vinha a pé, aquele que salvaria o povoado chegou, a cavalo.

Um belo moço, tão bem ataviado, de botas e chapéu de pluma. E que espada cintilante trazia à cinta. Imediatamente, quis demonstrar o seu talento. Rodeado de pessoas e de admiração, pediu um lenço de seda que cortaria no ar, de um só golpe. Mas tal coisa não havia no povoado – seda, ali, só a das aranhas. As moças ofereceram seus cabelos para o garboso decepar. Ele, porém, desdenhoso, declarou-se cansado da viagem, repousaria um instante antes de fazer o serviço. Pediu uma cadeira, sentou-se, fechou os olhos enquanto os populares iam buscar cidra para lhe oferecer.

Não sabia que um instante era tempo demais. Voltando os aldeões com caneco e jarro, já o encontraram empacotado, sumidos com ele no cinza das teias a espada e o chapéu.

A colheita ainda poderia servir, pensaram enquanto tomavam a cidra que o hóspede ilustre não ia aproveitar. E decidiram contratar os dois homens mais fortes do condado, dois gêmeos lenhadores cuja envergadura ninguém conseguira superar. Lá se foi outro mensageiro, pois o primeiro estava ocupado cuidando das bolhas nos pés.

Passados uns dias, de pé na carroça puxada por dois cavalos iguais como eles, os gêmeos chegaram. Tão altos, tão largos, tão musculosos. E que sede e que fome havia-lhes dado a viagem. Solícitas, querendo agradar aquelas duas montanhas humanas, as mulheres trouxeram tigelas de sopa, talhadas de pão, e água, muita água. Que os dois engoliram num piscar de olhos.

Se as aranhas estavam na sopa, no pão, ou na água nunca se soube. Pequenas daquele jeito, como saber? Mas em alguma parte estavam, porque em poucos minutos os gêmeos começaram a se contorcer, caíram do banco onde estavam sentados, se empelotaram no chão, e não demorou muito para que delicadas teias cinzentas começassem a sair de sua boca e nariz. Tomados por dentro, começavam a ser dominados por fora.

Durante algum tempo, desalentados, os do povoado pensaram em como resolver a situação que parecia insolúvel. Ainda estavam pensando, na tarde em que o homem adentrou a rua principal e única do povoado. Levava uma vaca por uma corda.

Não estava bem ataviado, nem era forte. Não era alto, nem era baixo. Não era bonito, mas feio não se poderia dizer. Nem muito jovem, nem velho ainda. Era um homem, só isso. E aquele homem parou no meio da rua.

Cada um no seu canto, olharam todos, quem de frente, quem de cabeça baixa, à espera de uma ação qualquer que lhes dissesse como agir. E a ação não se fez esperar. Não do homem. Da vaca que, erguendo de leve a cauda, depositou bem no meio daquela rua única e principal um montinho de bosta fumegante.

A indignação tomou conta dos habitantes do povoado, enquanto moscas e mosquinhas tomavam conta da bosta. Só o homem não se perturbou. Deu uma dezena de passos adiante puxando a vaca, abriu seu bornal, tirou dali um pedaço de qualquer coisa fedida e pálida que talvez fosse carne, e a depositou no chão.

Já estava mais vinte passos à frente quando os aldeões, refeitos da surpresa, se aproximaram. Sem serem notadas, fileiras de formigas vindas não se sabe de onde se aproximavam da carne. Ouviu-se o zumbido de uma vespa.

Como se atrevia, lançaram com voz grossa, a sujar daquele modo a aldeia que não era sua?

Sujar?! Surpreendeu-se o homem. Não era esse seu propósito. Tomara conhecimento de que ali se buscava um caçador de aranhas, e viera atender essa necessidade.

Duvidaram que caçador tão insignificante pudesse ter êxito onde outros bem mais qualificados haviam encontrado o fracasso. Onde estão suas armas? perguntaram ameaçadores.

E ele, olhando para trás sem se alterar: minha arma é a fome.

De fato. Acompanhando seu olhar, viram todos a nuvem de insetos que volteava ao redor das duas manchas escuras no chão, e perceberam o tropel de pequenas aranhas que, abandonando suas teias, se dirigia para o banquete.

Foram precisos alguns poucos dias para que, avançando lentamente e semeando seu caminho de alimentos tentadores para os insetos, o caçador atraísse as aranhas até fora do povoado. Só quando ele estava longe, percebeu-se que, tendo ido livrá-los das teias, acabara caindo em outra bem mais doce e resistente. A moça mais bonita da aldeia se fora com ele.

Ainda assim, sorriram seus pais e parentes. Com certeza a abraçariam no outono, quando o casal viesse cobrar o seu lote na colheita.

ALGUÉM BATE À PORTA

No povoado abandonado, uma velha vive só.

Os homens se foram aos poucos, alguns levados pelo Senhor para defender seus domínios, outros mortos diante da porta para defender sua própria casa. Sem homens da sua gente para cuidar e querer bem, as mulheres foram sendo colhidas uma a uma por homens de outra geografia, e partiram levando o magro enxoval, os poucos pertences, o burro ou a vaca. As viúvas levaram os filhos. Só as paredes, que a hera haveria de cobrir, foram deixadas para trás.

E ficou ela. Velha demais para que um homem a quisesse, ainda não suficientemente velha para que a quisesse a morte. Ninguém pensou em levá-la, já que ninguém tinha seu mesmo sangue.

Era a dona da estalagem. Em tempos melhores recebia os viajantes que se atrevessem por lá, enchia-lhes o copo e o prato, oferecia uma cama aos que pudessem pagar, aos outros deixava a palha do estábulo. O fogão da sua cozinha estava sempre aceso, o degrau de sua entrada fazia-se gasto, o mundo lhe chegava nos alforjes e nas conversas dos visitantes.

Mas com a vinda de tempos escuros, fizeram-se cada vez mais raros os hóspedes. E quando vira a última mulher do povoado desaparecer na curva da estrada, pensara em juntar suas coisas e seguir igual caminho. Fora só um momento. Logo, o mesmo olhar que percorria entristecido as ruelas vazias e as janelas fechadas percebera uma outra realidade: aquele povoado morto havia deixado de interessar a quem quer que fosse. Agora que só ela o habitava só a ela pertencia. Sentira-se rica como um Senhor.

Então voltara para a estalagem, limpara tudo, lavara o que havia para lavar, esfregara os assoalhos. À noite, exausta mas sorridente, assoprara as brasas, pendurara a panela da sopa acima do fogo e, como haviam feito antes tantos visitantes, sentara-se à antiga mesa para jantar. Afundando a colher na tigela cheia pensou que cuidaria da horta no dia seguinte.

Um tempo de poeira e ausências transcorreu.

O vento, porque ninguém mais se intrometia em sua passagem, escorria ao longo dos muros com um uivo longo, sacudia em rangidos a velha tabuleta da estalagem. Nem lhe respondia o latir dos cães que, magros, sem ter quem os alimentasse, haviam buscado melhor sorte. Se lobos havia, estavam nos bosques. E mesmo o grito dos gaviões fizera-se raro.

A velha fez-se mais velha.

E uma noite, preparando-se à mesa para empunhar a mesma colher, firmes batidas à porta pareceram repercutir mais dentro do seu peito do que na cozinha em penumbra.

Através da fresta por onde só entravam frio e escuridão, um homem emantado do qual mal se distinguia a silhueta pediu abrigo. Era viajante, disse. E a porta foi aberta.

Ela ofereceu comida, ele não quis. Ela ofereceu a bebida que ainda guardava, ele só aceitou água mas nem tocou no copo. Sentado frente ao fogo, não despiu o manto nem tirou o chapéu. Ela não lhe viu o rosto, tomado pela sombra, não lhe viu as mãos, enluvadas. Mas quando o homem se levantou para recolher-se ao quarto, teve por um instante a impressão de ver, através do seu corpo, o tremeluzir das brasas.

Na manhã seguinte, tendo despertado muito cedo para atendê-lo, já não o encontrou. Sobre a mesa, duas moedas de prata.

Era o primeiro. A partir de então, quase todas as noites, como se a tabuleta da estalagem brilhasse lá fora, viajantes bateram à sua porta com mãos enluvadas. Ela ouvia o morder de rodas sobre o duro chão, o bater de cascos sobre as pedras, mas embora se aproximasse da janela, fosse a escuridão, fosse a sua vista cansada, nada parecia atravessar o vazio. Logo as pancadas a chamavam à porta, algum homem encasacado ou alguma dama encapuzada adentravam, e ela ocupava-se do atendimento.

Nenhum cruzava com ela ao amanhecer. Por mais cedo que se levantasse, antes mesmo do acordar dos pássaros, só encontrava as moedas, pontuais, sobre a mesa.

E uma manhã, como era inevitável que sucedesse, os pássaros cantaram inutilmente. Depois ouviu-se o apelo do galo. O sol começou a avan-

çar. E ela não se levantou. A dama que havia chegado à noite saíra ainda no escuro, levando-a pela mão. Sobre a mesa, nenhuma moeda.

Durante um tempo longo que ela não saberia medir, a estalajadeira sentiu-se como que suspensa, em viagem talvez, embalada por alguma carruagem de negras cortinas fechadas. Depois tudo parou. Uma porta abriu-se para a noite, ela saltou. Na escuridão, não se distinguiam os cavalos. Encontrava-se diante de uma estalagem. Sentiu o peso de um manto sobre os ombros, levantou o braço para bater à porta. E viu que a sua mão estava enluvada.

ESCUROS OLHOS DE VIDRO

Durante anos, o melhor relojoeiro daquela cidade famosa por seus relógios havia estado debruçado sobre minúsculas engrenagens, diminutas molas, pequeníssimos rubis. Durante anos, lente presa diante do olho esquerdo, havia cuidado de minutos e segundos como se o tempo estivesse em suas mãos. Depois, um dia, sem ser solicitado, um desejo surgiu no seu peito, e o homem quis construir um homem mecânico, um autômato.

Tendo colocado tantos cucos e bonecos em seus relógios, sentia o ímpeto de fazer o contrário. E o atendeu, de imediato.

Começou desembaraçando sua mesa de trabalho atravancada por tantas caixinhas, peças, ferramentas. Varreu a limalha. A nova tarefa exigia campo livre. Em breve, porém, o espaço conseguido tornou-se insuficiente, e uma mesa maior foi encomendada. Pareceu-lhe ampla como uma praça, ao chegar. Deslizou as mãos pelo tampo abrindo os braços, alisou os veios. Estava bem.

Ainda assim, esta também tornou-se pequena para os muitos papéis que ele ia juntando, cobertos de cálculos, desenhos, projeções. As janelas da oficina tinham que ser mantidas fechadas, para que o trabalho todo não fosse levado como folhas na tempestade, e fechada a porta, para que ninguém o viesse interromper. Um tempo muito longo gastou-se nesses estudos.

Só depois, o relojoeiro, agora cercado por finas madeiras e delicadas lâminas, começou a recortar os modelos de cada engrenagem e a juntá-los, armando maquetes que o ajudariam a fazer os acertos necessários. Tudo era lento e cuidado. As poucas funções de um autômato exigem precisão absoluta, e o relojoeiro sabia que qualquer equívoco as impediria.

O que estava em questão não era o empenho, era o resultado.

E depois de um tempo que ele sequer contou, o resultado apareceu. Um mancebo delgado, sentado em uma cadeira de espaldar reto. No rosto de porcelana, os olhos cintilavam sombreados por longos cílios, os lábios pareciam apenas encostados, e um leve azulado de barba rodeava-lhe o queixo. Foi preciso vesti-lo. Camisa de cambraia, casaco de veludo escuro com botões dourados, calças ajustadas, meias, sapatos de verniz. E arrumar-lhe o cabelo, liso e moreno descendo aos lados do rosto.

Estava pronto. Havia chegado a hora de pô-lo a funcionar. A mesa em que trabalharia foi colocada à sua frente, os últimos parafusos fixados. O relojoeiro ainda encheu o tinteiro sobre a mesa. Depois, emocionado, deu corda à sua criação.

E eis que, com ligeiríssimos estalos, o mancebo baixou e ergueu as pálpebras, girou de leve a cabeça para um lado, e movendo a mão direita em direção ao tinteiro, mergulhou a pena que segurava. Como se tomasse cuidado para não manchar os punhos de cambraia, trouxe novamente a mão à sua frente, e começou a escrever na folha de papel sobre a mesa.

Não demorou muito para que o escriba mecânico ficasse famoso. Pessoas do mundo inteiro vinham vê-lo. E para cada uma ele escrevia um bilhete, sempre com a mesma frase, aquela para a qual estava programado, sempre com a mesma letra cuidada, a única de que era capaz. Os visitantes olhavam extasiados.

Tantas presenças, porém, acabaram alterando o cotidiano da casa, e o relojoeiro se viu na necessidade de contratar um assistente. Era um rapaz forte e bom, aprendiz de relojoaria. Seu encargo principal foi, desde o início, manter azeitado e em bom funcionamento o mecanismo abrigado no peito do autômato, ao qual tinha acesso através de uma portinhola. Os outros cuidados não lhe cabiam.

Responsável pela aparência do escriba era a filha do relojoeiro. Dela, o dever de escovar diariamente o paletó de veludo, verificar que não faltasse nenhum botão, ajeitar os babados no peitilho da camisa, lustrar com flanela os sapatos de verniz e, sobretudo, pentear os cabelos. Com quanta delicadeza passava o pente naqueles fios macios como se vivos, e acertava o repartido, arrumava o caimento. Acabado o serviço, atardava-se ainda alguns minutos admirando o rosto de porcelana, lamentando que os lábios bem desenhados não se abrissem para sorrir ou falar. Depois, ia cuidar de outros afazeres, para só aproximar-se novamente do autômato no dia seguinte.

O velho relojoeiro havia voltado a fabricar relógios.

Tudo teria continuado dessa maneira, não fossem os olhos escuros sombreados por longos cílios. Havia, no seu cintilar, algo mais que o brilho do vidro. E embora a moça empenhada em seus cuidados não percebesse, moviam-se silenciosos acompanhando os movimentos com que lhe ajeitava os trajes. Quando ela se ia, as pálpebras pareciam ceder por instantes ao leve peso dos cílios, atenuava-se o brilho das íris escuras.

Assim, dia após dia.

E chegou uma manhã em que, ao aproximar-se do autômato já com a escova na mão para limpar-lhe o paletó, a moça foi surpreendida com uma frase diferente escrita na folha de papel. Palavras gentis faziam aceno a sua delicadeza feminina.

Olhou ao redor, viu pela porta aberta o assistente ocupado no outro cômodo.

– Foi ele – murmurou, certa de que seu pai não alteraria o escriba para frase semelhante. Dobrou a folha em quatro, meteu-a no corpete, e colocou uma folha limpa sobre a mesa.

Os olhos de vidro pareceram refletir o seu gesto.

No dia seguinte, nenhuma frase, a folha continuava intocada.

Mas já a partir daquela manhã, a moça pousou outra atenção sobre o jovem aprendiz de relojoaria. Reparou na sua bela estatura, nas suas mãos. E quando ele abriu a portinhola para azeitar o mecanismo, espiou de soslaio para ver se mexia em alguma engrenagem, se afrouxava ou apertava algum parafuso. Nada disso foi feito.

Ainda assim, passados alguns dias, antes mesmo de aproximar-se do autômato, ela percebeu o rastro escuro da tinta na folha branca, e soube que algo doce a esperava. Desta vez, a frase falava da sua beleza.

Novamente ela dobrou a folha em quatro e a meteu no corpete. Olhou pela porta, não viu o assistente, olhou pela janela, o viu lá embaixo podando a roseira diante da casa. Já descendo pelas escadas, pensou que lindas iam ficar num jarro aquelas rosas decepadas.

Em algum momento, ela trançou uma fita no penteado. Em outro, enfeitou de renda o decote. Fazia-se mais vaidosa e mais sorridente. E embora distraído a princípio, com o passar dos dias o rapaz que estudava mecanismos percebeu que algumas engrenagens em seu próprio peito se punham em movimento.

No rosto de porcelana, os cílios espessos ocultavam o brilho dos olhos.

Aconteceram dois bilhetes mais. O primeiro trazia a palavra amor. A moça corou levando a mão ao peito, e o leu seguidas vezes, sem dobrá-lo, para não vincar coisa tão preciosa. Tímida, nada disse ao aprendiz, nem parecia preciso agora que ele lhe tomava a mão por qualquer pretexto, e tentava beijá-la sempre que acreditava não ter ninguém olhando.

Alguém olhava.

O segundo bilhete só apareceu depois. Grafada com a letra impecável, a frase abrigava a palavra paixão. Mas era tarde. O aprendiz de relojoeiro havia feito o seu pedido.

Houve um anel modesto, houve taças de vinho e bolo de noivado. Em seguida, cada um voltou a suas tarefas.

Mais uma vez, a moça escovou o paletó do escriba, desceu o olhar controlando os botões, ajoelhou-se para lustrar os sapatos. Porém, aproximando o pente daqueles cabelos macios, pareceu-lhe ver algo estranho no rosto de porcelana. Era como se os lábios estivessem trancados, e é certo que os olhos, os belos olhos escuros, haviam perdido o brilho.

Aflita, chamou o pai, chamou o noivo agora promovido a relojoeiro. Juntos, examinaram o escriba por fora, deram mais de uma volta ao seu redor olhando atentamente. Tudo parecia em ordem. O velho, então, deu-lhe corda. Nenhum mínimo estalo se fez ouvir, nada se moveu. A mão continuou parada segurando a pena, parada a cabeça acima da gola de cambraia.

Abriram a portinhola. A máquina complexa não denunciava defeito. Foi preciso desfazer ligações, remover um eixo, uma mola e várias rodas dentadas, para chegar ao âmago das engrenagens. Só então, os três viram com espanto que o rubi principal, aquele que no centro do peito agia como coração do mecanismo, estava partido.

A CICATRIZ INEXISTENTE

Foi ao campo de batalha recuperar seu marido. Anoitecia. Durante todo o dia o trovoar dos canhões estremecera os campos, e apesar da distância ela acreditara ouvir ao longe, talvez trazidos pelo vento, relinchar de cavalos, tinir de metais, e gritos, tantos. Depois, aos poucos, silêncio, ameaçador como os gritos. E agora ali estava, os tamancos empastados de lama, as mãos agarradas uma na outra, garganta travada diante do que era tão difícil suportar.

Vultos moviam-se entre os corpos caídos e os destroços. Podiam ser sobreviventes, podiam ser ladrões, havia outras mulheres como ela. À luz de fogueiras esparsas, os vivos colhiam o que sobrava dos mortos. E ela também, como os outros, começou a procurar.

Era um homem grande e forte, o seu. Mas quando depois de muito buscar chegou a ele, pareceu-lhe estranhamente menor. Aproximou-se. E com espanto viu que acima dos ombros nada havia, faltava-lhe a cabeça, decepada por tiro ou lâmina.

Ajoelhada, tateou ao redor, suas mãos esbarraram em carnes frias, frios metais, panos. Da cabeça, nem sinal. Arrastou-se de quatro, os joelhos travados pela saia que a umidade fazia mais e mais pesada, as unhas cravadas na terra, em busca.

A cabeça que encontrou afinal tinha os cabelos cobertos pelo elmo, as feições cobertas de sangue. Acolheu-a no avental segurando as duas pontas. Ergueu-se. E foi ter com o corpo do marido.

Coseu a cabeça ali mesmo, à luz das labaredas, com a linha grossa e a grossa agulha que havia trazido para emendar ferida. E disse ao homem palavras gentis, e acariciou-lhe o ombro sentindo sob a palma a cota de malha. Depois deu-lhe a mão para ajudá-lo a levantar-se, e o amparou no caminho, para que não tornasse a cair.

Em casa, retirado o elmo, lavado o rosto, a mulher viu a luz do lampião confirmar aquilo que já sabia, aquela cabeça não era daquele corpo. Mas há muito estava só, faltava ao campo e aos animais mão de homem, o telhado da casa precisava de consertos. Melhor, disse a si mesma, aceitar o rumo traçado pela agulha. Já conhecia metade daquele marido, aprenderia a conhecer o resto.

O resto, porém, era muito. Logo, o homem sentiu fome, e quando pediu comida o fez em sua própria língua. Que ela não entendeu. Ele gesticulou apontando com a mão para a boca aberta. E quando ela trouxe comida era a sua própria comida, a que sabia cozinhar. Que ele não comeu, por ser diferente da que conhecia. Ela quis falar com ele, indagar o que gostava de comer, mas não lhe sabia o nome, nem como perguntá-lo. Repetiu o seu próprio várias vezes, apontando o peito. Não soube se ele havia entendido. Mas o homem sabia atiçar o fogo debaixo da panela, e apagar a vela para a noite. No escuro do quarto, enquanto o calor do corpo dele se expandia debaixo dos lençóis grossos que cheiravam a sol, ela se perguntou se era um conhecido ou um estranho aquele que doravante dormiria a seu lado.

E, algum tempo passado, lá está a mulher estendendo roupa ao ar livre, enquanto cantarola uma canção que ele lhe ensinou na língua que ela está tentando aprender. Estala no ar as camisas brancas do homem, as calças escuras do homem. Ao longe, o dono da roupa ara a terra que agora chama sua, aprendeu o nome dos bois, a palavra arado. Os cães já lhe obedecem. Ela abre os panos na corda, os seios fartos ondeiam ao movimento, o sol se apossa do seu rosto erguido, e no calor que lhe sobe pelo corpo ela passa lenta a mão no pescoço. E de repente ri, ri plena e madura porque percebeu que a mão procurava a cicatriz inexistente, como se trocando a cabeça do marido também tivesse trocado a sua.

EM BUSCA DE CINCO CIPRESTES

Não era um homem rico, tampouco era pobre. Vivia sua vida, e parecia-lhe bem. Até a noite em que teve um sonho.

Sonhou que um pássaro entrava em voo pela porta aberta e pousando na cabeceira da cama lhe dizia: "Um tesouro te espera na cidade dos cinco ciprestes". Viu-se estender a mão para afagar o inesperado visitante, mas com o gesto espantou sonho e mensageiro. Sem que, entretanto, se espantasse a mensagem.

De nada adiantou, nos dias que se seguiram, pedir a quantos conhecia informações sobre aquela cidade. Ninguém havia cruzado com ela em seu caminho, não fazia parte das recordações de quem quer que fosse.

O homem não sonhou mais com o pássaro. Pelo menos, não à noite. Muitas vezes, de dia, pareceu-lhe ouvir aquele canto que não era canto mas fala. Porém, embora procurasse no azul e nas ramagens, nunca mais viu o mensageiro que lhe havia trazido a boa-nova.

Empreendeu várias viagens breves. A pé, pois não tinha cavalo, e para que o teria, ele que só lavrava sua pequena horta e assava pão? Caminhava pelas estradas até onde suas forças o levavam, visitava uma ou outra cidade, uma ou outra aldeia, esperando encontrar não os cinco ciprestes que ninguém havia visto, mas alguém que soubesse deles. E a cada viagem, sem nada ter conseguido, retornava à sua casa levando consigo um desejo que tanto mais crescia quanto mais esbarrava em negativas.

A vida que havia sido suficiente para ele já não lhe bastava.

Vendeu primeiro a colheita da horta – precisava de roupas mais quentes. Depois vendeu tudo o que a sua casa continha, os móveis toscos, os canecos e pratos de estanho, as poucas panelas de barro – precisava de arreios para o cavalo que ainda não tinha. Só no fim, como uma concha va-

zia, vendeu a casa. Com o dinheiro comprou o cavalo, colocou numa sacola de couro o pouco que sobrou, prendeu-a na cintura. E partiu.

O homem que havia comprado a casa ficou olhando da porta, até vê-lo desaparecer na curva do caminho. Então entrou e começou a arrumar suas coisas.

Alguns meses se passaram. Já tendo cuidado de casa e horta, e querendo talvez marcar sua posse, o novo dono da casa plantou junto à cerca seis mudas de cipreste. Cinco cresceram verdejantes para fazer sombra e cantar no vento. Uma secou aos poucos, ainda jovem, e ele a abateu para fazer lenha, sem procurar saber a origem do seu mal.

Tivesse cavado, teria encontrado ao fundo, bem fundo, o velho baú cheio de moedas que com seus humores metálicos contaminavam as raízes. Mas o pássaro viera cedo demais, pousando no sonho de outro homem, e enquanto aquele cavalgava em busca do que nunca encontraria, este perdia a fortuna que lhe havia sido destinada.

QUANDO A PRIMAVERA CHEGAR

O sol é uma espada a pino quando o homem para em meio ao campo, retendo burro e arado. Suor lhe escorre pelo pescoço, sua magra sombra mal lhe cobre os pés. Ergue um braço, passa a mão na testa, desce-a pela nuca. Mas, se enxugou momentaneamente o suor, não conseguiu afastar a amargura do seu pensamento. Que mal ele fez, pergunta-se, para merecer o castigo que lhe coube junto com aquela terra? Não da terra se queixa, que de terra ninguém se queixa, e sim da aridez que a endurece e a racha, parecendo sugar-lhe toda a força e a capacidade de dar fruto. Acima, o céu tenso como aço não oferece resposta. Mais um dia haverá de passar sem trazer chuva.

Com um estalar de língua o homem dá a ordem ao burro, inclina--se sobre os braços do arado para acrescentar-lhes o peso do corpo, e lento, fendendo a terra com esforço, retoma o trabalho. Não avança muito. Um tranco repentino o joga com o peito contra a estrutura de madeira, o estalo parece repercutir em seus ossos. Batendo em algum obstáculo oculto, a lâmina do arado partiu-se.

– Oh, maldição! – esbraveja o homem já ajoelhado no chão, escavando com as mãos junto ao ferro, à procura da causa do desastre.

E lá está ela encastoada entre os torrões, grande pedra escura que parece nascer da própria terra e na terra afunda.

Tenta arrancá-la, não consegue. Abraça-a empurrando com força para a frente e para trás, não se move. Quer forçá-la com os pés, nenhum resultado. Então, enfurecido, busca a enxada e tornado forte pela raiva golpeia a pedra, uma, duas, muitas vezes, num cintilar de faíscas e lascas.

– Sai do meu campo, desgraçada! – esbraveja. – Sai daí!... Sai!

E golpeia até a exaustão, até destroçar a parte que havia conseguido desenterrar.

Naquele dia não tem mais forças para trabalhar.

Seu magro dinheiro sendo insuficiente para pagar ao ferreiro o conserto do arado, o homem se vê obrigado a vender boa parte dos grãos que havia reservado para o plantio. Os poucos que sobram lança nos sulcos áridos, sem quase esperança de que brotem na primavera.

Dias depois, está ele sentado junto à porta de casa, corpo entregue ao cansaço, enquanto a tarde se esvai. A seu lado no banco, a mulher debulha ervilhas com a tigela amparada na saia, entre as coxas. Não falam. Passa ao alto uma ave que poderia ser um gavião, mas não é. Volteia. Os dois a acompanham com o olhar, a ave baixa o voo passando diante deles. E da ave se desprende uma pluma que vem descendo pelo ar, leve, ondeante, até tocar o chão.

É um estrondo ou um tremor que faz erguer o homem de um salto, e joga a mulher para a frente derrubando a tigela? Seja o que for, onde a pluma tocou o chão antes batido e ciscado por galinhas, abre-se agora um vão, espécie de buraco enorme sobre o qual o homem e a mulher se debruçam. Ervilhas rolam para a beira.

Um declive e, abaixo, a escuridão.

– Fique aqui! – diz o homem à mulher. E desce.

À sua frente, um túnel arredondado. O homem pensa em alguma escavação de animal, mas que animal seria tão grande? E avança cuidadoso, cabeça baixa, o corpo rijo de medo evitando encostar nas paredes. Parece haver alguma fraca claridade adiante. O homem caminha durante algum tempo. Por fim, como porta que se abre, o túnel se alarga, o espaço parece maior. O homem para, tentando se orientar na quase escuridão. Sem que nenhum perigo real o ameace, as mãos estão prontas à defesa. Mínima luz filtra do alto, entregue por um chão talvez mais fino.

O homem está debaixo do seu campo, mas não sabe disso, não tem como saber. Espera, somente, buscando alguma forma de entendimento. Depois avança alguns passos. E só então a vê à sua frente, escura na escuridão, impenetrável como um muro, de alto a baixo, pedra.

Ainda não entende, esse homem tão fechado em si. Mas se achega. E achegando-se percebe um brilho que se move, uma quase coisa viva que escorre na pedra desde o alto. Estende a mão, toca. É sangue, um filete.

Que estranho sentimento é esse que lhe toma o peito, o homem não saberia dizer. Sabe porém que algo dói nele, e então se aproxima, acaricia aquele

sangue, tenta estancá-lo. Logo, vendo que as mãos não bastam, tira a camisa, e com ela enxuga e limpa longamente a pedra, até parecer-lhe que está seca.

Em casa, nada conta à mulher, fala de animais, toupeiras, inventa, e esconde a camisa manchada. Mas no dia seguinte, enquanto ela está ocupada na cozinha, novamente desce o declive. Novamente enxuga o filete que voltou a escorrer. E porque o saco que trouxe para isso não é suficiente, tira o lenço que sempre leva ao redor do pescoço, aquele entranhado do seu cheiro, e o passa docemente na superfície molhada, alisando, em afago. Sanar a misteriosa ferida tornou-se uma tarefa tão sua como se nele sangrasse.

No terceiro dia, porém, quando busca a abertura no chão, não a encontra. Nenhum vestígio. Dá alguns passos mais, verifica o lugar, busca com as mãos pelo chão. E nada. Para seu espanto, a terra voltou a ser aquela que sempre conheceu, penteada por passos e vassouradas, abrigo de pequenos insetos que as galinhas ciscam.

Pensativo, sem pressa, o homem volta ao campo. Logo virá o frio. Quem sabe, a sorte prendeu algum coelho ou ave nas suas armadilhas.

Está chegando à beira do chão arado, quando percebe algo novo, algo que embora sendo impossível aconteceu. E aos tropeções, caindo e levantando-se, chorando e rindo, alcança o olho d'água que brotou da sua terra, ali onde havia quebrado o arado. Mergulha mãos e rosto, afunda a cabeça, molha a nuca no frescor e, sim, pensa tomado de gratidão, sim, quando a primavera chegar trará verde nos sulcos.

NO RELÓGIO DA TORRE

Bong!... Bong!... Bong!... Bong!... Bong!... Doze toques entregues pelo relógio da torre avisam à população que a meia-noite chegou! Mas a população dorme e não ouve, já é muito se um ou outro se revira na cama confundindo som e sonho. No alto, porém, no grande nicho emoldurado por colunas, as personagens criadas pelo famoso artesão Guilherme O Coxo se exibem mais uma vez, retomando seu percurso indiferentes à falta de audiência.

Quatro vezes ao dia, os bonecos de madeira pintada marcam os tempos do cotidiano. O amanhecer às seis, a fome ao meio-dia, a sopa às seis da tarde, e o fundo sono da meia-noite. Desfilam girando em dois círculos. No mais alto, o Rei, a Princesa com seu Pai e Mãe, a Morte, e o Cavalo. No mais baixo, a Ama, o Pajem, o Paladino, o Cozinheiro, o Frade, e o Galo.

Representam o cortejo de casamento, quando o Rei daquele reino recebeu sua noiva, a Princesa do reino distante, sua família e seu séquito, para que em grande luxo se celebrassem boda e aliança. A boda foi celebrada na vida real, as festividades duraram muitos dias, a aliança durou muito pouco. Mas o que aconteceu depois do cortejo não ficou registrado na obra do artesão.

Guilherme esculpiu o Rei já entrado em anos, retratou a beleza juvenil da Princesa, a elegância dos seus pais, a sua Ama gorda. Colocou a Morte no meio deles, para que não fosse esquecida. Entalhou o Cavalo que depois da boda levaria o Rei e a Princesa para o palácio, o pequeno Pajem que levaria as alianças sobre uma almofada, o Frade que celebraria a cerimônia, o Cozinheiro que faria o bolo, o Galo que cantaria para o reino a chegada de um novo dia. E o belo e viril Paladino, que daria a todos segurança.

Entre os bonecos de madeira, porém, a boda nunca chegou a ser celebrada. E embora na vida real tudo tivesse se passado há mais de um século, naquele relógio onde as personagens viviam seu tempo somente por poucos minutos, a cada dia era como se festa e núpcias ainda estivessem por acontecer.

E porque ainda não estava casada, angustiava-se a Princesa ao mesmo tempo que se inclinava educada diante do seu futuro esposo. Aquele Rei de cenho franzido, ventre estufado, cabelos grisalhos, parecia-lhe quase mais velho que o seu próprio pai, e estava longe da imagem de homem com que ela havia sonhado. De nada adiantava queixar-se à Mãe, e menos ainda apelar ao Pai. – Questões de estado não são para donzelas – respondiam iguais e imperturbáveis como se não houvesse outra resposta possível. A aliança entre os dois reinos dependia desse casamento. E os cofres do reino distante dependiam dessa aliança. O assunto que nunca havia estado aberto estava, pois, fechado.

Tentou, a Princesa, falar com a Ama que quatro vezes ao dia passava no círculo mais abaixo, um pouco antes dela. E foi certamente porque tentava chamar a atenção da Ama, que acabou atraindo o olhar do Paladino. Que olhar firme e sedutor era aquele! O coração da Princesa se abriu como uma flor.

Lá embaixo, a população que passava na praça e aos domingos se atarefava ao redor das barracas do mercado, nada percebia de diferente, embora agora a Princesa só olhasse para o jovem garboso. Nem percebeu quando, afinal, a donzela conseguiu murmurar umas palavras para a Ama ou quando, algumas voltas e dias depois, além das palavras lhe passou um bilhete tão pequeno e tantas vezes dobrado que mal se via na palma da mão, para ser entregue a quem já sabemos. O que estava escrito naquele bilhete não nos foi dito, mas o olhar do Paladino se acendeu de nova luz, enquanto o da Ama escurecia de inquietação.

Toca e gira o relógio. Em uma das voltas, o pequeno Pajem passa um bilhete à Ama, para que o repasse à Princesa, com as juras de amor do Paladino. Palpitam de emoção as veias de madeira.

Certamente palpitaram demais, porque algo alertou o Rei. Que do alto de sua pançuda majestade nada disse, mas aumentou a atenção e apertou ainda mais o cenho.

O amor é imprudente, já se sabe. E o Paladino, que por sua própria natureza desconhecia a prudência, ainda mais destemido ficou. Aproveitou o giro da meia-noite, e tomou da almofada do Pajem uma das alianças que serviriam para a boda real, a menor. A maior guardou consigo. Esperou o giro do amanhecer, e pediu ao Cozinheiro que confeitasse um bolo pequeno e nele escondesse a aliança miúda.

O bolo foi depois passado ao Pajem, que o repassou à Ama, que ia repassá-lo à Princesa, quando o viu ser interceptado pelo Rei. Escândalo no relógio! Indignação! Como ousava o Paladino cortejar a noiva do seu soberano?! Choravam consternados o Pai e a Mãe. Erguia o queixo, desafiadora, a Princesa. A Ama retorcia as mãos. Súplicas de nada adiantaram. A Morte foi imediatamente convocada para castigar o infrator.

Não tão imediatamente quanto necessário, porém. A ossuda ergueu o alfanje para fazer o seu serviço no exato momento em que a volta das personagens terminava. E tudo no relógio voltou à imobilidade e ao silêncio, deixando-a ali, braços ao alto, impotente.

Há sempre um ponto certo para se fazer a revolução. E o ponto das personagens, ou o ponto do amor foi aquele. Rebelando-se contra as engrenagens metálicas do relógio da torre, o Paladino desembainhou a espada, escalou o círculo superior, montou de um salto no cavalo, arrebanhou a Princesa pela cintura, arrancou o bolo da mão do Rei, e partiu a galope. Só quando iam longe perceberam que haviam esquecido de pedir a benção do Frade, mas isso já não tinha importância. O dia clareava. No relógio da torre que ia ficando cada vez mais distante, o galo cantou a chegada da manhã.

SICÔMORO, SICÔMORO

O primeiro homem passou na estrada ao amanhecer. Logo, eram fileiras levantando poeira, e assim foi durante todo o dia. Os homens iam para a guerra.

Na casa pequena, o jovem soube que era inútil esperar, sem demora alguém bateria à porta. Antes que ficasse escuro, pôs no alforje um pão e uma cebola para comer no caminho, e saiu. Vinha no ar um ruído como se de besouros, ou de cavalos ao passo. E um cheiro seco de terra. Ele deu a volta à casa, foi até o sicômoro que estendia sua copa quase cobrindo o telhado, e o abraçou.

– Sicômoro, sicômoro – murmurou sem que voz se ouvisse, rosto encostado no tronco –, te entrego minha juventude e minha alegria de viver, para que fiquem guardadas junto à seiva e ao mel. Quando esta guerra acabar, eu as tomarei de volta como tomei teus figos na infância. Agora, terei que ser homem e assassino.

Soltou o abraço e encaminhou-se para as fileiras em marcha.

Toda guerra tem seu tempo. Quando o tempo daquela guerra chegou ao fim, os soldados não voltaram em fileiras, como haviam ido. Muitos sequer voltaram. Os outros vieram esparsos, dia a dia, cada um buscando seu caminho. Aquele que se havia feito homem também veio. Surgiu ao longe sozinho, ponto que aumentava devagar, mancha escura na estrada a caminho de casa.

É a luz, pensou quando chegou mais perto, ansioso porque ainda não distinguia a copa distante. E protegeu os olhos com a mão. Aproximava-se lento como se não tivesse pressa, era cansaço. Viu o dorso gasto do telhado, viu a casa. Da copa verdejante, nem sinal. Por um instante estremeceu em dúvida, e logo um clarão de consciência ardeu-lhe o peito lançando-o para a frente com as poucas forças que lhe restavam, e ele correu arrastando os pés, tropeçou, levantou-se, venceu a última distância. Até parar nos fundos da casa, diante do toco do sicômoro decepado.

Na cama nua da casa vazia dormiu vestido como havia chegado, gastando sua exaustão durante toda aquela noite, atravessando o dia seguinte, inerte ainda por uma noite. No terceiro dia levantou-se, lavou-se com água do poço, vestiu a camisa que continuava no pequeno baú onde a deixara, cozinhou as raízes e ervas que conseguiu encontrar na horta tomada pelo mato. E sentou-se para comer.

Pela porta aberta, olhou o toco.

Durante toda a guerra havia acreditado que bastaria voltar, para recuperar os bens que deixara entregues ao tronco. Agora encontrava o guardião abatido a machadadas, desaparecidas com ele sua juventude e sua alegria de viver.

Nenhum vestígio das ramas, do tronco. Quem os levara, carregara junto, sem o saber, aquilo que só para ele tinha valor. Mas a guerra havia feito dele um homem, e o homem que havia se tornado decidiu ir buscar o que era seu.

– Que seja, então! – exclamou dando uma palmada na mesa.

E sem esperar o dia seguinte, se pôs a caminho.

Caminho certo não havia. Era ir em frente, e procurar.

Começou pelas fogueiras. Se a sua juventude estivesse ardendo junto com achas ou toras do sicômoro, certamente saberia. O perfume daquela árvore estava conservado na sua memória, e entranhado na palma das suas mãos que tantas vezes a haviam escalado.

Acercou-se de fogueiras ao ar livre, aproximou-se das lareiras nas hospedarias, esmolou um pouco de calor para poder chegar junto aos fogões nas casas do campo e das aldeias. Atendeu o chamado de todas as labaredas, de todas as brasas com que cruzou. Mas nenhuma daquelas chamas conduzia para o alto o cheiro que ele buscava.

Procurou em seguida nas casas e currais em construção. Havia muito que reerguer, depois da destruição da guerra. Junto às obras viam-se vigas, esteios, tábuas. Nas serrarias empilhavam-se os cachos claros saídos das plainas, e a serragem se espalhava pelo chão. Tudo ele examinava. Alisava os veios, interrogava com os dedos, testava o perfume. Sem que nenhuma daquelas madeiras se revelasse sua.

Restavam os instrumentos. Nobre, a madeira do sicômoro era irmã da música, e sempre havia sido procurada para acolhê-la. O homem frequentou trovadores e violeiros, dedilhou guitarras, tocou bandolins, pediu para examinar violinos e alaúdes. O som emanava claro daqueles corpos cavos. Mas embora encantado com o que ouvia, o homem não encontrou a única voz que falaria ao seu coração.

Pareceu-lhe, afinal, que a sua procura nunca teria fim se ele não o estabelecesse. E assim como havia partido sem esperar o dia seguinte, nada esperou para regressar.

De volta à sua casa, o homem sem juventude olhou ao redor, como não o havia feito ao regressar da guerra. Viu o teto precisando de conserto, a roldana do poço comida pela ferrugem, o mofo avançando pelas paredes, o piso que cedia. Percebeu o avançar dos cupins, o infiltrar-se da chuva, as fileiras de formigas. Sim, pensou, a casa estava lhe pedindo atenção. E arregaçou as mangas.

Quando o principal esteve acertado, cuidou da terra ao redor. Arrancou as daninhas, abriu sulcos para receber sementes, plantou, adubou, afundou mudas, reergueu a parreira caída. Logo seu chão lhe daria o que comer.

Veio a primavera. Caiadas as paredes, consertado o teto, subindo a trepadeira em flor rumo ao telhado, que bonita havia ficado a casa. As andorinhas já chegavam para fazer ninho nos beirais. O verde abria-se em manchas de sol no jardim. Na calma harmonia que o rodeava, o homem sentiu o calor subir-lhe pelo corpo, abrigar-se no peito. E sorriu amplo. A alegria de viver estava de volta.

Só mais tarde, ao passar junto ao tronco decepado, rumo à horta, o homem percebeu que abaixo da clara ferida do machado uma brotação rompia a casca, lançando ao ar delicadas folhas de sicômoro.

UMA VIDA PONTO A PONTO

Um homem tão baixo que, para melhor se debruçar sobre a grande mesa de madeira, via-se obrigado a trabalhar de pé numa cadeira. Não maior que um menino pequeno. Mas que talento único de alfaiate. Ninguém como ele para domar os tecidos, amansar-lhes as fibras, ordenar-lhes o caimento. Usava a tesoura como outros usam o pincel, e os seus pontos, os seus pontos pequenos, perfeitos, eram mais uma escrita que uma costura.

Nem contabilizava o tempo gasto para ultimar um traje. O tempo não tinha valor para ele, valor tinha a tarefa. Trabalhava de dia, trabalhava de noite, dias e noites seguidos, até vê-la acabada. Só então descansava. E essa era a sua vida.

A costura, a casa, a janela. Mais nada. À rua não ia. Não sentia desejo nem tinha necessidade. Os fornecedores iam até ele, a comida lhe era entregue nas horas certas, sempre a mesma ou quase. De que mais precisava?

Precisava, sim, às vezes, de modelos. Não que fosse incapaz de criar, pelo contrário, mas sentia desejos de renovação. Então chegava à janela e durante horas estudava as bainhas que passavam ondeando junto ao calçamento, o corte das golas, das mangas, ou as rodas volteantes dos mantos. Olhava por fora e era como se visse pelo avesso. Depois, era com renovado entusiasmo que empunhava os grandes esquadros de madeira e traçava sobre o pano novos planos.

Não se limitava às roupas, queria o figurino completo. Fazia questão de ter sapatos, luvas, xale, uma pequena bolsa para as senhoras, e pelerine, calçados, chapéus, um pequeno punhal para os cavalheiros.

Uma coisa, porém, se mantinha sempre igual: não importava a que horas ou que dia começasse, nem qual fosse o traje, seu trabalho sempre terminava tarde da noite, bem tarde. Era quando o homenzinho arrematava o último ponto, cortava a linha com os dentes, prendia a agulha no seu próprio colete e, com os braços carregados de indumentos, atravessava quase no escuro o fundo silêncio da casa. Uma porta, um quarto. Nesse quarto ele dispunha as peças de roupa sobre a cama organizando-as na ordem mesma do uso, a camisa ao alto, o corpete por cima, a anágua, a saia, as meias despontando abaixo da bainha, e os sapatinhos no chão. Ou a camisa, o colete, o casaco, as calças e as botas. Conferia os detalhes, verificava os acessórios, dava um último toque numa prega, numa gola. E saía. Nessa noite dormia profundamente.

Tão profundamente que não ouvia o leve ranger do piso, os passos, o estalar da porta de saída. Tudo estava em ordem quando acordava, sol alto, na manhã seguinte.No quarto, a cama feita e vazia. Ele ia à janela, procurava na multidão, até achar a pessoa que não havia estado ali no dia antes, que não havia estado antes em lugar algum, a pessoa criada por seus trajes e sua agulha. Depois subia na cadeira e, debruçado sobre a mesa, empunhava novamente os esquadros.

De que mais podia precisar?

De nada precisava até o dia em que precisou. E nesse dia, precisou com tal intensidade que pareceu-lhe sempre ter precisado. Era-lhe preciso um amor.

Mandou chamar os fornecedores. Sempre havia sido exigente, porém dessa vez surpreenderam-se os mercantes de tecidos, nada parecia servir-lhe. Ora queria veludo, ora queria cetim. Dizia preferir o lilás, mas encantava-se com o esmeralda. E cheirava os tecidos como se fossem flores, e os fazia farfalhar junto ao ouvido, e os alisava em afagos. Feitas as escolhas por fim, pago o preço, lá estava ele com o tecido estendido sobre a mesa e um tremor novo espalhado no peito.

Se nunca havia contabilizado a demora, dessa vez pareceu esmerar--se em lentidão. Tinha e temia a pressa de terminar. O desejo empurrava a agulha, o medo a retinha. Os pontos pequenos faziam-se minúsculos. E num rompante, desmanchava o já feito e recomeçava, buscando a perfeição.

Mas não houve meio de evitar. Uma noite, bem tarde, a roupa ficou pronta. Silêncio e solidão. As peças no braço, os passos no escuro, a porta aberta. E, peça a peça, o seu desejo estendido na cama.

Essa noite, não dormiu.

Ouviu os passos, mas antes que o ferrolho da porta de saída rangesse, levantou-se e foi ao encontro da mulher.

Ela o olhou de cima a baixo. Ele lhe disse que a casa era sua e lhe entregou a chave. Ela não sorriu. Assim começou.

Ao contrário dele, a mulher parecia gostar da rua. E por que não haveria de gostar? Saía cedo, ia talvez pavonear-se, exibir suas belas roupas. Há tantas coisas a fazer na rua quando se é jovem. Voltava tarde ou não voltava até o dia seguinte. Parecia esquecer-se dele. E quando o olhava era como se não o visse.

Sobre a mesa, os esquadros jaziam abandonados. Nem ele ousava subir na cadeira para trabalhar, temendo que ela chegasse de repente e o surpreendesse assim, empoleirado. E à noite deitava-se, para adormecer só depois que os passos leves anunciavam seu regresso.

Pensou que com o tempo ela o olharia de outro modo. Passou a cozinhar, deixando a mesa posta para ela. Mas a cada manhã retirava o prato e a taça de vinho como os havia deixado à noite, intocados. Comprou flores, que colocava no quarto enquanto ela estava ausente, e que lentamente apodreciam no jarro. Solicitou a seus fornecedores pequenos agrados com que a esperava por vezes sem ocupar-se da hora, um lenço bordado, uma pluma para o chapéu, um perfume. Ela os recebia como havia recebido a chave, estendendo a mão sem uma palavra, sem qualquer ternura no olhar.

A agulha amorosa do pequeno alfaiate não havia costurado sentimentos.

O tempo e o uso começavam a denunciar-se no traje da mulher. A viva cor de berinjela que ele havia escolhido com tanto esmero já não parecia tão viva. Manchas turvavam a camisa antes imaculada, puía-se a gola, a barra da saia enlameada desfazia-se em fiapos. E faltava um botão.

Quando ele ia ao seu encontro ou quando a olhava escondido atrás da porta, sua mão erguia-se automaticamente até a agulha presa no colete. Mas era só um gesto. Sabia que não havia conserto possível para aquela roupa. Duraria somente quanto conseguisse durar.

E durou até as costuras de pontos tão pequenos começarem a se desfazer, até o tecido gasto tornar-se quase transparente. Enquanto houve solas nos sapatinhos, mesmo com furos, ela passou seus dias na rua, embora já não pudesse se pavonear. E afinal chegou uma noite de chuva em que, contrariando seus hábitos, chegou cedo. Entrou de cabeça baixa, passou por ele apressada. Os cabelos escorriam, a roupa já em frangalhos parecia vazia. Trancou-se no quarto.

Ele ficou acordado ouvindo-lhe o silêncio. Depois, cansado, adormeceu.

Acordou tarde de manhã. Na luz pálida do sol a casa avançava tranquila dia adentro. A porta do quarto continuava fechada. O homenzinho aproximou-se, bateu. Não teve resposta. Tornou a bater. Silêncio. Devagar, pronto a fechar se fosse preciso, abriu, avançando aos poucos o olhar na fresta do batente. Não havia ninguém no quarto, talvez um leve perfume. Sobre a cama ainda feita, na ordem mesma do uso, viu os restos da camisa de cambraia, o que sobrava do corpete, da anágua, da saia. Das meias, nem vestígio. No chão, acabados, os sapatinhos.

A CASA DA MORTE

Estando muito velha, uma mulher chamou a filha.

– Minha filha – disse –, os anos passam e passam, mas a vida continua mantendo sua mão pousada no meu ombro.

Fez uma pausa buscando ar. Falar custava-lhe sacrifício.

– E essa mão se torna, a cada dia, mais pesada para mim.

A filha esperou, ouvindo o respirar opressivo da mãe.

A pausa foi mais longa dessa vez.

– Não há mais homens na nossa família, e só posso contar com você para a tarefa espinhosa – a voz da mãe havia-se tornado incisiva. – Pelo amor que me tem, peço que me leve até a casa da Morte.

Um silêncio de espanto. E logo:

– Mas, mãe, onde fica essa casa?!

– Não sei, meu bem. Teremos que perguntar no caminho.

Nos dias que se seguiram, a filha arrumou e varreu a casa, pediu à vizinha que alimentasse o cachorro, juntou as poucas coisas que levariam na viagem. Por fim, deitou a mãe no trançado de bambus e esteiras que havia feito, prendeu suas longas varas laterais nos arreios do burro que o arrastaria – pobre burro, tão velho ele também, aproveitaria a contento o futuro endereço – e levando-o pelo cabresto deu início à jornada. Iriam em frente até obter direção mais precisa.

Afastaram-se primeiro da casa, depois da aldeia, seguiram por estradas e campos conhecidos, deixando aos poucos para trás tudo o que lhes era familiar. E eis que pela primeira vez avançavam num mundo estranho. O tempo da colheita havia passado, ainda não chegava o da semeadura, ninguém cruzou com elas no caminho. Ao anoitecer pararam diante da estalagem.

Pensaram que uma refeição seria muito bem-vinda – só haviam comido até então o pão e duas peras trazidos de casa – e que além de obter as informações que buscavam, teriam um canto para dormir. Mas, se de fato conseguiram um bom ensopado e uma cama larga, ninguém soube lhes dizer onde morava a Senhora, embora todos a conhecessem.

No dia seguinte, não esperaram clarear.

Andaram, andaram. E o sol, com elas. A vegetação se adensava, penetraram num bosque. Que fresco era o ar, que sereno o verde. Seus olhos ainda se acostumavam à sombra, quando um súbito agitar atravessou as folhas e, entre grasnidos e bater de asas, aves negras levantaram voo abandonando sua presa. Estarrecidas, as duas viram ondular, pendente de um galho, o corpo de um enforcado.

– Eis aí alguém que deve saber o que nos interessa – disse a velha ao recuperar a voz momentaneamente apagada pelo susto.

Sem se aproximar, que a visão não era agradável, gritaram para o enforcado a sua pergunta. Só um suspiro fundo e lúgubre respondeu, ecoando entre troncos. Mas talvez fosse o vento.

O burro moveu as orelhas, um arrepio percorreu mãe e filha. Melhor afastar-se logo, passando ao largo do corpo claro.

Avançavam mais devagar agora que era preciso evitar os obstáculos da floresta. E, fosse pela dificuldade do caminho, fosse pela sombra das árvores, mal perceberam que a tarde se ia. Quando se deram conta, era noite.

Tudo escuro. Brilhava apenas, lá adiante, uma luz de chama. E para a luz foram elas.

Viram, ao chegar, alguns homens ao redor da fogueira em que uma carne assava no espeto. Um deles limpava a faca. Outro remexia numa sacola de couro, um terceiro contava moedas empilhando-as no chão à sua frente. Era um bando de salteadores.

Elas, porém, não souberam disso a princípio, porque não vendo nada a roubar de duas mulheres desprovidas e não tendo serventia para um burro velho, os meliantes as receberam com generosidade, repartindo a carne e oferecendo o vinho. Só mais tarde, com a barriga cheia e a língua solta pela bebida, revelaram a sua verdadeira atividade.

– Vocês vêm a calhar – exclamou a velha, animada pela revelação –, estávamos mesmo procurando gente íntima da Morte, para nos dar o endereço dela.

– Despachamos muitos, é verdade – respondeu o chefe dos salteadores lamentando não poder ajudá-la –, mas nenhum entregamos na porta.

As duas dormiram aquela noite protegidas por homens que não costumavam proteger ninguém. No dia seguinte, feitas as despedidas, separaram-se.

Mãe, filha e burro caminharam longamente. Estavam já cansados ao se aproximarem de uma aldeia onde, antes das primeiras casas, viram com grande surpresa uma tenda armada perto de um carroção e, do lado de fora da tenda, sentada no chão e despida do seu manto, a Morte, que alisava um gato.

– Senhora Morte!... Senhora Morte! – gritou a velha de longe. – Que alegria encontrá-la!

A Morte olhou ao redor esquecendo o gato, parecia não entender. Amparada pela filha, a velha aproximou-se. Mas quando explicou a que vinha, a Morte, aquela Morte de rosto estranhamente jovem e louro, riu,

riu muito, dobrando-se sobre si mesma. Demorou a se recompor, sacudida ainda por breves risadas. Não era a Morte, disse ao recobrar a seriedade, era somente o ator da companhia de saltimbancos que estava atuando na aldeia, um modesto ator metido em sua fantasia de esqueleto.

E porque a velha parecia incrédula enquanto a moça o olhava com admiração, foi desabotoando seu traje preto e branco, saindo afinal de dentro dele como se saísse de um ovo.

– Filha, amada filha – disse a velha quando se afastaram da carroça –, te pedi uma tarefa, sem saber o quanto era maior do que nós duas. Agora te peço outra mais delicada e fácil de fazer. Estou cansada, por favor, me leve para casa.

E passo a passo voltaram.

O burro mal se aguentava sobre as patas, ainda assim sacudiu a cabeça e soltou um zurro potente quando pisou no gramado cujo gosto conhecia tão bem. A porta da casa estava fechada, mas atraída pelo zurro a vizinha já se aproximava. Que prazer tê-las de volta, exclamou abraçando uma e outra. E que sorte que tivessem estado ausentes, acrescentou, pois a Morte estivera ali, e não encontrando ninguém levara somente o cão.

Era isso, então, pensou a velha. Ela não havia achado o endereço da Morte, mas a Morte sempre havia conhecido o seu. Voltará, pensou ainda, com certeza voltará. E, entrando em casa, pediu à filha seu xale branco de lã. Começava a sentir frio.

O QUE NÃO ESTÁ À VISTA

Não havia muita luz no quarto quando o menino nasceu, as venezianas estavam encostadas para afastar o calor. Só mais tarde, ao dar-lhe o seio, a mãe percebeu que aquilo que havia confundido com uma mancha no meio da testa do filho não era uma mancha, era um olho a mais que agora, entre os outros dois, a encarava atento.

Foi sempre assim, depois. Aquele olho central de íris tão escura quanto as pestanas parecia sempre mais interessado, mais desperto que os outros. Piscava pouco, pouco dormia, e mesmo sem quase mover-se parecia alcançar coisas que aos outros escapavam.

Talvez graças a essa visão tão abrangente, desde cedo o menino começou a desenhar. Ninguém lhe deu atenção a princípio, menino que rabisca pedra com pedaço de carvão é coisa costumeira. Desenhou primeiro a árvore que crescia atrás da casa. E nem a mãe se surpreendeu. Em seguida desenhou o pássaro que nela se pousava. E a mãe enxugou as mãos no avental parando para olhar. No outro dia desenhou o gato, e no olhar do gato via-se claro que saltaria para pegar o pássaro. No dia seguinte o gato saltou. Ele desenhou o salto.

Esse menino desenha bem demais, disseram todos. E não lhe deram papel porque papel não havia naquela aldeia, mas lhe deram panos claros melhores que pedras, e escolheram para ele os mais finos galhos de carvão das fogueiras.

O menino ainda desenhou as ovelhas que o pai levava ao pasto, desenhou as serpentes que enroladas em suas tocas cobiçavam as ovelhas. E logo em seguida desenhou o pai.

Que retrato tão surpreendente, quase fala, disseram todos. Era verdade, o retrato não falava, mas era como se o fizesse porque o seu olhar parecia contar a solidão dos pastos de alta montanha, e a aspereza da vida, e o medo daquilo que na aldeia chamavam lobos mas era a escuridão do que não se conhece.

O pano com o retrato do pai passou de mão em mão. E o marceneiro, e o lenhador, e o ferreiro, e o boticário também quiseram ser desenhados. Posaram imóveis por longos minutos, sem que o menino o tivesse pedido. Ele os olhava, ora erguendo o rosto ora abaixando-o sobre o tecido, mas aquele seu olho escuro e brilhante parecia sempre focalizar algum ponto mais além, alguma secreta transparência que lhe permitia penetrar mais fundo nos modelos. E só piscava ao fim, quando o jovem artista sacudia a cabeça e sorria, como a querer desprender-se de alguma coisa alheia que havia visto.

Era já rapaz e sua fama de retratista corria o país, quando o Rei mandou chamá-lo. Foi a pé. No caminho deixou desenhado atrás de si, sobre uma pedra, um escorpião.

– Sua Majestade deseja ser retratado – lhe foi dito ao chegar. – E o retrato do seu real rosto deverá ser grande e nobilíssimo, para assim ser lembrado pelas gerações futuras.

Nada de seus modestos panos, para tão elevado trabalho. As mulheres da corte já haviam tecido a tela que lhe serviria. E tintas vindas da China, e pincéis de pelo de marta, e cores moídas de pedras preciosas foram postos à sua disposição.

Sua Majestade posou por breves minutos, sem nem tentar a imobilidade. Solicitado por seus secretários movia-se na poltrona, abandonava e recolhia o cetro, assinava documentos, dava breves ordens. O olho central do artista tudo acompanhava, sereno e firme como se olhasse um rochedo.

Ao cabo de alguns dias o rapaz sacudiu a cabeça, piscou repetidas vezes. O retrato estava pronto.

Levaram o cavalete com a tela para a sala do trono, o Rei se aproximou para olhar. Mas o que viu era em tudo diferente do que queria ver. O rosto que o encarava com a força vital de uma imagem de espelho traía amargura na boca e dureza no olhar. Nenhuma nobreza emanava daquela figura, embora a coroa. Havia pedido um retrato, e lhe entregavam a imagem de um homem consumido pela insegurança e pela ferocidade, um homem que parecia dizer-lhe: eu sou você. Ali estava alguém que as gerações futuras tratariam de esquecer.

Antes de afastar-se três passos, o Rei já havia dado suas ordens.

Que se destruísse o retrato.

E que se costurasse a pálpebra na testa do rapaz, fechando para sempre aquele olho misterioso capaz de ver o que não estava à vista.

Quando o rapaz passou no caminho da volta, o escorpião ainda não havia sido apagado pela chuva.

Não demorou muito para a costura cicatrizar deixando apenas a marca em meia-lua. O rapaz não estava cego. Como todos, tinha dois olhos, e como todos, enxergava com eles. Mas desenhar, não quis mais.

Durante um tempo, nada fez além de acompanhar o pai e suas ovelhas nos altos pastos. Deixava-se ficar quieto, olhando as encostas e o vale como se estivesse vendo outras coisas. Depois, um dia, sacudiu a cabeça, sorriu amplo. Seu olho agora voltado para dentro via novamente aquilo que parecia não existir. E o rapaz começou a contar histórias.

Posfácio

O NAVIO FANTASMA ATRACOU NA TERCEIRA MARGEM DO RIO

Conferência proferida no 19º Cole, 2014

E o navio fantasma atracou na terceira margem do rio. Poderia ser um título criado para encaixar-se com precisão no tema desse 19º Cole, *Leituras sem margens*. Mas, na verdade, é um conto. Porque o pedido que recebi da organização foi que falasse do meu trabalho, escolhi para nomear esta conversa o miniconto que encerra meu livro mais recente, *Hora de alimentar serpentes*.

Seis palavras bastam para costurar um conto fora das margens. Com tão pouco, nos remete a cargas culturais, fala de mistério, diz da consistência do impalpável, e encerra uma viagem no imaginário.

Um conto que sintetizando todo o conteúdo do livro o leva ao seu fim, e que, justamente, se intitula *Porto*.

E para que minhas intenções nesse livro ficassem claras já na abertura, o prólogo é, ele também, um conto de poucas palavras: "Enfiou a serpente na agulha. E começou a costurar".

Desde o início, preferi a serpente a qualquer outro fio. Serpente, não pelo veneno mas pelo risco, serpente não pelo medo mas pela sedução, serpente porque coleante, viva, e inesperada.

Escrever dentro dos limites rígidos impostos pelas molduras estilísticas nunca foi o meu forte.

Meu primeiro livro, publicado em 1968 – depois de ter estado cinco anos à espera de um editor – foi recebido como um livro de crônicas. Não era. Embora atuando naquela época como cronista do *Jornal do Brasil*, em momento algum quis duplicar em casa aquilo que fazia na redação. Meu desejo buscava outros caminhos que, entretanto, não sabia nomear.

Em busca desses caminhos, e sem saber que estabelecia um padrão para o futuro, criei uma estrutura e comecei a escrever para atendê-la. Já não sei, passados tantos anos, como essa estrutura nasceu, mas era ousada, embora eu não me desse conta disso. E ousado era o tema, para uma jovem principiante.

Soube logo que não desejava escrever um romance – como não o desejei até hoje – nem exatamente contar uma história. Ou talvez quisesse contá-la, mas de outro modo, não linear, não óbvio, já que o linear e o quase óbvio eram meu prato cotidiano na redação. O tema que escolhi foi a Solidão, com o qual tinha alguma intimidade.

Minha intenção era mostrar como a solidão pode acompanhar uma vida desde o início, e sempre estar presente. A vida, pensava eu ao estabelecer a arquitetura que sustentaria o meu texto, é um fenômeno individual que em sua essência nos mantém sós, mesmo quando acompanhados.

Para dizê-lo usei minha própria vida, não com intenção autobiográfica, mas porque era o modelo que tinha. E trabalhei com alternância. Os capítulos pares do livro são *flashes* do presente. Os ímpares são relativos ao passado e avançam cronologicamente, começando na África, onde nasci.

Lembro com clareza que eu queria alcançar um efeito similar ao que se usava então nas boates – aonde, diga-se de passagem, eu ia muito –, aquele cintilar em movimento provocado pela bola de espelhos girando no teto.

Com o título *Eu sozinha*, o livro, considerado de crônicas, teve até boa recepção. Ninguém percebeu estrutura alguma! Mas eu tinha posto o pé no caminho.

O curioso é que essa necessidade de estrutura, esse limite autoimposto, parece em desacordo com o conteúdo fortemente emocional do primeiro livro, e mais ainda com o imaginário desembestado com que trabalharia dali para a frente. Na verdade, eu a utilizava como uma proteção, como o guarda-mancebo que diminui o risco do marinheiro ao movimentar-se pelo convés em plena tempestade. Sentia a necessidade de algo em que me segurar, para não entornar as palavras, para manter o domínio sobre o que estava escrevendo.

Publiquei em seguida um livro de crônicas, *Nada na manga*. As crônicas fogem a essa nossa conversa de sussurros e terceiras margens porque, ligadas à imprensa, têm sempre um pé, quando não os dois, no cotidiano, no real. Gosto muito de escrevê-las, mas hoje passo batida por elas.

E então descobri os minicontos. Meu inconsciente começava a falar comigo em voz clara.

Sem mais nem menos, me disse: "uma mulher tinha um passarinho na cabeça. Queixava-se. O passarinho batia asas, a cabeça doía. Ninguém lhe deu atenção. Parou até de se queixar. Gemia, conversava com o passarinho que a habitava. Morreu sufocada, o nariz entupido de alpiste".

E eu não tinha ideia do que fazer com isso.

Está certo, era ignorância da minha parte, mas naqueles idos em que nem se falava em minicontos justificava-se.

Quase constrangida com aquelas poucas linhas que me pareciam não servir para nada, mas me intrigavam, fui mostrar minha perplexidade a meu marido, certa de que ele, professor de literatura, saberia me orientar. É um conto!, disse Affonso eufórico. E me entusiasmou a escrever mais, a pensar em um livro. Do entusiasmo dele e do meu resultou *Zooilógico*.

Como uma mancha de óleo

Dessa vez, a minha estrutura de apoio havia sido o tema. Um tema com ampla possibilidade de expansão, que utilizava o animal para falar do humano, da metamorfose, do tempo. E que me permitia ironias. Ironias até mesmo com a tradição literária, pois naquele tempo em que ainda se exigia de um conto que tivesse princípio, meio e fim fiz um, *História com princípio, meio e fim*, e outro, *História só com princípio e fim*, ambos derrisórios.

Sem nada saber de intertextualidade, já nesse livro incluí elementos oriundos de outras leituras.

Eu descobria meu bem-querer pela economia verbal, e o encantamento com aquele tipo de absurdo que só é absurdo na aparência, pois remete a sentimentos e vivências profundamente reais.

Hélio Pellegrino, psicanalista e homem de grande sensibilidade, autor da apresentação do livro, percebeu isso tudo sem que eu lhe dissesse. – "O surrealismo, domado, se rende à estrutura", escreveu. – "O insólito irrompe, e nos assombra, no grave espaço aberto pelo exato – e enxuto – discurso de... etc. etc." Por coincidência – mas haverá coincidências? – Helio termina dizendo: "livro... (adjetivos). Na terceira margem do rio".

É minha margem favorita.

Diz Bachelard que o valor de uma imagem se mede pela extensão da sua *auréola imaginária.* Sempre me interesso mais pela auréola do que pela imagem. Ou melhor, sempre me interesso mais por aquelas imagens que apresentam possibilidade de auréola. E as observo e as questiono, deixando que sua auréola se expanda como uma mancha de óleo, até tornar-se mais importante que a imagem. É então que ela me conta uma história.

Três anos depois de *Zooilógico*, publiquei *A morada do ser*.

Eu trabalhava naquele tempo em publicidade, e a minha conta mais importante era imobiliária. Durante oito anos vivi mergulhada em plantas, lançamentos, pontos de venda, metragens. O mercado imobiliário era a minha morada. E podia ser sufocante. A necessidade de abater paredes de concreto que estavam se tornando opressivas, aliada ao conhecimento que tinha delas, ditou o tema.

Agora, entretanto, eu não precisava mais de guarda-mancebo, havia aprendido a andar solta no convés. Tema e estruturas ganhavam outra finalidade.

A intenção do primeiro livro, de traçar um discurso complexo através de textos breves, tornava-se mais determinada e mais clara. Considerando a extrema brevidade dos minicontos, havia-se tornado evidente para mim que não os queria apenas como pequenos fragmentos intelectuais, um punhado de moscas, mesmo que interessantes, com que o leitor ficaria ao fim do livro. O que eu queria era usar os minitextos para construir um painel mais amplo, exatamente como os fragmentos de um mosaico. Ao terminar o livro, o leitor teria atravessado, ainda que sem dar-se conta, uma reflexão sobre o tema, um ensaio.

Mas um ensaio exigiria estruturas mais complexas, fundações, colunas, vigas de sustentação, como os prédios, justamente. E precisão. Comecei a ler algo de história, e coisas relativas a moradia, simbólicas e antropológicas, a re-frequentar o que havia apreendido em meus próprios anos de análise. Tudo isso parece muito distante da terceira margem, dos universos etéreos que nos interessam aqui. Mas localizar a terceira margem só é possível quando se conhecem as outras duas. E eu precisava demarcar o espaço, para poder abrir as velas.

Feitas as leituras necessárias, organizei um modo de trabalho singular. Desenhei numa prancheta um mapa imobiliário, como aqueles com que estava familiarizada na agência. Um mapa imobiliário, para quem não sabe, é o desenho de um retângulo dividido em tantos andares quantos são os do prédio em questão, cada andar dividido em tantos quadrados quantos são os apartamentos que se pretende vender. E o agente imobiliário vai espetando tachinhas verdes ou vermelhas indicando a situação da venda, se em andamento, ou fechada.

Estabeleci para o meu prédio/livro nove andares e três coberturas. Em cada andar, sete apartamentos. E entre cada andar, uma área coletiva, portaria, elevador, *play* etc. Coloquei o quarto de empregada como área coletiva, indicando que não fazia parte do núcleo familiar.

E passei a preencher os quadrados.

Não com contos, ainda. Eu apenas anotava no quadrado o fator preponderante que deveria habitá-lo. Lembro que à noite, quando a casa alheia iluminada se torna mais visível, eu ficava do alto da minha cobertura olhando os prédios e tentando penetrá-los. As luzes azuis correspondiam à televisão ligada. E eu anotava, aqui e acolá, TV. E havia sala acesa e vazia. E eu anotava, solidão. Gente na cozinha, e eu, fome. A minha prancheta foi ficando habitada.

Chegou o ponto em que me vi livre para enlouquecer, e escrever os contos correspondentes às anotações. Fiz um desfile de sete de setembro atravessar um apartamento, com os cavalos deixando seu rastro de bosta fumegante. Fiz uma obra no piso de um banheiro desencavar o crânio de um pitecantropo. Fiz sofás e poltronas se sentarem no colo dos seus proprietários, para assistirem TV. Fiz o deserto se infiltrar por baixo de uma porta, e a infiltração gerar uma ilha no andar inferior. Mas por baixo disso falei da casa como continuidade do corpo, abrigo e útero, necessidade primeira. E falei da perda de privacidade, da distância entre quem dorme lado a lado, dos rituais domésticos e da sua ausência, da vida.

O livro teve dois sumários, um no começo e outro no fim. Do primeiro, desenhado como o mapa, só constavam os números dos apartamentos, que eram também os títulos de cada conto. Eu queria que o leitor se movesse às cegas, como em um edifício de que não se conhecem os moradores. Por isso também exigi que as páginas não fossem numeradas, detalhe que enlouqueceu o primeiro editor e foi eliminado pelo segundo. No segundo sumário, ao final do livro, quando o leitor já conhecia todos os habitantes, havia títulos em lugar de números.

Para o seguinte livro de minicontos, que escrevi oito anos mais tarde, depois de vários outros livros, e cujo tema era o amor, fiz tanta pesquisa para montar a estrutura que, antes dos contos, acabei escrevendo um ensaio.

Além dos sentidos

O que é abstrato, e o que é concreto? Desde Kant, nos acostumamos a acreditar que concreto é aquilo que se percebe com os sentidos. Mas as capacidades sensoriais humanas se alteraram ao longo dos séculos e da evolução, e mesmo hoje apresentam grandes variações individuais. Uma pessoa ruiva, por exemplo, é segundo a ciência muito mais sensível à dor física que os outros mortais. Cegos conseguem distinguir cores pelo tato. E as mulheres costumam ter mais papilas gustativas – responsáveis pela percepção dos sabores – do que os homens.

Os sentidos dependem de células específicas nas quais receptores reagem a determinados estímulos, enviando-os ao cérebro. Sabedores de que o cérebro humano não é sempre igual, nem reage sempre do mesmo modo, como podemos fazer dos sentidos medida exata para a realidade?

A realidade sonora do cão, que tem capacidade auditiva muito superior à humana, é então mais real que a nossa?

Há alguns anos escrevi em um ensaio que o que me interessa é a *realidade expandida*. De um objeto, não considero real somente seu corpo físico, aquele que posso palpar, ver ou até cheirar. Igualmente reais são para mim o seu entorno, a sombra que ele projeta, a sua procedência, o material de que é feito e a maneira com que foi feito, o uso a que se destina e o uso que podemos lhe dar, suas origens e seu destino. Nada disso é palpável, embora seja a latência vital daquele objeto. O sentido que nos aproxima dessa multiplicidade de elementos é um sexto sentido formado pela soma dos outros cinco, aliado à experiência, à curiosidade, àquele tanto de doação de si que é indispensável para ir ao encontro do outro. Para simplificar o chamamos "sensibilidade". E o que a sensibilidade nos revela pode ser, muitas vezes, mais real do que aquilo que a realidade nos apresenta.

Talvez fosse algo semelhante a isso que Bachelard tinha em mente ao falar de *auréola imaginária*.

Sem abracadabra

Foi nesse ponto do meu percurso autoral que dei de cara com os contos maravilhosos. Ou talvez seja mais justo dizer que os contos maravilhosos me saltaram em cima.

Eu poderia usar a expressão contos de fadas, mas não quero enganar ninguém. Em mais de 100 desses contos que escrevi até agora, aparece uma única fada, que nem fada é, mas feiticeira. Fiquemos, então, com *maravilhosos*.

Como toda menina, e ainda mais menina europeia, recebi os contos clássicos junto com papinhas e mamadeiras. Adiante, foram meus primeiros livros. Mas embora na infância tivesse versificado *A princesa ervilha*[1], nunca desejei ou

1 *La principessa pisello – Era una notte di gran tempesta / ma La regina era ancor desta / pensava al figlio che sposar vuole / una ragazza di regal prole / Ecco che a un tratto udí bussare / ed una voce senti gridare. / "Aprite aprite*

sequer imaginei escrevê-los. Pareciam-me pertencer a outro universo. E se entraram na esfera dos meus desejos, onde se estabeleceriam para sempre, foi por puro acaso.

Começo de abril de 1973, a ditadura comendo solta. Ana Arruda – que viria a ser Callado –, editora do Caderno I (infantil) do *Jornal do Brasil*, é presa. Sei a data precisa porque no dia 15 escrevi uma crônica emocionada que para passar na censura resultou tão metafórica, a ponto de ninguém entender de que falava. Alberto Dines, editor do jornal, me pede para substituir Ana na editoria do Caderno I. Por razões éticas, e porque não tenho ideia de como lidar com essa área, decido deixar tudo como está, tocando apenas o barco para a frente. E, tocando, chega o dia em que tenho um "buraco", ou seja, um espaço sem matéria correspondente, que terá que ser resolvido até o dia seguinte.

Tento pensar como uma professora primária e decido que dar algum trabalho para os pequenos leitores será ótimo. Já em casa, escolho reescrever um conto clássico trocando a ordem, para que as crianças o re-arrumem. A ilustração, eu mesma farei. E porque estou contente de ter achado a solução, sento de alma leve diante da minha Olivetti 22 e começo a reescrever *A bela adormecida*.

---

per carità / mi bagno tutta se resto quà! / Son principessa di sangue reale / fatemi entrare mi sento male!!" / Aprí La porta la vecchia regina / e lesta entr`o la principessina / la regina la fece riposare / e poco dopo le diede da mangiare. / Poi in un letto di noce sei materassi mise / e sotto ad essi nun pisello nascose / quando a letto la fecero andare / la principessa non poteasi addormentare / che in quel morbdo letto avea una spina / e faceva soffrire la sua pelle si fina. / Al dí seguente appena fu mattina / con gentilezza disse alla regina / questa notte non potei dormire / che qualcosa nel letto mi facea soffrire. / Veramente tu sei principessina / disse in quel mentre la vecchia regina / un pisello nascosi nel tuo letto / e dissi tutto al mio figlioletto. Sè principessa lo dovrà sentre / sè principessa ne dovrà soffrire. / Questo disse la furba regina, / ed uní il príncipe e la principessina

É aí que sou fisgada. Pois ao terminar de escrever, percebo ter gerado outro conto. Pensando continuar sentada no meu escritório, eu havia me transferido para aquele universo ao qual nunca havia imaginado pertencer. E a maravilha é tanta, que não quererei mais abandoná-lo. O conto ganha o título de *7 anos e mais 7*. Assim tem origem o livro *Uma ideia toda azul*.

Para levá-lo adiante, porém, teria que superar um obstáculo consistente: eu não sabia como havia entrado, nem como voltaria àquele universo. Havia caído dentro dele por acaso, distraída, como uma Alice na toca do coelho, e quando depois, cheia de entusiasmo e com a consciência alerta, tentava escrever algo do mesmo gênero, obtinha apenas mesmices, pastiches dos contos tradicionais, estereótipos.

Não havia palavra mágica, nenhum abracadabra. Eu me sentia travada.

Depois de várias tentativas infrutíferas, concluí que se a distração havia sido a chave de abertura, e se distração equivale a ausência de superego, precisaria aprender a dar férias, ainda que momentâneas, a esse senhor. Teria que descobrir o modo de criar um espaço de vazio, uma espécie de *tokonoma* interior em que me refugiar, surdo aos ruídos e convocações do cotidiano, acolhedor apenas para chamamentos mais fundos. Enfim, um aprendizado difícil para quem não é zen, nem tem alma oriental.

Havia outras inquietações no caminho. Ninguém, que eu soubesse, escrevia naquele tempo contos ditos de fadas. Pelo contrário, passávamos por um período de execração do gênero, considerado alienante e excessivamente violento. E eu estava, além do mais, buscando uma linguagem completamente diferente da oralidade – ou da imitação linear da oralidade – que havia sido até então norma do gênero, e que era considerada a mais adequada para crianças.

Hoje, passados tantos anos, eu diria que meu processo para chegar a esses contos é de alguma maneira – distante, é claro, e nada científica – semelhante à sinestesia. Na sinestesia, o estímulo de um sentido desperta a sensação de outro sentido: a visualização de uma escultura é percebida como um cheiro, ou um cheiro traz a percepção de uma cor. Ou seja, um estímulo funciona como disparador de outro. Foi mais ou menos o que aconteceu ao escrever o primeiro conto, quando o sono fantástico do conto original serviu para estimular meu inconsciente, levando-o a produzir outra narrativa em que o sono deixa de ser uma ausência, para tornar-se ativo.

Assim, meus contos maravilhosos me surpreendem como se não fossem meus, como se eu os recebesse de alguém, tocando-me apenas dar-lhes forma. Sei perfeitamente que não é isso, já que não trabalho com espiritismo. Eu apenas me debruço sobre uma frase, um fato, um quadro, abaixo as minhas defesas, e deixo aquela frase, aquele fato, aquele quadro se expandir, superar as fronteiras dos cinco sentidos. A razão está ausente. Eu, à espera. E se alguma história começa a surgir, a acompanho com passos felpudos, cuidando de mantê-la protegida para que vá adiante, seguindo o caminho que é seu e que eu desconheço. Às vezes vamos juntas até o fim. Outras vezes a história se parte como um fio, e se nega a proceder. Talvez eu não estivesse pronta para ela. Voltará adiante, ou a perderei para sempre. Impossível saber.

Escrever contos maravilhosos é, para mim, navegar em rio de uma única margem, a terceira. E navegar sem leme, na correnteza. Sem propósitos, sem planejamento, sem querer demonstrar coisa alguma, esquecendo a ironia. É querer, muito, ouvir novas histórias na cabeça. E contá-las.

Um único dos meus livros foge, ainda que parcialmente, a essa norma. Ao escrever *23 histórias de um viajante*, em que um viajante muito especial conta 23 histórias a um monarca e a seus cavaleiros, tive um propósito. Quis utilizar o esquema de "contos em moldura" – um conto central contendo todos os outros – que nasce junto com o primeiro livro de contos maravilhosos, o *Panchatantra*, e é retomado em *As mil e uma noites*. E o quis não só como homenagem, mas para afirmar o meu pertencimento a essa antiga grei de contadores.

Aproveito para fazer um esclarecimento. É comum dizerem que eu recrio os contos tradicionais. Minha sensação não é de *recriação*, é de *retomada*. Um mote me foi legado, e como um estafeta quero levá-lo adiante, criando novas histórias em harmonia com o todo, e em concordância com o meu próprio tempo.

Não tenho nem a doce voz do povo, nem a sua sabedoria ancestral. Modestamente urbana e moderna, procuro minha voz no farfalhar das plantas, no misterioso respirar das conchas, nas buzinas, nas sirenes. E cuido de não dar conselhos.

Uma batida na porta

Eu já havia publicado 25 livros, quando atendi a uma batida na porta. Era a poesia.

Que chegada estarrecedora! Pois se ao longo da vida eu havia ensaiado meu estro poético interiormente, lendo poetas tão diferentes e até casando com um deles, nunca havia me dado conta do processo. Frequentava a poesia alheia com reverência, considerando-a muito acima de mim, fora do meu alcance. Não rabisquei versos sequer no tempo dos primeiros amores. Na infância, alguma coisa pouca, mas como fazem as crianças, por puro encantamento verbal[2]. E eis que, de repente, ela vinha me exigir. Tive medo, isso sim, porque eu já estava com a cara feita, e quebrá-la não teria sido nada agradável. Mas não precisei de muita hesitação, pois minha poesia começou logo com a voz que tão secretamente havia germinado, e que eu iria apenas aprimorar, ou me iludir de estar aprimorando, dali para a frente.

O que me atrai para o verso não é a estátua equestre no pedestal da praça, não são as coisas grandiosas. É o gambá morto no degrau do jardim, o inaudível raspar de mínimas unhas no coração da madeira, o momento exato em que a folha se solta do galho ou a palavra se desprende da boca. Os espaços grandiosos me superam. Eu os procuro no pequeno.

Como escrevi em *Fino sangue*, "Gosto de poema/que fala de ovo frito/latido de cão/e cheiro de queimado./Poema que com pequenos cortes/vara as coisas pequenas/fura a casca/o odre/ rasga a placenta/ e deixa gotejar/o fino/sangue".

Curiosamente, meu processo criativo na poesia é oposto ao dos contos maravilhosos. Pois naqueles a história acontece sem qualquer contributo da razão, enquanto a

---

2 *Lungarno – Lungarno un pescator solo soletto / avea pescato argênteo un pescioletto / ei lo poneva dentro un bianco cesto / rimirando la preda pel suo desco / egli era un fiorentino, / ma proprio un contadino / il pesce mai mangiava / apposta rimirava / la preda dentro al cesto / per il suo bianco desco.*

linguagem respira debaixo do meu absoluto controle. E no poema há um intuito claro, algo que quero dizer, um toque de vista a expressar, mas a linguagem tem ditado próprio, foge da minha mão, escapa, se mete por frestas insuspeitadas, procura um caminho outro com o qual eu não havia contado, e muitas vezes sou obrigada a chamá-la – ou a chamar-me – à ordem, para não perder-me do tema. É como se nos dois processos houvesse uma inversão de domínios.

Tenho feito também poesia para crianças. Ao contrário do que o tom eventualmente jocoso pode levar a crer, é trabalho de muito empenho. E é absorvente. Enquanto trato de um livro de poesia infantil – nunca menos de dois anos – a poesia adulta fica estacionada à espera num canto do pátio de manobras. Mas, além do prazer que me dá, estou pagando uma dívida importante, tentando fazer pelas crianças aquilo que poetas maravilhosos fizeram por mim na minha infância: apresentar a poesia.

O olhar que escreve

Eu poderia seguir falando de escrita, porque é minha paixão e porque, embora estejamos juntas há mais de 50 anos, ainda me leva para o desconhecido, e me surpreende, e me obriga a buscar o novo. Mas quero parar um instante sobre um outro ponto.

Sou minha própria ilustradora. E assim como a minha poesia é cheia de referências a quadros e pintores do meu bem-querer, e como mais de um dos meus contos foi motivado por um quadro, assim também minhas ilustrações são cheias de citações de arte: uma personagem de Caravaggio, o detalhe de uma cidade medieval sobre a qual meu avô escreveu um livro, trajes inspirados em Bruegel, colunatas ou escadarias saídas dos livros de história da arte.

A escrita não é feita só de palavras. E a minha se aproveita do meu olhar de pintora.

Não é da mão que quero falar, mas da ação do olhar.

O olhar não é absoluto e único, o mesmo para qualquer pessoa. Vemos de uma maneira global, é certo, mas cada olhar seleciona, do todo que vê, aquilo que mais lhe interessa, e é isso que armazena no cérebro. Me atrevo a dizer que o olhar é o mais individual dos cinco sentidos.

O olhar de um artista plástico, e foi essa a minha formação – pintura durante muitos anos, depois gravura em metal –, desenha interiormente. Avalia os volumes, seleciona os elementos para melhor organizar a composição, não descuida do fundo e, como um atirador que "dorme" na mira para não errar, se demora sobre luz e sombra.

Observadora da história que pretendo contar ou do momento que motivou o poema, presente na cena fantasmática, eu a desenho por trás dos olhos antes de escolher as palavras que, como nanquim, a traçarão no papel. A desenho primeiro como desenhista, decalcando-a depois, como escritora.

Italiana alimentada com a doce narrativa pictórica do século XV e a exuberância da Renascença, ainda assim preferiria escrever com o olhar econômico e preciso dos pintores japoneses. Poucos traços de tinta, e um feixe de bambus. Uma mancha diluída, e uma ave em voo. Difícil, quase impossível para quem não é zen, nem tem uma alma oriental. Mas esplêndido como meta.

Obras reunidas neste volume

Uma ideia toda azul. Rio de Janeiro: Nórdica, 1979. São Paulo: Global, 2006.

Doze reis e a moça no labirinto do vento. Rio de Janeiro: Nórdica, 1982. São Paulo: Global, 2006.

A mão na massa. Rio de Janeiro: Salamandra, 1990. Rio de Janeiro: Rovelle, 2010.

Entre a espada e a rosa. Rio de Janeiro: Salamandra, 1992. São Paulo: Melhoramentos, 2011.

O homem que não parava de crescer. Rio de Janeiro: Ediouro, 1995. São Paulo: Global, 2005.

Um amor sem palavras. São Paulo: Melhoramentos, 1995. São Paulo: Global, 2001.

Longe como o meu querer. São Paulo: Ática, 1997.

23 histórias de um viajante. São Paulo: Global, 2005.

Como uma carta de amor. São Paulo: Global, 2014.

Quando a primavera chegar. São Paulo: Global, 2017.

Obras de Marina Colasanti publicadas pela Global Editora

A cidade dos cinco ciprestes
A menina arco-íris
A moça tecelã
Cada bicho seu capricho
Com certeza tenho amor
Como uma carta de amor
Do seu coração partido
Doze reis e a moça no labirinto do vento
Eu sozinha
Hora de alimentar serpentes
Marina Colasanti crônicas para jovens
O homem que não parava de crescer
O lobo e o carneiro no sonho da menina
O menino que achou uma estrela
O nome da manhã
O verde brilha no poço
Ofélia, a ovelha
Poesia em 4 tempos
Quando a primavera chegar
Sereno mundo azul
Um amor sem palavras
Uma ideia toda azul
23 histórias de um viajante

Em espanhol
La joven tejedora
Un amor sin palabras
Un verde brilla en el pozo